TAN ZHU CAI YU

探珠采玉

姚　祥◎著

安徽师范大学出版社
ANHUI NORMAL UNIVERSITY PRESS
·芜湖·

图书在版编目(CIP)数据

探珠采玉 / 姚祥著.— 芜湖：安徽师范大学出版社，2020.9
ISBN 978-7-5676-4689-6

Ⅰ.①探… Ⅱ.①姚… Ⅲ.①中国文学－当代文学－文学评论－文集 Ⅳ.①I206.7-53

中国版本图书馆CIP数据核字(2020)第167892号

探珠采玉　　姚　祥◎著

责任编辑：胡志恒　　责任校对：胡志立
装帧设计：丁奕奕　　责任印制：桑国磊
出版发行：安徽师范大学出版社
芜湖市九华南路189号安徽师范大学花津校区
网　　址：http://www.ahnupress.com/
发 行 部：0553-3883578　5910327　5910310(传真)
印　　刷：苏州市古得堡数码印刷有限公司
版　　次：2020年9月第1版
印　　次：2020年9月第1次印刷
规　　格：700 mm×1000 mm　1/16
印　　张：21.25
字　　数：325千字
书　　号：ISBN 978-7-5676-4689-6
定　　价：56.00元

为江城文坛击节扬波

——姚祥评论集《探珠采玉》序

钱念孙

一

文艺评论写作有多种路数和多样视角：可以是对某个文艺问题的理论思考和探讨，也可以是对某种文艺现象的梳理和评述；可以是对某位文艺家创作风格的观察与阐释，也可以是对某部文艺作品的细读与分析。就具体作家作品而言，一流名家的经典之作当然可以反复探测和挖掘，后起之秀的新锐佳作也值得扫描与推介；产生全国影响的重要作品应该追踪和钻研，基层文艺家的辛勤耕耘也应予以关注与评说。

不过，话虽这么说，但评论家选择具体评论对象时，除了原有知识积累和学术兴趣等因素外，多半也会慎重考虑评论对象本身的意义和价值。大体说来，谈论带有普遍性和倾向性的理论问题或文艺现象，较易引起评论界乃至整个文艺界的注意和响应；而讨论名家经典或产生广泛反响的“热点”作品，则更易受到艺苑同行以至社会各界的眷顾与青睐。相对而言，专注和评论基层文艺家的作品，哪怕是艺术质量相当不错的作品，也往往难以产生较大影响，显得“吃力不讨好”。

原因很简单，文坛在某种意义上亦仿佛体育赛场。如果说，一位冠军背后站着千万个无名者是体育的常态，那么，更多注目和钟情出类拔萃者也是文坛的惯例。海明威在其纪实作品《午后之死》中曾说：“冰山在大海里移动很是庄严雄伟，那是因为它只有八分之一露在水面之上。”这一著名的“冰山理论”间接告诉我们，文坛那些陪衬和烘托少数鹤立鸡群者的等闲之辈，一如隐藏在海面之下的八分之七冰山，尽管数量庞大、作品众多，却常常被人袖手旁观乃至不屑一顾，除非他走出凡夫俗子的沼泽地，踏上高原并迈向高峰。

于是，文坛形成一个悖论或者说怪圈，功成名就者的创作已经名闻遐迩，不乏人声鼎沸的鼓掌和喝彩，却仍有许多评论家趋之若鹜地对其围观和点赞；而基层不甚有名的文艺工作者即便写出优秀作品，缺乏并急需应有的宣传推广，却常常遭遇评论家冷眼观火以至置之不理。老子《道德经》云：“天之道，损有余而补不足；人之道则不然，损不足以奉有余。”难道我们不应改变老子两千多年前尖锐批评的观念和陋习，在乐于锦上添花的同时，更应注重雪中送炭吗？锦上添花固然喜上加喜，无可厚非；但雪中送炭却解人燃眉之急，尤显难能可贵。

二

读到姚祥的文艺评论集《探珠采玉》，上述感慨和积郁多少有些减轻，起码可以部分释怀了。该集共收各类评论文章八十二篇，除第四辑十五篇是对南宋芜湖籍著名词人张孝祥词作的评赏外，其他小说评论、散文评论、杂类评论等六十七篇文章，均是对芜湖市基层作家创作状况的跟踪和评论。若将安徽省十六个市的文艺创作状态按上中下三个层次划分，芜湖市的文艺创作无疑属于上层水准。这本评论集对近年活跃于芜湖文坛的作家艺术家几乎都做了扫描和透视，堪称芜湖市近十多年来文艺创作的晴雨表和丰收图。

职业加爱好，我记不清已经阅读过多少本文艺评论类书籍，但印象中从没有一部像姚祥的《探珠采玉》这样，全书都是对自己生活城市即本乡本土作家的品味和鉴赏。如果说，创作往往能够固守一方热土深耕细作，像福克纳的写作一向徘徊于家乡“邮票”大的地方奥克斯福、莫言的重要作品一直离不开高密那一方故土；那么，评论则几乎从不拘泥于一城一域的空间限制，而是天马行空纵横驰骋。如果一位评论家能够始终伴随一座城市众多作家的创作脚步铿锵前行，不断地跑前跑后摇旗呐喊，并苦口婆心地数说各位的子丑寅卯，那一定是他对这一城市的作家怀有无法割舍的深厚情感，甚或带有推动这座城市创作的强烈愿望和责任担当。姚祥摈弃好高骛远、杜绝攀附名家、不屑于蹭热点捞名声，以自己近二十年的不懈跟踪和三十万字的丰硕成果，无可辩驳地表明，他就是这样一位扎根基层，热心为家乡作家鼓与呼的评论家。

芜湖市的文艺创作，我不太熟悉，也不太生疏。有些作家原本就是朋友曾获得赐书，有些在作品研讨会上相识并拜读大作，有些虽然从未谋面却在评选省文学奖时浏览过作品，当然也有不少人与文均无缘相会知之甚少。打开姚祥发来的书稿邮件，我所接触或知道的作家作品，如李莉莉及其《缤纷岁月》《因为爱，所以痛》，何更生及其《拥抱太阳》《更生散文选》，唐玉霞及其《悠然岁时迁：寻常人家的节气故事》《回味：美食思故乡》，许祚禄及其长篇小说《沉默的群山》《青弋江儿女》，罗光成及其散文集《少年之水》等，均有专篇评论；而更多篇什所谈论的，则是对谈正衡、李幼谦、周祥鸿、许冬林、董金义、何世平、子薇、李圣祥、张双柱、陈东吉、赵拴拴、白中玉、王玉洁、朱晓云、吴云峰、谈怡中等陌生作者及其创作的解读和阐发。这里既有宝刀不老的老作家，也有锐意进取的后起之秀，还有异军突起的网络写手。在这本评论集里，不仅芜湖文坛卓尔不群凤毛麟角者被一网打尽，即便初出茅庐崭露头角者也少有漏网之鱼，由此足见作者对江城文坛的联系之广和浸淫之深。

三

高手在民间，绝活出草莽。这句俗语我虽深信不疑，但在底蕴深厚的中文写作领域，特别是需要扎实学术素养的文艺评论领域，似乎总觉得专业与业余出手的活计不论在思想深度还是语言韵味上，均会颇有分别和距离。然而，这本《探珠采玉》对我的固有观念发起了冲击。姚祥的工作单位并非高校或研究机构，而是芜湖市弋江区委宣传部，他甚至只是在成人教育中拿到本科学历，但他于繁忙工作之余在评论园圃里的耕种劳作堪称硕果累累，数量多倒在其次，重要的是品质上乘，且呈露出自己的风貌和特色。

评论作家作品，关键是要有独到发现和新颖见解，并且这发现与见解既是对作品本身所蕴藏内容的识读和解码，同时又饱含着评论家对艺术、人生和社会的认知与感悟。该书许多篇什对作品密码和生活真谛的搜索与定位，无不彰显出作者敏锐的眼光和感受能力。他评说长篇小说《小县城》写巡视组进驻金山县引起的风波，以“欲望的喧嚣与人格的坚守”揭示其创作主旨；说唐玉霞的散文随笔擅长对世俗生活中人情世态赋形画魂，犹如“烛照世俗的焰火”；说长篇小说《芙蓉女儿》更接近“广聚闻识、淡织情节”的纪实性长篇叙事作品，其文本优点和缺点皆由此而生等等，都是深入作品的思想内核和艺术皱褶，概括提炼出的颇有见识并给人以启发的观点。

文艺评论除了要有慧眼、有思想锋芒，还应不乏文采、具备表达韵味。作为市作家协会副主席，姚祥在文艺创作上是多面手，散文、小说、诗歌、杂文、报告文学、文艺评论、古典诗词、楹联骈赋等十八般武艺，他样样拿得起、耍得开。这使他的文字功夫在千锤百炼中渐趋佳境，呈现出准确明快、典丽畅达，清新而富有蕴藉、沉郁而不乏灵动的特色。在评论子薇的长篇小说《今宵多珍重》时，他比较作家的散文和小说创作的特点说：“如果用俗中向雅概括她的散文，那么她的小说就是雅中向俗；如果把她的散文喻为剑，那么她的小说就是刀，而且是厨房里切菜的刀。”这样的语言，既言简意赅、干脆利落，又蕴涵丰富、典雅有味，与不少评论文章文字生涩、句式欧化、内容空泛、读来味同嚼蜡，实可谓大异其趣。

相对于当下酷评流行，“捧杀”和“棒杀”声不绝于耳，姚祥温文尔雅的评论态度也可圈可点。他了解多种中外文艺批评的体系架构，却从不生搬硬套任何理论框框去解读作品，这使其评论少理论思辨，多体悟感受；少学院气派，多民间意蕴。他操刀文艺评论时，想到的不是挥斥方遒，指点江山，而是把自己放在创作者的位置上，感同身受地体验和思考作者的构思与追求、作品的形貌与内质，包括其良莠优劣及产生原因。他站在理解同情和辩证客观的立场上展开评论，因而既能够进入作品的肌理和作家的心灵，又能够在肯定和褒扬优长的同时，指出其缺点和不足。如评论许祚禄小说，就坦陈其“巧合用得过多、叙述节奏过快及文笔不够细腻”等问题；评论子薇的长篇《今宵多珍重》，也标出“存在故事世俗化、情节戏剧化、小说剧本化的写作倾向”，并对其由来做出合理推测和剖析，如此等等，都堪称实事求是的公允良言。

当然，若高标准严要求，这部评论集也尚有提升空间，如少数篇目为适宜报纸推介局限于就作品谈作品，缺少宏阔视野的观察比较和理性洞悉；个别篇什复述或咀嚼作品内容略显过细过长，缺乏有力的提炼归纳和抽象概括等，便是该书的白玉微瑕。

姚祥于评论集即将出版之际，嘱咐作序。匆匆浏览书稿，写下读后感，言未尽意。读者诸君欲见其详，请从下一页开始探幽揽胜。

2020年2月1日于书香苑

（钱念孙，现为安徽省社会科学院资深研究员、省文史研究馆馆员，曾任省社科院文学研究所所长、省文艺评论家协会主席、省文联副主席、省作协副主席、省政府参事，第十一届、第十二届全国人大代表，第四届、第五届“鲁迅文学奖”评委）

目 录

第一辑

第二辑

第三辑

第四辑

第一辑

毕现风貌　抒写芳华

——评谈正衡长篇小说《芙蓉女儿》

谈正衡先生操刀长篇小说，有些意外，作为风头正猛的畅销书作家，他的乡土系列散文集，一本一本地在出版热卖，怎会有暇他顾？不过仔细想想，亦在情理之中。谈正衡早年写小说，出版过中篇集《白狐》，小说上没少下功夫。他曾说，不敢触碰长篇小说，自己腕力还不够。不过，随着阅历增长，长期写作的积淀，特别是其岳母的传奇身世经历，在他脑海里发酵已久，随着老人家年事渐高，他要趁其健在，拿出一部以岳母为主人公原型的长篇小说，当不辱他这个女婿的作家之名。说干就干，于是就有了这部《芙蓉女儿》。

一

小说在一场大轰炸中拉开序幕。那是1938年早春，日军仰仗空中优势，疯狂轰炸小说中称陵阳的南陵县城，场面血腥、残酷、骇人，祥和静谧的小县城生活就此逆转。这时，住在“徐家大屋”、背景深厚的大户人家12岁的小姑娘，名叫李芙初，为躲避日机轰炸，跟随母亲逃往地处偏隅的花山。在“花山国学社”读书的芙初，在大自然田园风光中，在乡间人情社会里，感受到了世间的美好。不久，她又入学于刚刚创立于此的陵阳中学。但好景不长，陵中旋即遭日机炸停，一心求学的芙初，只好到峨岭湘籍巨绅张和声家办补习班继续学业。烽火岁月中，随着一张流动课桌，芙初又先后辗转就读于泾县十二联中、异地复校的陵阳中学，以及被迫迁往泾县再次复校的陵中，直至抗战胜利。国共战事起时，已中师毕业的芙初，在中山中学做了教务。经济萧条、党派争斗、国事颓唐，面对这些始料不及的局面，心智成熟的芙初，在苦闷中寻找通往光明的道路。在此期间，好友傅菊英远嫁川中，作为芙初影子或另一面的陈采薇，意外死于难产，从未被困难吓倒过的芙初身心俱伤。随着与男友储希惠完婚，走上人生新征程的芙初，渴望春天到来。不久，她看到了新中国的曙光。

小说以主人公“芙蓉女儿”李芙初为视角展开叙事，圆整叙述了一个大家闺秀在血雨腥风中的励志长成，在真情人伦与残酷战争的双重浇灌下，这枝木芙蓉有着超凡脱俗的惊艳、劲健奋发的美感。姐妹黄浣莲、小芙子，朋友、同学或同事陈采薇、傅菊英、陶婕、易浩等，几经断续离合，作为芙初身边同样花样年华的少女，她们性格不同，命运各异，她们都有着成长之艰和生存之痛，但她们都有或雅致纯粹或爱憎分明的“芙蓉品质”，骨子里都充满了蓬勃向上的生命追求。她们的形象是芙初形象的补充和外拓，构成了参差多态的如花生命群像，共同奏响了一曲哀婉深沉的女性赞歌。

二

谈正衡畅游于学者和作家两个领域，是辨识度很高的学者型作家，他的每部作品都打上了鲜明的个人风格印记，这部《芙蓉女儿》更不例外。这是一部广聚闻识、淡织情节的作品，以至于看上去更像长篇叙事散文。对此，作家本人没有否定。也有人认为，这是一部长篇纪实作品，或者说是一部介于报告文学与纪实小说之间的“第三种文体”。在我看来，这是介于小说与纪实作品之间的一种文学体裁，近似于小说化的人物传记；但就叙事手法而言，我更倾向于称其为抒情叙事小说，与五四新文化运动后涌现的同类作品一脉相承。不过，若按米兰·昆德拉给小说分类，应属于妥妥的描绘型小说。体裁的界定暂且放下，但就文本来说，呈现的价值不可谓不高。

首要的价值，是以知识为硬核的孤本的建立。谈正衡敏感多察，勤学善悟，谙熟世事，洞晓人情，堪称饱学之士。他的脑海里，装着不知多少有趣的知识，边缘稀见和非常识性的比例尤其大。这部以民国为背景的较大作品，知识点之丰富、之琐细、之奇异，给我的感觉是前所未见，读着读着，冷不丁地就会拍案惊奇。“警报分四个阶段：第一阶段，拉预行警报，敌机飞来了，各街口岗哨插黄旗，商店关门，居民收拾东西，跑向城郊避难。第二阶段，空袭警报，一长声，二短声，响约一分钟。城里凡望得见的高处皆挂出红灯笼，大街小巷人们一起狂奔。第三阶段，机声隆隆，由远而近，紧急警报拉响，一长声，五短声，约一分钟，人们赶快找地方隐蔽起来，若遇夜袭，全城实行灯火管制；过不多久，日机飞临头顶，在上空盘旋，俯冲，投弹，扫射……直到飞机飞离，才是第四阶段，发出解除警报，一长声，持续数分钟，各街口挂出绿旗，以示平安。”这是从书中随手摘录的一段。我敢肯定，就是那些在警报声下活命的人，多不可能对整个警报过程，有如此精准的了解。这种针对空袭的防空警报，现在很少用到了，它已归属于历史知识范畴。其实，书中涉及那个年代的政治、军事、文化、社会、生活、风俗、民情乃至自然方面的知识，丛丛而生，簇簇而起，令人眼花缭乱。这些巨细靡遗的知识点，充实了内容，铺展了画卷，把读者带入到真实的历史现场。这些知识具体而微，极易忽略，相对应的历史学家、社会学家、生物学家，也未必能尽述其详，恰恰于此，完成了一种面向受众的传播，且以感性的、形象的、赏心悦目的方式。这是一本值得看重的书，不是其他，而是知识，满筐满篓的争奇斗怪而又十分珍贵的地方性知识。

其次，文本的价值在于最大化地展示了中国传统小说的精湛技法。谈正衡深受中国传统文化濡染浸润，多年的读写锤炼，形成了他独到的文字处理方式。他的文字深得传统精髓之妙，典雅、缠绕、撒泼、沉郁，在含蓄中蕴藉，在恣肆中煽情，信息稠密，意绪爆棚，几乎就是江南气质、书卷气息、民间野味的混合体。“芙初虎着脸训斥：‘不稀罕，鬼才巴交你喊我姐呢，少磨人巴唏就行了！’小芙子就嘟哝着嘴，别过脸去生气，一会子又凑了过来，龇牙咧嘴做鬼脸。芙初管束不了这个堂妹，只得摇摇头，听其自然。转过身坐到窗棂下，望见后园里蜡梅缀着满枝收尾的细碎黄花，已有小鸟啁啾着在花间飞起又落下。”此节文字，读来有一种熟悉的亲切。无论是两位个性反差极大的少女，在对抗中的一系列动作，还是后花园里，呈现的花鸟景物，都逐一快速抓拍到位，动感十足，很有镜头切换感，且完全符合人物年龄、身份及各自的性格特征。作为一部非虚构色彩显著的作品，整个第三章用来叙述“徐家大屋”里的纷繁旧事，极尽铺排，凡是写到兴味处，像推倒的多米诺骨牌，由此及彼，汪洋恣肆，一笔收尽。“后院有戏台，逢年过节，各地亲友齐来云集，请戏班子唱戏，夜夜笙歌，热闹好多天。晚上各间屋里点起玻璃罩带钮子开关的马灯，唱戏做喜事则点上汽油灯，整个大屋一片灿亮。家里汽油灯要是不够用，就到灯行租灯。灯行里汽油灯又大又重，有专人打气，点亮后吱吱响个不停。吃喜酒时用轿子接人，一般都是二人抬的小轿……流水一样的日子里，钱是大把大把地抛撒出去。”这种不吝笔墨的叙事延展，触及更为深邃的时空，写出了主人公李芙初极不平凡的家族史；同时，看似琐事的罗列，也是加大叙事表现力的侧写，有效扩充了作品的容量。此外，书中还有大量闲笔式的描写，绝非多余，既契合芙蓉女儿心境，也舒缓了小说节奏，展现出作家绵密细实的文辞功力，为小说搭建了一方以特定人群为主导，细节鲜活、面目清晰的历史空间。梁启超指出，小说要发挥“熏、浸、刺、提”四种力，暗示、烘托、渲染出一种情境和气氛，如果没有这种情境和气氛，只有直白的告知和说明，那与读一段故事、一则新闻，不会有什么区别。这部小说读起来不滑溜浅白，不寡淡无味，而是很有嚼劲、很有味道，完全得益于这四种力的恰当运用。譬如：书中令我们过目难忘的场面很多，有战争（空袭）场面，也有家庭生活场面，还有日军溃逃后迅速恢复的街景等。毫无疑问，这些场面是通过具体写人的状态来实现：在传统写人注重相貌、装束、言语的基础上，善于从人的动作神态、精神面貌方面点睛点彩，增加即视感、律动感，再层层濡染底色，丰饶背景，立体感、层次感也出来了。如果说，这种点面结合的写法，是谈正衡的“刺”和“提”的话，书中大量环境描写，使平常之境有惊异之感，就是他的“熏”和“浸”。如主人公李芙初所到之处，目之所见，几乎都有景观描写。特别是乡间自然美景，借助多种修辞手法，被不厌其烦地反复细绘，打通了读者的视觉、味觉、触觉，几乎到了一种纯美至美的境地。天人合一，情景交融，是中国哲学内涵和美学品格，也是中国传统小说的惯用手法，写景就是写如景一样的人，在情境和气氛最大化生成中，以自然景观之美好，映照人物性格和品质之美好。“古调虽自爱，今人多不谈”。在当下作家不太擅长的领域大施拳脚，是这部作品焕发出独特艺术魅力的重要原因。

以上，是从作品知识海量、表达技法高妙两个维度，探讨文本的价值，可能有人认为是小题大做。其实，小说所有表现形式上的东西，除了吸引人读下去，都是为了深刻作品的思想内涵。《芙蓉女儿》到底想要表达怎样的主旨？解铃还须系铃人。“这呈露自身，观照既往，在岁月的流逝中，把周围的故事都嵌进自己的生命中。灾难的发生，总是那般猝不及防……大时代中小人物的飘零，个人经历飘过虚构，为我们这方土地曾有的过往，提供了无可替代、丰富真实的注脚。这是成长历程的书写，也是宏大社会叙事的一部分，或多或少地揭示了女性生存和女性价值的深刻主题”。“女人如花，总是在幽静微凉的低处清香四溢，沁人心脾……让她们和男人一起同歌哭、共患难……”读了本书后记中的两段话，小说主旨已昭然若揭。那就是：书写国难当头的恶劣生存环境下，依然有以李芙初为代表的，一群如花少女在悄然绽放，超然不群，她们是作家眼里美的化身、希望之所在。在崇敬、缅怀、无尽的感慨中，再现一个时代几乎被遮蔽的浩浩长歌，是作家必须了却的一桩心愿。

三

循着上述思路，我们就不难理解，书中的地域文化知识，为什么如此丰茂。

一地必有一地之风貌，一地必有一地之人情。这是作家差异化创作的利器。稍加细看就会发现，小说中大量知识性、日常性、时代性描写，涉及面很广，尤其是器物、饮食、妆饰、伦理、风俗、民情、社会面貌百科全书式的叠加呈现，繁复多彩，充满了强烈的细节真实感，体现出知识叙事水银泻地的特征，民国世相下的地方抗战和南陵社会风貌，毕现无遗。这种将知识生活化、情节化、美学化的处理，为叙事提供了丰富而灵动的表现空间。这些知识，很大程度上归属于文化范畴，是南陵地域文化的外在形态。这样写别有深意：将地方历史文化与叙事情节综合杂糅，和盘托出，使得书中人物不是在悬空的舞台上表演，有别于他处的人情世态，有其坚实的土壤。更为重要的是，当文化作为一种叙事方式有力介入后，小说中命运载浮载沉的一群人，就有了一个共同的文化背景，特别是以李芙初为代表的求知若渴的大户人家的少女们，作为地方优秀文化传承者的姿态出现，展现出的生命状态，饱满、丰润，极具生命原力，也就丝毫不会令人惊讶。换句话说，无论生活怎样流变、命运走向何方，支撑人物精神状态的，终归只能是地域文化的强大气场。在这个意义上，《芙蓉女儿》既是一部特定时期南陵的风俗文化史，也是其间优秀代表人物的心灵成长史。

由此可见，谈正衡致力于打捞和抢救真实的历史文化，以期形成特有的文化气韵，是为了使文化成为书中人物具有精神向度的重要元素。而地域文化气韵的生成依赖于知识的汇集，所以作品知识的葳蕤、丰茂是必须的。同时，气韵生动的地域文化，为人们认识历史、感悟历史，贴近人物、理解人物，提供了很好的感性参照，以致岁月留下来的东西更显厚重，也更感人。道理并不复杂，知识、文化、精神、感染力层层递进，唯其如此，小说才写出了历史的深重与时代的鲜活。还有，小说中出现了很多渐渐远去的老旧器物，写到了大户人家日常的繁文缛节，特别是将南陵话、湖南话等方言俗语，融于不同人的声口，惟妙惟肖。这些构成了隐秘地方史的日常部分，如果这些不在小说中“复活”，很可能会随着时间的流逝一去不复返。再过若干年，如果有人研究南陵民俗，《芙蓉女儿》是绕不过去的存在。总之，该书以江南地域独有的鲜活生活场景为文化疆域，用知识搭建演绎小说人物鲜活生命图景的舞台，从而打通历史的幽闭之门，呈现一个地方最具精神向度的文化气韵，完成了最为牢靠的历史人物书写。

依然循着这个思路，我们就不难理解，书中的景物描写，为什么如此充沛。

《芙蓉女儿》除了知识的密集，还有景物的密集。悠然出尘的抒情状物，除了纾解知识的拥堵，更是一种心境的外化。古人说，一切景语皆情语。借景抒情，情以景兴，如此方显含而不露，悠远蕴藉，意密情丰，深切动人。如在“跑鬼子反”时，李芙初来到大山里的花山黄家，她眼观六路，耳听八方，感受着乡村的一切，仿佛换了人间，太平悠闲的岁月，杂花野木，应时繁发，大自然静美和谐得令人心醉。几经辗转，放眼所望，处处皆为人间清宁图景。谈正衡的景色描写，不仅有形状、有跃动，有色调、有品相，还有意趣和神韵，像朝霞月辉，给这些故人故事抹上一层暖色，尽显地域的隐秘和瑰丽。从入眼入心到动心动容，一种慢节奏的延宕美学，是心与境契的一方远离战火的乡土上心灵雅洁之人才有的情趣与深致。但副作用是，无节制的写景抒情，也使得明明是小说的骨子，却从皮相上流露出散文的气质。

如果仅仅是借景抒情，那也算不得特别，甚至有赘疣之嫌。而《芙蓉女儿》写景的深意在于：一是体现战争与和平两种境况的巨大反差，从而更好地刻画芙初的精神追求；二是从人物栖居空间的万物中生出情来，在那些有灵魂的自然生命身上，看到更多物主的生命光泽。谈正衡善于用语言的丰富与张力来制造意象，景物在他的笔下，幻化成一幅心灵的影像，带着浪漫的抒情特质，如诗如画地飞翔起来。对于这群初涉尘世的少女来说，纯真、浪漫的天性未泯，却也在战争的夹缝中，被无情碾压、摧残，但是，她们的特别之处在于知大义、识大体，完成战争高压下的心灵重塑。因为她们追求知识文化，信奉国家有难人人效力，她们渴望有施展自己才华的舞台，心中期待梦想的天堂。小说竭力表现的这群民国战乱中既普通又特殊的女性的学识修养、气质性情、品格怀抱，借景抒情的文字带来暖意、情义与怅惋，喟叹这些年轻的生命，揭示她们内心强大的力量，点赞她们精神和信仰的伟大。这是着意打开的新视野，是在抒写生命的另类绽放，进而在人们面前挺立起一种新的人物形象，展现出一种应该被重新认识的跨越时代的价值和意义。

四

当下，家族叙事、“乡村志”一类的小说，写的人不少，为长篇写作热门题材。但从地域看，芜湖此类小说并不多，更谈不上艺术性强的厚重之作。见时势、见背景、见风俗，有温度、有情怀、有情感，赞美好、崇正义、尚和平的《芙蓉女儿》，堪称个中翘楚。特别是其虽为小说却跨文体的实验性质，游走于纪实与想象之间，仅此，未尝不是一种有益的探索，独创价值不言而喻。

迥异于他人的文学认知，坚守自己的创作风格和艺术情怀，谈正衡的《芙蓉女儿》，从文化开掘到美学理想，无不焕发着中国小说艺术的独特魅力。山高必然谷深。这部作品的不足显而易见：若以长篇小说衡量，缺少引人入胜的悬念设计，缺少叙事矛盾冲突上的较大落差，没有形成富有戏剧性的故事情节和结构；男性形象的塑造手法单一，尤其是反面人物的刻画较为拧巴，有脸谱化倾向；还有那些过于拥挤的才华横溢的句子，一旦没有情节支撑，有时显得漫漶空泛。

但是，为尊者讳，为长者讳，力求书写的真实，得到情感的最大释放，得到智慧的滋养、精神的洁净，或者说，只是为还原一段鲜为人知的地方史实，为平凡而独特的人留影、造像，告慰先辈，教益后人，这样的缺点也不能称其为缺点。况且，这种带有实验色彩的文本，即使有某些方面的失败，也无可非议。作家的劳动，是取悦于人，还是给历史一个深厚的交待，孰轻孰重，时间自会给出答案。

如果回到作家最初心动的地方，岳母作为耳提面命的亲人和触手生温的亲历者，《芙蓉女儿》恰恰显示出纪实性写作中少有的艺术能动性。如书的后半部尤其是靠近结尾处，有意增加了人事的纠葛与相互影响，在写实基础上，隐喻和象征的密植，更使文本透着一股悲壮气氛及人性的苍凉，显示出历史天空的扑朔迷离，反衬着芙蓉女儿李芙初的不惮前行。这种写法切及当下诸多现实题材作品无法触及的内骨，以文学的升华提升震慑心灵的威力，将包裹着一个深层次的关于南陵地域文化的精神密码，游刃有余地解密。当人们回眸历史尘烟的茫然四散后，剩下的只有生命的昂扬蓬勃了。

对于谈正衡来说，创作乃灵魂皈依、精神还乡。这次，又多了一份亲情所系。

2019年8月

厚写鲜活的民间情味

——评李圣祥长篇小说《李木匠的春天》

李圣祥的小说创作始于20世纪90年代，《小窑堡纪事》中的六个中篇，都是这一时期的作品。长篇小说《李木匠的春天》，是他中断写作近20年后，带着自信和挑战，重新披挂上阵，一鼓作气拿下的作品。透过文本，可以清晰地看到作者的用心和努力。

一

小说以李木匠、韩圆圆各自从农村逃离到城市，在异乡谋生存、求发展，历经辛酸曲折，直至事业有成又突生情感变故的人生历程为主线，成功塑造了他们二人及其周围一批在底层奋力挣扎的小人物，在时代变革和迁流中的命运沉浮，真实而又鲜活地诠释了时代演进、小人物的积极参与及人情嬗变三者之间的辩证关系。小说采用日常小叙事，以人的欲望为情节推进依据，把城乡20年来的世事变化与人情纠葛，浓缩为现场直播的多幕舞台剧，在起伏中跌宕，在活画中精彩，在戏谑中有味。书中与改革开放一道活跃起来的小人物，都是一个个生动的时代标本，他们身怀平凡使命，在无法逆料的社会经济浪潮中各展其能，悲欢也好，成败也罢，无不贡献着来自民间的人文价值。小说旨在表明，努力决定层次，性格决定命运，裹挟在时代大潮中的凡夫俗子，只要积极进取，就会有春天，只要不私欲膨胀，生活就一定很理想。

作为长篇叙事文本，《李木匠的春天》讲述的故事并不复杂。

大名李成俊的主人公李木匠，在家乡绵恒二中高中毕业后，没能考上大学，迫于生计和面子，他跟二叔学会了木匠手艺。在韩圆圆抗婚出走的那个早晨，是李成俊帮助她顺利逃脱众人的追捕，并在第一时间知道了韩圆圆将去江城。韩圆圆是李成俊暗恋多年的高中校友，只比他低一年级，小两岁。不过这个心思缜密、容貌出众的校花，始终没有回应这位同样来自小窑堡村的邻家大哥举动出格的爱慕，就连他当村长的父亲托媒人去说也没成。但是，爱的动力何其大。李成俊挑着一套木匠工具，毅然决然地追着韩圆圆的影子去了江城。

带着找到韩圆圆的热望，李成俊立身满目繁华的江城。为了生存下去，必须揽到木匠活。他的第一笔业务，来自爱占小便宜的长寿制药厂工人郭福敏。在“郭哥”出于私心的热情帮助下，李木匠的情商优势有了用武之地，不仅很快站稳了脚跟，不久还成了长寿制药厂的临时工。生存问题解决了，爱情也在潜滋暗长中不期而遇：这回真刀实枪面对的不是曾经朝思暮想的韩圆圆，而是恩人郭福敏的妹妹郭燕。是这个容貌不亚于韩圆圆的城市姑娘，主动牵引谋划，让他们两人感情迅速升温而又神不知鬼不觉，直到郭妈发现女儿怀孕。这对情人面对郭家众亲的坚决反对，一不做二不休，索性回到李成俊的江北老家，生下了他们的儿子李天成，生米就这样煮成熟饭。

孰料改制后的长寿制药厂，曝出了惊天贪腐案。受已升任副厂长的郭福敏盗窃案牵连，李木匠被判入狱。在蹲了五年大牢后，他再次来到江城。此时的江城掀起了开发开放的热潮。如火如荼的地产业让精明的李木匠嗅到了商机：大兴土木必然带动家装业蒸蒸日上，而家装的主角是木匠。满血复活，大干快上，前景一片光明，李木匠的春天就这么来了。与春天一同到来的还有韩圆圆，已是标准富婆的她，有意帮助这个曾经对她有意的老乡当上了老板。在双方心照不宣的靠近过程中，这回抢先流露真情的却是韩圆圆。她把这个已经拖家带口的男人，视为唯一信任的人，彻底敞开心扉，和盘托出自己的婚姻隐痛。不久，已遭老公嫌弃且授人以柄的韩圆圆加速离了婚。离婚后，情魔出壳的韩圆圆更加无所顾忌，频繁约会李成俊，好像要加倍回报于他曾经对自己的情感付出。但纸里终究包不住火。在费广海等人的无耻设套下，他们的婚外情以一种很不光彩的形式败露，羞辱难当的韩、李二人，不得不重新开启人生之旅。

二

故事只是内核，小说的艺术高下很大程度体现在叙事上。这部小说的叙事结构与布局剪裁，给我的感觉有点不按常理出牌。作为女主人公的韩圆圆，在开篇和结尾都很抢占戏份，而中间几乎很少提及；男主人公李木匠很多时候更像是一个旁观者，使得郭福敏、黄木匠、费广海等人有了尽情表演的舞台。李圣祥如此结撰一部长篇作品，我想原因无非这几点。

一是叙事策略的需要。因为故事稀松平常，且时间跨度较大，就有限的素材而言，很难按常规敷衍成一部长篇。让与主角关系密切的人进入表演舞台，既有丰富情节、拓展篇幅的考虑，更是重在体现李、韩两个异乡人，在城市艰难打拼中的处境，因为别人的行为影响着他们的生活和经历，别人就是他们的一面镜子。细思量，黄木匠和费广海好像就是李木匠双重性格中的两个极端存在，是他们二人助其完成了一定程度的善恶表达。事实上，小说在绝大多数情况下运用有利于旁观的第一人称视角，突出叙述者李木匠感受的不断累积壮大，最终完成对他的由内而外成长的塑造，也是优化配套这种叙事的考虑。二是彰显大众趣味的需要。小说精彩好看与否，是大众趣味的重要标尺。作者通过设置主要人物与次要人物、次要人物与更次要人物之间不同的故事，将生活中平常而又有韵味的事串联起来，完成人的交集、事的纠牵、心的向背、情的因缘，强化了小说的复杂感、可信度和戏剧化，让读者更多地感受生活的离奇古怪、丰富多彩，增添阅读的趣味。三是世俗深度扫描的需要。我们知道，是一群人而不是一两个人，决定着世俗社会的成色。所以作者绝不疏忽笔下的每个人，总是通过故事情节，力挖深埋于他们内心的动机，给生活中和生意场上的每一个变奏，找到当事人心理上的依据。在欲望膨胀的年代，广纳复杂，推演不同人的种种可能，善意甚或恶意，将游走在灰色道德边缘的人，所拥有的人际状态、尴尬遭遇、隐秘伤痛，准确而又粗粝甚至粗俗地呈现出来，是必然的，也是必须的。只有打破不能深度描写次要人物的成规，才能展示一部市井生活的风情录、一幅时代画卷的浮世绘。

除了上述之外，这部小说以李、韩爱情始，又以李、韩爱情终，两次爱情两种境况，皆不成功，留下一个开放式结尾的情节设计，看似结构松散、主线游离，实际上首尾自洽圆融，即便中间突转断裂，也为后述攒足了势能，形成跨度巨大的陡峭之美。男女之情，是一种原发的生命之情，有时强烈得直教人生死相许。李成俊与韩圆圆的两次交集，从相遇到重逢，纠结出两种完全不同的姿态和心理，其实并不突兀。这么多年来，两人作为小窑堡村走出去的“一龙一凤”，少不了彼此暗中激发，使得当爱情再次降临时，背后已承载了更为丰富的内容。正因为有了这样的心理背景，小说在一系列的情感转换、时空变迁之后，仍能保持住某些最为本质的情感力量。或许，从大胆追求爱情写起，到最终抛出超越夫妻关系的“知己之爱”，从沉溺于市民欲望的描绘，到观照于当代人的生存境遇，小说就是试图升华人们的感情欲望，获得更高层次的人性解放与心灵构建的可能。

书中除了爱情与情爱，另一个贯穿首尾的感情线索是亲情和乡情。当然，任何小说都肩负着发现真善美的责任。尽管所写时代一切都在变化，但总有些人间真情没变，像金子那样可贵，照亮的不仅仅是作家的眼睛。请看：李木匠为了治好父老乡亲们的顽疾，“不择手段”大捞特效药，连精明的郭福敏也被他玩弄于股掌之间。当如日中天的吴大头，突然破产的时候，亲人们又给予李木匠苦口婆心的劝诫。还有二姐对李木匠的无私付出，发迹后的李木匠铭恩报答。这些看似闲笔，其实与人物、故事高度融合，让人们在浓郁的生活气息中，体味到醇厚的亲情。这是时间的流水，冲走了浮沙，留下的真金，唤醒的是人们应该怎样对待生活的责任。打着深深时代烙印的这部小说，在亲情、乡情描写方面也有不避庸俗的一面，如重男轻女风俗、门当户对风俗等，但这毕竟是底层民众朴素的生存哲学，在那个年代留下的印记，我们要辩证地看待。在我看来，小说就是要写好世俗人情和趣味，这是小说的正道，也是小说家的使命。

一般来说，叙述方式不涉及作家的艺术风格，也不体现作家的艺术观，只是讲故事的一种形式而已。这部小说注重叙事策略，善用叙事技巧和方法，例子还有很多。如根据日常生活本身的社会形态，写出不同人的底层生活特征，很大程度上靠的是人物的对话，因为语言的交锋最能暴露人的秉性和身份。又如：小说故事情节的发展，达到了春草蔓生皆有情趣的效果，靠的是人与人之间悬置判断的关系演化。尽管书中有名有姓的人物并不少，但几乎没有眉目不清的面孔，靠的是让他们在最恰当的时间登场，参与故事流转。在叙事结构上，按时间进展叙述的线性叙事虽是主体，但不同的分支叙事线索，十分注意通过倒叙、插叙、补叙等手段，加以严丝合缝地拼接；更有铺垫、留白、蒙太奇等手法的适时穿插，草蛇灰线，伏脉于后，使得一切自然而然，合情合理，增加了小说的灵动性和可读性，也让读者心甘情愿地接受。还有，为了整体性把握小说的时代性，凸显世俗烟火气，使其更贴合底层普通人的平凡生活，作者有意抛弃现代小说追求的深刻，归顺于中国传统小说的精致与和谐。总而言之，这部小说的故事情节，虽然被有意切割，但是并未切断相互交叉的枝桠，最终还是回到两位主人公的情感上。高明的叙事就是这样，使得一段平常的故事，曲折而动人。

三

历史的进程，常常无视小人物的存在；历史的进程，又常常忽略小人物的贡献。但是，我们的作家不可以，我们的小说作品不可以。《李木匠的春天》致力于为小人物立传，差不多把他们从遗忘的阴影之中、边缘之外，拉回到繁华喧嚣的时代现场，上演最真实的生活闹剧。从中你可以读到深情与悲情，看到更为辽阔的人情和世情。

木匠李成俊是小说着力塑造的一号人物。他是有理想敢于追求幸福生活的新一代农村知识青年代表。从农村盲流到城市，依然不改责任心强、乐于助人的本性。低微的出生使他能在纷繁复杂的人际关系中，洞察世事、明了人情，从而摆正位置、趋利避害、抢占先机，取得个人奋斗的成功。伴随改革开放的是一个由单一选择走向多元选择的时代。任何人不可能违逆潮流，不受世俗影响，李木匠也不例外。有时为了达到个人目的，他不惜借船出海、借力打力，干了一些有违本心的事。这样的人符合特定生活环境的成长逻辑，是完全可信的。因为世界太过复杂，一个没有策略的人，将寸步难行。也正是这种为人处事立场上的不坚定，他最终接受了韩圆圆抛来的橄榄枝。韩圆圆则是一个天姿出众、性格倔强、敢作敢为的农村姑娘。她对李木匠怀有复杂的情感，其中既有爱情亦有感激之情。她凭借美貌糊里糊涂地就得到了物质上的满足，却在无形中失去了精神上向往的高蹈。在社会变革已经导致人们思想观念和情感分化的现实中，许多人求之不得的这种养尊处优的富婆生活，却不是韩圆圆想要的。她婚姻情感上的失败，是“性格即命运”的体现。在个人若做梦、时代能圆梦的时代，李、韩二人用自己的勇气、勤奋和智慧赢得了世俗意义上的成功，也留下了诸多遗憾。这种不完美，给人们以思索和启迪。也许，这正是作者所要探索的一代人的生存困境。

书中其他有名有姓的人物，都是以李木匠和韩圆圆为中心被有机地串联起来。他们性格各异，各具样貌，被描绘得活灵活现，呼之欲出。

郭福敏、黄木匠、费广海、吴大头等人，都是颠簸在社会网络里的小人物，给我们的感觉似曾相识，却又想不起在哪儿见过。他们有时是积极的，有时也是落后的，有时是智慧的，有时也是愚蠢的。他们被一根叫“欲望”的线牵引着。善要小把戏的郭福敏，是典型的小市民，那点吃拿卡要的小能耐，全仰仗于他的胆大皮厚、目无法纪。随着他的私心膨胀，身陷囹圄是迟早的事。不过，他是有恩于李木匠的，他的私心客观上让无依无靠的李木匠抓到了一根救命稻草。黄木匠是彻头彻尾的老实人，虽然遭到了妻子的情感背叛，极度痛苦的他还是原谅了她。不过实践证明，他这种人处处吃瘪，不适合做生意被人陷害也就算了，还眼睁睁地看着爱人再次出轨同一个人。现实对他的伤害太大了，以至于后来打死他也不帮助有夺妻之恨的仇人费广海，尽管费广海曾经帮助过他。最终看似优柔胆怯、处事无能的黄木匠，好人有了好报。这说明，心术不正者常常功亏一篑，有平常心者反而能柳暗花明。费广海这个人，可谓一言难尽，他的身上善恶杂陈，智邪兼具，这样的人不可能总是成功，作者对这个人物的处理实属无奈，却也恰到好处。底层社会容纳了各色人等，小说的宗旨就是让他们各就各位，所以尽力将他们写得复杂些。基于此，小说还原了一群小人物的生存面貌，有的放矢地命中了每个人的靶心。

李圣祥坚信把人物写活的最好方法，就是让每个人“活”在矛盾与冲突中。人生的舞台看似广阔，却总在利益纠葛时酝酿冲突。李木匠与郭福敏萍水相逢，在相遇到相知的过程中，时而水乳交融，时而水火不容。对此双方虽心知肚明，却又互相极力掩饰，这是两个人的性格决定的，使得他们之间的对手戏一直能唱下去。黄木匠老实木讷，只要顺毛捋，他能把心掏出来给你，所以他很感激李木匠的真诚关照。黄木匠有贼心却没有贼胆，往往起心动念之后，又颇生踌躇，而这样的人偏偏遇到了专捏软柿子的费广海。费广海含量不低的荷尔蒙，总是在血液里横冲直撞，对男女关系的随意，流露出他的贪婪本性。他净出馊主意，还落井下石，结果是弄巧成拙，欲益反损。小说就是以这些冲突与矛盾构成错综复杂的人际网，将遮蔽的真相、隐秘的人性，一一抖落出来。

任何人都逃脱不了时代赋予的使命。李圣祥对书中人物的理解是朴素的，也极为深刻。没有绝对的好人，也没有绝对的坏人，即便是坏人，也不是世俗层面的坏人，只是被复杂环境异化的人。他们往往集诸多悖论于一身：前面帮人，后面使绊。也许，佛家指出的“佛魔一念间”，更能道出人心的易变。他们与现实中绝大多数人一样，为生活所迫，被命运裹挟，都在奋力挣扎，无论厄运摆脱与否，始终葆有对生活的幻想和希望。淹没于迅猛的经济发展大潮中，他们的善与恶都在最大化地展示，对于明辨是非的作家来说，不仅要从中发现善恶，也要让读者感受善恶。小说的高明在于，作家没有充当善恶的道德评判和伦理裁决者，只是将那些损人不利己的恶行，以自食其果的报应，给予最无情最有力的一击。

小说写的是人，最难写好的也是人。《李木匠的春天》穷形尽相地描摹市井人物，写出了在传统价值观、道德观被现代多元文化解构的时代，世事的多变与难以理喻，人性的微妙与丰富，既挠到了痒处，又戳到了痛处。试想，如果不是出于对生活的热爱，对时代的敏锐感觉，对社会变迁的全盘把握，对底层小人物生存状态和精神状态的深刻认识，又怎会有如此丰富的感受？我想，李圣祥文字里的这种生活机心，源于他丰富的底层经验，他种过田，干过木匠和司炉工，当过老板，书中人物身上融入了他真实的自我体验。作为俗世生活的深度体验者，他有自己看问题的角度，有对时代变迁的独到悟解。从这个意义上说，《李木匠的春天》里的这些人物，必将为后世了解这段社会风貌，提供生动的文学范本。

四

生活中的李圣祥随和，喜庆，很得人缘。说到创作，文友们最佩服他的语言，一种味道十足的小说语言。这种语言锤炼的功夫不可少，更多是与生俱来的才情。一个写小说的人有语言天分，是很讨巧的事。因为文学是用感性形象来表现生活，而语言是实现形象与认知相谐的唯一媒介。更为难得的是，李圣祥的小说语言风格，与其文本表现的生活内容，有着天然的匹配，就像龙井茶用虎跑泉水来沏一样完美。

“‘嗨嗨嗨！老祖坟冒的是青烟！又生了个猪。’接生婆子洋洋得意埋汰人，仿佛功成名就。猪算活口，命大、福大、皮粗、肉厚、不讲究，两把野草一哄，就能蹦蹦跳跳活着。谁不巴望自家的崽能像猪崽一样好养哩？媳妇临盆，当家的如没听到接生婆‘又生了个猪’这种侮辱人的喳呼，就泄气，就猜定媳妇生了个赔钱货。女娃是要出嫁的，出嫁是要嫁妆的，还不就是赔钱货？”这段话对乡俗的描摹，形神兼备，对群体心态的刻画，深入骨髓。小说开篇即展示出这样的艺术效果，体现了李圣祥的语言特色：粗鄙化的方言俗语，长短交错，杂汇而出，戏谑风趣，不仅强化了乡土内涵和地域特点，也在戏谑化的语言中制造一种狂欢效果，将小窑堡村人拥有的男尊女卑观念，推到了极致，字里行间流露出解构生活的幽默。这何尝不是一种智慧，只有热爱生活并能深刻明察事物本质矛盾的人，才具有这样的幽默感。

通过扭曲变异的言行描写，瞬间展示具有隐秘特征的心理波动与情感生发，是李圣祥善于驾驭小说语言的一个有力佐证。“我迈前一步，轻咳两声，以示自己的存在。瞅广告的郭福敏把脸移过来，一边抖腿一边歪着脖子审视我。约莫过了三十秒，才问：‘两毛钱漂过来的？’”这是李木匠在内心极为焦急的情况下，被郭福敏搭讪时，两个人分别表现出来的情状。“费广海头皮一紧、脸皮一抽，心灰意冷玩刨子。我用眼角的余光瞄瞄他，强压住笑的冲动，开始给各工种安排任务。老黑冲费广海阴阳怪气‘哼哼’，费广海晓得不讨好，埋着头不理不睬。”这是在费广海出乎意料地丧失与韩圆圆再次一道出差的机会时，费广海及李木匠、老黑三个人表现出来的不同神态。这两句话，好像有意舍弃形容词的修饰渲染，高频率地彰显着动词的丰富自恰。这种简练有力的白描手法，简约中求细致，传递着丰富的信息，尽显汉语逼真传神的美妙，使描写对象内心最本质的即时想法，清晰地呈现出来，颇有中国传统小说的风味。

有人说，写小说不需要高深的学问，而是重在感觉。李圣祥的小说有感觉，而这种感觉是靠语言来实现的。如：“黄木匠拉英子的手缩了回来，他已触摸到了英子那颗冰凉的心，看得出她的离婚念头已非三日两日了！黄木匠闭上眼睛，植物人似的靠到床背上。天在塌，地在陷，手中的苹果也悄无声息挣脱他的手，落到地上，滚，默默地滚。他的眼微微撑开，斜斜地失神地望着地上缓缓移动着的苹果，像一尊泥塑木雕。”这段虽然集中描写的是极端失望中的黄木匠，伤心欲绝的痛楚，但是，给予读者的感觉没有丝毫的违和感。那个慢慢滚动的苹果，很有镜头感，显然动作的背后，隐含着难以割舍的情感。这种人类普遍的情感，是以一种毫不夸张却胜过逼人夸张的语言写出来，如果对语言没有感觉，是达不到如此效果的。难怪，这些自带感觉的句子，似一串串夺人眼球的珍珠闪现在文本中，给人留下极深刻的印象。

“费广海吃了两次哑巴亏后，不再递烟了，说迟到是老子生活习惯，干活时卖些力不就中了？有了争执，去找主任郭福敏。郭主任当场支持黄木匠，费广海自愧不如人家嘴大，再违纪时便不磨牙，留一句：‘记记记，记你娘的逼，看你能将老子两卵子记掉一个？’”通过这段直白、粗俗、洋溢着原生态气息的语言，一个很不服管的二吊蛋形象呼之欲出。小说刻意用一种放肆的语言，让人物丑角化，并非真正意义上的讽刺和否定，荤素不忌的语言暗示着人的生存状态与精神状态。还有，小说对男女情爱的描写也毫不避讳。不过，这些都是通过叙事人李木匠之口说出来的话，即使粗俗也并没有冒犯读者的意味。相反，这种赤裸裸的语言，的确源自生活，堪称合乎卯榫的最适合的语言，是由无数前辈熔铸过的典雅书面语的一种反拨。因此是好的。

李圣祥的小说语言值得称道的艺术手法还有很多。

比如喜用借代。“老师大她七岁，已为人父，夫人是个‘醋罐子’。‘醋罐子’不省事，笃定丈夫师生恋，就当场捉住正给韩圆圆开小灶的丈夫，现场为校内那片据说是李鸿章栽种的柳树林”。小说中类似于这种拿诨号借代本人说事的借代修辞手法用得很多。恰当地使用借代，可以突出事物的本质特征，增强语言的形象性，而且可以使文笔简洁、精炼，使语言富于变化，并产生幽默感；还可以引起人们的联想，使表达收到形象突出、特点鲜明、具体生动的效果。

比如摹形绘声。“那浪浪的说笑声，就像一把刀子乱扎黄木匠心脏，他垮了，不顾细雨淅沥，直接瘫地上抽接火烟，越抽气越足，于是脚一踮站起来，对准厨房嚷起来。尽管极力装得轻松、大大咧咧，但那音调还是因为羞愤交加而显得不伦不类、古里古怪”。与作者早期作品相比，《李木匠的春天》在描写上又有所拓展。以上引用的这句话，就是通过摹形绘声，不断积攒能量，让强烈的情感荡悠在轻松幽默的叙述后面，张力十足。

比如幻觉描写。“韩三爷越是闭门不出，父亲越是胆寒，天天盯着三爷家关着的门发愣。恍惚间突然看见那门洞开，韩三爷拎一把雪亮的菜刀，疯牛一般向这边狂奔。父亲晃了晃，原来奔他而来的是一股阴风，父亲揉揉眼睛，发现韩三爷家的门仍严丝密缝关着。父亲摇头苦笑，当晚竟然失眠了”。这种对人物心理的描写，是通过幻觉展示出来的，加深了我们对所写人物的理解。

比如风景烘托。“韩圆圆离家出走的时候，天还没亮。一轮下弦月悬挂在西边的半空中，弯弯的，两头尖尖。透过晨雾，散发出朦胧的光，那光极虚，羞羞涩涩的，仿佛惧怕和刻意逃避即将喷薄而出的太阳”。这样的风景描写，极具隐喻色彩，不仅充满了诗情画意，还暗合人物此时的心境，凸显人物的个性特征。

文学是语言的艺术。文学语言通过对规范语言的偏离，有意将人们的目光吸引到艺术化表达上，旨在使读者对内容感兴趣，从而能够畅快地阅读下去。李圣祥的小说语言，就是这样的很有艺术趣味的语言。这与他竭力追逐方言土语，追求个性化表达不无关联。总的来说，他的小说语言可以用“土俗”和“戏谑”来概括。但若过分追求这样的表达，有时也会适得其反。在我看来，他的小说语言的确存在粗俗语、俏皮话偏于稠密，留白太少，不太注重叙事节奏的轻重缓急等缺点，好像一句话不抖上几个包袱，就有对不起读者的意思。好的长篇小说，需要注重节奏的整体营造，才能大开大合、自由舒展；需要留下空白，才能给读者留下足够的想象空间。换言之，小说有无意味，个性化的语言是双刃剑。如果只有语言的狂欢，难免会给人以徒有其表之感。没有最好，只有更好。这是我对李圣祥小说的一点建议。

2018年11月

平民化叙事嘹亮奋斗者之歌

——读许冬林长篇小说《大江大海》

几年前，就听说许冬林在写一部名为《大江大海》的长篇小说，后来看了这部小说一万字的故事梗概，说实话，挺为她捏一把汗。在我的印象里，许冬林的创作优长是小、巧、灵，而这样一部题材的长篇作品，怎么也应该摆脱不了大、厚、实。《大江大海》出版后，我在第一时间得到了许冬林的赠书，断续的阅读中，疑虑在消解，敬意在滋生，那个文学感受力顶尖的许冬林并未远离。

小说描绘的是皖中长江之畔的滨江镇，以高云天、郑永新、唐升发为代表的第一代乡镇企业创业者，和以高远波、郑岚等为代表的第二代民营企业家，勇闯市场，兴办企业，从无到有，从小到大的艰难历程。近半个世纪的时间跨度，几乎与中国40年的改革开放进程同步，作品呈现的农村历史性巨变，虽有地域局限，但就中国乡镇企业、民营经济发展演变来看，仍具有广泛的代表性和典型性。从农民成长为企业家，在看似鲜花铺就的大道上，实际上布满了无数个诡异的陷阱，在每一个路口前，非大智与大勇，很难做出抉择。作品直面矛盾和问题，创业者所经历的明枪与暗箭、所面临的困境和挑战、所展现的信心与魄力，多有深刻书写和动人展现，小说也凭借几个勇于挑战自我的人，致敬了所写时代及其精神力量的高贵。这些人及其开创的事业，正所谓波澜壮阔之下，暗流汹涌；光环耀眼之时，危机四伏；迷茫徘徊之际，希望仍在。小说有力地阐明：路都是人走出来的，只有那些敢于拼搏的人，才有机会以青春和生命，书写从泛舟小河小湖到破浪于大江大海的时代传奇。

这是一部不折不扣的现实主义作品，线性的时间叙事，严谨的时空坐标，达成了它具有开放视野与宏阔背景的历史维度。很显然，对于这段历史，未能完全感同身受的许冬林是做足了功课的，体现在政治、经济、社会、生活、风俗等方方面面。不同年代政治话语的精准注入，乡镇企业、民营企业兴衰曲线的精准把握，社会环境开放程度的精准定位，人们价值取向、观念裂变的精准捕捉，生活面貌悄然变迁的精准拿捏，日常用品、价格换算的精准更迭，等等，这些暗含时代特征的年份对应，不亚于纪实类作品，甚至纪实作品。当然，仅有这些是远远不够的。遵循历史发展轨迹描摹社会生活，是这类题材小说之必须，无可争议；但增强这类小说的可读性，避免过多宣传说教与概念化演绎，同样重要。许冬林采取的平民化叙事策略，很好地解决了这个问题。

小说写了高、郑、唐、蓝四大家族。作为第一代创业者的高云天、郑永新、唐升发、蓝书记，就是各自家族的掌门人。他们之间是上下级关系，也多是同事关系、朋友关系，有的甚至是亲戚关系。盘根错节的人际关系，这是农村乡土社会的普遍现象，即所谓的人情社会，正是这部小说平民化叙事的基础。父辈们在为实现发家致富这个共同目标中，增进了感情，也因为竞争产生了一些误会，同时更需要强强联手，在这种情况下，传统的联姻从来都是维系、深化家族之间关系的最佳选择。小说很早就打开了高远波、蓝云涣、郑岚等几个二代优秀代表的生活空间、学习空间、梦想空间，特别是情感空间，让读者了解到他们的成长背景。不过，随着第二代的日渐长成，青春的荷尔蒙在他们体内奔突，家族之间的各种联姻组合越发的扑朔迷离。长辈们对现实利益的考量，年轻人爱情的自主性，都因为时代发展被提到了前所未有的高度，最终导致每个人的选择既有情感的合理性，又有现实的必然性。随着岁月的流逝，他们之间的关系更加微妙，误会、猜忌从未间断，妥协、煎熬贯穿始终。爱情的善变与坚守，遗憾与美好，给了年轻一代在冰冷生硬的拼搏中，增添了烦恼，也注入了奋斗的动力。这种保留了纯洁，却又不再纯粹的情感，符合那个年代乡村青年的爱情实际，毫无拔高之嫌。这种典型的平民化人情叙事，触及了生活的纹理和质感，升腾起了小说的烟火气，也是小说最为搅动人心的地方。

平民化叙事还体现在人物塑造上。高远波是《大江大海》的一号人物，小说的主要内容就是在告诉人们，高远波这个典型的当代农民企业家是怎样炼成的。事实上，正面人物的塑造是小说的一个难点，很容易假、大、空。在作者看来，高远波就是一个普通乡村青年，可以说他的每一步成长，都是逼出来的。他想继承早亡父亲的衣钵跑市场、办企业，可是母亲却拼命要他念书上大学，两次名落孙山后，却得到了叔伯们的关照。他深爱着郑岚，两人私奔出来，却被来自女方的势力棒打鸳鸯，在带回的外地女人跑走后，“青梅竹马”的蓝云涣却主动走近了他。当他在大唐电器厂将推销工作做得风生水起时，却因为自己的善良、重情，帮助同学出现意外而导致失败；当他得到蓝云涣的激励，决定东山再起时，又被另一个同学骗了一回；再次回到原点后，又是叔伯们的扶助，使他以破釜沉舟的决心，再次挑战困难，搏击命运，最终成为滨江电缆行业的领军人物。可以说，高远波人生的岔道口、关键处，都有客观因素在起作用。换言之，在高远波走向成功的路上，虽无先例可循，也无经验可鉴，但他并非一个天生异材，神通广大，能够呼风唤雨的高大全式的英雄人物。相反，他有很多缺点和不足。不过，这些缺点和不足，与他那不达目标不罢休的闯劲、越挫越勇的斗志、置之死地而后生的决心，又显得微不足道。小说书写他作为一介草根白手起家、逆境求生的传奇，讴歌来自社会底层小人物的奋斗精神。我想，只要稍加辨析，就会发现高远波的成功，更多地得益于这个激进变革的伟大时代，或者说，是改革开放的好时代，给予了他个人努力的最大回报。

平民化叙事更体现在情节的推动上。小说的情节完全是平民化的生活流，即所谓“故事不多，宛如平常一段歌”，总是在不疾不徐中，真真切切。那些人情世故，都是普通人的言行在日常生活中聚拢起来的样子。在展现人心的复杂多样时，也都考虑人物的身份和当时的处境，不猎奇，不显摆，遵循人物性格和心理逻辑。在展示错综复杂、交缠纠结的关系图谱时，既给出矛盾和纷争的缘由，又能温情地化解冲突与困境的藩篱，条分缕析，丝毫不乱。所有这些，都是精心的，也都是自然而然的。更为巧妙的是，情节的推动一环扣一环，总能在山穷水尽处柳暗花明，既出人意料而又在情理之中。有意味的是，小说最后写到了滨江电缆企业面临的困境，高远波、郑岚们遇到的困难，好似当年他们父辈遇到的困难。令人欣喜的是，更有文化和知识的第三代人已经茁壮成长。在蓝书记的孙子杜小涛等人的帮助下，滨江电缆开始扬帆出海，虽未解决实质性问题，但让人们看到了另一番天空。从高云天们开始，每次都是年轻人打开局面，寓意着人间的接力奋斗永无止息，这也是小说选择开放式结尾的原因。

值得称道的是，许冬林发挥语言特长，将这种很难小说化的题材，通过语言的能动性，完成了艺术上的大作为。一些风俗画般的生活场景描写，深化了人情人性的美好，而自然风光的描写也多与人物内心相契合，在人物对话之间加入人们日常习焉不察的动作，这些都是极其透彻的洞察，极其精微的细节，极其空灵的表达，使得厚重的文本瞬间轻盈起来。对于自己的这个独门绝技，许冬林没有故显才华而遍地开花地使用，总是在收敛中节制，臻于完美。

不可否认，小说在构思的时候，很多方面都有周到的考虑，但在这个庞杂的系统工程里仍然留下了遗憾。尽管有自适于题材的考量，但民俗的淡化、方言的弃用，使得地域特征不够凸显，文学所提供的地域文化及其差异性，向来是抵抗同质化的有效手段；尽管极力克服脸谱化塑造人物，也未有给典型人物拔高之嫌，但是缺乏有深度的心理描写，尤其是对立面人物形象的坍塌，使得主要人物遇到的人为障碍过于轻松，小说精神链的打造还不够完美；尽管对历史背景做了全面深入的了解，不由自主地跟着生活的变化在走，但是过于客观、审慎、不偏不倚的原生态描写，使得小说以艺术逻辑统领生活逻辑的原则，没有得到很好的贯彻。

对于一个因写散文而蜚声扬名的作家，似乎不写小说，就不足以证明自己拥有的真正实力。或许就是这样与自己较着劲，许冬林奉献出了她的第一部长篇小说《大江大海》。我给她的这次较劲打八十分。

2018年12月

人性的深探　俗世的细呈

——评子薇长篇小说《今宵多珍重》

一

《今宵多珍重》是芜湖女作家子薇的第三部长篇小说。2008年底，子薇携带她的首部长篇小说《此情可待成追忆》登上文坛，即令业内人士刮目相看，多有褒扬，随后这部长篇小说获得了2007—2008年安徽文学奖。那时芜湖写纯文学长篇小说的作者可谓寥寥，她的成功，也刺激了芜湖的很多同好，自那以后，芜湖写长篇小说的人突然多起来，势头一直延续至今。之所以说这些，想表明两点：一是子薇的小说创作起点较高，这是不容置疑的；二是子薇无意中带动了芜湖的长篇小说创作，有不可抹杀的开创之功。

子薇不仅写小说，也写散文。她的散文取材广泛，风格多样，情真意切而又不事雕琢，尤其是一些感时托物、寄情抒怀的短章，如中国画那样的写意造境，在开合有度中摇曳多姿，在浑然天成中英气逼人。她的小说创作完全是另一种风貌：紧扣时代、融于生活，贴身大地、情关众生，是体悟生活本质、吃透生活底蕴的凡眼观照。如果用俗中向雅概括她的散文，那么她的小说就是雅中向俗；如果把她的散文喻为剑，那么她的小说就是刀，而且是厨房里切菜的刀。子薇似乎有意拉开自己创作小说与创作散文的距离。她的小说创作，至少到目前走的还是俗世烟火的路子。《此情可待成追忆》是，《等你归来》《血脉》也是，而最新这部《今宵多珍重》更是如此。

二

《今宵多珍重》采取清晰的线性叙事线索和全知全能的叙述视角，以1998—2006年的江南中等规模城市梅城为时空坐标，以杨子辰、柳如雪组建的这个不幸福家庭为枢纽，以人的欲望膨胀和情感演变为推进逻辑，聚焦官场、职场头面人物的攀龙附凤、争权夺利及男女关系的随意混乱，同时聚焦柳如雪家庭婚姻的波折、个人事业的成功，将各种人物的心路历程如剥笋壳般地尽相展露，从而打通了官场、职场和情场的藩篱，把处在社会转型期受市场经济冲击下的欲男情女，推向了作者精心编织的舞台，演绎了一出各自命运流转下的世俗众生相。小说没有悬浮于社会现实之上凌空虚蹈，而是全方位导入时代最为出彩的场域，以宽广的眼界深度探索道德破碎下的人性；作家直面俗世，如雪婆婆和妈妈、张姐、楼兰妈妈这些普通人物的卷入，说明小说有意将观照的根须向社会底层延伸，最大限度地呈现生活层面的真实。

子薇有着很强的小说叙事能力，体现在这部小说中的是叙事空间的不断打开上。小说是以1998年惊蛰这天女主人公柳如雪所工作的芙蓉纺织厂职工代表拦截市长车子讨说法开篇的。惊蛰是天地万物萌动的开始，按照“天人合一”的观点也意味着人心的萌动，说明接下来人与人之间的利益冲突、情感冲突已不可避免，借此奠定了小说以“冲突”为主线的基调。同时，自然而然地让书中的一些主要人物，如米夭夭、杨子辰、强玉龙等尽早亮相，有利于叙事的多头推进。还有，柳如雪后来成为信访局干部，也直接参与了芙蓉纺织厂后续矛盾的处理，纺织厂地块是官、商、民博弈的一块肥肉，左右着官商的成败，具有生发情节的无限功能。这样写，既集中巧妙又不枝蔓突兀。《今宵多珍重》意在打通官场、职场和情场的藩篱，助推小说叙事向纵深推进的是作家精心设计的几个女性人物。姿色出众的米夭夭、奚无霜、曲莎莉等女性无不以情色为触手，以求达到各自的目的，正是通过她们的暗通款曲，打通了无数个看似打不通的死胡同，使得叙事顺理成章地获得了可信可感的戏剧性元素，进而呈现出错综复杂引人入胜的情节。而作为主叙事的柳如雪和杨子辰两个核心人物，始终是诸多情节线索汇集的两个点，在交叉回环、勾连贯通、立体穿透的繁复叙事里，牵引并羁绊着其他人物在各自的舞台上有所作为而又不恣意盲动。

三

文学是人学，人物的塑造很大程度上决定着小说的成功与否。

柳如雪，这个具有好听名字的徽州乡下女人，早年怀着青春的梦想来到梅城打工。在工厂遇到了她的初恋情人强玉龙，因年少不懂爱情而失之交臂。后来她与同事杨子辰组建了家庭。由于城乡文化和生活方式的巨大差异，她受到来自丈夫与婆婆的夹攻，使得她在杨家处于被侮辱与被损害的地位。可是，自小受善良仁慈的妈妈教诲，这个被泪水浸泡的女人一味地忍气吞声，虽有过抗争甚至不惜一死（是女儿丽川救活了她），最终还是选择了妥协。她像水一样透明柔顺，又不似水那样随大流。她的性格决定了她不可能被城市实用主义价值观所裹挟，肯定有云开雾散出头之日。其实，如雪并没有先天的资质，与同乡姐妹米夭夭相比，身材和脸蛋都很一般。她考上公务员，当上了科长、副局长、副区长，都是得益于她的不懈努力，还有积极进取的工作态度和良好的品性。当然，如雪的性格绝非如此单纯，封建传统思想在她身上亦有所映射。她没有敢爱敢恨的勇气，深爱着的强玉龙二次到来向她主动示爱后，她因慑于杨子辰的淫威而再次放弃。她有夫贵妻荣的思想，不惜为没有爱只有恨的丈夫升职低三下四地求人；她太爱与自己相依为命的女儿了，为了女儿有个体面的爸爸，也不希望犯了法的丈夫走上不归路。这样不完美的人是全面立体的，也是真实可信的。作者不惜笔墨倾注于她，体现了一种人性的悲悯体恤，是对苦难奋斗人生的终极关怀。

书中的男主人公杨子辰这个角色塑造得相当成功。他是一个自私阴险，满腹人欲，为了欲望无所不用其极，并以得欲为乐的人。就是这个有着虚假丑陋灵魂的人，原本只是个吊儿郎当、无所事事、谎话连篇、爱占小便宜、得理不饶人、遇事只会指责别人的小职员。为了发迹，他苦心钻研“厚黑学”，一旦有了攀高枝的机会他就牢牢抓住，从此善于逢迎拍马、借梯登高的他有了宽广的平台。可是他欲壑难填，在欲望的泥淖里越陷越深，为了地位、金钱、女色使尽阴招，直至造成两起人命案。多行不义必自毙，像他这样的人必定会随着成功的到来走向毁灭。就是这样一个十足的恶魔，偶尔也会有“天使”的一面。他欺负妻子如雪，把她当作泄欲的工具，当他与情人做爱时口念如雪的名字，说明他对妻子不是没有一点爱意。他爱女儿丽川也不是装出来的，也是丽川眼中的好爸爸。杨子辰尽管得势一时但没有善终，不难分析出是市场经济大潮下扭曲的价值观、破碎的道德观，还有错误的成功学，造就了他，成全了他，最终也毁灭了他。

萧逸宣是小说中官员形象的代表。他精明强干，官场顺遂，前途不可限量。杨子辰就是倚靠这个极富个性魅力的开明通达之士，走上他的飞黄腾达之路的。然而过于自负的萧逸宣，偶尔的审人不察无异于作茧自缚，以致掉进杨子辰设下的圈套而浑然不知。本以为只是人际关系中的互相利用，没想到成了互为隐形的推手，分别成为黄雀眼中捕蝉的螳螂。当然，咎由自取，怪不得别人，萧逸宣从来就不是什么高大全的圣人，他在官场呼风唤雨的同时，也情欲高炽毫不收敛，除了结发妻子外，他还有地上地下两个情人，作风上如此不检点，岂能不阴沟里翻船？

胥永波是柳如雪的顶头上司。表面上看，这个公道正派的男人只因如雪长得像他初恋情人而关爱有加。其实不尽然，设想如雪是万柳青之类的下属，他也不会兄长般地给予帮助提携。胥永波是梅城官场更是这个社会好男人的代表。就是这样的好男人，在与如雪一道出差时，竟也借着酒劲欲对如雪非礼，只是阴错阳差没有得逞而已。

米夭夭、奚无霜、曲莎莉、宇群芳等书中几个甘愿牺牲身体的女性，从某种意义上说她们也是受害者。她们初衷一致，处境相似，结局也大致相同。表面上看，她们的所作所为是对传统以婚姻求生存模式的超越，事实上这是一种危险的超越，是时代婚恋观的一股逆流，当庇荫的大树轰然倒塌后，她们将情何以堪？书中，帮助她们解套的也是女人，谢长远的女儿谢丽莲（化名杨紫），谌梦泉，还有柳如雪。这正应了这句话：女人总是破坏男人搭建的既定秩序，女人也总是在男人搞乱的地方建立秩序。

书中的一些边缘人物，虽着墨不多，也都个性鲜明：如雪妈妈的忍让仁慈，如雪婆婆的势利蛮横，万柳青的飞扬跋扈，尚燕飞、张姐、楼兰妈妈的善解人意、乐于助人，一个一个像是从风俗画里活灵活现跳将出来的样子，让人印象深刻。

综上所述，子薇对这部小说的人物塑造是颇费苦功的，集中体现在对人性的深度探索上。她力求还原不同人物的不同思维方式和语言，贴着他们的心跳，写出了每个人的本质和心理，写活了多个人物性格的独特性和多面性。书中的主要人物没有绝对的好人，也没有绝对的坏人，而是好人有瑕疵，恶人有时亦有善念。但好人自会好报，恶人难逃恶报。他们的最终归宿，诠释了从卑微到显赫只有一步之遥，从伟大到可笑也只是一步之差。小说剑指这个社会成功人士的道德危机，鞭挞庸俗的成功学，但各自人物命运的尘埃落定，表明作家骨子里冀望这个社会更加完美。

四

在我看来，《今宵多珍重》可以算是一部世情小说，它很好地完成了时代语境下合乎生存逻辑、人物关系、礼制习俗、家庭道德的叙事，是积极严肃的主题，曲折生动的情节，堪称流行的时尚元素，以及地域文化符号的有机结合。这种整体上的成功固然源于多方面的协力合围，但最基本的是得益于小说在充分展示世俗社会日常生活时，没有凭空臆想生编硬造，更没有人为地上提悬置，而是原生态细枝末节地忠实呈现。

首先体现在小说的结构上。结构是小说作品的形式要素，最能体现作家的创作意图。这部小说采取线状与网状相结合的方式加以结构。小说前半部分基本上是线状结构，不惜篇幅不厌其烦地叙述杨、柳这个小家庭的琐碎与矛盾，反复出现夫妻争吵的场景，特别是如雪内心的不断冲突与缓和，再冲突与再缓和，让人们体会这个家庭内在危机的同时，也是在向人说明如雪从卑微的尘埃成为飘向天空的圣洁羽毛经历了怎样的辛酸和煎熬。其实，作家这样结构是更有深意的，因为夫妻二人有着完全不同的文化背景和价值取向，把他们的互相排斥放在朴素的日常生活伦理中去展现，才不至于使人性的差异失去赖以生存的土壤。小说后半部分基本上是网状结构，更多地通过心理分析推导、独白旁白等手法，让人物复杂的思想、意识与复杂的现实、世俗相一致，展示他们未能免俗的一面。原来，他们都是我们熟悉的陌生人。

其次体现在小说的情节上。我们知道，小说是靠情节来推动的，情节又是靠细节来支撑的。这部小说捕捉了很多日常生活的瞬间，以形象化的精准语言描摹出来，令人过目难忘。如如雪为了掩饰自己的悲伤，在回答张姐的问话后有这样一句描写："她嘴上虽然逃避，眼圈还是红了，她装作看房子的天花板，伸出右手，悄然在眼睛上抹一把。"这个只有联系具体生活情境才有意义的小细节，没有经过刻意的裁剪，却无比真实和生动。此外，书中还写了很多官场、职场间的明争暗斗、尔虞我诈，一不小心就会脱离现实基础，成为类似小说古旧桥段的翻版。为避免误入模式化的窠臼，成为一种高高在上的悬空叙事，作者有意加入杨子辰的爱人柳如雪、谢长远的女儿谢丽莲，并围绕她们设置若干重要情节，目的无非是让丑陋的灵魂屈服于俗世正义的巨大威力。

这部小说的世俗化倾向还体现在小说的语言上。语言是小说的外壳，也深刻影响着小说的内涵。子薇的小说语言总体来说，具有明快精准、清丽流畅的特色，配上非常纯熟的口语，与她擅长的叙事感觉很好地熔于一炉。在这部小说中，她还有意加入了大量方言俗语，皖江一带的安徽人读起来想必特别有感觉，也特别地具有亲切感。方言是一方土地上生出来的东西，是生命在一块地方扎根出土时发出的一些声响，从某种意义上说，它是一种更真实更生动、更为生活化的语言，有着高辨识度的地域烟火气息。小说中的任何言语都是指向作品本身的。《今宵多珍重》方言俗语的匹配使用，并随着叙事对象的变化而变化，使得这部小说的世俗化倾向愈加纯粹。

五

《今宵多珍重》是我仔细阅读的一部长篇小说，几乎每页纸上都留下了划痕或笔迹。读罢掩卷而思，我竟难以归纳统摄全书的思想主旨。也许是社会过于复杂才使得高明的作家，不得不力求让小说文本拥有更多指向和可能。事实上，给出明确答案的小说并不是好小说。作家只负责呈现事实，意在给读者留下广阔的想象、多层次的思考以及再创作的空间。这也符合“艺术的打击力要放到最后”的原则。

需要指出的是，对于具有一定小说创作水准的子薇来说，不应该仅仅满足于写出了一部情节生动好看的小说，也不应该满足于小说对人性有所发现和揭示，而是要有雄心创作出经得起岁月淘洗的艺术精品。就个人感觉而言，这部小说也留有一些遗憾和不足，因为长篇小说同样要有静水深流般的美学追求和开创性独特的意涵提炼。

没错，这部小说揭开了生活内部的肌理，呈现出俗世最为本质的东西，但也存在故事世俗化、情节戏剧化、小说剧本化的写作倾向。小说毕竟是虚构的文本，没有俗世的生活肯定不行，但也需要从芜杂的世俗生活中跳将出来，提炼生活的本质，灌注内涵沉静的诗意元素，还有真实情感的力量。小说的后半部分波澜迭起，看起来着实过瘾，不过总感觉是在看一个与己无关的大片，缺少一种直击人心的痛感和力量。小说中有很多通过对话或心理活动，把一些需要读者去连接的逻辑线索说出来，甚至还有一些重复性的交代。其实不必那么面面俱到，多数读者自有融会贯通的能力。文本中需要增加的应该是人物独特气息与个性意识的无声弥漫，要把这种不说为妙的感觉传递给读者，要相信“读者永远比作者高明”。书中的典型环境描写显然占比过小，仅有的几处描写徽州桃园景观的句子十分出色，给人心旷神怡的美感，如果能与人的心境相契合那就更好了。还有，文本中一律将对话的陈述句改为转述句，使小说的节奏、韵味更加地贯通畅达，但一些方言俗语、官场客套话转得不彻底，显得有些不伦不类。

子薇健笔写就的《今宵多珍重》是世俗土壤上开出的奇异花朵。期待善于拥抱生活的子薇，继续深挖生活这口无底的井，以更大的难度写出更有深度和温度的作品。

2017年3月

叙事圆融合理　人物刻画精到

——读何世平小说集《去城市》

何世平在小说创作的路上，已经走过了30年。正所谓念念不忘，必有回响。近年来，他的小说接二连三发表，呈现全面收获的态势，当是对他长期坚守、孜孜以求的最好回报。文学，何曾亏待执着的人？

《去城市》收录中短篇小说18篇，都是作者近年发表在省市文学刊物上的成熟作品。小说内容较为广泛，但总体不离改革开放新时期以来，发生在农村，特别是城乡之间的凡人琐事，聚焦生活的变迁，勘探人心的迷乱。描写的底层小人物，多为在短时间内，从乡村社会生活的急剧变化中感受到人情冷暖，或是乡村熟人社会跌进城市陌生人社会导致的巨大落差，在他们内心投下的暗影，由那种不安迷茫、无所适从，到寻找出口、迎面挑战所经历的成败得失，全面而深刻地呈现转型期农村的种种现实。小说以小见大，背景清晰，通过以良善为根、个性突出的底层小人物的在场感和参与性，见证了一个急管繁弦的变革时代。

何世平坚持写自己有生命体验的文字，尽管后来定居县城，但未真正离开乡村的他，把小说植根于丰厚的乡村生活土壤，不追风逐流，不花哨时尚。经过多年的锤炼，他的小说形成了自己鲜明的叙事风格：细致绵密，不疾不徐，逻辑缜密，有效信息都是在最恰当的地方，一点一点透露出来，有一种流水不争先、水到渠成的畅达。他没有宏大叙事的企图，总是从一个不经意的小切口开始，一点一点地打开、转场、推进、合围、收束，不砌辞藻，不纵声情，甚至没有所谓的“高潮”，每一个转折处都很自然，内在的逻辑性纹丝不乱、环环相扣，在做足了一切准备后，结尾处常有的情节突转，尽管出人意料，但亦在情理之中。还有小说中的人物、情节、场景都是不可分割的，如同互相带动的齿轮，紧密地加以互推互进，这样讲述的故事是从庞杂生活中抽离出来的一根链条，极具整体感、严密性，由内而外焕发出持久的生命力。如《在叔叔的屋檐下》围绕王小川找叔叔要工钱这个执着信念展开，通过倒叙、补叙完成叔叔、父亲、妻子对这件事的不同态度，强化了王小川执拗性格的生长、发展，小说最后的反转很有意味，深化了“代沟”可以弥合这个隐秘的主题。《龙虾》采用少见的第二人称叙事法，一气呵成地叙述了一个狂热的文学爱好者经历的梦想与爱情故事，被世俗包裹着的两个心心相印的青年人的纯真情感，有着超凡脱俗的特别价值，而以“龙虾”为题且在故事结尾和盘托出，有美好的东西原来就在身边的寓意，大大提升了小说的内涵。

何世平致力于讲好每个故事，寻常的却又有点意味的故事。他坚信，小说不同于其他文体，如果没有故事，读者基于作品的感受就无由出之，更遑论情感的共鸣、思想的会意了。故事是由情节组成，情节决定故事的品位。在情节设计上，他的小说从不走极端玩噱头，但也不平庸死板，而是不脱离底层生活的沉重，用一种与常人经验、理性不完全相同的视角，真实地再现有想法之人的生存境遇和情感困惑。如《一条游来游去的鱼》就是以半大孩子陈小涛的视角，写出了成人世界光怪陆离、匪夷所思的现象，极具批判性。很多时候，这些故事看上去眉目了然，但仔细想想，却又不那么简单，只有一层层打开，跟随那些散发出去的光芒，才能寻到人性之所以至此的根源。换句话说，故事背后的“为什么”完全需要读者自己去想象。这种想象不是凭空的，它的引爆点是生活包裹着的内核，而爆发力的大小，完全取决于读者的水平。读这样的小说，需要经验和阅历，尤其是对新时期的农民有足够了解，才能作出深刻剖析。

值得称道的是，作家没有滥用自己的权力，没有口号式、标语式的乱贴标签，也没有让小人物讲大话，而是站在中立的立场上，叙述与时代真实生活相对应的情境，尤其是渗透在情节中的细节描写，更是将一切化为坚实牢固可以触摸的生活，展现出一种原生态的面目，只等待人的灵魂出窍。如《在叔叔的屋檐下》中，到底是叔叔在“杀熟”，还是对侄子王小川不放心，作者没有说，但叔叔阻止他上高中的动机却非常可疑，这些留给读者各自去认知去推演。有不确定性才有生命力，写作和人生都是如此。不把小说的主旨说出来，连概念性、倾向性的东西都没有，这种写作理念，何世平一以贯之地恪守，这是他的小说超越同类许多作品的一个重要因素。还譬如在《还乡》《把一块钱给我》等作品中，小说写出了城乡之间的落差激发了人的欲望，这种欲望在实现过程中，会产生意想不到的更大困惑和痛苦，在经过努力一切看似已遂人愿的时候，又弓崩弦断。小说到此也就结束了，是完全开放式的结尾。这部集子中几乎都是这样看似无主题的作品，但仔细想想，人物的思想变化、所作所为，怎样一步步走向深渊、自尝苦果，不完全是咎由自取，还有许多客观因素。从本质上说，可发、马健们也是受害者，怎样理解这些失败者，就是小说给出的时代命题，而非答案。小说的高明之处，就在于最大化地呈现多义解读的可能性，从而最大程度地调动读者各自的再创作。

总的来说，何世平的小说没有刻意追求戏剧性，无论是情节设计，还是故事方向，都符合彼时彼地平凡生活的全部真实，尤其是通过比较另类的主人公对美好生活与人间真情的追寻，让我们看到在静水深流的叙事铺展中，一些棱角峥嵘的人物浮出水面的意义，正所谓千人诺诺，不如一士谔谔。这些小说总给我有反复阅读的冲动，如果不是作家的叙事智慧和叙事能力，如此缺少戏剧化冲突的小说，怎会有引人入胜的阅读趣味？一切看似随意的背后，是作家小说结构能力和创意能力的高超。

在我看来，创作一篇有分量的中短篇小说，除了具备不俗的叙事功力，很大程度上还取决于小说人物的塑造。《去城市》的人物塑造无疑是比较成功的。在这个维度上，何世平也给了初写者一个可资借鉴的范本。

首先，是人物的设定。小说的人物都比较少，往往是一个中心人物，三两个次要人物。主要人物多是青年，他们初涉世事，性格和想法与周围的人有很大不同，他们对社会的变迁敏于常人或认识高于常人，所以他们不甘被动和落后，主动追求幸福生活，找寻脱离生存环境而存在的意义，

《优秀青年王小力》中的王小力、《在叔叔的屋檐下》中的王小川、《把一块钱给我》中的马健都是如此，这是小说得以有情节有故事的基础。次要人物多是主人公的亲人和熟悉的人，他们之间产生的“杯水风波”，说白了就是小圈子范围内的磕磕碰碰。这种设定，对作者来说，可以集中笔力写好仅有的几个人，特别是可以须臾不离主角即可完成故事的讲述，小说的集中度高，线索单一，就更容易往深里走，更容易曲尽其妙。而读者的便利在于，很容易跟着情节推进，一点点积攒起主要人物的鲜明形象，读后，也更容易留下深刻的印象。当然，作为主角的一号人物是需要深思熟虑、综合现实中的多个人才可定下，毕竟他们是被生活异化的人，生活中并不常见。作家将关注的目光投向这些杂糅而成的特殊人，突破文学题材同质化的桎梏就有了新的可能性。

其次，是人物的性格刻画。除了符合人物各自性格的语言，作家也善于将人物的动作性格化、个性化。如在《还乡》中对可发的描写：“可发用手薅进头发，想在头发里找到办法，当手从头发里出来的时候，还是没有办法，却把头发揉得像鸡窝。他想对女人说句甚么，可是他不知说甚么好，他急得脸上都暴青筋了，还是找不到合适的话安慰女人。”一个没有主见、心地善良、老实木讷的青年农民形象，在一连串的动作中显现，表面上是写形象实际是写性格。“娘没有说话，半晌，她又想说什么，最终，一个字也没有说出口。”这是《失母记》中的一个场面，把一个遭受恫吓而心有余悸的母亲形象迅速勾勒出来，给人的感觉是，原来乔龙宝不省事的母亲也是胆小怕事的善良人。这说明，何世平谙熟笔下人物的生活习惯、动作表情直至性格特点。很多时候，小说既有对小人物内心坚硬如磐的刻画，同时又弥漫着一种怜悯的痛感。他们的生活无疑是沉重的，一根筋似的执拗、总是走极端的行为方式，其实正是弱者自卫性攻击心理的外在表现。作家呼吸着他们的呼吸，同情他们的苦难，维护他们的尊严，呈现出一种幽暗与明亮互见的光泽。

此外，从故事情节的发展变化中把握人物性格，逐渐让人物深层的特征显山露水。《失母记》是集子中情节冲突较为激烈的一篇。村民乔龙宝和李黑皮本是好朋友，因李黑皮为暴发户丁百万购买乔龙宝承包山林的黄土一事而闹僵，后又因宅基地问题矛盾逐渐公开化。李黑皮得到村长王大宝的暗助更加有恃无恐，这时本对李家心怀怨恨的乔龙宝母亲，尽管年老多病，但她不信这个邪，多次据理力争。在争斗升级中，双方损失惨重，特别是乔龙宝的母亲还被警察带走，吓得差点丢了老命，最后离家出走。出人意料的是，在小说的最后，乔龙宝竟然不要林场松树被一个上坟祭祖的老奶奶意外烧毁的损失赔偿。看似不可理解，其实是善良的乔龙宝从自己母亲遭受的变故中悟出了道理，良心发现的他自然动了恻隐之心。吊诡的是，就在这个时候，乔龙宝却设下圈套，把为李黑皮撑腰的王大宝和叶干警"送入当铺"，而自己在得到失踪母亲消息后，不得不去自首。这篇小说，就是通过情节的推动，将几个主要人物的性格最大化地挖掘出来，让人感叹人性的多面与深不可测。《幸福像花儿开放》的人物塑造也非常成功。无论是山里佬、剃头匠四毛，还是荣花、荣华姐妹，都个性分明，惟妙惟肖如在眼前。特别是对嫌贫爱富的四毛老婆"小大姐"的性格刻画十分到位，采取的就是寓人的言行悄然改变于一波三折情节中的手法来实现的，打个不恰当的比喻就像温水煮青蛙，由量变到质变，"小大姐"对待山里佬态度上的一百八十度大转弯，就不难理解了。

《去城市》看似写小人物，心里装的却是大时代。何世平把时代的变迁、社会的变化，快速地反映在小说之中，折射出人物的生存与精神的难题。写小人物内心的种种纠结与困窘，记录生活、书写时代，无一不与社会问题紧密勾连，而且它们本身也是社会问题的构成部分。小说的价值或许即在于此。

总的来说，何世平的小说创作属于具有民间叙事趣味的底层写作。不过，随着认识和技艺的提高，与他早期作品已有了不小的变化：自觉的多样叙事追求，深切的人文关怀，拓展了自己小说反映生活、表现人性的深度和广度。如果说还存在令人不够满意的地方，小说最大问题是与现实拉开的距离还不够大，换句话说，下笔还不够狠，还不能通过有效虚构，特别是更多借鉴象征、隐喻等现代主义手法，抵达一种更深层次的真实。

文学是寂寞而神圣的事业。30多年坚守的何世平，以一种精神修炼的方式不断前行，他已处于冲破瓶颈、再上一个台阶的关键期。期待他涵养气质，大胆创造，推出更多具有大情怀、大品格、大气象的作品。

2019年6月

足以醒人的爱之痛

——读长篇小说《因为爱，所以痛》

《因为爱，所以痛》是芜湖作家李莉莉（笔名镜湖仙子）新近推出的一部长篇小说。李莉莉擅长散文、文艺评论写作，几年前，她在繁忙的工作之余，试着写起了这部长篇小说。写好后挂到网上想看看反响，听听意见，不料竟获得了较高的点击率，读者在普遍叫好的同时也提出了一些中肯的意见。之后，她又集中做了一些删改，被出版社看中得以正式出版，全国新华书店发行，令她始料不及。

全书30余万字，分为上下两卷。两卷内容主题统一，分述的故事则各有侧重，既有延展，更有对比，使婚外情这个并不新鲜的话题，有了两种经典案例的故事化、形象化呈现。故事的核心人物是两对灵魂出窍的男女。在上卷中，着重写了单小雁和楚雄涛。当“乖乖女”单小雁于婚后第八年，在猝不及防的情况下遭遇了一场急风暴雨式的爱情时，她在苦恼中躲闪，在犹豫中挣扎，不知不觉还是掉进了情场“老猎”楚雄涛的“真爱”陷阱。从此，她在激情中沉沦，在幸福中堕落。然而，纸里包不住火。东窗事发后，单小雁被一向通情达理的丈夫章凡抛弃，从而失去了完整家庭，也使自己成为一只孤雁。另一对是宋玲玲与郝维民，对他们的婚外情描写集中在下卷。与单小雁身不由己的出轨不同，宋玲玲是为了自己一心向往的权势和地位，才主动勾引有权有势的春江市常务副市长郝维民的。她对郝市长心生仰慕从第一次见面就开始了，促使她果敢出击的是丈夫丁秋水的出轨。功夫不负有心人，宋玲玲费尽心机终于迫使郝市长就范，却不料自己意外怀孕。这个意外最终重创了她，也葬送了郝维民的大好政治前程。当然，郝维民也存在经济方面的问题。

纵览全书不难发现，《因为爱，所以痛》是以俯瞰的视角，站在批判立场上，揭秘处在“七年之痒”中的都市女性隐秘的情感世界，将已婚女性在特定情境下向往的两种非正常爱情，演绎得惊心动魄，淋漓尽致。告诉人们，婚外激情是不可以燃烧的，玩火必自焚，千万不要点燃它的导火索，尤其是女性，不管是被动还是主动，都是婚外情的最大受害者。作家的高明还在于：指出了单小雁的出轨，不仅仅是楚雄涛的手段高明和丈夫章凡一年的异国学习造成的，其实与她内心深处渴望激情不无关系；宋玲玲的自我堕落，与她对郝维民由心生仰慕到真心爱恋也不无关系。这些隐秘的感情都是真实朴素的，是人性的一部分，不可忽略。因此我认为，本书与同类题材作品的最大区别，不仅在于小说主题有着呼唤珍惜家庭、珍爱亲人，恪守坚贞专一爱情这些正能量，还在于小说故事背后作家充分表达的人文关怀，是一部对女性充满悲悯意识的警世录，是馈赠给有非分之想女性的一剂醒脑药。

戏法人人会变，各有巧妙不同。《因为爱，所以痛》虽是作家的首部长篇小说，但仍有诸多值得称道的地方。

一是结构精巧。从整体看，两个故事完全可以独自成篇，而作者偏偏将它们有机串联，形成两对男女主人公婚外恋情你方唱罢我登场的局面，一前一后，小同大异，殊途同归，从而丰富了故事形式，开拓了人性纵深，深化了小说主旨。从主线看，单小雁与楚雄涛的婚外情破灭后，宋玲玲与郝维民的婚外情才上演，在下卷中两条线索交错推进，形成一个进行时与一个过去时的强烈反差。单小雁是幡然醒悟后的自我救赎，宋玲玲则是利令智昏后的自我堕落，而堕落后的宋玲玲最终也以血的代价换回清醒。这样写，深刻揭示了婚外情的基本规律：清醒总在伤害后。从细节看，单小雁与宋玲玲虽为同事，但个性迥异，一个是恬退隐忍的“好人”，一个是飞扬跋扈的“坏人”，好人被坏人欺负在所难免，工作中的不协调倒在其次，所以宋玲玲密告章凡，使得单小雁与楚雄涛的婚外情败露，就完全合乎情理；而更为出彩的是，遭受重创后的宋玲玲将自己告密丑事告诉了单小雁，这说明以鲜血换来的代价已使宋玲玲彻底醒悟，良心发现。

二是故事精彩。这部小说的故事精彩，很大程度上得益于它观照的是当代现实生活。小说中的人物就在我们身边，写的是普遍发生而当事人不说的故事，日常化叙事娓娓道来的风格，又拉近了与读者的距离。这样的表达，暗合着当下社会许多人潜藏于内心的想法，处理好了，很容易使读者有种熟悉的熨帖，不产生共鸣都难。但是，这样的小说，看起来好铺叙，可真写起来，难免张长李短，一地鸡毛，琐碎的平庸叙事很容易淹没故事的筋骨。对此有着清醒认识的作家，在顶层设计时没有故作繁复，也没有着意深刻，而是以简驭繁，突出主线，尽量减少枝蔓情节；对故事发展也没有刻意安排，完全符合生活逻辑和情感演变逻辑，水到渠成，顺理成章。两个故事的整体感虽然都很强，却有着许多前后巧妙穿插的一体化设计，增添了读者的阅读发现和趣味。在挖掘人物内心活动方面，两个故事的主人公，特别是被动的一方，都有无时不在的两难抉择，清晰地走过了一段内心挣扎、迁就、自责的心路历程，在几次戏剧性的情节反转后戛然而止，更增强了小说的可读性和吸引力。还有，单小雁一家最终破镜重圆，似在意料之外，也在情理之中，这是她自我救赎自立自强不懈努力的结果。这个富有人情味的光明结尾，目的是不把人一棍子打死，呼吁人们有错就改希望就不会幻灭，同时也丝毫没有削弱文本惊醒世人的主旨。我想，这些都是源于作家缜密的构思以及对生活的冷静观察和思考。

三是人物精当。小说是以人物形象塑造为支撑的。可以看出，《因为爱，所以痛》是以芜湖地域为背景的小说，体现在日常生活和人物对话上，地方性的习俗习语随处可见，且很有亲切感和分寸感；在人物的定位上，准确地扣住了芜湖城市生活标准，没有追求时尚一味地拔高成高、大、上，或优雅得不食人间烟火，给人的感觉他们就是芸芸众生中不同类型的代表。书中的几个主要人物，楚雄涛的热情奔放、张扬自私，单小雁的软弱善良、忍辱负重，宋玲玲的工于心计、虚荣任性，通过故事情节的推进和极尽幽微的心理刻画，个性化鲜明形象逐渐立了起来，没有丝毫的勉强和造作。特别是常务副市长郝维民，虽然有才干有风度，但是一旦深陷非正常状况，也会像普通人一样六神无主，丑态百出，为了保全自己不惜铤而走险，心狠手辣。还有单小雁的女儿贝贝、章凡的父母、宋玲玲的丈夫丁秋水等，这些配角虽着墨不多，却都是叙述故事不可或缺的，塑造得也相当成功。

当然，这部小说也有一些不足。其实，小说写得流畅好读，曲折生动并非最高标准。在文本的深度模式和语言的陌生化表达上，《因为爱，所以痛》还有差距。此外，有些人物对话过于冗长，留白不多，在增添阅读快感的同时，也消解了这部长篇小说应有的意蕴。正是因为这些不足，我们有理由相信，李莉莉会写出更好的作品。

2015年11月

民族精神的历史传承和史诗呈现

——评许祚禄长篇小说《青弋江儿女》

一

在我看来，《青弋江儿女》是一部有历史文明演进、有传统道德取向、有社会理想色彩的主旋律长篇小说。作家许祚禄重返文坛后，一直致力于长篇小说在思想和艺术两个层面的突破与提升，经过长期构思、深入探索、精心结撰的这部最新力作，诠释了他的创作观和文学理想。他把深沉的目光再次投向熟悉的故土，追溯那段并不遥远的风云岁月，拂去渐厚的尘埃，注目遭受苦难而顽强奋斗的生命印记。于是，在奔涌不息的历史长河中，那些赤胆忠诚、灵魂高尚的普罗大众中的优秀代表，终于有了轮廓清晰的面影。这是今与昔的对话，更是魂与德的扬厉，让被漠视者得到重视，让曾经闪光的更加璀璨。

《青弋江儿女》全景式描绘了从抗日战争到改革开放新时期，青弋江下游两岸人民斗争生活的画卷。其间几乎所有重大历史事件，如抗日战争、解放战争、土改运动、抗美援朝、反右派斗争、“大跃进”、三线建设、“文革”、对越自卫反击战、改革开放、特区建设，乃至新农村建设等，都成了小说叙事的大背景。在这样一段大跨度的历史进程中，作家以独到的眼光“解剖麻雀”，写出了青弋江下游两岸陶、柳两家三代人的命运沉浮，印证了任何个人皆无法自溢于时代洪流的辩证关系。更为难能可贵的是，在风云变幻的时代潮流左右下，人们面临的抉择难题尽管接踵而来，祸福难料，但小说始终贯穿着弘扬正气与歌颂真善美这条主线，从一群并不完美的小人物身上，重新发现了足以激励人们积极向上的力量。在这方烟火家园里，不仅有亲情、爱情、友情，还有对抗、纠缠、背叛；不仅有人事的代谢、家族的枯荣，更有人与时代同患难、共命运的不懈奋斗精神。作为一系列历史事件背景下的民间观照，且写出了乡村人情社会本质特征的《青弋江儿女》，既是历史叙事、家族叙事，更是底层叙事、民间叙事、民情叙事，其所蕴含的地域史志意味，既来自对历史的凝神回望，更来自对底层奋斗者的深情缅怀。如果按照克罗齐“一切历史都是当代史”的观点，这部小说因其赋予历史内在的灵魂与纵深，当然会给面对现实、面向未来征途的人们不惮前行的智慧与启迪。

透过文本，作家野心勃勃的气息扑面而来，的确，这部作品实在是承载了许祚禄太多的雄心与梦想。从其出版、发表的多部长篇小说来看，他都在着力叙述真实的中华民族的生存史和发展史，原生态地展现中国人民的生活境况，歌颂和弘扬我们民族几千年传承下来的宝贵精神文化。他始终坚持着自己的创作方向，不断提升跃进，取得了惊人的成就。《青弋江儿女》是他的这种创作思想的一次完整体现，也是对民族精神的历史传承和史诗呈现。

从某种意义上说，中华民族五千年的文明史，就是我们民族精神文化不断积累和传承的辉煌历程。事实上一直以来，许祚禄都在用小说的形式在寻找我们民族的精神内核，力图重塑、光大我们民族一脉相承的精神文化家园。在他广获赞誉的长篇小说《沉默的群山》中，通过对中华民族从清末到新中国成立这段内忧外患、战火纷飞的历史展现，着重表现了优秀的中华精神文化在苦难中无坚不摧、浴血重生的顽强生命力。在他另一部长篇小说《子孙满堂》中，通过对传承着民族传统精神文化的主人公柳思延，面对子孙们精神世界集体背叛的残酷现实的叙述，通过对柳思延精神深处极度痛苦和困惑的深刻描写，表达了作家对传统精神文化传承和发展的深深忧虑。尽管与《子孙满堂》有着几乎完全相同的时代背景，《青弋江儿女》这部小说选择切入的角度却完全不同，作品的独特价值愈加凸显，不仅仅体现在正面书写的激励作用方面，更在于通过一群普通人愈挫愈奋的昂扬风貌，很好地表达了我们中华民族优秀的精神文化，在发展过程中，无论是过去、现在还是未来，不管遇到什么样的挫折和困境，都会生生不息地传承并发扬光大。基于这样的一个核心思想，我甚至认为这部作品中的青弋江，不再是一条普通的河流，作为长江重要的支脉，实际上她已被作品赋予同源源流淌的长江一样，是中华民族精神力量的汇聚和象征。因此说，《青弋江儿女》是对《沉默的群山》主题的深化和升级，是作家从《子孙满堂》的困惑和迷茫中走出来的一次精神升华，也是对我们民族优秀历史精神文化的一次真诚礼赞。

二

小说是以塑造人物形象为核心的。许祚禄深谙此道。一直以来，他的小说都有以人物为中心，一切从人物出发的叙事自觉。《青弋江儿女》在人物塑造上更是上了一个新台阶。金梅、水生、庆生、陶寡妇、陶大民、陶校长、金水、银水、方卫红、新生、金生、国红、银梅、铜梅、铁梅、李学军等，无不个性鲜明，栩栩如生，呼之欲出。他们投身于时代的洪流，在求生存、谋发展中追求理想、砥砺奋进、自强不息，于各自的范围内掀起一朵朵浪花，汇聚起一股强大的社会正能量。从某种意义上说，是他们构建了整个“青弋江县”的精神品格。

金梅这个人物形象塑造的尤为成功。金梅堪称“被侮辱被损害”的典型。作为从柳家卖给陶家的童养媳，她毫无怨言，体谅父亲的这种不得已行为。初到陶家，婆婆陶寡妇对她很不好，完全可用恶毒来形容，但已能明辨是非的金梅并不记恨在心，反倒在婆婆将要遭到国民党“铲除”的关键时刻，不顾个人安危挺身而出，摆事实、讲道理，让婆婆逃过一劫。在陶家，她与小长工水生相互帮助、相互取暖，日久生情。金梅对水生的爱是真诚的、炽烈的，她有冲破阻力的忍耐心，可是最终的误会，让她不得不与“原配”庆生相结合。有了自己的小家庭后，金梅始终关注着水生，尤其关心他的婚姻大事。但庆生意外死亡后，已经一大把年纪的金梅，又有意疏远水生这个意中人，此情亦不难理解。对待陶根子这个小人，金梅是菩萨心肠，两次宽容了他的无赖甚至是反动之举。还有，对下放学生李学军的关照，更是体现了她身为人母的宽容博爱。金梅从来不偏袒家人，总是替别人着想，换位思考，将心比心。她信奉“冤家宜解不宜结”，从不忍心给她的对手致命一击。随着岁数的增加，她说话愈加诚恳，行事愈加利落，透着阅尽沧桑后大彻大悟的恬然。她好似公理的化身，只要有她在，就有温暖的火焰在跳动，就没有解不开的冤仇，她的身上积淀着中华民族忍辱负重、任劳任怨的传统美德。金梅的形象与母亲河青弋江的形象相互映照，完全可以合二为一，是当代文学的人物艺术长廊中个性突出的“地母”形象之一。

新生也是许祚禄煞费苦心塑造的一个人物形象。他既不姓陶，又不姓柳，他是水生已故战友刘解放的儿子，从小寄养在陶家，与庆生和金梅的子女金生、国红一道成长。说来奇怪，他天资聪颖，性格隐忍，积极向上，很好地秉承了养父水生和养母金梅的诸多优良品质，成为最有眼光、抱负和作为的第三代翘楚。他与国红的爱情，简直成了水生和金梅爱情的升级版。他总是以国家和大局为重，竭力克制着自己的欲望，竭力避免连累心爱的人，一场有意设置的误会后，导致有情人未能终成眷属。新生之所以成为乐于奉献、懂得感恩的人，似乎完全是从本真的生命生发，或者说天性如此。但仔细一想，如果没有良好的学校教育，没有优良的家风熏陶，特别是金梅的身教言传，那么新生是肯定不会鹤立鸡群的。

许祚禄是有英雄情结的作家，英雄叙事一直是他的偏好。而在这部小说中，除了陶大胆和水生可与传奇英雄沾点边外，其余都是普通人，就连抗美援朝牺牲的银水也是，只不过悲壮的牺牲让他有了些许英雄感。这些普通人俗气得连名字都差不多，读来很容易混淆，想必也是作家有意为之。他们就是芸芸众生，在时代涡流的裹挟下，竭尽所能却屡经坎坷，载沉载浮。他们不可能史册留名，是这部小说让他们有了生命的回声。他们是千千万万生民的代表，是推动历史链条扯动的活泼生命体，也是吞食苦涩最多而恢复最快的一群。他们以自己的生命精神追逐着大众的理想，生活过，快乐过，悲痛过，也感恩过，唯独对造成自己命运的时代没有任何怨恨，甚至没有反思，可以说是“集体无意识”。当然，他们最终的结局大抵是不错的。这种对时代的无条件宽恕，使他们获得了小人物特有的尊严和光辉。因此，这个厚重的题材，隐含了人性高贵的内核。

值得一提的是，在许祚禄已经面世的几部长篇小说中，人物的命运无不始终与国家民族的命运紧紧联系在一起，他将所有的小人物都融汇到民族的大家庭里，与整个国家民族的命运血脉相连。这是他小说的一大特色和成就。

三

《青弋江儿女》能让读者体会到小人物身上特有的一种不可思议的生命力，很大程度上得益于小说的叙事。许祚禄擅长讲故事，更善于以人物为支撑点，撑开繁复多变的小说情节。他的小说情节密度大、枝桠多、转换快，给人眼花缭乱之感。这部小说在叙事上沿袭了这一特点，又有所新创。

一般来说，矛盾冲突是形成情节的前提，也是情节发展的主要推动力，而冲突双方的性格落差，往往决定了情节进展的趋向。在小说的前三分之一部分，作家很好地抓住了矛盾冲突这个牛鼻子。事实上，柳四宝决定卖掉女儿金梅，便与舍不得姐姐离开的儿子金水、银水构成了矛盾冲突；金梅作为买来的童养媳，便与霸道的婆婆陶寡妇构成了矛盾冲突；水生同情金梅的处境，暗中给予帮助，便与陶寡妇构成了矛盾冲突；庆生作为金梅的准丈夫，便与想要姐姐回家的金水、银水构成了矛盾冲突；陶寡妇为了求生存利用日本鬼子，便与陶氏家族的人构成了矛盾冲突；在游击队，具有正义感的水生积极向上，便与吊儿郎当的陶根子构成了矛盾冲突，等等。许祚禄总是把他笔下的人物置于相互矛盾的情境中，不仅很好地推动了情节发展，还将人性的光明与阴暗、勇敢与懦弱、聪慧与愚蠢、感恩与寡情很好地展示出来。面对矛盾，他们好像有多种选择，其实他们的各自性格，决定了他们彼时彼地并没有选择的余地。这种两两对立的多组矛盾关系，随着形势发展并非一成不变，恰恰是这种变化，人性的复杂性、丰富性得以淋漓尽致地呈现。

不过，随着人民当家作主的新中国成立，小说的叙事策略随即有了转变：即故事跟着人物走，人物跟着理想走。“革命理想大于天”很好地体现在主要人物身上。如水生、庆生、银水主动报名参加抗美援朝保家卫国的战争；作为战斗英雄的水生遭受极不公正的待遇，并没有消沉，而是以超常的毅力，做大做强了很多公益事业；本来非水生不嫁的进步女青年方卫红得知水生当了“叛徒”，恨得咬牙切齿，从心上人一下子沦为敌人，直到真相大白，才和好如初；作为基层领头雁的金水殚精竭虑，带领群众围滩造田、兴办小学和窑厂；县委书记陶大民（陶大胆）鼓励群众大干快上，大炼钢铁，自己也全身心扑在事业上；庆生从朝鲜战场凯旋后，兢兢业业坚守粮站，直到因公意外去世；银梅、铜梅、铁梅也是在各自的领域抛弃家庭和亲情，参与国家建设；新生在成为伤残军人后，尽管回到了地方，还是紧跟时代潮流，兴办实业，最后取得了极大的成功。还有陶校长、金生、国红、李学军等，他们无不是为了理想在生活、在奋斗。只是因为每个人在认识上存在差异，且人与人之间愈加紧密的关系，特别是政策导向的变化，他们之间难免不产生矛盾。这种理念上的差异导致的矛盾，往往会以行为冲突表现出来，可谓一波未平一波又起，正好成为小说最有力的叙事情节。陶根子是书中为数不多的反面角色，战争虽然成就并锻炼了陶根子，但一旦战争结束，环境变了，他的本性又暴露无遗了。他利用手中的政治权力欺男霸女，鱼肉乡里，不过，最后他改邪归正，不能不说是被良好的社会环境同化。无数正能量汇集起来的正面书写，使得人物形象闪耀如明灯。书中的这些人物不是英雄，也都羡慕英雄，渴望成为英雄，或者说他们多是坚定的革命理想主义者。在一部几乎没有传统意义上的坏人的长篇小说中，对立性、对抗性自然不足，而叙事维度还如此丰富，人性辨析力度还如此深刻，这样的依靠正面形象意识落差的叙事策略，的确起到了以思想冲突、纠缠带动行为冲突、纠缠的作用，不得不说这是许祚禄以叙事求超越的结果。

不可否认，大轰大嗡的狂欢化叙事，充满戏剧性的情节叠加、突变，使许祚禄以前的小说具有吸引人的魔力。但我认为，这恰恰是值得警惕的地方。“好看”的小说，如果缺少让人咀嚼的细节，缺少让人深思的内蕴，只会给人留下短暂的快感。《青弋江儿女》力求避免这样的通俗化，效果明显：节奏上的惶急之气少了许多，叙述也从容舒缓了许多，有意增加的充满诗情画意的江南水乡风光描写，看似旁逸斜出的闲笔，却给文本注入了生活气息，更给故事背后的蕴含增加了耐人感慨的砝码。我完全同意评论家庄稼汉的评判：“这部《青弋江儿女》在情节叙述的把握上，更加沉稳更加沉静，在不动声色的日常叙述中，完成了情节的推进与人物命运的铺展，从而使整部小说更具文学品质。”的确，日常生活点滴与历史宏大景观并不总是相互抵牾，出色的日常描绘常常会让历史显形，更像是在对时代精神状态的赋形和归纳，其叙事特质明显携带着深刻的历史意识。

四

精心设计、巧妙结构也是这部小说获得成功不可或缺的因素。许祚禄深信，局部和细节写好了，时代的大模样定会其义自见。

首先，把时间作为最好的考察参数。青弋江县作为一个具体的行政空间已无从改变，要自始至终观照这个地方，从某种意义上来说，唯有绵延不绝的时间，才称得上是青弋江县这个舞台上永恒而唯一的主角。正是基于这样的考量，我们看到小说中众多的人物，他们之间相互交叉的关系，在作家的精心设计下，都成了无数根顺时而下的因果链条。比方说爱情，从萌动到开花结果，是一个自然的时序过程。许祚禄是书写爱情的圣手，他的每一部长篇小说里，都有爱情最华彩的乐章。在这部小说里，爱情不仅仅是两性之间的一种排他性的亲密关系，也是稍不留神就会质变成生命的桎梏和人生的枷锁，但爱之态度无论如何都是窥探人性的最佳窗口。当初，金梅有意跟着水生参加共产党游击队，目的不言自明，但水生对陶家心怀感恩，没敢往深处想。随着时间的流逝，他们才知道各自在对方心中的地位，是那样的无法改变。当爱情勃然绽放在年轻一代心头的时候，同样如一团永不熄灭的火焰，尽管新生与国红的爱要大胆直白得多，但也因天公的不成全和过于美丽的人性而阴错阳差。许祚禄就是这样通过让时间证明一切的艺术手法，构成了一种线索、角度、路径，从而完成他想要的表达。

其次，恰当地突破地域的限囿。小说写柳家的姐妹亲情，不厌其烦地叙述了金梅寻找失散的三个妹妹和找到后的往来，这固然是人之常情，可增加小说的人情味，但更为重要的是，借此溢出了青弋江县这个地域，描绘时代背景下的山区林场、城市钢铁厂、基层文艺演出团队的百态样貌，特别是人们建设社会主义新中国的激情，从而大大拓展了小说抵达的社会领域。同时也说明，被迫卖出去的柳家儿女，像一粒粒优良的种子，在四面八方肥沃的土壤里茁壮成长。当然，小说中部分人物，或为保家卫国、或为发财致富、或为服务人民离开了县域，也是一种地域突破，这是优秀的青弋江儿女们在更大的舞台上增长才干、成就事业的需要，然而，妙就妙在他们最终都回归故土，体现了小说地域书写的圆融。

此外，巧妙地系铃解铃。在那个特殊年代，金水、金梅、方卫红等自作主张搞起来围滩造田，患上了一种急功近利的时代病，结果适得其反，造成了一定的损失。水生为了解救他们三人，谎称是他教唆的，他就是国民党特务，在搞破坏。其实，在大家一头兴起的时候，他是力阻的，无奈人微言轻，只好给陶大民写了举报信，请求制止。最后还是陶大民说出了真相。由此可以看出，水生舍己为人、忍辱负重的本性，并不是人为贴上的标签。类似的巧妙情节设计，不仅增添了小说的阅读趣味，也强化了文学性。

还有，竭力让读者对小说建立起有效的信任。譬如，方卫红在识字班学习后更了名，喻示了她的一心保卫红色江山的性格，也为她对水生极度的爱慕到极度的憎恨，再到冰释前嫌，作了很好铺垫；新生在陶家虽没有寄人篱下之感，但毕竟没有骄逸放任的资本，因此形成了凡事替别人着想，有话总是闷在心里的性格；不惜笔墨写金生、国红、新生新一代的成长，特别是在水乡环境下练就的技能，喻示着传统美德在两代人身上延续；一直死守战备粮的庆生，得到开仓放粮命令，扛着一袋米，跑十几里路到陶村，当场吐一大口鲜血，从此身体垮下去，为他后来因小小的意外就亡故埋下了伏笔。不仅如此，小说中的独特生活细节，很多是除文学以外的方式所无法言明的，让人印象深刻。如借一船稻米的事情，被反复提起，让人们感到乡土中国，人情社会有意思的地方；水生离群索居，在江边堆起沙堆，垒砌巨大的英雄坟墓，极具想象力。

总之，好的小说在情节上必须环环相扣、引人入胜，就像作家设计的一座智力迷宫，用来揭示人物内在精神世界的复杂性，而无数个典型细节，使得小说不会脱离人性的感性力量而单独抽象出来，成为空心化的符号标签，照亮了生活中那些细微的东西，包括人性皱褶中不被人察的一面。

五

许祚禄是一位始终将国家和民族的命运装在心里的作家，始终站在历史的高度来审视整个国家民族的发展变化和社会风貌。所以他的作品视野开阔，立意高远。他力图以小说的形式来重述中国一百多年来的发展历史，歌颂推动我们这个民族长盛不衰、蓬勃发展的内在的民族精神及其动力源泉。这一点在他的已经问世的史诗三部曲的前两部《沉默的群山》和《青弋江儿女》中表现得特别明显。《沉默的群山》着重展现的是中华人民共和国成立前的中华民族在苦难中浴血重生的坚强不屈精神，《青弋江儿女》着重展现的是中华人民共和国成立后，中华民族在建设新中国历程中，表现出的艰苦奋斗、不断探索发展的进取精神。我期待着许祚禄史诗三部曲的第三部能早日问世，希望这部以改革开放到进入社会主义新时代为写作背景的作品，能给我们带来更大的惊喜。

当然，《青弋江儿女》也非尽善尽美，这部结构宏大的小说也还有一些可以继续完善和提高的地方。我个人认为，既然致力于写成一部史诗性的作品，地方史料的支撑还应该更丰厚，因为故事的诗性虚构一旦缺少坚实的依傍，即使有历史纵深向生活层面的开掘，读者的心理认同也会打折扣。同时，小说偏重于故事讲述，不能站在时代哲学思辨与传统文化赓续的高度，让文本在格调上也化为一种厚重的史诗气度。还有，对不同时代的语言特征界定，也应该更精细、更有区分度。不过，这些都无关宏旨，《青弋江儿女》依然是许祚禄截至目前最为厚重最有历史深度的一部作品，也是一部立足地域，以青弋江为民族精神象征的史诗性佳作。

《青弋江儿女》是许祚禄倾情打造的一部乡土小说，整部作品之所以弥漫着浓郁的乡愁，蕴含着崇敬的感喟，原因无外乎是作家对这片养育之地的无比热爱，以及对生活在这片故土上的父老乡亲的深厚情感。通过这部作品，许祚禄完成了从传奇化演义化向生活化精细化的书写转变，很好地写出了乡村普通人物的精神生态，为无数鲜活的个体在时代竭尽所能的战天斗地、逐梦理想，留下了证据，让人感觉历史是严肃的教科书，也是有体量的保温瓶。尽管不同的人，从书中汲取的感慨感奋不尽相同，但人们的新生活还在继续，就像孕育奇迹的母亲河青弋江，一如既往地流淌。

2018年6月

将悲悯之情幻化成花

——读白中玉长篇小说《女儿花红》

读青年作家白中玉创作的长篇小说《女儿花红》，让我似有心房紧收、浑身欲颤之感。这只在早年读莫言的《透明的红萝卜》、韩少功的《爸爸爸》时有过。作家将乡村作为书写场域，用自己的方式，打开了世俗生活的又一方视野，给当代乡土文学提供了新鲜而独特的样本。

小说聚焦长江下游面江倚山的小村庄丁家墩，通过乡村最为灵敏可靠的时尚风向标——青年男女情爱，来透视世俗生活的千姿百态。在几对男女轮番演出的爱情舞台剧上，我们看到，在时代大潮冲刷下，在历史转换过程中，价值观念的冲突、伦理道德的差异、个人命运的改变，无不深刻影响着爱的走向。小说鞭挞消费时代人欲的野蛮膨胀，阐明爱与恨、善与恶、美与丑，这些人性的外在形式，都有可能在欲望的张扬下，成为同一个人的两面。在乡村传统日渐式微的挽歌声中，作家试图从仇恨中提取爱，从险恶中提纯善，从丑陋中提炼美。于是，那些对生活充满理想、对情感葆有纯度的一群聪慧女孩担起了重任，她们的成与败都至关紧要，都是重建乡村文明和现代秩序的宝贵经验。

小说成功塑造了丁秀秀、丁雨红、丁雨露、丁小美等青春女性形象。她们多是同学，或是姐妹，都有一个共同的生活背景，却各自演绎着不同的命运。她们像一株株带着露珠的青苗，从豆蔻年华的纯真纯情，到早熟女人的芳华绽放。她们何曾停止过梦想和努力，只是生活的风雨太过残酷，以致有的香消玉殒，有的日趋平庸，不过还好，也有的通过坚守与打拼，闯出了一片生机，完成了命运交给她们的最后归宿。小说在无奈与希望的两端达成了平衡，给人无尽的感慨，更有强烈的生命感动。

爱情是这部小说的核心叙事推动力。从美善合一的角度，表现女性的天使本色，既有柏拉图式的爱之纯美色彩，又有弗洛伊德式的爱之精神分析。可以说，爱情就是开心锁和试金石，这样的解读是精准而深刻的。在层层展示和剥离中，将当事人拉回到生活的现场，用生活本身的节奏，缓缓剥开生命的丰饶。于是我们看到，她们的爱情都是随缘而起，在一种波澜不惊的状态下潜滋暗长，甚至男女情事，都没有风花雪月的渲染和烘托，只有原生态的蛮野之气充溢其间。没有强烈的情绪鼓荡其中，却又让你深感其中。这种杀人于无形式的感染力，不仅需要写作者有较强的阅读生活、提炼生活的能力，更要有深刻体验不同角色心理特征、理解特定人群性格的能力。文学悲天悯人的特质，很大程度上体现在对卑微生命的珍重上。唯有热爱、怜惜笔下这些如乡野花草一般的小人物，才能有如此的用心用情。因此，没有强烈的悲悯之情，不可能写出这样的作品。或者说这部作品是作家和着血泪写成的也不为过。

大体上看，这部小说不是以设计好看的故事情节来吸引读者，而是通过丰饶、精致、温润乃至冷峻的生活细节，以期直抵人心的。这种灵动锐利的细节美，就像繁花点点，在读者的心中生姿摇曳，亦真亦幻，想不放飞想象都难，以致掩卷之后，依然久久不能释怀。尽管闪烁着诡异骇人色彩的“水鬼”意象，有其象征寓意，但同时也使小说有了逸出常态的惊奇，给文本增添了现代小说的特质。可见，叙述上的高妙效果，离不开作家良好的艺术感觉和超强的想象力。“其实人心就是一片海洋，瞎子的心里却比常人多了一盏灯塔”。我感觉白中玉就像瞎子丁小美一样，敏于在幽微处体察隐秘，在幽暗中想象光彩。

要想写出不一样的作品，就得有不一样的文字。这一点，白中玉做得非常出色。其语言走的是一条形象化的诗意路径。大量的修辞句如银河泻地，琳琅璀璨，将他的五官所感、头脑所思形象化到了极致。描写时，更多的是在文字上做加法，向着繁复细密的纹理精心扫描；偶尔也做减法，于简约中传递说不出的人生况味。

细究之下，这部作品亦有无碍大局的瑕疵。主要有：在表征社会变迁和人心异化时，虽杂糅了丰富的世情兴衰的情感体验，道出了亘古未变的生活哲理，却没有在思想含量上进行更为饱满的充实。尽管针对不同人物的叙事，作了相互之间的勾连、照应和互补，因为没有突出的主角，使得结构看上去不那么坚挺，部分章节的划分亦欠利落。语言上精益求精没有错，但过分追求唯美，且叠床架屋，有时难免显得形式大于内容。

白中玉有着令人羡慕的小说天分。这个多情善感、宅心仁厚的男人，性格中又有坚韧执着的一面，他对文学创作的虔敬和野心更属难得，这些都是写出更好作品的前提。在当今重视文艺人才的大环境下，他定将脱颖而出，有一个光明的前程。

2018年2月

无悔人生的有力证言

——我读《花开的声音》

黄青对文学的爱好一以贯之，当是性格使然。作为乡党，他的人生经历乃至性格禀赋，我是可观可闻近乎可感的，尽管他年长我一些。中学时代的黄青，既内敛本分又积极向上，有着与其年龄不相称的稳重成熟。这种内在的气质，决定了他与缪斯的彼此投契。写诗歌、做文章、读小说，他以自己的方式憧憬未来，放飞梦想。与那个年代海量文学青年中的绝大多数不同的是，走向社会的黄青，一直没有在繁忙琐细中抛弃文学梦想。40岁那年，推出了他的长篇小说处女作《叶落无声》，如今已过知天命之年的黄青，再次骐骥一跃，写出这部带有非虚构色彩的长篇小说《花开的声音》。

《花开的声音》是一部直面现实、题材较为新颖独特的作品。作者以感同身受的介入姿态，将笔触集中在新建城市社区这方“小社会”，全方位书写基层的酸甜苦辣，且格调昂扬笔调温暖，赋予了作品严谨的党性意识和鲜明的群众立场。全书通过讲述菱湖市南湖区新建的新苑大型安置区，在组建城市社区党组织的前后一年时间里，以郑彦鸿、程丽君为代表的社区党委一班人，面对安置居民来源复杂、利益诉求出格及小区安全隐患扎堆暴露等现状，迎难而上，白手起家，用自己的真诚和耐心，先后解决了基站建设纠纷、住户私占架空层和破墙开店、楼道乱堆放、私人幼儿园安全隐患等棘手问题，从而一举扭转被动局面，以及在此过程中，以王翠霞、汤建国、俞红梅等退休老党员为首的二级“楼栋党支部”书记们，态度积极，不惧繁难，在社区党委的感召和带领下，发挥各自专长，竭力为党委分忧、为群众解困，爱心帮扶社区困难家庭、着力调解社会矛盾纠纷等一系列感人故事，旨在阐明，只要充分发挥党组织的战斗堡垒作用和党员的先锋模范作用，我们的事业就会无往而不胜。

《花开的声音》主要素材直接取自黄青的工作日志。不难看出，男主人公郑彦鸿就是他本人的真实写照，其他重要人物都有生活原型，讲述的事情都是从社区工作中来，也多是与作者情感发生过碰撞的真实存在。由此观之，这部作品有着扎实的生活实践层面的积累，极为真实细腻的切身体验和感受，是作者内心繁复图景的一次完整演绎。与此相谐的是，在叙述上语言平实，娓娓道来，从不作激越状，对所写之人虽怀有敬意，却不偏袒夸大，平淡里有波澜，曲折中有思考。所讲故事或许并不“高大上”，却让读者窥见了平凡中的伟大，世俗中的崇高，有着满满的正能量。

是的，文学的功能不仅仅是反映和表达一个场域，更在于塑造和推崇一种精神。可以看出，新组建的南湖新苑社区在极短的时间内，成为培育“党员种子”生根发芽和“党员老树”开花结果的一方沃土，很大程度上在于社区党委书记郑彦鸿坚定的理想信念和务实亲民的工作作风。在这个良性互动、不断优化的生态圈里，凝聚在组织身边的众多优秀党员，他们以身作则、相互激励，携手共进、不辱使命，全心全意践行着为民服务的宗旨。这些共产党员彰显出的时代精神，为我们树立了学习的榜样。

这部书讴歌时代先锋精神，具体说，是一种党员为民情怀和担当精神。取名《花开的声音》，我想主要是指一群老党员，像春深时节的老树在尽情地绽放着花朵，传递着馨香。63岁的退休党员王翠霞，从企业拆迁安置到南湖新苑社区后，便积极投身到社区各项服务中，特别是找到扶贫济困的事，她浑身就有使不完的劲。癌症患者刘玉生、残疾人薛新平、空巢老人梁金梅、三无老人魏大林和周春娣等，先后得到她及时雨般的有力资助。在担任月恒园楼栋党支部书记后，为了把帮助困难人群的善举常态化，她发动小区党员成立了“红梅花温暖之家”志愿服务队，收集居民捐献的半新半旧的衣物，分送给社区需要的家庭。同是60多岁的汤建国，因六年前殇女之痛而一度意志消沉。住进南湖新苑社区后，他主动向曾经柳叶村的老“同事”郑彦鸿请缨，干一些力所能及的事情。于是，社区留守儿童刘宇凡、孤儿方杰等都被他视若己出地悉心抚养，接受优质教育。后来党支部成立了，他把自家装修一新的房子用于安顿这些特殊儿童，取名“紫竹梅留守儿童之家”，成为爱心社区的一支重要力量。还有俞红梅、高明生、陈书琴，他们各据一方，各尽所长，发挥作用，使得社区工作越来越顺畅。五个支部书记成了撑起社区党委这座楼宇的五根顶梁柱。他们没有因退休而迷失方向，也没有贪图原本属于自己的安逸，而是不忘初心，勇于担当，不懈追求，像老树遒枝开出了更壮丽的花朵，绽放出生命的激情。

程丽君，这位考聘到社区工作的大学生党员，热情尽心，多能耐劳，善解人意，身上没有骄娇二气，是郑彦鸿最为倚重的得力助手。程丽君与同是外地人的同学方家辉结婚生子后，留在了菱湖市。方家辉后因工作需要去了省城，自此夫妻俩过起了牛郎织女似的生活。由于社区工作的没日没夜，每周一次的“鹊桥相会”有时也因程丽君的“不顾家”而无比艰难，丈夫对她的不满与日俱增，最终向她摊牌。程丽君自知有愧，内心一度有准备辞职跟随丈夫去省城的打算。郑彦鸿对程丽君的这一想法非常理解，也是同意的。他深知一名社区工作者的付出与得到是怎样一个不成比例，但他更明白程丽君的离开，对于社区工作意味着什么。谁能想到，在这个节骨眼上，让方家辉改变这一决定的竟是老党员王翠霞。自打接触以来，王翠霞的无私奉献精神着实令程丽君感动。她与丈夫被邀在王翠霞家做客时，王翠霞如剥笋壳的巧妙点拨，让聪明的方家辉终于理解了妻子扎根社区的志向，后又通过自己的亲眼所见，更感动于爱人“把这里所有的人和事都融进了自己生命中”的精神，于是方家辉要求调回菱湖市，主动参与到社区志愿服务活动中。我认为，程丽君这个人物寄托了作者的理想和希望，是本书最为出彩的角色，围绕她丈夫方家辉前后思想的转变，是本书最为精彩的桥段。这其中有最本质的人性，也有最崇高的党性，更体现了两代共产党人之间的接力与传承，很好地诠释了人性从自私走向高尚，只需一个信念而已。

一群基层优秀党员的光辉形象，照亮了南湖新苑社区的每个角落。在社区，党委统揽全局、协调八方，作为社区党委书记的郑彦鸿，更是承担着“领头雁”的重任，况且他是在毫无城市社区工作经历和“一把手”工作经验的情况下临危受命、挑起重担的，按常规写作思路，郑彦鸿的“伟绩”理应大书特书。出乎意料的是，作者没有过分渲染这个核心人物，甚至时不时有意暴露他的缺点和不足，而是更多地通过他的视角，对社区里的多名优秀党员，进行了墨分五彩、各个不同的塑造。可以看出，作者从内心贴近他们，理解他们，尊崇他们，把敬意倾注笔端，把赞美融于文字。这是为什么呢？黄青在《后记》中表明了创作初衷：多年的基层工作使他喟叹，作为一名社区工作者殊为不易，但千难万难，只要有情怀和担当这两种品质，就可迎刃而解。在作者经历的现实中，确有一些党性原则强的退休老党员，完全具备这两种品质，成了社区的得力助手，给了他无穷的精神动力，激励着他不惮前行，以自己的坚韧执着、耐心细致弥补了“能力”和“魄力”上的不足。感激之余，黄青时时有仰望星空的感慨，这样的感慨又激发了他的创作冲动。这是一份自然流露的真情，一种由衷的敬佩，也是他无悔人生的有力证言。

值得一提的是，《花开的声音》除围绕社区日常工作这根主线展开外，还有一条围绕郑彦鸿与曹月之间的情感线，一条围绕江志远在暗中争夺郑彦鸿权力的斗争线在分别推进。这种结构方式在一定程度上丰富了作品的层次，拓宽了作品反映生活的深度和广度。不过，可能是这两条线索是在吸纳了专家意见后才梳理出的，穿插牵制的作用还不够明显，情节上也缺少时隐时现恰到好处的自然连贯。

毋庸讳言，《花开的声音》若以长篇小说来考量，文学性艺术性是有所欠缺的，至少在素材的提炼、情节的设计、细节的描摹、环境的烘托等方面，均未达到长篇小说应具备的“创造感”。我更倾向于称其为“纪实性”作品。这可能既有作者笔力不逮之因，又有时间仓促之故。我们知道，文学是源于生活而又高于生活的，它不是生活的“实录”，它既要依托生活，更要跳出生活，将提取出的火热生活本质，以波澜层叠、意味深长的方式呈现出来。

当然，黄青能拿出这样的作品已相当不易。他克服没有时间的最大掣肘，把想要表达的已经和盘托出，写出了终身不能忘怀的情感。这种如释重负的喜悦感、幸福感，就像真理的光芒照耀其身。我想，不管岁月如何流逝，他时时可以倾听这些花开的声音了，直至终老。在默默反刍的时候，他一定会在花繁叶茂间发出温润的光。

2016 年 9 月

无良欲望的毁灭

——读长篇小说《欲望》

《欲望》是谈怡中试手创作的首部长篇小说。

认识谈怡中是缘于我们共同的古典诗词爱好。我们首次谋面是在一次文学活动中，他送给我他创作的古典诗集《晓色云开》。记得赏阅这本装帧考究的书时，我感慨中国古典诗词不会走向穷途末路，因为酷爱它的“种子”太多了，不定哪天就会从犄角旮旯里崭露一批新鲜的枝叶。那时任教于乡镇小学的他，40多岁从“零基础”起步，博览精研，拜师名家，愣是把古诗写得有模有样。

写长篇小说是谈怡中退休后的自我挑战，也是从“零基础”起步。《欲望》就是他拿出的第一件成果。

这部具有纪实性质的长篇小说，其实讲述了一个并不复杂的故事。故事源起于诗人山枫的一次贵州之旅。在邀请人故友阿俊设计的圈套中，早年身世凄苦的山枫误入“连锁销售”的旋涡。在多个“洗脑人”、八个环节一步一步地诱导下，金钱欲并不强烈的山枫竟一时动了心魔。但他毕竟是有知识、有阅历的人，很快识破了其中的欺诈，而没有贸然加入，返回故土。这时两个开八轮拉土车的本地熟人吴亮、马各闻腥而动，放下手头活计不干，远赴贵州兴义指望发大财。吴、马二人很快愿者上钩。为了发展下线，吴、马二人竭尽所能包装自己，以俨然发了横财的模样回来招摇。他们周围很快聚集了一帮同样欲念炽盛的人。这些人置好端端的工作于不顾，一齐涌向了兴义，在内心鼓荡的金钱欲暂不能满足的情况下，情欲高涨，直至发生了男女乱伦。在众人的垫背下，吴亮很快做到了高级业务员，理论上已赚取几百万了，他被英雄般地接回老家。吴亮的“成功”，刺激了更多的利欲熏心之徒，也给善于通过举报得奖金的投机分子计学法借机牟利的机会。这场荒唐的发财梦止于央视的深度揭露：“连锁销售”就是非法传销。消息一出，这帮人从兴义作鸟兽散。可是问题来了，经济损失怎么挽回？于是他们把矛头指向了始作俑者吴亮、山枫等人，一场闹剧就此上演。宽厚仁慈的山枫“躲着也中枪”，被这群无耻之徒撬门闯入私宅，抄家毁物。是公安介入平息了事态，最后诉诸法律。在法庭上，这些原告罔顾事实，为了达到自己不受损失甚至获利的目的，妄图左右判决。最终法律以严正的姿态，使这一切尘埃落定。小说结尾出人意料：一直为山枫说话的准教师沙凤牵手了山枫，带头嫁祸山枫闹得最凶的荆棘花也良心发现，竟然崇拜起山枫来。

《欲望》采用倒叙、顺叙、插叙、补叙相结合方式，似蒙太奇镜头将故事发生的时空交错切换。开篇就用了五分之一篇幅抖落了一个巨大的悬疑。这个悬疑迫使读者紧跟作者，将一段段前尘往事渐次回溯展开，一项项孽缘相继随之曝光。通览全书，《欲望》以传销变种“连锁销售”为试金石，讽刺了吴亮、荆棘花、计学法等人如蝇逐臭，妄想一夜暴富，还逃避责任，嫁祸于人的丑恶嘴脸。阐明在物质生存重于精神存在的功利时代，潜伏在一些人内心深处的恶欲，一旦被激发将是多么可怕的事情。小说试图通过呈现众多人物的所思所为，说明某些人一旦被金钱蒙住双眼后，多会身处人性暗面而浑然不觉，警示人们在利益面前要保持清醒，不能被贪欲所支配，呼唤公民承担起坚守道德底线的责任。

难能可贵的是，这部小说在批判现实的同时，也对生活中的正能量进行了讴歌。诗人山枫的不同流合污，师范大学毕业生沙凤的秉持正义，苗家人花阳大叔、花母的善良仁慈，都与热衷于发大财的那些人，形成了鲜明的对照。小说着意提升文化品位，作为主角之一的山枫以诗人面貌出现，文本中穿插了一些古典诗作，也较好地发挥了作者的写作特长。此外，作者对“连锁销售”的全面深入了解，也是值得肯定的。

需要指出的是，《欲望》还称不上是一部较为成熟的作品。

我们知道，长篇小说最重要的特质在于结构的自洽圆整、人物形象的丰满逼真、叙事的严谨缜密、语言的精准到位。《欲望》在总体结构上不够合理紧凑，情节的安排上有失比例，一些游离于主线之外的内容，使小说丧失了整体感。由于缺少典型化的细节描写来推动故事情节的发展，使得书中众多人物形象趋于同一化、脸谱化，重要角色也是浮泛于外表，而未切入他们的内心，艺术表现力打了折扣。小说还过于写实，缺乏必要的艺术剪裁和提炼，有生硬扩展内容、赘述添加水分来满足长度之嫌。此外，小说特有的语言意味不足，特别是说明性文字的介入，也破坏了小说的审美价值。

谈怡中正在着手第二部长篇小说的创作，希望他汲取这些经验教训，写出更有分量的作品。

2017年2月

欲望的喧嚣与人格的坚守

——简评长篇小说《小县城》

从《沉默的群山》到《子孙满堂》，再到最新的《小县城》，许祚禄接连推出三部长篇，他以追赶岁月的仪式感，坚定着自己转型后皈依文学的信念。

与《沉默的群山》《子孙满堂》跨时代叙述不同，《小县城》关注现实书写当下，是作家在十八大反腐背景下的最新观察与思考。小说围绕省委巡视组巡视金山县展开，讲述了一个首尾圆融的好看故事。开篇即将交警与运输队之间的激烈冲突，横陈在巡视组的来路上，瞬间激化的矛盾，像引燃了一枚集束炸弹，迫使金山县官场、工商界、金融界的“大咖”纷纷跳上了舞台。小说就是这样的直面矛盾，呈现出正面强攻之势，并在不断设局和不断解局中向纵深推进，让权与欲、红与黑、情与法相互交织、相互掣肘、相互碰撞，在张力十足中裹挟着人性、人伦、人情、人格的多维变奏。

善于塑造个性鲜明的人物，是许祚禄的拿手好戏。

刘冬冬，这位“下嫁”到金山县的美女行长，与县长潘潮风、金山县最大的企业主沈金山不仅是同学，还是曾经的爱人和“情人”。她红颜薄命，身世坎坷，最终成为一方呼风唤雨的人物，与她不甘平庸的野心不无关系。早年她被省银监局局长汪军这个老秃驴霸占，不完全是身不由己，她有爱慕虚荣的底色。潘潮风坚决与她分手，既有传统观念的逼迫又有个人抱负的考量，似在情理之中。不过，从故事的演绎来看，两人一直相互深爱着对方，可谓痴心不改，藕断丝连，说明真爱的力量也是无比强大的。在书中刘冬冬是真正的“实权派”。她游走于政商之间，甚至有时凌驾于政商之上，像“观音”一样保护着真心爱人潘潮风这个“孙悟空”，同时她也是以沈金山为代表的金山县各大企业主不敢造次的“财神娘娘”。在巡视高压下，她是破解金山之局的第一枚总按钮。

作为一县之长的潘潮风，无疑是本书最重要的人物。他出身寒微，志向远大，良好的教育使得他从政后，一身正气，两袖清风，全心全意践行着为人民服务的理想。他卧薪尝胆，从最基层干起，满腔热血，不辞辛劳，却鲜有突出的成就。若不是刘冬冬的暗中运作，他压根不会坐上县长宝座。随着官位上升权力扩大，潘潮风的理想主义性格，以民为本依法施政的风格，注定会要威胁到既得利益者的生存，因此无形中树起更大的对立面、产生更激励的冲突已不可避免。因为有刘冬冬暗中相助，巧妙周旋，只会让这种你中有我、我中有你的纠葛和矛盾，变得愈加错综复杂，牵一发而动全身。巡视组的到来，在紧捂的盖子一层一层被旋开的时候，使得原本相对平衡的各方博弈，在竭力自保的误会和误解中终于出现了倾斜。刘冬冬依然在维护着平衡，让倾斜不至于坍塌。她的能量确实惊人，眼看就要扛过这一关时，不料，缺口会从意想不到的地方被打开。

有意思的是，打开这个缺口的竟然是潘潮风和刘冬冬的儿子刘明明。这个玩世不恭的富二代，为了博取他心仪的美女陈晓艳的欢心，铁了心要解救陈晓艳因替父申冤入狱的男友李辉，进而查明李辉父亲失踪的真因。刘明明之所以能使案件水落石出，除了他特殊的家庭背景，还有爱情赐予他的一往无前的勇气和脑洞大开的智慧。刘明明做梦也没想到，他揭露隐瞒安全生产事件的壮举，会击溃负领导责任的县长潘潮风，让他就此殒命，为他的对立面的劣行买单。当刘明明从妈妈口中得知，潘潮风就是他的亲生父亲时，几近疯狂的刘明明再次成为“杀手”，驾着法拉利带着心爱的陈晓艳共赴冥婚去了。本书的主要三个正面人物均以死亡告终，不管是不是巧合，都令人嘘唏不已。

沈金山也是本书一个重量级人物。他霸气侧漏，根本不把身为县长的老同学潘潮风放在眼里，认为他根本不会当官。可以肯定的是，沈金山的靠山是一直装病未出面的县委书记张松，而把持县公检法的张景、胡高、赵日等人都是他一个鼻孔出气的狐朋狗友。他是金山县黑道的头，绞尽脑汁编织复杂的人际关系网，追求的是一种无拘无束的欲望，以及对现实秩序的鄙夷和嘲弄。

《小县城》故事集中，叙事深入，人物主线突出，人物个性张扬，塑造了一批鲜活生动的人物形象。作家始终以人物驾驭故事，采用倒叙、插叙、补叙等手法，将隐藏在潜规则之下的深层秘密，一点点地深挖出来。情节的发展常常出人意料，既有三角恋爱这样的古旧桥段，又塑造了潘潮风、刘明明这些有新的审美价值的人物，赋予作品令人思考的深意。特别值得一提的是，官场在这本书中，已不是那种大是大非的对决，而是一种真实的客观存在。既大张旗鼓地弘扬正气，又可心有趣地生活化书写。说明作家对官场有深入研究，对执政环境复杂性多有体认，对伦理的凋敝、权力的骄纵、羞耻感的丧失痛心疾首。可以看出，潘潮风身上寄托了作家的个人理想，传达出作家对现实生活的思考，也留给读者足够大的思考空间。

小说不同于散文等文体，它是一个虚构的领域，是写作者敏锐感受力、高度概括力、丰富想象力的结晶。批判现实主义作品对社会价值混乱道德沦陷的揭示和指控，显示了小说应有的企图改良社会的力量。不过这一切，都是建立在虚构基础上的。《小县城》也不例外，它揭示的阴暗面读者切不可对号坐实。我们要相信，光明与暗影俱在，只有发现并祛除暗影，才会更加光明。

需要指出的是，长篇小说在结构安排上要竭力避免平淡是不错的，但太过巧合或巧合用得过多，就可能事与愿违走向反面。《小县城》包括作者的其他几部作品，似乎都存在这个问题。此外，这部小说叙述节奏很快，文笔上还不够细腻饱满，有时甚至显得粗疏。所以有必要提醒许祚禄，在自如挥洒叙事才情的同时，还需耐住性子，精心结撰，细致打磨。只有自己心中不移精品意识，就一定会有气象更阔达、表达更细腻、更具震撼力的小说面世。

2017 年 7 月

直击时代的隐忧

——读长篇小说《子孙满堂》

《子孙满堂》是许祚禄继推出《沉默的群山》后，又一部颇具分量的长篇小说。这充分展示了作家驾驭不同题材的创作实力。

我们知道，在社会生活中，光明与黑暗、先进与落后总是相伴而生。小说家的一项重要使命，就是努力用自己的叙事艺术，呈现生活的斑驳原貌，甚至有意聚焦时代的盲动或暗流，目的无非是寄望更多的人去反思和校正，继而用正义战胜丑恶，用光明驱逐黑暗，共创人类更加美好的前程。《子孙满堂》就是这样一部极具历史纵深、时代质感的批判小说，它汇集历史进程中道德滑坡和人性扭曲诸多事例于柳思延这户普通家族，旨在解剖麻雀，小中见大，即由小家而国家、由公民而民族，裸呈不肖子孙的劣行不是审丑，更不是唱衰时代，实质上饱含着作家对家国兴旺、民族复兴的殷切希望。这，也是这部充满黑色幽默元素的小说思想力量之所在。

采用家族叙事的《子孙满堂》，讲述了主人公柳思延漫长一生的所见所感、所忧所憎，时间从20世纪前叶的战乱时期，一直延续到改革开放以来的新时期。柳思延从小接受儒家教育，传统知识分子“修身、齐家、治国、平天下”的理想深入其骨髓，无论时代风云如何变幻，他都没有放弃这个理想追求。美好爱情的幻灭，使他失去了走出柳树镇施展抱负的唯一机会。为了养家糊口，他不得不放下知识分子的清高，成了一个勤苦的农民。理想似乎从此离他而去。

柳思延感到自己的理想传承有了希望，是在四个女儿尤其是三个儿子相继出生后。为此，他满怀自信竭尽全力培育子女。但是，事与愿违。随着儿女相继成家立业，令柳思延无比愤怒的一幕幕轮番上演——没有一个子女（包括女婿）令他称心——他们都在为个人利益干着无耻的勾当，与他兼济天下的理想完全背道而驰。随着岁月流逝，更为庞大的孙子辈们忽又成行，柳思延的希望之火又熊熊燃起。但是，他的付出依然是竹篮打水一场空，希望有多大失望就有多大。例如，被他寄予厚望的小孙子柳强国，不仅考上了重点大学，成了公务员，还年纪轻轻就当上了城关镇党委书记，却因贪念权色，间接杀人而被判了死刑。相濡以沫一生的妻子巧妹，倒成了柳思延的最后慰藉，不料惨死于车祸，先他而去。

接连不断的沉重打击，将柳思延的人生悲剧推向无以复加的境地。这使我联想到著名作家余华《活着》中的徐福贵。仔细咀嚼，却发现二者之间又有着明显差异。徐福贵的不幸虽是外在力量赋予的，但他自己也难辞其咎，而柳思延的痛苦是自我感觉上的，自己并无过错；徐福贵是富家子弟，缺少起码的养儿育女观念，而柳思延是那一代普通公民的代表，以自己的辛苦付出，养育了一个子孙满堂的大家庭；徐福贵面对苦难所持的是麻木忍耐甚至消极达观的人生态度，而柳思延忍受的却是一种自己抗争也无济于事的精神苦痛。就人物而言，柳思延完成了对徐福贵的颠覆和超越。

《子孙满堂》试图传递出一种理想，一个人的家国理想。为此，柳思延不屈不挠抗争了一生。他是在删除了现世的所有人和事后，才准备离开这个世界的。他死前挥臂欲呼的形象令人揪心。柳思延虽没有喊出声，但那源自内心深处的呐喊意味深长。至少说明柳思延对未来仍然充满信心、葆有希望。我想，读者对此自有想象和认知。这样的书写，也与同类作品拉开了档次。

著名作家许春樵说许祚禄“有着扎实的创作姿态和强烈而明确的文学企图”。通过《子孙满堂》我们可以感到，许祚禄是带着成熟自信和丰富多彩，有意向厚重严肃的经典回归。他以历史唯物主义创作态度，深植于皖南农村，以梦想和焦虑交织的眼光考量这方土地和乡民，呈现出的是农耕文明在向现代文明转变这一历史进程中的全部事实。不可否认，新中国成立尤其是改革开放新时期，我们的国家发生了惊天巨变。但是，任何时代都不是单色透明、纯净无滓的。许祚禄竭力想做的就是忠实记录历史变革中人性的变与不变。他写人的狡黠与丑陋，得意与忘形，同时也写人的苦难与痛楚，纠结与悲愤，写尽了人心的种种可能，所有这些无不昭示，作家对于人类正能量的渴望、期待和赞美。如果作家没有积极的生活投入，没有切身的社会体验与感悟，没有个体生命意识的溯源与群体社会价值的求索，没有对人类美好未来的追求与向往，是写不出这部作品的。

纵览全书，《子孙满堂》尽管存有叙述不够精细、语言过于直白的遗憾，但是，柳思延这个人物带给我们的震撼是货真价实的。

2016年4月

怎一个“新”字了得

——读《总在相爱时颠沛流离》

赵拴拴的写作起点不低：处女作上了《读者》原创版，数十篇情感类故事，发表在有档次的杂志上。《总在相爱时颠沛流离》是他的首部长篇小说，当时以《白痴恋人》为名，通过了海峡两岸原创文学大赛终审，并获推荐；还顺利入选2019年央视电影频道优创计划，有机会拍成电影。

不同于既往的阅读经验，这部爱情题材小说，给我的感受就一个字——新。

首先是人物新。卞澄阳是高职院校老师，丁二丫是大酒店老板，陶卉卉是教授女儿，梁小诗是年轻知识女性，朱奔放是个体户，马丽莲是富二代，看上去，并不特别。但是，卞澄阳，虽顶着大学老师的光环，却不受学生待见，事业上毫无建树；丁二丫原是打工妹，因喝酒特长，由丑小鸭逆袭成为白天鹅；含着金汤匙出生的陶卉卉，因父母离异，剑走偏锋地成为极度新潮的叛逆女；而拥有高学历的梁小诗，学生时代就不把爱情看得很重；朱奔放人如其名，粗犷豪放，敢作敢为，却有自己的软肋，被霸道女友马丽莲挟持，造次不得。这些在爱情题材中，以新异面目出现的角色，在这部小说里扎堆出现，怎么着也该上演一场轰轰烈烈的爱情好戏。然而，他们的爱情，貌合神离，卯不对榫，离谱得竟可以瞬间互易。在学生时代，至少卞澄阳、马丽莲曾经信奉的爱情至上，也变得像叶公好龙，不堪一击。没有什么可以天长地久，倒是应了这句话，到头来，所有人都成了孤家寡人。伴随市场经济大潮成长起来的一代，这样的问题只能属于这些新人。

其次是主题新。正是这群新冒出来的人，在集体无意识中，构建了一种新的生活范式。物质无忧的他们，自我，任性，偏执，冷酷，麻木，像一块块临空自堕的巨石，冲击着他们神圣爱情的地基。他们不乏组建家庭的愿望，也不是没有恋爱的激情，很多时候，面对新情旧恋纠缠的他们，作茧自缚，甚至一言不合，就可轻而易举地由爱转恨。爱情不过是一场游戏，他们稀里糊涂地成为游戏的主角。小说对这群人毫不留情，褫其华衮，露出他们无比糟糕的感情生活，特别是对待爱情无能为力的窘态，深刻揭示城市新群体的情感困境乃至生存困境。尽管不占主流，但有其趋于流行的温床，着实令人担忧。小说的建设性在于：不能以现代前卫为由，来淡然看待这些人身上的日益萎缩的爱情能力，应该加以解决。当然，小说并不能开出药方。这与绝大多数的爱情小说不同，不仅让读者享受故事，更让读者思考故事，有很强的警示性。

更为难得的是，小说的表现形式也是全新的。

新颖精巧的结构，表现在叙事上，完全打破单向的时间顺序，截断因果连贯的链条，在主流之外，不断导引、疏浚新入的支流，最终汇成完整的故事流。卞澄阳是核心人物，小说围绕他的一举一动，穿插他的回忆、追踪、求证、反思，串联起他与四个女人之间的爱情，在相互纠缠与磨损中产生的全部恩怨，相爱与不爱，复原与疏离，对抗与妥协，希望与绝望……在大幕落下的那一刻，所有女人在他眼里统统化作了蛇，冰冷可怕，无法近身。我不知道赵拴拴有怎样的经历，但我感到，熟谙小说人物的思维和习性，使他有能力穿透都市生活光鲜的外表，敏锐地发现那些真实的灵魂，呈现他们无能为力的那部分生命体验。在让一切隐秘纤毫毕现，而不附加个人的好恶偏倚，以至于小说中男女恋情急管繁弦式的转化演变，我们不知要怨怼谁，也不知要为谁难过。事实就是如此，即使拨开重重迷雾，也不见得觅得我们想要的答案。或许，这群人的精神暗影，不只是他们自身的弱点和复杂性吧。

爱情题材小说，无非就是极致地爱呀恨呀，很容易套路化。不按常理出牌，巧妙至极的情节设计，使这部小说避免落入俗套。在仅有的几个人之间，横生枝节，迭起波澜，既精彩，又可信。这种“新”的功效，还体现在细节上，既不忽略卑微处的美善，亦不放过璀璨处的龌龊，用碎碎念，反复触及当事人的微妙感觉，展现当下特定人群的心理，锋尖刀刃般地剖陈人性，直指人心，从意识深处满足读者对人物的全部想象。需要指出的是，情节上虽极力避免炫技弄巧，但亦显吸引眼球的类型化倾向。这是鱼和熊掌兼得之故。

语言是赵拴拴看重的。这是一类新式的小说语言，初看，不觉太好，复看，有了感觉，再看，越发有味，于是陡生敬意。这种语言弹力十足，极具穿透性，那些如梦中之境的画面，频频优雅闪现。善于运用比喻句，多是嘎嘎独造，尤为别致。亦有幽默底色，冷幽默为主，但非止一端。如写秦教授用的都是文雅词，写牛金宝用的都是江湖语，无不声口毕肖，令人解颐。

新世相、新时尚、新语境下，人物新、主题新、表现手法新，最大化地满足了人们的求新求异心理，当然，也成就了这部小说。

2019年8月

这是英雄成长的地方

——读长篇历史小说《茨山庵》

《茨山庵》是谈怡中的第二部长篇小说。与他的第一部长篇小说《欲望》关注当下、具有鲜明纪实性不同的是，这部小说是不折不扣的历史题材，在深入挖掘地方史料的基础上，采取艺术虚构手法，编织曲折动人的故事情节，深探人物的内心活动，具有写苦难历史而不滞重，赞英雄人物而不虚浮的特色。

小说以南陵茨山庵为地域背景，以积极拥护南繁芜新四军游击队抗日的刘兰英（娘）的回忆为主线，通过她的视角，将南陵从抗日战争至解放战争时期的仁人烈士和普通群众，敢于最大化地发挥潜能，同敌人巧妙周旋、英勇斗争的真实故事，画卷般地展现在读者面前。特别是精心安排、有机融进了民族英雄李家发的成长历程，再现了他在抗美援朝战争中惊天地、泣鬼神的壮举。小说不仅称颂李家发，也礼赞英雄成长土壤上的人民，在艰难困苦的战争时期，表现出来的坚强不屈的牺牲精神。换句话说，李家发的成长有着深层次的地域因素与时代召唤。

1937年7月，抗日战争全面爆发，不久日本侵占南陵，开展了疯狂的屠杀和奴役行径。1944年4月，国军原144师投降了进驻南陵的日军，后该师改为“皖南独立方面军”。原南陵县国民政府逃往泾县茂林避难。少年李家发目睹了“皖南独立方面军”勾结日军头目小关，杀害新四军游击队员和抗日群众的场面，幼小的心灵受到了极大的震撼，立志长大要扛起枪，消灭这帮侵略者和他们的走狗。抗日战争胜利后，独立十三旅在南繁芜一带，又疯狂清剿新四军游击队，少年李家发又看到了新四军游击队员们在茨山庵、板石岭等地被杀害，更加坚定了他长大后要参加革命队伍，解放受苦受难的兄弟姐妹的决心。

当新中国甫一成立，抗美援朝战争就爆发了。当时虚龄18的李家发，踊跃报名到了朝鲜前线，实现了他保家卫国、绝不容祖国被侵略的初心素志。李家发牺牲在抗美援朝的战场上，在金城战役轿岩山战斗中，他用自己的胸膛堵住敌人的机枪扫射，为部队打开胜利的通道做出了贡献。李家发与许许多多的志愿军战士一道，用自己宝贵的生命换得了世界的和平。他荣获了中国志愿军一级战斗英雄称号，被著名散文家杨朔誉为“万古青春”。他的英勇牺牲行为永远值得我们尊重和纪念。小说就是这样循着时间的河流一路追溯，英雄的形象照亮了家乡的天空，激励着后人。这也是一种反哺吧。

从某种程度上说，撕开历史隐蔽的伤口，也暴露出人性的最后底牌。作为人性最大试金石的战争，最能显现人的善恶美丑。小说的可贵之处在于聚焦民间，小心触摸历史残存的温度，在艰难时发现力量，在罅隙处看见光芒。谈怡中将正史传统叙事与传奇叙事相结合，即在尊重史实的基础上，赋予情节以传奇性、曲折性、生动性，以此为基础，在平凡中照鉴伟大，从世俗中走向崇高，从而完成小说人物形象的构建。

尽管谈怡中这部小说具有鲜明的写实风格，但他并不恪守传统现实主义的写作模式，而是运用了许多现代小说的艺术表现手法，如书中反复提及的茨山庵，既是一个地点，也是一个隐喻和象征。小说在虚拟中掺入了魔幻，将一种神秘的或者是怪异的气氛融入故事情节，以期深化主题。这种通过魔幻意象与现实生活的融合与升华，的确增加了作品的容量，扩充了作品的内涵；这种通过事件与人心的纠缠，表现出各种人物复杂多变的命运，使小说的艺术感觉更加多样，意旨更加深邃，使作品触及了哲学的意味和诗学的意蕴，的确使小说充满了多重生命况味，蕴含了深刻的寓意；这种通过穿插一些神话传说、民间故事、民谣和民俗等，增强故事的传奇性和野逸风格，并与小说的各章起承转合相契合，构筑宏大高妙、新颖独特的时空结构，不仅强化了小说的复杂度和节奏感，也增强了作品的地域风格和文化厚度。

说实话，这部小说的不足之处显而易见。在叙事上，事件发展的逻辑性、情节推进的条理性，时不时都因胡子眉毛一把抓，而显得多枝多杈，晦暗不明；在描写的精准度、意味的营构方面，也因文字少了一份纯熟与透亮，而显得貌合神离、真气不足。或许，在作者朦胧的意识里，不乏探究人物深邃心灵图景的艺术考虑和追求，即将那些散乱的地域历史事件，统摄到特定的时代背景下重新编织，进而发现隐秘而又说不清楚的人的情感，达到让情节自然贯通、让意义自然显现的目的。但是，这样的创作初衷，实际产生的效果远未抵达。不过话说回来，这种带有初写者原始芜杂气息的作品，更有感性的外在形式，更有漫漶的形象画面，更有一股子来自民间的恣意生长而又烟火气十足的野性力量。

值得一提的是，谈怡中发挥专长，在小说中楔入了原创诗词100首，这对艺术地提升人物情感，艺术地概括升华故事，起到了一定的作用。小说以词开篇，又以词结尾，显示小说在结构上的完整。

总之，谈怡中花费了相当大的精力，在历史典籍与民间逸闻中爬梳剔抉，几易其稿，写出的这部抗战题材作品，尽管还有全方位的差距，也是值得鼓励的。

2019年10月

一阕高亢嘹亮的女性赞歌
——试论《钓鱼城的乱世佳人》的价值取向

仿佛是应了密集的战鼓，李幼谦的《钓鱼城的乱世佳人》，我是在马不停蹄中穿越的。

《钓鱼城的乱世佳人》是一部厚重的历史小说。小说以13世纪中叶蒙古铁骑的一支在大汗蒙哥率领下，围攻重庆门户合川钓鱼城为背景，围绕蒙攻宋守，不是你死就是我亡这个主要矛盾，将一群冰雪聪明性格迥异的女人，推上血雨腥风的舞台，提挈起一串明争暗斗、爱恨情仇、人性善恶的故事，从而将女性的坚贞、善良、勇毅、自私、偏狭、冷艳等不同特质推向了极致。小说的核心内容：一是蒙哥大汗的战死，二是女一号宗玉萍（王玉）演绎的一出堪称千古绝唱的美人计。这两大真实历史事件，不仅延缓了元蒙侵略者的铁蹄，拯救了无数无辜百姓的性命，也给后人留下了聚讼纷纭的巨大思考空间。

小说取材的独特和重要只是创作成功的第一步，而角度的切入更见作家的眼光和功力。就这部小说来说，无疑李幼谦是理性的，又是聪明的。战争让女人走开，作家却让女人跳进战争的漩涡，成为左右战局的主角。被称为乱世佳人的以我的理解还不止一位：除深谋远虑的宗玉萍（王玉）外，还有果敢痴情的马青苗和秉持正义的林容。至于大胆淳朴的凤儿、隐忍明智的翠翠、蛮横专治的王母，也非可有可无的点缀，她们各有形象各有使命各有指代，丰富了女性群体的“上下游”。她们作为被男人玩弄的被侮辱被损害者，又玩弄男人于股掌之间。正是因为她们各自的不同身世、不同地位、不同性格，才顺理成章地造就了各自应有的命运结局。这是一阕高亢嘹亮的女性赞歌，唯有女作家深知女性内心的奥秘，才能抵达的人性深度和母性辉光。

阅者无不会问，是什么使得这些身处封建男权社会里和强权暴力下的弱女子，自觉或不自觉地参与到战争中来？又是什么使得她们迸发出男人自叹弗如的巨大能量？女人能顶半边天，这是“五四”新文化运动之后的事了。现代社会进一步证明，女性在多个领域有着不亚于男性的智慧和才能。而在以男性为主宰的漫长封建社会里，女性的智慧和才能多在无声无息中泯灭了。她们或许压根没想过要出人头地，她们想的无非是循着贤妻良母的路子，在相夫教子中度过平安的一生。问题在于，生在哪个年代，任何人都无法选择；面对残酷的战争，弱者只有充当炮灰。很多时候女性都是重大灾难、重大牺牲的被动受害者，美丽女性尤其如此。是的，不在沉默中爆发，就在沉默中灭亡。诚如作者所说：“一个美丽聪明的女人，生活在那样的血腥时代，生存在不同民族迥异的生活习俗中，不独特、不另类、不反叛，只有死路一条。”试想，如果没有外族的野蛮掠夺残暴杀戮，没有人性中最美的爱情，没有守城内易子而食的惨剧，没有风雨飘摇的南宋王朝悬浮南海，没有天下不可逆转的归元形势，或许就不存在宗玉萍（王玉）的一双芊芊玉手拨开坚守36年的城门。

宗玉萍（王玉）集美色与智慧于一身，恶如蛇蝎又善如天使，就是这个矛盾共同体，她极端自私的内心深处，竟然有了与宋军副帅夫人林容有着同样的观点：百姓不应该成为战争的牺牲品。她没有选择林容那样的宁为玉碎不为瓦全，说明她更有眼光更有智谋。以卵击石是一种美，完璧归赵更是一种大爱。这是特定时空特定环境下演绎的一段可歌可泣的壮举，是人性深处绽放的圣洁之花。历史再次证明，极端危险的时刻，优秀的女人比大男人们更有“东西”。为什么只有战争才让极少数优秀女人顶天立地，这不能不说是那个野蛮时代的悲剧。

《钓鱼城的乱世佳人》从人性的角度试图还原历史的本来面目，承载了作家对历史的思考和见解。给我们的启示是，历史是迷乱的，论者站的高度不同，得出的结论就会不同，甚至相反。我相信有了这部小说的面世，有关这次保卫战的坊间争辩会稍显理智一些了。

2015年2月

借枝开花结异果

——卞小静《阮氏三雄》读后

《水浒传》是我国古典文学四大名著之一，它所达到的文学高度是一座大山，后人很难逾越。在芜湖，却有几位“好汉”，结盟对其“谋反”，短时间内便大功告成，这就是安徽师范大学出版社2014年11月集中推出的水浒系列10本书。这些书都是以原著人物为原形，以全新的思维，宏观俯瞰的视角，借枝开花，编演出自成体系的人物故事，使得极为开放、极具包含的《水浒传》，有了更多个性化的想象和推衍，丰富了读者的认知与解读。

这里单表女好汉卞小静的《阮氏三雄》。卞小静何许人也？名不见经传的她，浸淫文学多年，这次“投靠”芜湖民间文坛盟主李幼谦，总算遇到了明君，才毫无保留地秀出自己的十八般武艺。一番刀光剑影之后，观者无不惊讶，身手确实了得。

如同各怀绝技的梁山好汉，卞小静呈现的阮氏三雄，果然耍的是一条另辟蹊径的套路。故事是从“石碣村”和“九须鲶鱼”两个意象生发开来，就注定了一场硬与软、正与邪的较量已不可避免。虽说是好汉难敌四手，可智商不低的三兄弟岂是等闲之辈，他们将计就计，巧妙周旋戏弄着一帮官痞兵匪，居然以少胜多，取得了阶段性胜利。直至生辰纲在黄泥冈被劫，三兄弟慷慨接纳了带着金银躲避于石碣村的吴用等人，才有了主客一拍即合共上梁山，开启他们为理想而奋斗的历程。招安后，三兄弟与方腊多次鏖战，阮小二战死，阮小五也误传战死。攻陷方腊的最后堡垒时，阮小七在内苑深宫觅得方腊的一套伪龙袍和玉带，穿戴上身后，才发现锦衣玉饰非己所好。这就预示着后来尽管加官晋爵如水到渠成，这个活阎罗却很不开心地老马恋栈了，所以在被奸人告状曾着方腊的皇袍、龙衣玉带之事图谋造反，被皇帝老儿追夺官诰，复为庶民后，他不怒反喜，驾着阮小五留下的船，带着母亲回到了石碣村。在卞小静的心目中，阮氏本生于自然山水之中，是骨子里讨厌威严与强权才起身造反的，当自己成了自己造反的对象时，不仅水土不服，内心更是抗拒的。小说就这样鲜活地呈现了三个有勇有谋、有爱恨情仇、有理想家园情结的草莽英雄形象。值得一提的是，小说结尾的高落差反转颇耐人寻味。

卞小静的《阮氏三雄》，自觉或不自觉地继承了中国传统小说的诸多精髓。一是故事性较强。有一套自成体系、血肉丰盈的精彩故事，且把它讲得痛快淋漓而不失原味，是很了不起的。何况这些故事被演绎得细致入微，曲折生动，章回相续，环环相扣，令人欲罢不能。故事好，读者当然愿意读，大多数读者接受小说的兴趣很大程度上源于故事，也就是说，小说家的成功与否，故事是第一块试金石。二是人物个性鲜明。阮氏三雄在原著中并非最重要的人物，比之宋江、卢俊义、吴用、林冲、鲁智深、武松、李逵等人，看点相对不足。这倒正好给了作者一方大塑特塑的空间。生死、人性、亲情、爱情，这几个塑造人物绕不过去的终极命题，皆贯穿于文本之中，只是三兄弟各有侧重：作为大哥的阮小二是一位珍惜手足之情，儿女情长的好男人；心思缜密的阮小五，心灵手巧，最有远见，是智者化身；阮小七排行最末，却大胆任性，所以有一段令人扼腕的爱情。卞小静塑造的三兄弟虽性格迥异，但不妨碍他们都是英雄本色，其一言一行，都在强化各自是与众不同的一个。三是有一定的历史感。优秀的小说都是有历史感的，历史小说更应如此。当然，小说的历史感不等同于历史小说。《阮氏三雄》的历史感集中表现在古典文化的情境上，写古人就是古人的范儿，让读者如临其境，如见其人；风俗、环境、器物等也都是宋代的，并体现在细节上，拿捏准确，交代清楚，没有易代之感，让现代读者很容易获得历史的认同感。可见作者是有意沉潜于历史典籍中汲取了丰厚的资源，以尽量合乎大宋风貌的。四是语言的传神。没有语言就没有文学，文学之所以为文学，在于它高出应用文一筹的形象化语言。有人甚至认为，语言是小说的第一要素。语言明快洗练，生动准确，状人叙事，多用白描，能够抓住主要特征和细节，是原著的突出优点。《阮氏三雄》继承并个性化地呈现了这一特点。尽管应出版社要求写得很快，但快而不糙，语言的准确性、语言的气质、语言的张力都很不错。由此可见作者的实力和潜力。

不可否认，这部小说在结构的经营上和节奏的把握上还存在不足。这对于初次写长篇的人来说，不必太苛求。总之，这样一部融入了作者个人思想的新历史观改编小说，是会给人以开卷的教益和审美的愉悦的。

2015年1月

精彩好看的另类英雄叙事

——我读《沉默的群山》

评价小说优劣有多项维度，“精彩好看”被许多人列在首位，自有其道理。尤其在多数人习惯于快餐式碎片化阅读的当下，若是味同嚼蜡的长篇小说，谁还情愿硬着头皮去耗时费力？读许祚禄的长篇小说《沉默的群山》给我的感觉如闯连环阵如坐过山车，有欲罢不能的刺激和畅快。

我惊叹于这部小说的精彩好看。

首先，小说讲了个好故事。故事是小说的心脏，是一部小说高度凝炼后的内核。《沉默的群山》的“心脏”当以劲爆来形容。故事以20世纪前半段血雨腥风的中华大地为背景，讲述了偏处一隅的皖南山区，汪、赵两大家族三代人之间的爱恨情仇及他们中的精英人物保家卫国的壮举。当深受程朱理学滋养的程学理回乡兴办教育培养大批弟子后，他没想到，风云变幻的时代会导致精英弟子们逐渐成长为各领一路人马的不同组织和信仰的头面人物。他更没想到的是，二代的汪天福、周杆，特别是三代的杨天啸、汪维新、汪维潮、周二凤等，对爱情的狂热追求矢志不渝，已超越了传统的爱情观；二代的程彩云、程彩凤，特别是三代的赵青竹、汪金秀等女性解放意识，也是亘古未有的觉醒。由这些崭新观念生发起蓬勃力量，纠结成一张错综复杂的人际关系网，在不断演变的戏剧性矛盾中，两大家族间的自相残杀和人伦颠覆已不可避免，一幕幕人间活剧就这样以传奇和荒诞的方式轮番上演。几对男女情爱风波的左右纠缠，几股势力革命与反革命的反复冲突，国家民族命运与家族个人安危的上下衡量，使得人性中的正与邪、善与恶、爱与仇均得到了最大化的彰显。还有，作家史诗般的如缘巨笔，地域风情的大肆渲染，特别是千头万绪而又条分缕析地巧妙编织，使得小说情节反转似魔方，给读者不知道下一秒会发生什么之慨。

其次，《沉默的群山》精彩好看，更在于塑造了一群顶天立地的另类英雄人物。杨天啸这个“来历不明”的野孩子，虽接受了传统理学与新学教育，但是侠义思想似乎更契合他的本性，而时代风云更是激活了他替天行道的大仁大义，皖南盛产的忠贞烈女又使他成为一个爱情至上的情种。他没有明确的理想和信仰，赤裸裸的天性反而使他敢作敢当，血性十足，无所畏惧，这也使得他最具民本思想和家国情怀。为了心爱的女人，杨天啸可以不惜一切代价，与几个同父异母或同母异父的兄弟反目成仇。当已与他不共戴天，且杀了无数共产党人的同父异母的弟弟国军团长汪维潮要被处决时，他又去劫狱抢人，甚至不惜以命相抵。不过，英雄气短儿女情长，杨天啸也有承受不住打击的脆弱一面，尤其是在失去心爱的女人时。总之，在杨天啸的眼里，没有社会阶级和人之等级差别，只有人伦和人性才是最美好的。这样的一个人物寄托了作家的理想，颠覆了我们的认知，文学长廊里也是难觅模版的。书中其他重要人物，如程学理、汪天福、汪维潮、周二凤、赵银柱等也都个性迥异，言行举止无不符合各自的个性修养和思想特质，均显现出另类的气质。这些人各有各的可爱，也各有各的缺陷，诠释了人性不完美之真谛。尤其值得一提的是，书中的程彩云、程彩凤、赵青竹、汪金秀等女性人物，除了沿袭古老皖南忠贞烈女的清纯形象外，更是有了脱胎换骨的展示。从春秀的为夫是命，到彩云暗恋外国神父和彩凤私奔，再到汪金秀大胆追求自己的爱情，特别是赵青竹毅然投身革命，走在时代的前列……作家这样安排，无非是要通过这三代女性的传承和进步来反映社会的历史性递嬗和进步。她们都是一步步从刻着几万忠贞女子的牌坊下走出来的，无论是谁，每前进一步都是无比艰难的，都是要付出代价的。这一点集大成于赵青竹身上。她信奉共产主义理想，一心要为广大劳苦大众创造一个平等自由、幸福安宁的未来，为此，不惜个人抛头颅、洒热血，也不惜大义灭亲。书中她前后开的三枪都是对着亲人，第一枪是给自己的丈夫叛徒汪维新，第二枪是给自己已沦为汉奸的大哥赵金柱，第三枪是给自己的心上人杨天啸。很显然，在开枪的一刹那，她的内心是忍受着巨大伤痛的，而她之所以这样做，那是皖南女人忠诚于信仰，宁为玉碎、不为瓦全的精神使然。作为书中最杰出的女性代表，她是时代造就的侠客和社会进步的擎灯者。可惜，她舍生取义于黎明前。赵青竹这种另类英雄女性形象，被作家推向了一个新境界。

此外，《沉默的群山》精彩好看，还在于掩卷后能引发读者对国家、对民族、对人性的深入思考。因其寓意深邃之故，这种思考当是仁者见仁智者见智的，一千个读者就会有一千个理解。这或许是小说精彩好看的另一种方式，是更高级别的精彩好看。

当然，《沉默的群山》毕竟是许祚禄创作的第一部长篇小说，叙述上的瑕疵在所难免。例如，在叙事节奏上过于马不停蹄，缺乏典型环境烘托的描写，来呈现本该有的理想主义和浪漫情调，加之主要人物多是火爆脾气直性子，心理活动缺乏差异化的细腻描写，在一定程度上削弱了小说的内在魅力。但是，这些瑕不足以掩盖全书精彩好看之瑜，不影响带给我们的心灵震撼和惊喜。我相信，有心的读者定可透过这扇透视历史深处的窗口，享受一程无比畅快的阅读体验。

2016年1月

十年磨剑笑封侯

——读长篇历史小说《无头将军吴禄贞》

《无头将军吴禄贞》是老作家李幼谦创作的又一部长篇历史小说，也是一部史料扎实、文笔老辣、内涵丰厚的作品。据作者本人说，她是在写《间岛铁骑》时，发现吴禄贞这个“富矿”的。日本“间岛预谋”的箭矢，碰到铁骨丹心的吴禄贞，可谓一下子没在了石棱中。锋芒初露的吴禄贞，迫使日本当局与清政府签下那个时代的唯一平等条约，保住了大片中国领土。如此了不起的“盖世之杰”，作家自有仰拜的方式，于是，20多万字的《无头将军吴禄贞》成为最好的心祭。

《无头将军吴禄贞》以真实的历史人物为经，以真实的历史事件为纬，编织了吴禄贞的传奇人生。从间岛凯旋后，吴禄贞被调入京，革命意识日益强烈的他，审时度势，在革命同志的支持下，经过精心筹划，收买了贪财的庆亲王奕劻，获得了北洋军第六镇统领的职位。他本想利用手中的兵权在清廷组织会操时，举起义旗为革命增势，不料这时爆发了辛亥革命，他的部下奉命调至武昌镇压革命，吴禄贞请求随军南下却被清廷拒绝，他被派往滦州去平息张绍曾的兵谏。在这生死考验关头，革命信念坚如磐石的吴禄贞决定倒戈，几经鼓动和斡旋，与“士官三杰”中的另两人十镇统制张绍曾、协统蓝天蔚联合起来，力阻清廷出兵镇压。当局者发现端倪，怀疑吴禄贞是革命党人，遂抛出山西巡抚的高官厚禄引诱他。吴禄贞佯装接受，暗中却联络山西和东北的革命军，欲合成三股势力联合起义夹攻北京，一举推翻清王朝。也就在吴禄贞被推举为燕晋联军大将军的当夜，年仅31岁的他被袁世凯派人暗杀于石家庄火车站，并被割去了头颅，以致

"雄图不展，捐躯殉国"。

我们知道，历史小说是以历史人物及事件为依托的小说，通过文学艺术手法再现一定历史时期的社会生活和政局面貌，原则上不能脱离历史的本来面目。二十世纪初，清政府摇摇欲坠，新生的资产阶级向清王朝勇敢地发起冲击，最终给绵延两千余年的封建君主专制画上了句号。这部小说的主角吴禄贞恰逢其时，为了知其人必须论其世，作家所要做的就是客观反映这段真实的历史，较全面地表现晚清时期中国的社会思潮和革命走向。事实上，作家将小说置于大背景中，重新赋形了这场革命的时间轴和走势图，如讲述的汪精卫、喻培伦等革命党人谋刺清廷政要的事件，都是按照史实顺序，有机地融入情节，形成必要的时势铺垫。让史实说话，让当事人说话，让历史的必然性说话，是小说成功揭示历史发展必然趋势的关键，更为读者描绘出一幅缭乱的时局图景和壮阔的时代风貌，加大了读者深入了解历史并受到有益启示的可能性。历史的大视角和纵深感，使这部小说具有了不一般的体量。

当然，仅有历史真实是不足以结构一部长篇小说的。为了达到历史真实与艺术虚构相融相合的效果，在技术层面，小说秉持大事不虚、小事不拘的原则，放弃架空，更没有穿越，而是以错综复杂的人脉体系网罗历史。如此勘探史料语焉不详的一面，使得设定和构想繁复人物关系，就可以立足于角色个性化、情境化、生活化，采用逼真的细节手段，艺术化地虚构、想象和再现。小说情节多维交织而又纲举目张，跌宕起伏而又环环相扣，正是这种艺术上集中和夸张的体现。加之作家擅长的人物心理写作才能，因此，尽管整部小说情节密度大，推进迅速，正面交锋与暗流涌动交织，令人眼花缭乱，但符合人物性格的语言和符合人性逻辑的情节，在这当中很好地筑牢了小说的真实根基，令人信服地架构了一部史诗性叙事体系。还有，人物的多面、变化、成长，革命的艰难、曲折、挫败，在深挖复杂人性的同时，清晰地还原了一场革命的过程性力量。特别是将各色风云人物，统统汇入时代的分金炉里加以检验，高下立辨，更加反衬出吴禄贞等人的磅礴英雄之气、铿锵金石之质，以及勇于担当、视死如归的精神。书中涉及人物众多，即使多数人物偶有着墨，但作者精到的寥寥数语，仍能使他们跃然纸上，让人印象深刻。可以说，书中人物的成功塑造，源于叙事自身力量的释放，是作家立足史实之外，非凡的想象力、创造力及小说技术整合力，综合发挥作用的结果。

读罢掩卷，使人深思的是，腹藏良谋、胸有惊雷的吴禄贞，因信仰的力量和道义的召唤，抛却了荣华富贵，毅然决然地走上了自选的不归路，有一种飞蛾投火般的悲壮感。其实，在历史转折、民族进步的重要时刻，像吴禄贞这样的理想主义者书中写到的还有程家柽、周维桢、张世膺、李书城、彭家珍、何遂等人。他们铁血肝胆，大义凛然，奔走于腥风血雨之中，将救国救民的火种执着地播撒，最终热血化碧，气贯长虹。英雄创造历史，时代成就英雄。作家深知，着意塑造一批形象丰满、有血有肉、具有典型意义的群体英雄雕像，是谱写那个时代壮丽史诗的最有力支撑。历史的深度、文化的广度、人性的高度，最终均以奇崛的生命本体力量彰显出来，给读者以精神领域的最大化穿透，更给一代代后来者，注入拼搏向上的勇气和力量。

在我看来，《无头将军吴禄贞》当初作为网络作品风行一时，即写即发，日续不辍，难免萝卜快了不洗泥，不足之处显而易见：首先，说明性文字交待过多，使小说失去了浑然天成的整体感；其次，凭借对话推动情节的比重过大，造成叙事上的局限和节奏上的掩沓。但总的来说，瑕不掩瑜，这是一部值得各个年龄段人赏读的历史小说。

现实生活中，李幼谦是个有着铁板铜琶气质的重庆人。真诚，乐善，爽快，勤奋；文学道路上半个多世纪的砥砺前行，老而弥坚，成果丰硕，以伤残之躯推出近20本书，体现出流水前波带后波的榜样精神。长久以来形成的奔放如钱江大潮、迂回似黄河九曲、激越如战场鼙鼓的大手笔书写，总能使她的小说在有限的素材中爆发出丰沛的能量，英雄主义和浪漫主义情怀充盈其间，正气满乾坤。文如其人，文必其人，从这部小说中我们可以管窥一二。

2017年10月

时代精神投影与诗意写照

——在长篇小说《大江大海》创作分享会上的发言

今天，再次来到无为，参加许冬林长篇小说《大江大海》分享会，非常高兴。无为这方厚重的土地，孕育了生机盎然的地域文化，是既有外在颜值，又有内在涵养的好地方。几年前，我还不认识你们其中的任何一位，而现在我与你们中的很多人已成了不常见面、但时常惦记的文友。感恩文学让我们的心挨靠得这么近。

许冬林是我较早认识的无为作家。之前读过她的许多散文，留下难以磨灭的印象是，语言细腻、清新、空灵、飘忽，那些对幽微情感和情绪，感觉到位的精准描写，很有代入感，令我沉醉着迷，她的文学才华实在惊艳。《大江大海》是许冬林的首部长篇小说，我认真拜读后，感觉到她的努力和用心，使得一个非常适合报告文学创作而不适合小说创作的题材，获得了最大的文学性和艺术性。在暗暗吃惊、感佩之下，我写过一篇肤浅的评论。今天，抛开那篇评论，回望这部小说，我又有了一些新的认识和想法，零零散散，稍加整合，在此向各位老师请教。

《大江大海》这部小说触及时代发展与个人奋斗这个大命题。我们知道，时代对于个人命运所起作用是决定性的。一个好时代，定会为个人成长和发展提供舞台，满足人们对个人理想与幸福生活的追求，助推人们实现人生的价值。我想，许冬林在确定这个选题时即已成竹在胸：用心塑造小人物，也就写好了小人物所处的大时代。小说聚焦一群不甘穷困落后的底层小人物的生存状态，将他们对美好生活的不懈追求，顽强奋斗的精神品质，揉入时代风云，化为富有动感的火热生活，时势造英雄，亦是英雄造时势，很好地诠释了人与时代的关系、个人生存与社会发展的关系，完成了生存的卑微与伟大、困顿与激情的书写。

小说秉持以人民为中心的创作导向，真实而生动地展示了一地发展与时代进步的同频共振、一脉相承的图景，甚至是得风气之先、引领时代发展的创举，从中我们可以倾听到时代发展的滚滚潮声；同时也感受到激进变革的伟大时代，对人们思想和行为的影响是沦肌浃髓、无孔不入的。在改革开放背景下，广大农村最现实最直接的人才是创新创业型人才，而小说中的高云天、高远波、郑岚等人就是这样的人才。他们是一个地方经济发展的新引擎，他们的成功带动了更多的人转变观念，勤劳致富，他们所拥有的精神感召力，就像阳光雨露一样滋育这方土地上的父老乡亲。小说追踪他们、讴歌他们，就是照亮一方真实世界，告诉人们那个现实中的最后理想。

小说有稳健的框架结构，四梁八柱之间，桁椽纵横，衔接有序。小说主线明晰，对叙事节奏的控制，张弛而有致，舒缓而平稳，能自始至终保持着从容和优雅。正所谓“故事不多，宛如平常一段歌”。虽然在整体上显得前松后紧，节奏越来越快，但这是时代发展节奏越来越快使然。小说特别在意情节发展的因果关系，通过人物性格的基础与情节发展的动因，用情感纽带维系，凭事业发展递进，既符合读者的认知，又挑战读者的想象。小说虽有很多穿针引线般的设计，但没有理念先行，让人物沦为牵线木偶，失去血肉和灵性。在我看来，这种不琢磨着看，根本感觉不到的巧妙设计，是好小说的标配之一。因为小说不能像生活那样无序和不讲道理，所以要设计；而生活从来就不是设计出来的，所以作为生活镜像的小说也要看不出来有设计。运用之妙，在于心。

打开小说，扑面而来的是直面世俗的烟火气息。这是因为小说在叙事上，很有生活质感，捕捉到了人们心灵深处最细微的感受，描绘出了只可以想象和意会的画面。很羡慕许冬林有顶尖的生活感受力和独特的艺术感觉。当代很多小说，文学感受与文学素养普遍弱化，文学与生活分离是重要因素。如此高蹈的主题，渗透在真实、细密的心理描写和人物对话中，小说的味道即在此。这是小说的功能，也是中国传统小说的最鲜活的特质。小说源于真人真事，作者也竭力写出了真的情感、真的性情、真的思想。无论社会形态怎么改变，人们心中对纯真情感与美好事物的向往不会变。这是作者的真诚，拨动了读者隐秘的心弦，纯净了读者心灵，震撼了读者灵魂，这就是艺术的力量。除此之外，这种很难小说化的题材，还有独具价值的一面，那就是存留历史生活的往事细节，为消失的生活作证，为泯灭的理想复魅。捕捉生活中的难得瞬间，并让这一瞬间成为永恒。它可以让我们看见过往中那些被遮盖的事物、被生活流水拧起的漩涡，特别是那些被忽略的高贵情感与不屈灵魂，让我们听见岁月中某些不同寻常的回声。

显然，作为文学作品，小说没有生活这个基础肯定不行，匍匐于生活而不加以艺术化提炼更不行。小说需要在生活面前勇敢地后退一步，从生活中跳将出来，即在不断拉近人物内心世界的同时，又不断地与其拉开、再拉开，并在一定的高度加以俯视。这是文学具有超越理性和逻辑的特殊本质所决定的，更是避免概念化、脸谱化塑造人物的需要。在此想特别提醒许冬林的是，作为一部长篇小说，《大江大海》可能出于现实的考虑，虚构度还不够高，纵深度还不够深，想象力和创造力或者说文本的飞翔高度，还应有更大的空间。

一般来说，小说都致力于搭建一个形象的世界。在这个形象世界里，一方面是人心营构之象；另一方面是天地自然之象。很多时候，我们很难将两种“象”严格区分开来，或者说，小说的形象世界需要主客观之象的交织重叠，借此抵达的才是一种虚实结合、有无相生的艺术境界。这是中国古典文学特别赋予的审美趣味。乡土小说在我们的文学传统里是自带这种诗意的，《大江大海》也不例外，小说的环境和景物描写堪称一绝，不是单纯地为写而写，也不是可有可无的闲笔，而是人物心理的一种侧写，使美情与美感水乳交融，让人的情感具体化、形象化，达到天人合一的目的。那些生活场景的描写不仅是唯美的风俗画，很迷人，也迂缓了紧张的故事情节，为叙事留下伏笔和空间。

有人说，文学就是写人的困境。我想，至少对于这类励志型题材的小说是适用的。小说虽然选择开放式结尾，让人们看到了希望，但小说并没有回避电缆企业面临的普遍困境，也就是说，小说的调子没有一味地扬上去，这与宣传文本区别开来，也避免了小说沦为夸张说教的危险，只是这样的区分度还不够明显。

语言是文学的唯一利器，文学的魅力要靠语言来实现。文学的问题最终都能在语言上找到解决之道。好的小说语言，传达的不只是生活状态的信息，最好还要传达一种令读者同弦共振的情绪信息。在这方面许冬林做得很好，她的语言有很好的感觉能力、情感能力、细节能力，所以笔之所至，形象立显，意蕴生成，特别能给人留下遐想，余味无穷。好文字都不是凭空而来的，除了天分，也许所有好文字的后面，都有一颗敏感的心。有人说，比喻的精准，有时不在于形似，甚至也不在于神似，而在于一个人的生活经验和内心需要。不知何因，我感到无为的很多作家，如李凤群、张尘舞、白中玉、刘晓燕、赵拴拴、杨蓉、戴启文、蒋华、陈荣来、黄平等，都善于在修辞上出彩出新、功夫独到。

本想给《大江大海》写一篇女性角色差异化设计的文章，一直还未动笔。我认为许冬林在次要人物的设计上是下了一番功夫的。她对普通人的理解是朴素实在的，也是深刻老道的。书中这些人物的性格各有差异，关系各有亲疏，体现了中国传统人情社会在新时期的急剧变化，暗含着当时社会这一群人所思所想的参差多态，让读者有一种陌生的熟悉。只要有时间，这篇文章我还是要做的。

好小说是说不尽的。我之所以在写了评论后，还能拉拉杂杂说上这么多，说明《大江大海》的确不是一眼就能看穿的小说，可供回味、可圈可点、可以阐释的地方实在很多。当然，没有十全十美的作品，作为许冬林的第一部长篇小说，已经让我们看到了她的才能和进取精神，许老师的未来值得期许。

2019 年 4 月

浅谈许祚禄长篇小说的主要特点

——在许祚禄长篇小说研讨会上的发言

许祚禄是来自芜湖的作家。在短短数年时间里，他先后推出了《沉默的群山》《子孙满堂》《小县城》《在迷茫中追寻》《青弋江儿女》等五部长篇小说，在全省文学界产生了一定的影响，《沉默的群山》还获得了安徽省政府文学奖。许祚禄一介草根，名不见经传，崛起于乡野阡陌间，速度惊人，功力惊人，爆发力惊人，堪称“许旋风”。

许祚禄的这些作品，我都认真读过，稍加梳理后，发现他的长篇小说有以下三个主要特点。

第一，题材厚重，立意高远，能引发读者全方位的深入思考。

《沉默的群山》是历史题材，时间跨度从清末到新中国诞生，长达半个世纪。通过叙述从皖南一地走出去的几个英雄儿女的聚散离合、爱恨情仇，展现了中华民族这段内忧外患、战火纷飞的历史，揭示特定环境下人性的种种可能，着重表现具有中华文化精神的优秀儿女历经苦难、坚不可摧、浴血重生的顽强生命力。

同为大跨度历史背景的《子孙满堂》，虽为生活化叙事，但寓意同样深远。小说不厌其烦地叙述主人公柳思延，三番五次面对子孙们精神世界集体背叛这个残酷现实，所表现出的精神深处的极度痛苦和困惑，表达了作家对传统精神文化传承和发展的深深忧虑，充满着强烈的家国情怀与责任担当意识。

《青弋江儿女》与《子孙满堂》时代背景几乎相同，但在叙事上更为丰富，涉及的社会生活更为广阔。从我们熟知的抗日战争、解放战争、抗美援朝、“文革”，到对越自卫反击战、改革开放、特区建设，乃至新农村建设等重大历史事件可知，小说叙事的大背景长达八十年，堪称青弋江下游两岸人民斗争生活的全景式画卷。这么一大段历史，如果作家没有丰厚史料的严谨，没有表现手法的高妙，是很难胜任的。小说始终紧扣弘扬正气与歌颂真善美这条主线，既写出了陶、柳两家三代人的命运沉浮，又肯定了他们的立场坚定，让人们从这群并不完美的小人物身上，重新发现人与时代的辩证关系，以及足以激励后人的积极向上的力量。

小说把现场更多地给了这方烟火家园，这是许祚禄的精明之处。其间爱情、亲情、友情绵延不绝，对抗、争斗、背叛纠缠不清，不仅人事有代谢、家族有枯荣，更有人与时代同患难、共命运的不懈奋斗精神。这种真实历史事件背景下的民间观照，旨在表达乡村人情社会的本质特征，无意中却形成了历史叙事、家族叙事、底层叙事、民间叙事、民情叙事的“大杂烩”。《青弋江儿女》作为地域史志的拓展和补充，与其说是在凝望历史，缅怀底层奋斗者，不如说是在讴歌中华民族优秀的精神文化在发展过程中，无论是过去、现在，还是未来，不管遇到什么样的挫折和困境，都会生生不息地传承并发扬光大。

正因小说蕴含这样重大的主题思想，书中那条时时闪现的青弋江，已不再是一条普通河流，作为长江重要的支脉，实际上她已被作品赋予与伟大的长江一样，象征着中华民族不朽的精神力量。显然，与《沉默的群山》相比，《青弋江儿女》的主题思想有了深化和升级，是作家从《子孙满堂》的困惑和迷茫中走出来的一次精神升华，也是作家思想认识的一次飞跃。

在许祚禄这几部长篇小说中，人物的命运无不始终与国家民族的命运紧紧联系在一起，作家将所有的小人物都融汇到民族的大家庭里，与整个国家民族的命运血脉相连。这是小说能够引发读者对国家、民族、历史、生活，乃至人性深入思考的基础。

第二，男欢女爱，爱情至上，爱情常常成为激发个人能量的最大动力。

许祚禄是书写爱情的一把好手，他的几部长篇小说里，都有爱情动人心扉的华彩乐章。

在《小县城》中，女主角刘冬冬与县长潘潮风，与金山县最大的企业主沈金山之间的感情错综复杂，同学+爱人+情人，他们之间都曾有过，可谓一言难尽。身世坎坷的刘冬冬，能够成为小县城里一个呼风唤雨的实力派人物，与她与生俱来的不甘平庸的野心不无关系。早年的她为了追求荣华富贵，心甘情愿被省城的一个又老又丑的厅官霸占。不过，刘冬冬与逆境中的潘潮风却是真心相爱，后来潘潮风坚决与她分手，既有传统观念的逼迫又有个人抱负的考量，这些都在情理之中，不难判断。但从故事的演绎来看，潘、刘二人一直深爱着对方，可谓痴心不改，藕断丝连，这既出人意料，又令人叹服，说明真爱的力量从来都是无比强大的。如果把县长潘潮风誉为表面上无所不能的"孙悟空"，那么外在能量似乎更强大的刘冬冬，就是道高一丈的"观世音"。琴折弦断，玉石俱焚，小说最终以悲剧收场，人们才真正看清了其中的价值。

在《在迷茫中追寻》中，精明强干的女县长田玉玲被"双规"，前进集团总裁的李辉豪对此痛苦万分，在闭门数日后，他决定跟随好兄弟周阳去九华山朝拜。小说就是依靠这时李辉豪的回忆，展开全部的故事情节。田玉玲被"双规"，也是一方豪杰的丈夫李辉豪的人生大厦为什么会顷刻间就坍塌了呢？读者的疑问会随着故事的推进一点点清晰明了起来。原来，李辉豪历经三十余年的摸爬滚打，每一步都有官员身份的妻子田玉玲的暗中大力支持。这里既有亲情的因素，更是至死不渝的爱情见证。事实上，李、田二人都有各自的人生信仰，看似井水不犯河水，是爱情将他们的心紧紧挽系在一起。这样的爱情模板，现实生活中并不多见，令人感慨唏嘘。

在《青弋江儿女》中，金梅当初有意跟着水生参加共产党游击队，是有私心的。只是憨厚的水生没有往深处想，他对陶家心怀感恩，巴不得金梅有求于他。后来发生的一系列事，才使他们二人越来越刻骨铭心地感到对方的分量。可是，当生米煮成熟饭，一切都不会重来了。尽管年青一代的爱情要大胆直白很多，外在表现形式上更是明火万丈，毫不收敛，但是天公的不成全，总是在阴差阳错中让他们咫尺天涯。很多时候，爱情的美好被蚕食，美丽的人性遭摧残，是通过时间的流逝来完成的。这说明爱情不仅仅是两性之间的一种排他性的亲密关系，也是稍不留神就会质变成生命的桎梏和人生的枷锁。许祚禄就是通过凭借让时间证明一切的艺术表现手法，将爱之态度作为人性书写的一种线索、一个角度、一条路径、一扇窗口，从而完成他想要的深度表达。

第三，人物鲜活，个性突出，给文学长廊留下了一群特立独行的人物。

我认为《沉默的群山》的成功，在很大程度上得益于人物塑造，尤其是杨天啸的成功塑造。他是爱情至上的情种，更是敢作敢当、无所畏惧、勇往直前、血性十足的侠客。生活在传统理学与新学的夹缝中，侠义思想却最契合他的本性，而时代风云更是激活了他替天行道的大仁大义。在杨天啸的骨子里，这个世界不应有社会阶级和人之等级差别，只有人伦、人情和人性才是最美好的。这样的杨天啸，完全颠覆了我们的认知，古往今来文学长廊里几乎没有模板。由此可见，这个“来历不明”的野孩子，是寄托了作家理想的。

金梅这个人物形象是《青弋江儿女》中塑造得最为成功的角色。说她是“被侮辱被损害”的典型，毫不为过。当初她从柳家卖给陶家作童养媳，她真心体谅父亲的这种不得已行为。初到陶家，婆婆陶寡妇对她没有好脸色，一遇到事情，对她非打即骂，极其恶毒。但是在婆婆将要遭到国民党“铲除”的关键时刻，是金梅不顾个人安危挺身而出，摆事实、讲道理，让婆婆逃过一劫。从这里可以看出她的宽宏大量。在陶家，金梅与小长工水生互相帮助、互相取暖，竟然擦出了火花。这种爱是真诚的、朴素的，也是炽烈的、高贵的。尽管金梅有冲破阻力的忍耐心，可是最终的误会，让她不得不与“原配”庆生相结合。

金梅对水生的关注，并没有因自己有了小家庭后而降格。水生的婚姻大事，总让她放心不下。后来爱人庆生意外故去，已经步入中年的金梅，却有意疏远水生，这种此一时彼一时的考量，不是爱之深切何以至此。面对陶根子这个十足小人，金梅两次容忍了他的放肆之举，常人压根是做不到的。还有，金梅对下放学生李学军的关照，看似无缘无故，却体现了她身为人母的宽容博爱。从来不“胳膊肘往里拐”的金梅，即使真理在握，也总是替别人着想，将心比心。她信奉“冤家宜解不宜结”，不忍心给任何人致命一击。随着岁数的增加，她愈加诚恳地说话，愈加利落地行事，透着阅尽沧桑后大彻大悟的恬然。

金梅秉持公理，如温暖的火焰在生活的矛盾处跳动，人心的疙瘩最终都能化为灰烬。她的身上积淀着中华民族忍辱负重、任劳任怨的传统美德，是小说中母亲河青弋江形象的一种化身，也是文学长廊中独具面目的“地母”形象。

此外，《沉默的群山》中的程彩云、程彩凤、赵青竹、汪金秀等一众女性人物，除了沿袭古老皖南忠贞烈女的清纯形象外，更是有了女性意识觉醒的脱胎换骨的展示；还有《子孙满堂》中的那个看上去顽固不化的传统知识分子柳思延，《小县城》中的官二代刘明明，《在迷茫中追寻》中的现代企业家李辉豪，《青弋江儿女》中的水生、新生、国红、陶大胆、陶寡妇等，也都极具个性，各具面貌，颠覆传统，与众不同，令人印象深刻。

许祚禄的长篇小说，总的来说还存在诸多需要改进的地方。小说偏重于故事讲述，不能站在时代哲学思辨与传统文化赓续的高度，让文本在格调上尤其是说服力上，也化为一种厚重的史诗气度，有意在笔先、主题先行的嫌疑。叙事节奏过于流畅和匆促，情节太过巧合或巧合用得过多，有些情节离奇得不合情理，有为情节而情节的现象。语言直白单调，文笔上欠细腻饱满，对不同时代的语言特征界定不够精细和有区分度。正是因为还有这么多的缺点和不足，正值创作盛年的许祚禄还有较大的上升空间，这是我们乐意看到的。

2019 年元月

率尔操觚者说

——长篇小说《荆棘中的野百合》后记

在这个初春静谧的夜晚，终于完成了《荆棘中的野百合》这部小说的三稿，也是计划中的最后一稿，居然没有一丝快意，反倒生出丑媳妇怕见公婆的不安了。

记得一年多前深秋的某个夜晚，我是下了很大决心才动手写这部小说的。说实话，各种可能遇到的困难我都作了预估，也制定了一些防止半途而废的预案，可真做起来，才知道写长篇小说有多难多复杂，有多么大的学问，需要多么大的毅力。虽然写作于我也有近二十年了，可小说一直不是我的主攻方向，以前总共才写过两篇微型小说。一个不折不扣的小说写作新手，头一遭就写长篇，的确是无知者无畏的一时之勇了。

我之所以率尔操弧，原因是多方面的，其中最主要的恰恰是源于对小说尤其是长篇小说的敬畏。长篇小说是最有难度和深度的写作，是对写作者才华、能力、经验、思想、精神、技术，乃至身体、耐力的综合考验，是其文学综合实力的全部体现。2011年末，承蒙领导提携和文友支持，我被推选为市作协副主席。高兴之余总认为盛名之下，其实难副。我感到了从未有过的惶恐。也许在个别文学样式上，我相对有一点点专长和优势，但对于一个拥有作家头衔的人来说，小说才是支撑他名分的最大理由啊！2012年我跨入了四十岁的门槛，不再是个阅历肤浅、不谙世事的人了，加之个人工作上的不如意，我决定不能再无所上进、随波逐流了，不管怎样，挑战一下自我是必须的，写一部长篇小说应该是我所能想到的最大挑战了。

于是，在我参加全国各地诗词联赋比赛渐入丰收期的时候，果断而又全身心地转入这部长篇小说的创作上来。

写什么？怎么写？这个最核心的问题首先就难倒了我。

的确，我有十多年没有浏览小说的习惯了，甚至连当代一些重要作家的代表性作品都闻所未闻。但我知道，很多作家的首部长篇小说都有自传性质。尤其是现代社会的写作者，限于真心交往和深度交流的制约，很难成为讲述他人故事的人了。一个真诚的写手，只有写他自己的欢欣、痛楚和希冀，才能写得真实，从而打动人。但是，权衡再三，我还是放弃了这个普遍惯例。倒不是我没有故事，缺乏袒露心迹所应有的真诚，而是我有了新的想法。这毕竟是我的长篇处女作，不得不格外慎重。

近几年来，一方面是文明美德成了整个社会追求的风向标，为各级党委、政府所倡导，另一方面又是浮躁、虚夸、伪善在社会上有所漫延，轰轰烈烈的文明创建活动在很多地方误入了形式主义的怪圈。我个人认为，社会文明需要人的素质提升，特别是道德品质的自觉提升。行善还是作恶，是内心发出的明确力量。从人的精神层面的本源入手，探析这个问题，或许能够找到解决之道。这使我想到2008年末，我有幸采访了一位道德模范，她的事迹深深感染了我：自强不息、勤劳朴实，感恩图报、积德行善的中华传统美德，在她的身上都有体现，而她的丈夫也是个真诚朴实、助人为乐的人。他们无论是在厄运当头的逆境，还是在财运滚滚的顺境，几十年如一日，闪烁着人性中最美好的辉光，在倡导践行社会主义核心价值观的当下，现实意义不言而喻。其实，芸芸众生里，每个人都是百分之百地真实存在。何不以他们为原型，走进普通人的精神世界，发掘他们在无意中恪守的道德追求呢？当然，仅有这些还不够，毕竟是长篇小说，需要全方位立体地反映社会的方方面面。有好就有坏。于是就有了另外一群见利忘义、弄虚作假、败坏风气的古董商人、基层干部，作为两位主人公及其影响下的正面形象的对立面，在长达半个世纪的社会进程中的相互对立碰撞、纠葛不断，演绎出不同命运的人生活剧，从而体现人性的多样性，展现社会的复杂性，呈现文本的真实性。

写什么解决了，怎么写则是个技术活，更让我踌躇。记得已故著名作家路遥在创作《平凡的世界》这部皇皇巨著时也有过这样的困惑：是按传统的现实主义表现手法来写，还是以欧美现代流派为模式赶时髦呢？当然，我绝不能与路遥先生相比，且与他所处的时代又有了很大的不同。自从知识和网络双重普及后，文学作品发表门槛的陡然降低，长篇小说写作已进入前所未有的暴长期。既有先锋的又有传统的，既有历史的又有现实的，还有穿越的、玄幻的，五花八门，各逞其能。只要某部作品一经走红，跟着就有大量的同类作品被克隆出来。长篇小说在部分写手那里就像玩似的，个把月就能弄一部出来。事实上，只有极少数写手的作品会在海量的文字垃圾里脱颖而出，杀出重围，获得普遍而又长久的认可。一些有实力作家的新思维新技法力作，也不见得能吸引多少读者。怎么写在当下委实是因人而异的了。仔细想想，在我有限的阅读中，留下印记的长篇小说多是传统的、写实的、厚重的、真情的。什么意识流、黑色幽默、魔幻现实主义等等，对我来说简直就是天方夜谭。最为关键的是，任何手法和技法对我来说都是全新的。还是老老实实按自己最为习惯的方式来表述吧。这就像刚学汽车驾驶的人，怎能奢望尝试着开飞机呢？

事实上，我固执地认为，决定一部作品成败得失的不完全在于写什么和怎么写，而更多地取决于是否创造出了鲜活的人物，是否能够把人物写得生动、丰满、真实、可信，进而创造出一个体现时代精神的灯塔，照亮人类普遍意义的真善美的价值。此外，文学作品真情实感至关重要。有真情，有激情，有深情，才能吸引人，鼓舞人，打动人。现实生活中，我不是一个善于表露情感的人，但对于这样一部作品，我是调动了全部的感情元素，渗透到字里行间的。写着写着，我常常泪流满面，为人物的命运唏嘘不已。我力图写出心目中的人情美、人格美、人性美，因此绝不走捷径玩噱头，伤风败俗，诲淫诲盗，赤裸裸地写性写罪恶，这是我的审美情趣。我很在意用那些诗意的语言触动人心最柔软的部分，以期达到凄美、纯美、圣美的境界。但我知道，我那稚嫩的功力远远未能抵达。

本书写作前后，得到韩步华、何更生、方维保、胡旭东、李幼谦、孙凤山、董金义等老师的指点迷津，真诚相助。在此一并叩谢。

2014年3月

在回望中反思

——长篇小说《荆棘中的野百合》创作得失谈

《荆棘中的野百合》是我耗时两年（2013—2014）创作的一部长篇小说。说真心话，这部作品倾注了我全部的激情与心血，这样的付出余生恐怕很难再有。从起意创作这部小说来算，已过去了六年时间。本以为，一切会随着书的出版而尘埃落定。当初，急着要把它拿出来的心情，也包含这层了却一桩心愿的意思。只是这几年，作为文学爱好者，围绕小说的阅读、研究、评论，逐渐占据了我业余生活的大量时间，使得我对小说这种文体，有了前所未有的认识。此时就这部小说的创作得失，我感到有话要说，同时感觉，这种冷静下来的回望与反思，是有益的，也相对客观。

一

《荆棘中的野百合》是一部现实主义题材的长篇小说，具有真诚、素朴、高洁的质地，珍贵的人间真情、纯洁的男女爱情、浓郁的地域乡情、诗意的文学抒情乃至高昂的政治激情，成就了作品外在的气韵生动。我曾在后记中说过，作品的写作动因是我深深感动于一名市级道德模范的传奇事迹，而欲罢不能。这位道德模范当仁不让地成了书中一号人物——辛继玉。现实中的她有很多匪夷所思的故事，我曾因写以她为主人公的报告文学作品专访过她。出生于20世纪50年代末的她，与我算是隔代人。不过，我从小生活在农村，后来上学进了城，亲眼见证了改革开放以来城乡的巨大变迁，对这个年代较为活跃的农村人所思所想、所作所为是大致了解的，加之采访时积累了不少第一手素材，对写好这个人物及其力求贴合时代背景的把握，我是有足够信心的。最初唯一感到不安的是，与当年创作《平凡的世界》的路遥相似，就是用怎样的一个文学手法来结构这部作品。很多因素已让21世纪以来的文学创作发生了质的变化。从未有小说创作经验的我，脑子里存量不多的好小说样本都是传统的，新式新潮的作品读得很少，短时间内去恶补又实在没有耐心。不可能没学走就学跑，于是我下定决心，按照传统路数老老实实地写，至少不会弄成“四不像”。现在看来，我没有赶时髦是对的：一个真正的写作者就应该避短扬长，对创作葆有清醒、严肃、笃定的态度，擅长怎么写就怎么写，不要被时尚牵着鼻子走。何况，我是个刚刚上路的新手。

有人说，长篇小说是处理时间的艺术。对于传统线性结构的作品，此论不谬。《荆棘中的野百合》不包括男女两位主人公的追忆及相关补叙，时间跨度亦超过30年。如何处理这么长的时间跨越，当初在结构上我是有设想的：即将改革开放的元年1978年作为切入点，上溯下延，当然是下延为主，保持与社会发展和主人公的成长同向。同时，为了不让生活也像时间之流那样一流到底，我有意将小说回旋在时间河流之上，这就是小说从男女主角的婚姻开始，到他们重归于好、回聚家庭结束的原因，从而在他们人生历程的生活形式上完成一个闭环。具体到故事情节的推进，我很在意小说历史背景的清晰可辨，为此，我不惜耗时费力查阅资料。进而言之，改革开放年代，时代特征每隔几年就有新变，这种跃进式的变化必须大致对应附着在每个情节之中，即所谓让人物与事件打上时代的烙印，是我勉力追求的。我认为，如果在时间与事件的对应上有硬伤，就会使读者丧失对小说的信任感。或者说，只有从历史真实环境中成长起来的人物才能立得住，这是小说发挥感化人教育人作用的基础。人物的真实可信，对于经历过那个年代的读者，无疑会唤起亲切的回忆和联想；对于年轻的读者，也会帮助他们从生活层面更好地认识过去。这就是我理解的现实主义作品，至少是此种严格意义上的现实主义作品，不能自凿沟壑与现实拉开距离，更不能凌空蹈虚、貌合神离。

现在看来，这部小说付诸实践的一些构想，也是较为成功的。如对男女主人公悲惨家世的补叙，使小说有了更多、更为深刻的悲凉意味，无形中提升了小说的厚重感。假若小说中没有这些苦难描写，主题思想的深邃性和启迪性就不易凸显。况且，小说的主题关涉个人道德，而作为人，有些道德价值非在逆境中不足以实现，因为逆境和苦难可予人一种锻炼，一种刺激，一种理解，一种升华。书中人名、地名的选取，也是我满意的地方，有些看似随意，其实是动了一番脑筋的，是多种因素的综合考量。刘延金、辛继玉之名，就是从义和音两方面，将有金玉之寓的中华传统美德继承延续之意，也说明中华传统美德是印刻在炎黄子孙骨子里、内化在基因里的。带有浓厚象征意味的“罩宝湖”之名也非常好，顾名思义，罩宝湖比喻道德之宝的遮蔽隐藏与不可磨灭，使读者多了一层从中华传统文化赓续的高度加以思考；罩宝湖还象征着深藏在民间的道德之火，使得辛继玉看似超越现实的所作所为、看似超越想象的理想境界，显得不再那么微不足道、缺乏根基，从而奠定构建光明未来的基础，达到大幅度拉升小说主旨的作用。

当然，这部小说在框架结构处理方面缺憾也不少。仅举一例，如结构过于简单，眉目过于清楚，缺少昆德拉所说的小说具有模糊与复杂的天然气质。造成这种浅易化倾向的原因，我想主要还是自己缺乏经验，低估了读者的想象力和创造力，总是急于把一切都条分缕析地摆到台面上来。

二

在小说的风格特别是审美趣味上，我力求调动“俗”与“雅”来构建作品的两极，这也是中国传统小说美学追求的两极。所以，在叙事上我注重人间烟火气息的灌注，并采用最能打动人的人间真情深度讲述的策略，不遗余力地张扬人情人性之美，以期引起读者的共鸣。同时，在对乡土风俗民情的描绘时，注重渗入传统的底层文化意识和生活情趣，如通过婚丧嫁娶、节日娱乐活动中，人与人之间谦和互爱、人与环境之间共适相依的图景，呈现出一派远离喧嚣和纷争，但又有别于高冷狭隘的世外桃源的氛围。很多读者对我说，这部小说特别接地气，特别有温度，有很多深深打动他们的描写，甚至显得有些煽情。有肯定亦有批评，原因可能就在于我对小说中的人物喜怒哀乐，以及他们生存的环境有深切的体悟，也急于将由此而产生的特有审美观照与人文情怀传递出来，有时确实存在用力过猛。路遥说，编选的故事再生动也很难动人，生活的真情实感哪怕是未成曲调也会使人心醉神迷。是的，世俗烟火中的那些仁心美意常常最具感动力。事实上，书中那些底层普通人物在平凡生活中，表现出来的那种甘苦、那种意趣、那种人情人性之美，还都暗藏着一种精神层面的东西，这是促人感动的深层原因，最值得写作者好好展现。不过，展现得好不好是另外一回事。我们知道，这些不可言传、只可意会之处，要想展现得好，是需要细节来支撑的。细节的重要性怎么强调也不为过，因为表现生活场景和人物事件，细节是进入事物内部的唯一媒介，任何其他手段无法替代。这部小说自我感觉有一些细节，但不均匀，在写的时候我就把“有细节”作为一项原则，但是限于功力，细节的有效性、合理性还是拿捏得不到位。

我较为满意也值得庆幸的是，将情感作为这部作品情节推动的原动力，主要情节不离男女爱情、血缘亲情与大爱真情的相互交织、相互叠加。因为我相信，有了情方有文学；越是情真意切、情深意长，作品的艺术性往往就越强。小说不是不可以写假恶丑，但最终要以美来统摄，以情来做内衬，世间的真情是抗拒假恶丑的最强大力量。我不敢说这部小说可提供读者多少精神方面的受益，但有心的读者，至少能读到悲情，也能读到深情；能看到人性，也能看到世性。我也知道，真理往前再走一步就是谬误。正如前所述，笔锋常带感情没什么不好，但用情过度就会适得其反。这部小说多少存在一些滥情的遗憾，表现在叙述中总是渗入我的主观情感，过分地渲染善和贬低恶，又好像为了引人注目，人物的动作表情很多时候显得夸张、失真，甚至跳将出来指手画脚、频发感慨。这种滥用写作权、替读者评判的干预行为，只会使读者腻得慌；加之有些概念化的夹叙夹议，更是破坏了叙事的自然秩序，不仅突兀生硬，也剥夺了读者介入式的联想，因而弱化了小说的张力，是不言而喻的败笔。

还有，在语言上这部小说带有明显的雕琢痕迹，文字虽然优雅细致、委婉华丽，但脱不了陈旧的底色，特别是散文笔调式的抒情，过于藻饰，过于舒缓，对于追求小说现代性欣赏口味的读者，恐怕不是个适宜选择。小说的世俗底色，决定了它在文字上不全是一锅高大上的滋补汤药，凭借“洁净”“空灵”“唯美”这些关键词，是无法打通社会生活的奇经八脉的。文字要让读者体会到美感与意味，感受到作家放进作品中的那份情感与体温，甚至追求精致本身都没有错，但如果对精美雅致的追求过于刻意，就成了一种精致的庸俗，无异于买椟还珠。现在看来，这类作品是需要多一些不动声色的精炼留白的文字，至少在人物的表情动作上，白描式的语言更能还原生活本身的随意，且不失画面感，或许会产生更好的美学效果。

三

小说的核心是塑造人物，尤其是主要人物塑造得如何，很大程度上决定着小说的成败。在动笔之前，我就确定了这部小说的主攻方向，那就是尽最大努力雕塑出辛继玉和田玉一样晶莹透彻的心灵，展现她的丈夫刘延金同样乐于助人的金子般品德，以及他们二人牢不可破的坚贞爱情。地方志在写作上有“以事系人”的要求，我想具体到这部小说也是如此，应该通过人物的特殊经历，尤其是一件一件的事，勾勒出他们多舛的命运、奋斗的姿态，从而说明他们高尚人格的形成是一种心灵的自觉，是他们内心精神独立和美好人生追求的外在表达。人生起落，世事无常，往往最令人唏嘘感慨，跌宕起伏的情节也是吸引读者的一个因素。小说就是这样让主要人物不断作出选择和牺牲，甚至舍弃亲情友情乃至生命，来实现他们高尚人格的不断成长壮大。可以说，是苦难的童年经历与改革开放的时代提供给他们自强不息的奋斗动力，共同造就了他们。不是说任何高贵纯净的生命获得，都必须烈火烧三次、沸水煮三次、血水洗三次吗？小说采取对现实正面强攻的态势，就是试图把主人公精神世界的光束打开，并无遮无碍地射向远空。因为我相信，精神和信仰需要传递，当人类的崇高精神一旦被唤醒，就会汇聚无比强大的生命力量。是啊，好的文学是一种精神气质的塑造，好的文学总是在建立一种人格坐标，使我们相信人类自己，相信我们自身的高贵，从而使我们虽然身处不完美的现在，但信心满满地开创未来。

在我看来，有关道德题材的小说，必须有明确的善恶观、是非观、道德观、价值观，才能对时代对社会产生良好的影响，没有道德责任和道德承担的作品不是好作品。《荆棘中的野百合》关注善行弘扬大爱，小说冀望主人公那种对传统美德的追求和向善的力量，感动人们的心灵，纯净社会的风气。的确如此，辛继玉以自身的不懈努力，从一个被侮辱被损害的弱女子，一步步成长为具有典范意义的道德圣母，她最终像一枚道德种子遍播爱心，给我们留下了巨大的震撼与感召。但人性是复杂的，具有多面性和易变性。在获得道德模范称号后，辛继玉因家庭原因曾一度迷失，甚至信起了佛教。这个桥段的插入非常必要，不仅无损于她的形象，还让她更真实更可信了。辛继玉最终走上道德讲堂说明，当个人命运与国家民族命运紧紧联系在一起时，人生的舞台是何等宏伟宽广。

有一点在此需要特别指出：在市场经济环境下，在现实利益面前，道德往往是脆弱的，它需要通过社会主义核心价值观的培育，来提升整个社会的道德水准。辛继玉们的努力尽管不能解决全部问题，但辛继玉们的作用非常关键，他们是全社会的道德明灯、精神引擎。一段时期以来，有些读者不再相信高尚的完美的形象，哪怕只是趋于完美，觉得那样假大空，更喜欢读离奇的、晦涩的、隐秘的，甚至是变态的故事，来刺激他们的神经。甚至有出版社指出，我的这部小说人物太正、故事太正，缺少必要的市场价值。而我认为，道德方面的理想人物被认为虚假，不值得歌颂，只以成功与财富衡量人的价值，是非常错误和危险的。任何文学如果不把追求理想、尊崇道德作为终极目的，都不值得我们去捧臭脚。小说的商业价值即使不足，但巨大的社会价值恰恰在此：当一个社会是非标准、价值观开始出问题的时候，文学的培根铸魂、道德引领作用就越发显得重要。一地之道德模范，就是一地之精神高度，他们是空气、水分、阳光，渗透一地之文化土壤，涵养这一方水土，润泽这一方人文精神。

令我满意的地方还有，这部小说除重点描绘出生微贱的道德模范辛继玉和她的丈夫刘延金外，还辅以众多小人物生死歌哭和悲欢离合的穿插描写，形成与主要人物的全方位对比，来多角度多侧面书写时代的曲折演进，状写社会的浑重背影，使得作品在以小见大中，更富于严谨的现实主义精神，也更具亲合大众的人民性。

四

《荆棘中的野百合》用一种当代文学久已生疏的理想主义情怀，确证着道德和爱情、人生和梦想的永恒主题。毫不谦虚地说，小说有着对时代的敏锐感觉，对社会变迁的整体把握，对农村改革的深入思考，以及对当下农民变市民的精神状态和生存状态较为全面认识，生动广阔地回应了时代提出的重要问题，成为江南农村的变迁史、农民的命运史以及传统美德的化身者——主人公辛继玉的心灵史和奋斗史。小说关注的是乡土中国的精神生态，思考的是民族精神的当代生长，以大眼界诊断大时代，以大悲悯直抵人心，剑指当今社会的道德危机，鞭挞“去道德化”、物质至上，将真诚的言说和深邃的思辨相融合，写就一部具有社会广度和人性深度的心灵之作。

这部严格意义上的现实主义作品，充满了理想主义精神。在构思时，我就有了在忠于现实的基础上，用想象和梦幻构建一方道德理想高地的想法。在我看来，现实主义作品如果缺乏理想的光华，就容易流于粗鄙和刻板，真正的现实主义必然渗透和闪烁着理想之光。这部小说对理想境界的虚构与想象，恰是我们打破现实伪装风气的最好体现，借此我们得以恢复或发现美德的方向。虽然这种虚构与想象带有一些图解时代的主旋律意味，但勇敢地直面现实，以冷静的眼光审视并书写着现代农村中仍然存在的痼疾与新伤，批判之意亦在其中。但我知道，现实主义的精神内核，是对真实性的终极追求，如果过度理想化，就背离了现实主义倾向，让形象失真、生活失重。

这部作品到底有没有过度理想化呢?

很多人指出，小说的调子扬上去，有了光明的尾巴，在艺术上有拔高之嫌，失败在所难免。但我始终相信，真正的好作品就应该这样，能让人在几近绝望的时候看到希望，艺术的高贵特征正在于此。因为这是一部向传统靠拢和致敬的小说，注重介入社会、干预生活，力求深度影响当代人。所以说，这并非是强加的光明尾巴，而是遵循了中国传统文艺创作规律，运用文学净化心灵、引领风尚的作用，最大化地发挥其劝善惩恶、经国载道的社会职能。我想这部作品留下的缺憾，不在于这种写法，而是在具体叙述上。如作品的后半部分充斥大量的政治术语和政策宣传，基本上成为时代颂歌和政治传声筒，对许多历史人物和历史事件的叙述也都是教科书式的传达。主要人物的思想认识深化只是散点叙述，没有设计出典型集中的矛盾冲突来展示人物内心世界，刻画人物的个性特征。存在对自己想说的正面东西提得很高、渲染过度及给英雄人物乱贴华彩词句的嫌疑。小说都是以人物形象和命运来说话的，绝不是概念和说教，也不是系统分析，而是氤氲其中的，如同大千世界本身那样神奇叙事。

还有人认为，这部小说的最大缺点是主题先行，完全充当了社会的道德批判、伦理裁决，是一种深刻的肤浅，鲜明的浅薄，削弱了应有的批判价值，作家的文学立场、价值观、视角，应与人们普遍认知的不一样，才有深度和穿透力。这个观点我完全不敢苟同。因为我深信作家的使命就是站在时代的洪流巨浪面前，用心去发现并艺术地表现朴素和美的力量。至于艺术性的欠缺，我承认在刻画人物时，写得太刻意、太用力，没有节制好艺术情感，控制好艺术分寸，内容和形式不够平衡，有意味的内容有时胜于有意味的形式，致使人物塑造得还不够立体丰满。这种手法上的陈旧，不免让文本落于俗套，艺术张力略显欠缺。而小说主题方面的问题在于，还没有做到好的长篇应该众声喧哗、多义多解，应该内涵丰富、意蕴万千。

2019年6月

第二辑

超越时空的生命雅歌

——读《花样才情，似水流年——民国才女》

《花样才情，似水流年——民国才女》是芜湖市几位实力派作家强强联手，倾力打造的一本散文合集。书中所撰12位民国才女，是民国众多才女中数得着的代表。她们的故事流传甚广，版本颇多，众说纷纭。谈正衡、王玉洁等七位文采别具的写手，以挑战同类作品的文字自信，开辟出所写历史人物新空间，展现了民国名媛自身具有的超拔于尘俗的风采，为读者提供了一个颇值玩味的全新认知。他们笔下的12位民国才女，尽管个性禀赋互不相同，人生长短极为悬殊，是非褒贬各有轻重，无不呈现出饱满的精神气质，鲜活的生命情态。仿佛一回眸，她们的音容笑貌，便在那个时代洪流的浪尖上，人影幢幢的青衫旗袍中，清晰地跳闪出来。

这些写人记事的作品，我认为属于散文。事实上，在一人一篇的分述中，每篇两万字左右，作为散文的确偏长，可作为传记又嫌短小。也就是说，这些作品与传统意义上的写人散文和人物传记都有所不同。当然，这种文体不是谈正衡、唐玉霞等人的新创，早在1990年代，国内就有人扛起了散文革新的大旗，对传统写人散文进行了多方拓展尝试，综合运用各种文学手法，空前加大记述容量，丰富所写人物的内涵，呈现更为丰满的立体影像，是新散文运动的一个重要方面。显然，这种写人散文与虚构的小说是有很大差别的，与人物传记通过设置相关场景和情节，全方位描写人物的生平、生活、事业、精神也不同，更有别于只写人物几件事例，突出其性格某一方面的报告文学、人物特写等。但是，这种写人散文同样需要写作者全面掌握素材，对历史演进和时代变迁了然于胸，以真、信、准为原则，萃取菁华，锤炼文字，灵活手法，塑造形象，以更强的文学性和可读性，彰显高于其他文体的艺术感染力。

可以看出，《花样才情，似水流年——民国才女》就是这样一部颇具文学性，汇感性、知性、情趣、理趣为一体的历史人物散文集。几位写作者的知识、见解和驾驭文字的才能兼具，他们以文学语言提炼知性素材，用唯美与欣赏的眼光，感性的切入视角，超越时空的生命观照，深入所写人物的灵魂，辅之以极具表现力的文体特征，自由、个性、跨界、混搭、杂糅的行文手法，叙事、抒情、摘引、议论等综合表达方式，打开了无数个感应敏锐的触须，力求让文学的形象和情感来唤醒沉睡的历史人物，让历史人物的精神维度来提升作品的品位。还有整齐划一的策划：人物的生卒年份，均标于篇首；若干小标题的设定，明确了主人公不同人生阶段、不同方面重点，以便集中记述，既扩充了含量，丰富了层次，又不至于漫无边际。配图亦考究，有些稀见的照片，为图书增色不少。可以说，这些浓缩着时代烟云，积淀着岁月印痕的作品，为读者洞开了一扇扇眺望历史的窗口。

我们知道，历史是绚丽多姿的万花筒，历史名人向来有其难以言明的复杂性。在任何人无法跳脱的历史条件下，社会名流的功与过、瑜与瑕，会因角度、观点、立场、识见的差异，得出完全不同的评价，而任何草率的评价都可能有失公允。可以说，这12位民国才女的人生走向和结局，除个人主观因素外，多是社会造成的，是时代的必然。作为散文作品，尽管不需要重新定位、评判这些历史人物，但我感到几位作者在这方面做足了功课，具体表现在：一是既能以历史视角观照和内在逻辑推理，又能运用大量的实证数据加以分析，全面看待所写人物；二是既抓住所写人物的本质，从环境中说明人，不虚美，不掩恶，又能突破环境的藩篱，重点叙述她们奋力摘取文艺桂冠的经历，给后人以深刻的启迪；三是既能与所写之人保持必要的距离，又能浸润到人物精神世界中，触及灵魂，深入到她们内心柔软和爱情迷惘处；四是既能将人文精神投射到所写人物身上，刻画其形象，张扬其个性，歌颂其才华，又能在局部细节上，适当运用想象，做一些符合人物性格和生活特定逻辑的艺术加工，不至于让所写人物脱离生活。总之，作者写这些文章的目的，不是臧否人物，只是在尊重史实和事实的前提下，还原一个真实鲜活有才具的生命。

可能作者多是女作家的缘故，本书总体上呈现纤柔细腻的风格，与所写人物均为女性文学艺术家，有一种投缘般的天然契合。文如其人，细细品来，各篇还是有一些个性化的印记。唐玉霞，铺陈中有调侃，看透中见原宥；王玉洁，散漫中有章法，喟叹中见风骨；王玲，巧构中有收放，冷静中见哀婉；张诗群，典雅中有清奇，飘逸中见深情；王毅萍，洗练中有旷达，想象中见沉思；郑芳芳，明晰中有绮丽，活泼中见感慨。作为本书唯一男性作者，谈正衡写有四篇作品。虽说这样的文章并非其强项，可是，毕竟浸淫文学多年，一旦要将起来，依然能选准投射自己视野的最佳角度，运斤成风，开合有度。在我看来，这本众手写就的书最优秀的品质，就是以其文学性给读者带来阅读享受。话说回来，如果没有高人一筹的绝活，也没必要谋划出版。

这12位民国才女，有的命运多舛，有的坎坷沉浮，有的悲情薄命，有的凄凉寂寞，有的勇毅执着，有的凄惨凋谢。她们不同的人生追求、价值和人性光芒，还有无尽的遗憾，都在这本书中露出光洁细致的本真。可毕竟是纸上得来，我们终归无法挽回她们渐行渐远的身影。好在，她们灼灼其华的才情，已从书中溢出，幻化成12种璀璨绽放的奇葩，将永久地留下馨香。

2016年8月

到凌云处亦尽心

——我读《回味：低头思故乡》

尽管给唐玉霞的文章写过两篇短评，可在看了她的散文新著《回味：低头思故乡》后，仍有话如骨鲠于喉，不吐不快。

早在20世纪90年代，我就认为唐玉霞的文章好，精致、耐看、有嚼头，小文章写出了高水平，融才、情、识、趣于一墨，深者得其意，浅者得其味，恰似入了宝山，绝不会空手而归的。为什么会达到如此高的境界呢？我百思而无解。在看了《回味：低头思故乡》后，我豁然开朗，终有所悟。

这本集子里的多数文章，是写作者青少年时代故乡运漕小镇的人与事，有朝花午拾的意思。都说回忆是美好的，那是因为劣淘汰的缘故。就像诸多此类文章，会抓住人是故乡好、月是故乡明大唱赞歌。这种美化倾向本无可厚非，也固然能给有着同样经历的人乡愁共鸣、情感满足，但对于生活阅历颇深的成熟读者，哪怕是无意的文过饰非，也会使作家主观构建的高塔随时轰然倒塌。文学是心灵的映射，唯有真诚的写手，方可赢得读者。唐玉霞的文章是真诚的，一如她的为人。她深知，故乡的美与丑是并存的，若只展示美好的一面而遮蔽丑陋的一面是不道德的。所以，亲戚朋友间的交往算计，街坊邻居间的人事纠葛，大户人家的骄奢蛮横，小门小户的隐忍无助，通过人性善恶的真实挖掘，悉数道来，不必假文学之名，给曾经的生活抹脂涂粉、篡改僭越。作家力求还原生活的本来面目，故能全景式地呈现出那个年代小镇独有的风俗。萧红的《呼兰河传》就是如此。我想，在作家的内心深处，那些无奈、隐痛甚至悲凉，如今都成了美好乡愁的组成部分了。

《回味：低头思故乡》中的多数文章，是常人眼里不值得写的小事情小人物，却被唐玉霞演绎得有情有调有滋有味。无疑，这是她善于以细小集聚丰富的缘故。再大的作品，也须从小处落笔，何况这些小作品呢?《桌上的男人》中写道："陈昌武先出的门，出门跨门槛把鞋子给蹭掉了，堵在门口，他找不着鞋了，光着个脚到处划拉。他老婆看不过去，抬脚将他的鞋子踢到他跟前，他就趿拉着鞋子出去。到院子里，老陈头重脚轻，走了几步就控制不住，一口气冲过去，飞快，直冲进一堆沙子里才作罢。"这样的描写精细逼真，一连串的动作如在眼前，令人忍俊不禁。《打断骨头连着筋》中写道："这真的不是一个才30岁的年轻人的手，粗糙、紫黑，关节突出，尽是新鲜的伤口和陈旧的疤痕。血迹、污垢，指甲凹凸不平，密布细碎的皴裂……"如此，只有女性才能觉察到的微小而体贴的细节，宛若无形的钢针，可以刺入人心的至深至微至柔处。这些，只有文字才能使人们意识到的真实存在，都是建立在作家细致观察、精准表达之上的。这不得不令人赞叹，唐玉霞如显微镜般的独特眼力，雷达般的敏锐神经，以及与众不同的生命体验。或许，这些当初认知的记忆多是一鳞半爪的，却随着作者年龄的增长吉光片羽起来，这是成为优秀作家必备的一种素质。细节，无以复加的细节，使得唐玉霞的文章有了入木三分、直抵人心的力量。

当然，"真诚"和"细节"还不是唐玉霞文风的全部。文学是艺术化和个性化的表达，只有在语言文字上肯下功夫自创一格的写手，方可成大器。在我看来，唐玉霞是语言文字的高手，遣词造句几乎到了每字必抠的地步。细检她的语言，来源是多方面的，古典的、欧化的、民间的、时尚的兼收并蓄，修辞精妙，比喻、拟人、夸张、通感杂烩一盘，温婉琐碎而又意境丰满，犀利刻薄而又妙不可言，腾挪闪转而又诙谐幽默，混合成一个语言的嘉年华。特别是善于根据文章风格选择最适合的表述语言，达到了形式与内容的高度统一。譬如，对于世俗化的描写是少不了悲悯情怀的，所以那些凝聚着劳动人民智慧的方言俚语，给她的作品带来了插科打诨般的意想不到的戏谑和趣味，在一定程度上消解了底层生活的沉重。还有，突破传统散文端着架子来写的范式，情感类的散文更是以一种“唐氏风格”的意识流写法，使得情感总是在一个沉潜的层面进行，像潭底无论怎样加速搅动的漩涡，水面上却是水波不兴的静气，以致阅者的情感也是一点点被积攒壮大起来，在不知不觉中已被感动得一塌糊涂。这样的感动，是彻头彻尾的感动。

都说散文写作门槛低，率尔操觚者众，精品意识却普遍缺乏。唐玉霞深谙散文创作的奥秘，且践且行，且行且珍。对于一个热心文字的人，无论跋涉得多高，哪怕是秀出云表，也不会有敷衍的时候。

2015年5月

高情笃义　风华自雅

——读荆毅随笔集《浮光碎影伴流年》

时序已入初冬，寒风凌厉，冷雨萧然。夜读《浮光碎影伴流年》，分明感受到荆毅先生一颗滚烫的赤子之心，在书页间跳动。

《浮光碎影伴流年》是荆毅继《庸常岁月》后的又一本散文集，也是他人到中年一段心路历程的坦露。全书按题材分为七辑，风格上各有不同也各具特色，是作家气质、学养、禀赋、才情的多方面展示。品读这些文章，能够真切地体会到作家拒绝平庸，情之所系，努力觅掘人生诗意和人文情怀的不懈求索。在文化多元和审美范式重新洗牌的当下，这些散发着凡尘情味、高扬着个人理想的作品，以无比纯粹的质地直指文学的本真。

作为游走于城乡间的体悟者，荆毅的故乡情一往而深。在“故乡”一辑中，他笔下的儿时故乡自由、多趣、和睦、温情，如今依然可视可闻可触，似“撒了一岸的船歌和被船歌洇红的落日”，点燃曾经贫寒生活的光亮。作为一名低位起飞的“凤凰男”，荆毅对故乡的回望与追念，既有甜蜜温馨的一面，也有感恩欲报的一面。如今他最快乐的举动，就是为亲朋故旧做一些力所能及的事情。从某种意义上说，他从未走出乡村，他与故乡间有一条血脉相连无法割舍的脐带，故乡是他的生命得以延续、情感得以寄托的温柔之乡、精神之乡。每次回故乡，他都全身心地俯身大地亲近泥土，返城后，又本能地遵从心绪的引领，将离愁别绪，幻化为一种文字诗意的飞翔。

荆毅是追求生活情趣的人，也非只雅好文学一端。在“休闲”一辑中，他写了自己多种嗜好，显现出多方面的才趣修为。练书法、玩收藏、养花草、打乒乓、下象棋、打扑克……这些看似风马牛不相及的事情，在他的骨子里竟是一脉相承。可以说，这是敏于感受生活、热情拥抱生活的他，应有的生命情态，是优秀文学素养打下的基础。通过这些不事渲染和夸耀、充满生活思辨和哲理的文字，我们感到动与静、庄与谐、雅与俗、露与敛，在他的身上达到了完美统一。也许，这正是他有别于附庸风雅者的地方。他的这些生活方式看似投闲置散，也谈不上高妙精深，却玩得讲究，玩出了自己独特理解，玩出了品位。这说明，玩物有可能丧志，但只要真诚地对待，就能玩出生活无比丰厚的馈赠。

压轴的“碎影”一辑，只收录做了书名这一篇《浮光碎影伴流年》。这是荆毅较为满意的为数不多的理性之作。人到中年，诸事繁冗。但在这个世事洞明、人情练达的人生“金秋时节”，作家的思想、艺术、情感积累均达到了新高度。在这篇长文中，作家蓦然回首，似乎一切都豁然开朗。写法上更显游刃有余，大量充满理性的阐述，将空灵写意的妙悟娓娓道来，在不断追问和解读人生中反躬自省、反求诸己，以期净化、提升自己的灵魂。这些由中国传统伦理思想与生活方式孕育的哲思，无限接近于民胞物与的博大胸怀和天人合一的崇高境界，给人以心灵震撼和启迪。

还有“心绪”“芜湖”“书事”“游痕”诸辑，作家以手写心，完全忠实于自己内心世界的细微感动，在人们习焉不察的庸常生活中攫取新意，写出了人人可以意会的美好感觉。这样的表达效果，我想脱不开一个“诚”字，是作家对创作的诚恳，也是对读者的赤诚。

荆毅在写作上兼具才情和努力。可能是因为长期编辑报纸副刊的缘故，他的散文创作讲求质量，有着高度的文体自觉，每篇作品几乎都是用心构撰、精心打磨的诚意之作。他深知，降低文字档次，无异于自废武功。他的散文大多不长，呈现的是斩头去尾、削枝去蔓后的曼妙腰身。行文精练集约，浓淡相宜，用词考究，多是别出新意，是沿着传统散文精华一脉，更承袭晚明小品遗风，最大限度地向中国古典美学靠拢。同时摒弃了煽情和黏稠，叙事状物，情真意切，画面感强，往往一语中的，或稍作点染勾勒，便立刻意足神完，启人遐思。在《夏天絮语》中他这样写道：“一场夏雨降临，满池的荷花仿佛变成了待嫁的村姑，娇美玉洁，雨水在莲叶上面堆积的时候，有珍珠的圆润与清透。荷花低垂，一阵清风过后，满是嫣然笑痕”。如此人格化的清词丽句，真的有唐诗宋词的意境。

荆毅先生心性高洁，志向高远，具有披荆斩棘、自强弘毅的精神底色。透过这本《浮光碎影伴流年》不难捕捉到这样的意象飞动。仅此一点，值得每位锻造生活的人品读。

2016年11月

回味不尽的《回味》

——唐玉霞《回味：美食思故乡》读后

翻开报纸杂志，时下写饮食味道舌尖风情的书真不少，但我总觉得，浮在面上的多，就吃论吃，除了使阅者暗咽几口哈喇子外，值得反刍的东西终归寡淡了些。唐玉霞散文集《回味：美食思故乡》迥乎不同，在写故乡美食的同时，还写出了特定岁月里个人的成长体验，更是裹挟了人情的芬芳，透着世俗的气息。

“我们吃着热乎乎的饭菜，家常的味道和琐细的回忆涌上来，在袅袅的热气和香味中抵达心灵深处。”“世俗的喜悦虽然低微，也是人间的一种清欢。”这是《回味：美食思故乡》中的两句话，用来揣测作者写作此书的缘由，不知是否恰当。都说故乡是灵魂的憩所，在书中，美食成了作家与灵魂对话的最好媒介。茄子萝卜、芡实菱角、油条烧饼、面条米粥，全是寻常食材，不拣不挑，悉数写下，且无雷同，各尽其妙。凡心有所感之物皆可为文，这是文章大家的才具，唐玉霞做到了。

情感真挚细腻是这本书的最大特色。

书中展示的多半是20世纪七八十年代的生活场景，可能是因为接了故乡的地气，在怀旧中有了感伤的质地。书中写道：“只是原本粗糙拮据的底层生活，要求是没法高的，也就想着三餐捞个肚儿圆，可是若干年后，这些寻常之物，却成了心中永远的向往。”还有：“小时候吃什么都好吃，现在吃什么味道都不对，也不知道是味道变了是味蕾变了，还是世道人心变了。”我想，这些感叹并非矫情，都是真实且原汁原味的，一如作家笔下的美食。也许，这是离开故乡的人，在风平浪静的中年后多半会有的心海微澜，是一种既回不去，也无法将过去拽来的少年子弟江湖老的惆怅吧。不过，这点“离愁别绪”只是淡淡的，没有过分渲染。作家意识到，生命中那些最初的意境和心绪，多是恍惚不定的，稍一纵笔就会貌合神离，只有在温暖的感觉里方可抽丝剥茧。所以，文章的主色调是欣悦的，有沧桑世事都是情的大悲悯。作家的高妙还在于，不仅通过曾经的美食唤醒一代人的味蕾，还通过由口而心由物及人的幽微感受，无意中达到唤醒一代人灵魂的目的。对同年龄段读者来说，这样的深层唤醒，引人遐思，惹人动情，心灵上的共鸣无疑是强烈的。

这是作家与生俱来的细腻和敏感，以及把握瞬间感受和体验入微能力的一次集中爆发，堪称平常小吃的“情感大餐”。是与小女人散文一味的小资情调、一味的甜糜优渥、一味的顾影自怜有本质区别的。

语言好也给这本书加分不少。

大抵做到了因文而别，既有高雅的书面语，也有方言土语，还有时髦词汇。不仅用词考究，更多地在意了节奏，所以婉转婀娜余韵绵长。与本市的许冬林和张诗群两位女散文家不同，唐玉霞很少用比喻句，偶尔为之却是极妥帖极出彩的。如：“野菜是现代人春天的清欢，它们从遥远的诗经里游弋而出，像一尾鲜活的鱼在这个春天拨喇出水声，湿漉漉的水声”。还有：“窗外的午夜被渲染成一张无边的网，灯光在墙上地下泊着苍白疲倦的神色，心情便有些层层叠叠的寂寞。”这样的语言，其实运用了包括比喻在内的多种修辞格，只有文学天分高的人才会妙手偶得的。不过，作家没有过分依赖于文字技巧。如对那些土菜点心的做法，是用了极其精确的白描手法，一气呵成地道来，观察之细，描摹之精，同类作品无出其右，可见案头工夫同样没少下。较之作家早年的作品，可读性趣味性更胜一筹，使人回味不尽。

唐玉霞的文章历来不用峻词厉语。但这本集子里，少数几篇游离于“望故乡”主题外的篇什，却写得粗犷大胆，自是另一番面目。如：“烧饼很软，面香浓烈，油条很脆，油香浓烈，它们在唇齿间纠缠，欲仙欲死。”还有，这本书颠覆了我早年的判断——唐玉霞的文字不宜结构小说。《红菱艳》《像鸭子一样吊起来打》《菜坚强》等几篇，写出了生活的波澜和人性的深度，且情节、悬念、环境一样都不少，感觉上更像小说。灵性如斯，才质如斯，表现功力如斯，我想作家会在小说上有所作为的，不过前提是她愿意。

寻常饮食，本是伧俗的人间烟火，有了这样的文字回味，给予读者情感的升华似乎大大超过了胃口的觊觎。这是高明的作家祭出的一道珍馐。

2015年2月

绘写古镇的文化肌理与神韵

——我读吴云峰《江畔古树别样红》

除了这本《江畔古树别样红》，吴云峰尚有一本随笔集、一部长篇小说即将出版。芜湖县的文学创作，从许祚禄到吴云峰，都堪称现象级。吴云峰之所以突然挥舞起魔棒一样的笔，完全得益于“库存”，是生活的仓库、情感的仓库、知识的仓库、语言的仓库一起打开的结果。

吴云峰虔诚地匍匐于故乡大地，拿出了这本《江畔古树别样红》，昭然若揭的首先是他腹笥丰赡的文化底蕴。全书四辑，“古风红杨”“文化红杨”二辑，就超三分之二篇幅，这些独立成篇的文字，在岁月留痕中穿越，有生活有故事有想象，满满的文化与知识，串起记忆的吉光和感悟的片羽。即便“生态红杨”“红色红杨”二辑中的文章，也写得有文化味：引经据典毫不滞涩，反显厚重宽博，有锦上添花之妙；传奇轶事背倚地域人文，更显悲壮奇崛，有穿越时空的深邃。特别是，有意将民俗作为本书地域文化的重要内容，充分展示其仪式感和参与感，且罕有的细致深入，也是出于地域群体，对这种文化活态表现形式的强烈认同，更在于民俗是经千百年岁月淘洗留下来的文化精华与现实结合的产物。因此可以说，深植于传统文化，浸润了民间滋养，成就了这本不折不扣的文化书。

尽管文化看上去无形无色，但如何写出独有的味道，其实更重要。我认为，《江畔古树别样红》以实物和考证、记忆和构想相结合的方式，精研邃思，饱含浓情，写出了红杨古镇的文化肌理与神韵。

打头的这篇《一棵树的前世今生》，不足千字，叙述指向却一转再转，时空挪移，虚实交互，信息量很大，且来源多样，将红杨的来龙去脉、前世今生，交代得清清楚楚，存疑释疑，负载情感，揭示变迁。在写法上，这篇短文真正做到了横云断岭，开阖自如，很好地担负了提挈全书的作用。事实上，单篇中类似这样的以篇首数言，提挈全篇的写法，屡试不爽。善于在提挈基础上，用文学的手法，不断生发衍化、多层次扫描，而又绝非简单地先总后分、逐一罗列，使得那些多已不可见的实物，一点点闪出它们及其背后当事人的形象，展示出文化背景，彰显了文化含量。将文化附着在形象之上，这是我对本书的第一印象。

书中的那些老街老巷、建筑遗存，是古风红杨可以看得见、摸得着的骄傲。吴云峰视其为古镇的活态遗产，珍爱有加。为此，他无意嚼别人嚼过的馍，试图找到与众不同的视角，挖掘其中更深层次的内涵。《老街寻梦》一文中写道："走进临江的一户老宅，推窗望去，浣女在河堤上穿梭、鱼鹰在水中出没、渡船在水面往来，江南水乡如诗的画面尽收眼底。"读这样的文章，就好像跟随一个无所不知的"地保"，在古镇上且走且看，目光中满是好奇与惊讶，不知不觉心中就滋生了清风明月般的美好情愫。书中的"一街七巷"，还有那些曾经生活在这里的人们，都是局部的、卑微的，容易被漠视的存在，经作者不厌其烦地隆重推出，均获得了应有的尊重，从中我们可以感受到，各种各样的生活气息和人的气息。有了这种身临其境的代入感，古镇不再是眼前的、静止的、单一的，而是变幻的、流动的、立体的。这些表述看似琐细如碎片，其实携带了大量的过往信息，这些信息呈现的越多，对于老街的原真性、系统性开发保护，作用也就越大。

毫无疑问，从局部尤其是细部入手，会最大限度地逼近事物的本来面目。但对于当下很多研究地方文史的人来说，此举非不能为，而是缺少原动力。大量扎实、细致、繁琐的实证性考据工作，的确费时耗力，甚至是吃力不讨好。吴云峰以踏破铁鞋、打破砂锅的决心，带着探测仪及放大镜、显微镜，在狭小而又模糊的地带，一寸一寸地躬身耕耘，一点一点地爬梳剔抉，兼收并蓄的史料，众说纷纭的调查，通过抽丝剥茧、辨析整合，成为眉目清晰、事实完整的链条。收获颇丰，多有创见，令人耳目一新，原来是建立在字字有来历、条条有出处的基础之上。吴云峰有着清醒的自觉，知道自己在干什么，怎会将阙就阙，以讹传讹？他要涉险滩、攀高峰，尽精微、致广大。因为，他内心有大爱，有情怀，有通向未来的星光大道。

这本书开篇就指出，“红杨是青弋江的宠儿”。是的，曾经的红杨是得到一脉青弋江水滋养，才壮大了经济与文化，而古镇的经济与文化是相互赋能，互为表里的。在那个农耕为主流的社会，商贸经济与传统文化像两股叠加的巨流，强劲冲刷和滋养着这里宽阔的日常生活河流，以至于孕育的民间风情，比那世外桃源还令人神往。“青砖黛瓦里，一扇扇木雕烤漆花窗临街半掩，古色古香。楼内有用风雅别致的屏风分隔而成的包厢雅座，供情人幽会、朋友小聚、商家洽谈、议亲说媒等。这里喝的是茶，品的是人间烟火……”这是《早市夜曲》中的一段，以如此优雅的笔调，还原生活的诗意，而被撩开神秘面纱的这方世俗生活，充满了和谐向上的生命气息，同时折射出来的各种光彩，也让读者感受到了那种无法掩饰的淡淡忧伤。好在那些顽强保存下来的饮食秘诀，让我们与传统有了一个隐秘的对接。再没有什么比熟稔和特定的文化情境，与人更有亲和力了。

只有放大视野，历史的纵深才会被打开。面对无远弗届的过去，即使是一把米，吴云峰也会煮出一锅饭。首辑《佛光塔影》以下诸篇，展示了他丰富的历史人文知识，高超的编织故事、架构时空的能力。将一地或一物作为研究对象，沿历史长河上溯，捕捉其中的逸闻趣事、传奇故事。这些人与事，湮灭在历史风尘中，真假莫辨，作者的高明在于，肯从信史、家谱等典籍中狠下功夫，找到有力的证据支撑，辩证把握其中的可能性，在简练、传神描绘的同时，赋予其瑰丽的人文色彩，并在这方地域文化的观照下，尽显蕴涵于内的一种精神取向，呈现出雄强有力的正大气象。传说故事，往往有现实世界的影子，能否确证其有，考验着研究者的智慧。这些文章，知识完备，逻辑自洽，表述到位，远超社会学家、历史学家所能提供的范本，是文学审美价值、社会学价值兼备的县域集大成之作。

故乡是地理的，也是心理的。“文化红杨”这辑内容，无论是“记住乡愁”，还是“戏曲流芳”，多是作者打下心灵烙印的故乡记忆回放。“所以，如今每端起一碗米酒，祖母佝偻着驼背在灶屋里忙前忙后的身影便倒映在那清清的酒水中，我的眼眶也就不禁潮湿起来，酒未入口泪先流！”像《冬至酿来米酒甜》这样的文章，不可能只叙事不见人，也不可能只见人不叙事，在人和事的纠缠下，作者的思绪总是漫衍其中，任由其冲击情感的堤坝。吴云峰对于社会事物的本质特征，对于特定群体的心理状态，有一触即发的独到感悟，在人们司空见惯的地方，他总能发现新风景，写出新意趣，见人之所未见，发人之所未发。如读了《传统婚俗情趣多》这篇文章，除使我明白红杨地域的婚俗与我家乡大同小异外，还有很多新的收获，作者将传统婚俗的每个环节，都弄得清清楚楚，澄清了我的一些模糊认识，堪称不可多得的教科书。虽说民俗是生活智慧的结晶，但也避免不了有些做法，现在看来已属于陋习陈规的范畴，对此，文章不溢美，不隐恶，有几分好就说几分好，绝不文过饰非。总之，就像民俗本身那样异彩纷呈，吴云峰是在用多彩的文字，勾勒流动的浮世绘，构成了一幅具有民间情调、神话色彩、童话趣味而又不失本真的生活画卷，引起人们对各自故乡的忆念。

我认为，这些写民俗的文章，是上好的文化随笔，值得一读再读，仔细玩味。我有三点理由：一是吴云峰对民俗有体悟、有观察、有研究，知其根底，知其内涵，知其演变，这是文章总有一种结实内在力量的基础。二是吴云峰是带着感情在处理记忆与印象，文字由心而发、自然流露，起伏顿挫于呼吸间，情感沉潜在文字深处，而不是浮于表层，让平常生活的况味，由内而外一点一点地透散出来。三是文章的语言在质朴与华丽之间，具有法律文字的准确无误、严谨周密、凝练简洁，同时善用原创性词语抵达稀见之境，且无卖弄之嫌，始终保持不疾不徐的放松状态。

“生态红杨”也是本书的重要内容。地处一县偏隅的红杨，绿色发展具有得天独厚的优势。作者用一篇篇质美颜高的散文，绘出了一幅幅秀蕴江南的水墨画，串起一个绿意葱茏、诗意盎然的红杨。通过这些文章，人们会更加坚定地认为，人文底蕴厚实的红杨，构建绿色环保生态圈、发展全域旅游的愿景，指日可待。“红色红杨”虽只有短短数篇，但价值不可小觑。作者借助文献史料，用确凿的史实和严谨的数据，准确再现红杨人的光荣革命经典之战，以一种惊天地、泣鬼神的斗争精神，诠释红色文化的深刻内涵，在冷峻处积攒读者不断壮大的崇敬之情。

作为书评，不说缺点似乎说不过去。《江畔古树别样红》的瑕疵还是有的。如：可能更多地受制于客观因素，四辑内容显得畸重畸轻；对方言的解读感性大于理性，简单用读音类似的现代汉语用字代替古汉语用字，难免失之草率。

当然，本书价值绝不会因这点瑕疵而有所减损。大家知道，历史文化是一个地方的灵魂，也是一个地方对外最具吸引力的因素。红杨镇是既有历史文化资源，又有自然生态资源，也有红色革命资源的地方，如何挖掘这些文化的当代价值，如何利用这些资源打造全域旅游，是必须要走的一条光明大道。这本《江畔古树别样红》恰逢其时，应运而生。她用一个个鲜活的样本，展示了古镇的文化肌理与神韵，复活了古镇的灵魂，就像万涓成水，汇聚了一笔宝贵的精神财富，取用不尽。但不可否认，本书也给掩卷之人，提出了现实该怎么办的潜台词。

2019年6月

节气内涵的独特呈现

——读谈正衡《节气的呢喃与喊叫》

谈正衡先生的新著《节气的呢喃与喊叫》，在我看来，是一部奇异之书。古人为了计划生产不误农时，根据季节的递嬗轮回，将一年等分成二十四个时段，每段命之以名，统称为一个节气。随着二十四节气被列入人类非物质文化遗产名录，写此题材者趋之若鹜。本是知识性大于文学性的话题，因超群的文里文外功夫，谈正衡奉献给读者的尤为出彩夺目。

这是一幅徐徐展开的江南农俗风情画卷。我是在夏日的午后，一边啜着香茗，一边慢慢赏读的。奔腾的生活流水，带走了太多的过往，当然包括节气曾经拧起的旋涡。当这些“旋涡”逆了时光隧道鲜活而返时，远不是一个煽情的“呢喃”与“喊叫”所能概括的。当初，谈正衡应了出版社自定的书名是“江南节气旧时衣”，意在破译古老的农耕密码，还原那些曾经丰沛了江南民间生活的奇风异俗，也少不了会流露一种往事难觅的惘然。这对于起手既高的作家来说，应无滞碍。事实上，也更加符合他感性化、精细化、梦境化的写作风格。

说事重据，行文不虚。一个节气一篇，从立春写到大寒，讲求的是一个应时当令。对类似题材同质化说明文本的果断摈弃，是这部琵琶别抱的作品最大价值所在。作家打开记忆的闸门细捡慢梳，不仅理出了多点汇聚、简明扼要的节气常识，更是活画出农事活动中人们领受自然、感恩生活兴味盎然的生活图景。随着农事、物候、习俗在二十四个节气中的流转，那些农耕生活中无数个局部、侧面所能抵达的全部真实，如底片在探照灯下的显影，渐次明晰起来，散落于江南民间业已式微的这些瑰宝，竟有了格外令人着迷的镜像。这是熟谙此类生活的长者记忆的伸延和补充，也是为没有这种生活体验的大多数人开辟的一方岁月的繁花与碎锦。一节一气之间，尽显物候的更新；一念一动之间，尽展农俗的丰厚。这是从生活的天宇上采来日辉、月华及星芒，照亮生活，欢乐浮世。从中我们可以窥见，普通人的心灵世界是怎样被深度唤醒，与自然同构的范式怎样被确立，农耕时代的中华精神文化谱系是何其根深叶茂。

就文字而言，《节气的呢喃与喊叫》最为出彩处，在于绘声绘色、绘影绘形的情境描写，每个场景都充溢着美感与惊喜，被精准细致地捕捉到画面上。这是一物不知、以为深耻的作家，善于观察、敏于感触、妙于文字带来的迥异于他人的东西。谈正衡是个天赋异禀的人，从小执念于自然、凡俗世界隐秘难言的境遇，有着无师自通的慧悟。这本书中，其全方位无所不透的观察，堪比动植物专家的仔细、社会学家的深入，也比身处其中的老农更感性。更为重要的是，谈正衡不只是心知肚明，而是能化其察为纸上的风景。他的文字描摹功夫十分了得，很多时候比纪实作品更精细，比小说更传神，比诗歌更有意境。他总是意在笔先，胸有全境，着力破解整个流程中那些不为人知的隐秘，通过色彩、声音、动作及其变化，凸显最为精彩的偶然瞬间，令人眼前一亮心头一震。把静止的变为跃动的，把原生态的变为栩栩如生的，把无情的变为有情的。这种形象化的艺术表达，彰显了文本的文学性。此外，为了受众的最大化，作家放弃了擅长的文白杂糅句式，增加了俚语与新词，让文字灌注底层生活的味道与时尚的气息，既清爽顺溜又妙趣横生，且文采不减，一缕古老江南的神秘气息，在灯火云烟处袅袅升起。于是，文章中这些独特的异质美，轻而易举地沁润到读者心灵深处了。这说明，美的东西需要人的发现且高明地表达出来才能得以彰显。

谈正衡以感知的难度更新人们的认知，写出了与众不同的节气内涵，看似偶然，更多的是必然。从近年他创作的系列畅销书可以看出，他无法摆脱乡村情感的追逐与纠缠，一次次心灵返乡，打捞起一串串鲜活的感受。纯净中透着丰富，美丽中透着深刻。作为一个念兹在兹的文化人，其丰饶的情感丝线已日渐织入故乡地缘的纽带，使得那些生命中最美好的时光，笼罩在一种幽深奇幻的氛围中了。谈正衡持久的专注力和对写作天赋的绝对忠诚，已随日子的积叠，构建起完满的个人精神谱系，葳蕤似盛夏江南的草木。

《节气的呢喃与喊叫》也是一场心灵返乡的寻梦之旅。值得点赞的是，谈正衡没有滑入乡愁的泥淖，自有一份清醒与责任。那些古老中国的时间标尺，生生不息的自然律动，岁月千年的乡间潜藏，一脉相承的底层文化，都在梦境中被激活。虽然作家很难再次亲历，也难保证都能活态传承，但史料典籍付之阙如的这些江南节气民间样式，已在濒危中留下了闪光的文字鳞片。鉴于此，本书的文化价值绝不可低估。

顺便提一下，本书装帧精美，古朴灵动的质感扑面而来。特别是那些不逊于文字的古色古香的插图，与全书雅致的文风相得益彰。

2017年6月

乐烧高烛照红妆

——读谈正衡《故乡花事》

谈正衡先生每出一本新书，我都有阅后写点文字的冲动，可回回都因力有不逮而弃之。先生的驳杂、丰富、跨界乃至混搭，放眼江城文坛是不多见的。

最新出版的《故乡花事》，是谈正衡倾情打造的故乡风土系列丛书之一，堪称其入围鲁奖的《故乡失落的鸟》姊妹书。同样是观照故乡江南的风物，“花事”的内涵显然比“失落的鸟”更为丰富更为蕴藉。细检这些花样篇章，大抵由花事忆及人事，由人事指涉人情，透露出的是对过往岁月的留恋、珍惜，也夹杂了淡淡的伤感和无奈，而在这隐隐的乡情乡愁背后，散发的却是生活的芬芳、岁月的光芒，以及弥足珍贵的人生情怀——现代人久违了的士大夫情怀。这样的雅致之作，它的源头只能是《诗经》《世说新语》，还有明清小品文。在我看来，《故乡花事》在气质上与李渔的《闲情偶寄》更为接近，是标准的才子之书。

有论者谓，谈正衡这几年的文学创作泉涌井喷，似乎到了厚积薄发、大器晚成的收获期。我认为持此论者是没有全面了解谈先生的缘故。只要读过其早年散文作品集《长河流月》、中篇小说集《白狐》的人，都会认为谈正衡是早熟型作家，一出道即超凡脱俗、皎然不群，个性化色彩尤为突出。即便在当时，他也没有紧跟写作潮流，去建构宏大意义上的主旨，而是顺从于热爱大自然的本心和善解大自然的禀赋，深挖自身独特的异质性审美经验，以文字方式试图找回失落的日常生活诗学。这样的表达，可以说是野狐禅、野路子，非腐儒书蠹可为。《故乡花事》不仅风格沿袭未变，更是以回望来路的姿态，将作家的多种职业历练和生活积淀，发酵于花草，提炼成文字，在散漫无拘而又精雕细刻中，网织了全新的语言体系，拓展了散文的书写空间，丰富了散文的艺术形态。随着时间的推移，这一风格恰恰满足了很多挑剔的读者新奇化陌生化阅读的胃口。谈先生最近几年一口气出版的几本书都大为热销，也就不足为奇了。就像常吃膏粱厚味的人，总有一天会发现，野菜粗粮是更有味道的。

毋庸置疑，《故乡花事》不仅是一本非常有趣的“闲书”，审美价值和人文价值也颇高。在谈正衡的笔下，五十种花卉，是一花一世界，一花一境界，朵朵绰约在一个圣洁的时空里。这些花各美其美于外表，却将不同的秉性深蕴其内，它们像多情的少女，只会向懂得她的人吐露心声。花样年华，霓裳羽衣，含蓄朦胧，点缀着逝去的流金岁月。正是基于此，才有了作家绵邈深婉的无尽心事，娓娓道来，充满了风致嫣然的生活情调。正如作者所言：“这世上所有的花草，美艳也好，朴实也好，身世显赫也好，默默无闻也好……都是大自然的杰作。没有一朵小花是卑微的，再简单细碎的花儿，也有信念，也闪耀着自由的光芒。”花如此，人又何尝不如是？透过这些作品，大体可以把握作者的生活积累、个性气质、文化情趣、学识学养、审美理想、价值取向。我们仿佛看到，一位具有浪漫情怀的文化人，在吉光珍羽的碎片化叙述中，裸呈如花蕾般饱满丰盈的生命情态。

庾信文章老更成。谈正衡的文笔，既有老辣酣畅的一面，又有唯美典雅的一面。《故乡花事》的成功，还在于行文上的戛戛独造，款款深曲，篇篇不同，各臻其妙。这不仅是文字功力使然，还得益于作家深厚的知识储备。当然也有互联网的功劳，那些冷僻的文史知识和草木知识，没有一点广搜博采的功夫是不易做到的。是的，这些源自心扉，加以艺术化编排，且带了乡土田园气息的文字，对我来说是温暖而又亲切的。每每在放下书后，总有一缕暗香挥之不去。

每个时代的不同特征，造就了不同年龄段的人不同的影像记忆。在时间这把长轴上，我们无法选择哪一段。当时光呼啸而过，我们垂垂老矣，是否有“人生真不如一句陶渊明”的感喟呢？我想，热爱大自然的谈正衡先生是没有的，他已将俊逸的才情浇灌成一朵朵无言的小花，诠释着他的人生意气。当他如痴如醉地沉潜在每一场花事里，倾听故园和心灵声音的时候，人世在他心中如花亦如梦。此种情怀，我们做不到，也应心向往之。

2015年4月

岂是童谣堪回味

——《回味:童谣思故乡》读后

谈正衡先生是文化思想与文学技法较为成熟的散文家，是芜湖文坛的一个独特存在。近几年，他致力于打捞个人乡村岁月的体验，以纯粹的地域性书写，推出了具有江南民间风味与神秘气息的系列作品，一时间，圈内圈外，多有好评。在创造文学感动的同时，也创造了不仅仅属于个人的文学奇迹。

谈正衡散文新著《回味：童谣思故乡》，以故土代表性童谣为切入点，生发话题，自然而然地牵引出一段故人往事。作家的巧妙在于，通过一个名叫西宁的少年的切身感受和好奇视角，吟唱童谣，叙述见闻，增加在场感与探秘感，使得那些奇人异事、奇风异俗、奇技异巧、奇葩异草、奇禽异兽、奇光异彩，活灵活现地跳闪出来，蔚然成篇。那是记忆深处故乡的长辈、师长、同学、玩伴，还有鱼群、鸟阵、野兽、昆虫，以及静静月光下的村落、田畴、植被、水域，每一个镜像都遥远而清晰，令人难忘。谈正衡先生将对生命之初的回望，如此轻松自在地释放出来，勾起读者的不仅是阅读兴味，还有骨子里的乡愁情结和怀旧情绪。这是文学魅力被故乡深刻唤醒后的必然结果，既源于作家的精神气质、审美趣味，又得益于南陵这块神奇的土壤。

谈正衡先生是有精神原点的人，故乡一直是他的书写领地。我们可以从他早年的一本散文集《长河流月》中，找寻到这个源头。江南水乡的秀丽风光，赋予了作家灵性，丰厚的乡村人情体验，抚慰着作家的灵魂，善于形象思维和永不满足的文字淬砺，更赋予他高超的艺术技法。与他的另一本散文集《故乡花事》，以典雅的文字叙述时代变迁、感怀人世沧桑略有不同，充溢着乡土质感的《回味：童谣思故乡》，感觉更为恣肆，意象更加丰饶，情节刻画更显生动有趣，具有扑面而来的新奇感。不知不觉被带入其中的读者，感知的是乡下人的机智淳朴和乡村的原生态，体味到的是人与大自然和谐相处，所构成的是一个毫无机心、粗放豪迈的自足世界，以及由此激荡出的人生意趣和焕发出的神性光彩。可以看出，谈正衡是带着温情和敬意，审视这方土地上的一切的。在童谣欢快吟唱的背后，寄托了作家浓浓的情思，深深的缅怀。不过，总的基调还是以乐为主，哀而不伤，更有一缕轻盈飘忽的诗意。这种诗意，恰恰是作家对大自然亲近和尊重，对人与自然相类相通、天人合一真心礼赞的一种回馈。

我们知道，写作需要世事洞明的文学慧眼。作为一部需要记忆过滤和细节塑形的作品，谈正衡深悟物理、多解风情的禀赋和才能，正好派上了用场。书中所写的这些风俗技艺，凝聚着劳动人民的聪明才智，多数具有古老的文化因子，同时兼具独特的民间情感、民间审美和民间信仰。对大多数人来说，即使是习见的风俗技艺，也是知其然而不知其所以然，何况那些罕见的甚至已经消失了的风俗技艺？不管是人们习见的，还是一无所知的，谈正衡在描写这些风俗技艺时，总能深入肌理，穷形尽相，如庖丁解牛般地打通任何一个来龙去脉的关卡。作家与大自然好似有着某种神秘的沟通，要不然怎会无师自通地做到全知全会呢？这样的书写，又具有朴素而深刻的理性，闪烁着“工匠精神”的光华，体现了一个文化人的责任担当和使命意识。从社会学意义上说，这部书钩沉出的大量堪称孤本的信息，完全可以作为非物质文化遗产抢救发掘的参考书。

谈正衡的文字具有较高的文本识别度。《回味：童谣思故乡》的文字，与作者一贯擅长的文白杂糅的书面语迥然不同，其文字与童谣风格相谐调，适当增加了方言俚语的注入，更见口语化、生活化、情节化，体现了鲜明的动感。书中有很多闪光的细节描写，如“若是捉到了鱼，就抹一点盐，包上荷叶，再裹上湿泥扔火里烤。要是在火堆下面掏了个洞，那通常是用来烧山芋或者土豆什么的。秋天的老黄豆，则连杆子拔了扔火里，啪啪响着炸出来满地蹦，捡着往嘴里撂……银盘一样的月亮，在身后悄悄升上了中天。”短短一段话，几乎不重复地用了15个动词，形象地描绘出事物的复杂情态，令人赞叹。转换频繁的画面感，是本书文字经营出的又一特色。特别是那些不大可能再现的场景，帧帧回放出来，便有了一种剪辑过的历史镜头感。

生活中的谈正衡先生，散淡闲适，修有几分传统文化人的风骨，学问广博也只与少数人雅谈，心怀悲悯却不故作多情。读着他这些回味故乡的文字，仿佛看到他温厚亲切的面影，不知不觉就融入他回溯的这条时光河流之中，丰沛而纯净，温暖且绵长。

2016年4月

节外生枝更蔚然

——读唐玉霞《悠然岁时迁：寻常人家的节气故事》

《悠然岁时迁：寻常人家的节气故事》是唐玉霞继续放低身段，向俗世里猛扎进去写下的新著。她以平等、客观的视角，在场、明事的姿态，写出了底层乡民随了岁时而动的生活。掸拂那些若有若无的尘埃，显定那些若即若离的潜影，照见了乡村生活的底色。

在城市人眼中，过往的民间，越来越成为一个神秘所在。随着传统农耕社会急遽解体，依附其上的乡风民俗成了无皮之毛，汹涌的物欲，改变了人情与世事。当乡间的一切不再虔诚笃定，不再熨帖入微，只会令人意绪难平之时，挽歌声已不绝于耳。到底要挽留下什么？我想，大势所趋不做妄想，以文字记录下原汁原味的生活样貌当为上策。画虎画皮难画骨，历史学家、社会学家鞭长莫及之处，恰恰是作家可以大显身手的地方。

年少成名的唐玉霞，源于一手教科书上看不到的撒豆成兵的锦绣文章。多年来，她不跟风赶潮，不炫技搞怪，有自洽的写作方向和审美追求。天资出众，出手老道，侍弄文字如飞针走线、妙解连环，目光别致，温婉洒脱，从骨子里做到了情深不言，自成高格。那些自我向内深掘的文字，似乎更能显出她的才情。一直以来，我认为她不会有另外一副笔墨。可见，我们总是带着成见，去评判熟悉的写作者。事实上，唐玉霞经历了从农村到城市的双重生活，作为一名有文学原乡意识的慧者，洞察世事的犀利，体验人心的深邃，始于童年朦胧而精准的直觉。随着底层意识、生命意识的觉醒，必然倒逼文字上的转型，这是人到中年经历了世事悠长的作家，再自然不过的事情。

自打“回味”系列向故土投去深情一瞥，唐玉霞这类视阈外展的文字，既已从小试牛刀而蔚为大观。《悠然岁时迁：寻常人家的节气故事》更是凭借节气这捆干柴，慢煮乡土生活的一锅热粥，且有意加了“一味料”，搅合成别样的风味。

与众多此类文章不同的是，《悠然岁时迁：寻常人家的节气故事》兼有立体的时空感，厚重的烟火气，殊异的民俗味，深沉的故乡情。节气似乎只是引子，或者说只是一把打开岁时大门的钥匙，农事常识也不作过多科普，多为画龙点睛谈些时段内标志性的景象、农作物，自带些感受而已。原来，唐玉霞记忆库中自有鲜活的图景。当我们跟随作家出入某个节令时，定有代表性的小人物跳将出来，演绎一把酸甜苦辣，展现一段爱恨情缘。这是20世纪七八十年代的斑斓世相，庄稼一茬茬在收，人事一波波在起，就像时空定格了的生活平台上，走秀一群卑微的灵魂，他们各自展示的一件件生活内衣，一一对应地挂在整排节气的衣架上。艰难与隐忍、挣扎与妥协、狡黠与智慧，相拥与背叛，这些小人物并不比其他群体拙于搏击命运，但他们多无害于社会及他人的。还有，无论何种霉运降临，他们身上都有股子来自民间的生命蓬勃力量。这是小人物的高贵之处。当然，他们也有诸多狭隘和拘囿，作家在活画他们时，少了指摘嫌弃，多了悲悯宽宥。这是对生活有了更为宽广的理解后，才会给予育养自己的故土，这样格外厚重的一份惦念、一份感恩、一份珍视。触摸特定群体心理的脉动，用了青灯有味似儿时的感觉，也是为文者致敬生命的来处与继续前行的依凭。

这种由物及人的写法，显然是为当下固化的节气写作模式，创造更多可能性的尝试。这是招险棋，需要才气与灵气做底子。唐玉霞并没有降格以求，与惯常思路截然相反的是，她采用了写实手法，从小处缓慢展开，用独具风致的审美眼光透视俗世肌理，通过引人入内的故事，写出小人物小事件的趣味，将记忆中的一个个人、一件件事、一方方场景栩栩如生地呈现。作家深入到小人物丰富驳杂的内在世界，探寻隐藏在生活表象之下尖锐、犀利的事实，诠释了一些放之四海而皆准的大道理，也诠释了一些摆不上台面只有乡里人才信的小道理，使得这些各不相干的故事，最终被纳入一个生机勃勃的循环气场之中。书中有无数细节的汇聚，丰沛而感性。最为高妙的是，这些细节并非纯客观描摹，多少有些主观的参与，主客观相融互合，完成了对记忆的反刍和提纯，使得细节更加生动独特，更具艺术感染力。就是这些细节，打通了读者的无意识、潜意识、显意识，让一切明晰起来，产生瞬间感觉上的滑动。虽然在情感上贴近他们，但没有虚饰，更不溢美，没有矫情，更不苦情，对人情世故拿捏准确。从客观的角度重新审视生活，遣激流于理性的河床，让幻灭的家园刹那间复活。

唐玉霞从未放松对语言的探索。她总能针对不同的文体和题材，采用与之匹配的系统语言，释放出最大的艺术个性。这本集子的语言，沿袭了她一贯的不是以气相连而是以意相属的“唐氏腔调”，叙事上看似东刺一枪，西指一剑，好比少小离家老大回的人，行进在乡村巷陌，不知会在哪个地方被截留，拉起了家常，天上一句地上一句，越说越起劲，越说越热乎。也像水流，流着流着，就流出了浪花，流出了漩涡。传统白描成分的增加，自然加快了语言推进速度，也减少了文笔上的缠绕，更显游刃有余，干净利落。尤其是有意大量注入的江淮地域方言，荤素不忌，诙谐俏皮，愈加凸显生活味和画面感。展卷在手，有心人必能读出甜蜜，读出忧伤，也能读出质朴，读出绵长。

说到遗憾，也是有的。一些方言俚语，虽脱胎于古汉语，但确有其字，只不过久已不用，加之面目生疏怪异，早被日常书写抛弃。书中有意使用它们，如久放的面条下锅，一股蒿味中的“蒿”，应为火字旁加一个豪字，冷僻得连目前电脑字库都未收入；清除仔鸭的细毛，书中用“涤”，显然用“扚”更为准确；还有梨花猫应为狸花猫。这些同音近义的字，看似大差不差，实为驴唇不对马嘴。

唐玉霞是敬业的编辑记者，创作上没有大的野心，像低调的鹧鸪。不过，《悠然岁时迁：寻常人家的节气故事》再次显示她不俗的创作实力。尽管披了“流行”的外衣，但这本书的价值不会昙花一现，就像时间飞逝，节气还会轮回，当那些鲜活的日子愈行愈远，人们定会重新打开这本书，乐意咀嚼那不尽的岁月微茫。

2018年8月

留住芳香，也就留住了时光

——读许冬林《养一缸荷　养一缸菱》

女人爱花，许冬林尤甚。读完这本《养一缸荷　养一缸菱》，我感到，许冬林不知餍足的花草审美，若非源于内心无以复加的酷爱，不足以有如此细腻精深的表达。

采撷生活中的朵朵小花，留下生命中的道道辙痕。大量新鲜、微妙，击中靶心的感受，升华为无以名状的意绪和情丝，激发了我们的感觉神经，丰富了我们的情感认知，唤醒了我们的生命灵性。我惊叹，一个人要有怎样的心思，才能细分这些花草，从资质到灵魂；要有怎样的信任，才能人花合体，共享成长的阳光雨露？或许，与生俱来的清高与疏离气质，相对孤独的童年，乡村生活的无羁无绊，大自然的无私厚爱，使得心思细腻的许冬林，与花结缘，在花香中成长，进而才有了视花草为知己，彼此互通灵性的默契。当然，以高洁雅致的品性，浸染于人间烟火，在岁月的微光中反照，折射出对生命美好的追求，对世事领悟后的执着，也是不可或缺的因素。

正是因了与花草的相契相依，灵魂上的共情共舞，许冬林的日常生活，成了极具审美的艺术生活、精神生活。于是，细说这些花朋草友，无可把握的轻飘飘的旧时光，就回到眼前，暖融融，沉甸甸。此当人有幸，花草亦然。

人心如面各不同。在许冬林眼里，花草亦可作如是观。除大小、形状、色彩等外在差异，花之心性，有的热烈烂漫，锣鼓喧天般的美好；有的娇艳妩媚，泛出情浓意迷的光泽；有的冰清玉洁，带着清风明月般的仙气；

有的睥睨世俗，追求纯粹素净的境地，都是生活中的遇见，许冬林感知它们，体谅它们，公正它们，不俯视，不仰视，只平视，在反复回味中，慢慢审视。这种审视，与其说是观照花草，不如说是观照生命、观照己心。毕竟，花草给予人的不光是美感，还有触景生情的联想生发，尤其是芳菲易老，如同人的韶华易逝，所谓美的东西总是令人忧伤。因此，为稍纵即逝的芳华，营造蓬勃气息的同时，偶尔难免有那么点丝丝的凉意。这是许冬林的真实感受，其间有对生命的尊重、慈悲，对生活的感悟、觉醒，也是她心生大爱、内心丰盈，通往自在、超然的反哺。原来，对美好事物抱有天真的爱，怀有彻骨的痛，只是期望在清浅的流年里，过好自身的本真生活，守住内心的诗意与光明。

小家碧玉的心态，最近烟火；大家闺秀的姿态，更显清逸。两者兼具，练就与花草相通的心灵，虽有纯粹超拔之意，却没有给人烟火之外的感觉。这颗纯心，幽凉寂寞，而又热情奔放，或者说，这是一颗带着仙气的凡心。显然，功利在此为零，甚至这些花草都不是治愈系。许冬林无须以花洗心疗伤，无须借花表达自己风雅的情趣，更无须以花寄托高洁的灵魂。只是生活的脚步太过匆忙，隔着流水的光阴，回眸看去，那些说不清、道不明的情愫，总能在花草里得到安放、释怀，进而获得天然的滋养，使精神趋向丰盈、自在、开阔的境界。这些花草，似乎隐居在古风古画里、唐诗宋词里，雅洁清美，谐婉有致，纤尘不飞，历经千年，于时光中慢慢沉淀，越发香醇。只是在这芳香依旧里，挽留的仅属于悦己者的美妙时光。花，虽无济世可能，却妥妥地安魂。这是给予知心者的最大回报。明于此，许冬林从未苛吝，不管何花何草，感恩与美意总在。

在我看来，许冬林的文字，有其美学贡献。玲珑、精致，纯净、率性，唯美、空灵，通篇给人美感，似有把人拖离日常、进入仙境的恍惚。行文逶迤、笔调旖旎也就罢了，还制造感觉、传递感觉，酿造出绝尘的诗意。这是天赋的艺术感觉，体现在所绘之物，定会产生视觉画面，所视之处，定会产生触觉反应，以至于在她的笔下，总能幻无形为有形，变有形为有感，转无情为有情。这是本色的生命语言，自带灵魂的洁癖，源头是中国的、古典的，也是女性化的。凭借它产生的感染力，淡而不彰，持续加码，久久为功。不可快读，适宜细品，感觉的精灵，太需要用心捕捉了。身为现实生活中的缝纫高手，在写这些文章时，许冬林同样技艺精湛，构思的精巧，剪裁的精妙，褪尽斧痕，如花自放。

还是说一下，书中第二辑，选录了数篇文化含量丰饶的散文，是许冬林自我设定的标高，也是避免重复，尽量玩出花样的挑战。文章复活生长在古诗文里的花草，历史文化信息充沛。我以为，虽下了不少案头功夫，但深刻性、思辨性仍显不足，总体上轻盈有余，沉雄稍欠。也好，有了差距，就有了飞翔的空间。

与花草精灵执手相望，这是生活家的修为。因为，人生没有比挽留时光，更曼妙的事。

2019年9月

来自底层的歌唱

——再读何更生散文集《拥抱太阳》

时隔多年，我再次拿起何更生散文集《拥抱太阳》，20余万字，我是一口气读完的。读着读着就从内心发出笑来。透过这些朴实的语言，让我从字里行间看到了他的笑脸——一张成熟的智慧男人的热情笑脸。记得读他的第一本散文集《华夏之歌》时，完全没有这样的感觉，尤其是几篇写生死别离的散文，还让我不忍卒读，心痛尤深。更生文风上的这种较大变化，应是他生活上巨变的真实写照。他在经历了几次情感上的重创后，已从生活的低谷中顽强走出。如今他有了新的人生伴侣，争气的儿子长大成材，自己在事业上也是全面丰收，朋友遍及各行各业。这一切使他更加热爱生活、热爱家园、热爱朋友、热爱文学事业了。无意间，作家与生俱来的幽默感得以较多地显露和挥洒。

在《拥抱太阳》中，没有所谓大构建的文化散文，也没有厚重的哲理散文，更没有表现文人角色自恋与自赏的随笔。更生曾坦言："写不了大散文，因为我没有这样的才气"。书中"记录"的都是生活及工作中亲历的人和事，对社会普通劳动者及其自身生存状态与时代命运的关注，使他"情动于中而形于言"。他的散文充满了平民生活的质感与情趣，展示了感情丰富的作家毫不遮掩的人生性情和对现时生活的独特感受。《拥抱太阳》集中体现了作家的底层写作意识：既充分理解普通小人物生存的不易，又能感受他们的欢乐，将小人物的生活情趣推到了极致，彰显了文本独特的人文价值。文章中几乎所有的小人物都直呼其名，叙事行文看不到无端臆想，哪怕一丝合理想象的成分，都被摈弃，可以说，真实得没有半句谎言。每篇文章不仅用心，还特别地用情，但又绝不滥情与矫情，故有着极高的含情量。这与他信奉“生活即文章，文章即情感”的写作原则高度一致。

与文字打了半辈子交道，创作起点并不高的何更生，几经磨砺，写作技巧已趋于成熟，形成了自己简练而平实的叙事风格。他的散文好像越写越短、越写越精，婆婆妈妈式的絮语在《拥抱太阳》里很难找到。一件跨度较大的事，三五句就可以被说得明明白白，读起来却更有味道，好像他灵活的为人也体现在为文上了，透着一股精明。较同辈写小说的作家，他拿捏精短散文的能力，明显要胜过一筹。浓缩的都是精华。这些文章虽短，容量却可观。如不足1500字的《送儿高考》就写得跌宕多姿：儿子在参加高考的日子里，作为父亲一日数惊，心理上荡起的“涟漪”前后达八九次之多，在很短的篇幅里一一展现，读来毫无堆砌之感，让人信服。试想，如果不是真情实感，没有惜墨如金的写作技巧，是很难达到如此好的艺术效果的。

极富个性化的语言是《拥抱太阳》又一特色。将日常口语稍加改造成简洁平实的书面语，既形象生动又俏皮隽永，甚至还有滑稽的一面。这是我读何更生的文章经常笑出声来的原因。他善于刻画人物的性格特征，往往只言片语人物形象就栩栩如生，跃然纸上，令人难忘。如写邻居老孟，“站累了就背靠墙上，弯起一腿，鞋底贴墙，算是小憩；过一会儿再换换腿，依然这般”。短短几句白描，画面感极强，一个苦中作乐的小人物形象如在眼前。这些充满生活气息的描写，如果不练就一双艺术家阅人阅世的眼光，是很难写得如此逼真的。何更生的文章力求语言精准，遣词用字颇见功底。在《邻居郭医生》中有这样一句，“他几副中药就能让孩子活蹦活跳”。我们知道“活蹦乱跳”是熟语，而在此“乱”被改为“活”，连用俩“活”字，仔细想想是有意为之，大病初愈的孩子还是不能“乱”啊，体现了作家的情感倾向。一般读者，甚至不考究的写作者很少注意这样的细枝末节。类似的于细微处见精神、见品性、更是见功夫的地方，在《拥抱太阳》中很多，读者如能细细体味，是可以感知其妙的。

我想，正因为有上述特色，他的这些短文很受报纸青睐。

毋庸讳言，《拥抱太阳》中的有些文章是存在不足之处的，可能多为报纸约稿的急就章，文章的深度挖掘略显不够。或许那些爱掉书袋、喜打诳语、故作高深的写作者可能对此会有微词。好在“文章和文人在某种意义上是讲轮回的”（贾平凹语）。当人们看腻了铺天盖地的晦涩文章、兑水文章后，再翻翻何更生的这部为普通老百姓写的言浅而味厚的作品，或许有意外惊喜和收获。

何更生是我文学创作上的引路人。按常理，我是没资格对老师的作品妄加评论的。可是我固执地认为，先生绝对是个例外。我的判断来自与他日常交往中的印象：热情友善、不尚虚荣和极富包容的乐天派个性。

2015年6月修改

情寓于真味自醇

——读《更生散文选》

文汇出版社2015年3月出版的《更生散文选》，是何更生先生的第三本散文随笔集。记得他的第二本散文集《拥抱太阳》出版后，我写过一篇读后感，只是未及发表水准而耿耿于怀。此番他的新作面世，我铆足劲写点文字，不仅是弥补十年前的缺憾，更是想表达一下对先生的敬意吧。

缀成《更生散文选》的是“情感文章”“生活记忆”“旅游随笔”“芜湖故事”四辑长短各异的文章，它们错落有致地勾勒出一个文化人十年的点点生活印迹，从中亦可大略窥见我们这座城市骤变于这个时代的匆匆步履。作为文学作品，这些饱含深情的文字，散发出的动人醇香令我迷醉。这是一位不伪装、不做作，老来依然秉承文学性格的人，以自己的真性情、大情怀，酿造的心灵之美酒。

散文是一种直抒胸臆的文体，真诚是散文的生命。这就决定了散文又是最见情见性的文体，怎样的人就会有怎样风格的作品。生活中的何更生是一位襟怀坦荡、和蔼可亲的长者，又是一位爱憎分明、古道热肠的普通文艺工作者。在职时，他兼任市文联两个协会的秘书长，不辞辛劳，甘为人梯，组织了诸多的文艺活动。退休后，他依然如故，为多家民间文艺协会和网站倾力服务，奔走操劳。许多文艺爱好者在他的栽培下，喜爱上了文艺创作，其中不乏后来成果显著者。这样一个热爱生活、醉心文艺、无私通透的人，他的文章注定是真实、诚挚、朴素的，也是透明、有温度的。“生活即文章，文章即情感”正是他多年为文的不二法则。先生不止一次说过：他写作的真正动机，是将生活写进文章，在文章中注入情感，一个是

“真”，一个是“情”，二者并重且水乳交融。不难看出，在生活化叙写中彰显真品性、抒发真感情，正是这本散文选的最大特色。对有些人来说，这样的写作可能会有顾虑甚至是有难度的，因其最终所要达到的境界只能是真实、自然、准确，且技术含量不多，所以再高超的技巧也难派上用场。不过，这样的写作对于何更生来说，却是近乎本能。他就好比演艺界的本色演员，不必去“演”，自然而然，示人本相就行了。

写人的篇章占了这本选集的半数，还有一些类似于报告文学的人物特写，也是作家所擅长的。我偏爱其中的那些写亲情、友情的文章。《怀念母亲》全文仅1200余字，却以和谐紧凑的结构，明白晓畅的语言，传达出一种朴素的撼人心魄的力量。细细品来，作家其实只抓住了母亲一生不同阶段的几个动作——“母亲颤颤巍巍地拄着拐杖东挪西晃”“母亲把眼泪一抹就去做饭”“母亲拉板车上坡腰弯到地上，板车却纹丝不动”——就将一生饱受苦难的苦命母亲形象立了起来，令阅者无不同情掬泪，深深震撼。母亲之所以受苦受累，完全是为了子女们的成长，这个潜在的痛感如此强烈，源自这篇文章采取的双弦并奏的艺术手法。即：外在情节线写母亲经历的苦难，内在的情思线却是感念母之大爱无法回报的愧疚和思念之情。外在情节为内在情思服务，一显一隐，一动一静，二者相互渗透，和谐统一。这篇散文感染力巨大，还在于作家善于在动情事上提炼动情点，即积情到深处，突然宕开一笔瞬间爆发，威力如山崩海啸。这样的写作，有作家的血泪参与、灵魂参与，想不动人都难。我相信，更生先生在写这些文字时，定是自我感动得浑身发抖的。这印证了这句话：只有最真诚的心灵，才能酿出最醇美的文学之酒。

《更生散文选》中的所有篇章，都是如实写来，以小就小，没有放大，就连几个新闻人物，也没有按普遍惯例善意拔高。作家有着别具只眼的洞察力和领悟力，即对人的生存状态能够深刻把握，对人的心性能够深入体察和理解。因此，那些细节，闪烁着心灵之光的细节，常常是信手拈来，用在适宜处，使得再普通的人也会立刻活起来。而那些流露出真性情的地方，正是吸引读者之所在。还有，如平常聊天谈家常似的叙述风格，不仅达到了内容与形式的高度统一，也是与读者真诚交流的态度。反观当下一些散文，打着新散文的旗号，逐奇而失真，夸大得离谱，甚至虚构情节，胡编乱造，拒人以千里之外。这样的散文前景如何，我是看衰的。

文学的价值全靠人的心灵主动认可。更生先生的文章初读平淡无奇，细品则醇香不绝，比一般的文章更经得起时间淘洗，想必是自然的。

2015年6月

随文逐梦永年轻

——读周祥鸿《梦里的青弋江》

《梦里的青弋江》是周祥鸿先生以逾古稀之年奉献给读者的又一部颇具分量的作品集，也是他的梦字号书系的延续。集子中收录的散文、随笔、杂感、小说等均为作家65岁以后的作品。这是一位笔耕不辍的老文字工作者，依然敢于有梦、勇于追梦、勤于圆梦的最新收获和最好证明。与周老的前六本书略有不同，这部作品集的内容，以回忆往昔为主，涉及亲情、友情、旅游、美食、故土风物、人文掌故等，内容丰富庞杂，相信不同层次的读者都会有阅读的趣味。

在我看来，《梦里的青弋江》是周老精神世界谱系一次集大成式的构建。如果把人一生比喻成一条奔腾不息的长河，那么个人的一桩桩经历最终会拼接起河之堤岸。年轻时，我们用激情燃烧岁月，大多无暇思考生活的本质，而当老之将至，水逝岸犹在，客观审视自己的这些“作品”，欣慰也好，后悔也罢，都无济于事了，因而这时的所感所悟，其情也真，其理也切。《梦里的青弋江》就是这样一部在回首往事、检点人生中，重新认识生活、阐发做人道理，有激情、有个性的作品，是不掺杂任何水分和油渍的“干货”。这是周祥鸿先生深厚的文化背景、扎实的生活基础、不同工作岗位的历练使然。这些文章，不是个人廉价的情感宣泄和经历贩卖，作家把自己的精神气质、生命意识完全根植于文章中了，这里有作家灵魂的洗礼和提升，有生命的投入和产出。人性是相通的。很多人喜欢这一类型的作品，那是文本中有他们获得强烈共鸣的元素。忠实于自己的切身感受和纯熟思考，并将其化为继续追逐梦想、传播希望的动力，体现了一位老作家的担当和风范。

文字这一行当，对于周老而言，是两栖的。在新闻结束的地方开始文学创作，是其一生的实践。新闻和文学的差别固然明显，但它们共同的本质都是一个“真”字。真实，是新闻的生命，也是构建文学大厦的根基，假如作品中混有假冒伪劣的建材，失败的命运跑都跑不了。有一说一、有二说二，毫不隐瞒、从不避讳，条分缕析、详尽完备，却又不游离主题，做过多生发，总是胸有成竹、从容静气，是《梦里的青弋江》也是周老以往作品的共同品质。在《记者的形象》一文中，作家还反思了那个极左年代，存在于新闻通讯人物写作上的善意拔高现象。可见，周老视假如仇有多严重。叙事清爽，描写清晰，交待清楚，说理透彻，也是周老文章的一大优势。这些都与他的新闻从业背景难脱干系。当然，作家超强的记忆力也是值得钦佩的。

就文本而言，这部作品集中的文章品貌端正、质地纯朴，叙事、描写、抒情、议论，都没有炫丽的外衣，甚至没有玲珑的骨架，更没有故作高深、玩弄技巧的绝活，总是在平淡中寓新奇，于老成中见风骨。正所谓，人生七十从心所欲不逾矩。这里周老靠的是生活而不是写作技巧，是真诚而不是文艺理论。《梦里的青弋江》按生活的原貌描绘生活，写出了生活的参差多态，特别是那些不易表达的人事纠葛，也被拿捏得顺溜自如，出彩生花，让常人皆见的庸常生活，贴上了审美审智的标签。如果不是出于对生活的热爱，又怎么会有如此敏锐的感觉，如此丰富的感受？人的一生中会发生无数的事情，只有像周老这样感受力强的作家，才会把自己独到的感知淋漓尽致地呈现出来，奉献给读者。这些作品不仅是周老本人对于生活的情感载体，也是有过类似经历的人值得玩味的记忆——那是心灵深处的一抹永远挥之不去的眷恋。

以我的观察，周老的性格属于外向型的。凡是雅集的场合，总会听到周老的说话声，一如他的文章，有种拉家常似的娓娓道来，非常具有亲和力。世事洞明，人情练达；不激不厉，风规自远。这位已逾古稀的江城文坛老将依然青春焕发，逐梦不止。

2015年6月

梦是心灵的思想

——读周祥鸿随笔集《城市与梦》

老作家周祥鸿年逾古稀，思维活跃，健笔如飞，短时期内，又捧出了他的第九本书——随笔集《城市与梦》。书中的文章，或说社会，或道人生，一篇一意，汇集在一起，成为面貌清晰的两个系列，名曰“城市的表情”和“乡愁的记录”。

可以看出，这些文章长短不拘，都是有感而发，裸呈的是作家退休后的生活，目之所见，心之所思，情之所系，大抵不离我们这座城市。换言之，周老是以个人视角去谈论周遭的变化，以反诸内心的手法去探索人间的真情，将灵光一现的生活感悟，刻骨铭心的人生经历，以文字的形式表达出来，完成一个长者对事物的理解，对生活的认识，对人生的回味，仅此而已。无意于启迪而启迪，无意于感染而感染，是本书的内在特色。

的确如此，我们这座城市，变化之大，进步之快，绝非饱食终日、无所用心者可以感知的。即使他们天天游走其间，也很容易目迷五色，不明就里。而作为有心又有闲的老作家就不同，他能发现别人发现不到的“发现”，如：人行道的人为乱象、行道树荫的长成不易、快递的令人不快、外卖的安全保障、监控的隐私侵权等问题，这些所谓城市“表情”中不为人在意的另一面，构成了文章最基本的引申观点，平常而又特别。这说明，作家努力反映社会生活，是建立在悉心观察的基础上，而这种观察是客观的，既细辨事物的闪光点，也反思其不足之处，从而形成建设性意见。这种源于生活的真知灼见，有血肉充实的丰满，有人文关怀的温暖，更有对城市更加美好的希冀，断然不会给人脱离实际、指手画脚之感。

很显然，周老对我们这座城市，因为时代赋予世俗生活的悄然变迁，力求灌输“好上加好”的思想。不敢说这些思想倾向，都做到了新、奇、深，但至少都是源于实践的真实想法。这也是文章的价值所在。因为作家深知，随笔作品中，如果没有个人的观点，哪怕是字字珠玑，文采飞扬，也不会有多大的生命力。

如果说，本书上部“城市的表情”体现了作家的趋新，那么下部“乡愁的记录”就是他的念旧。面对新生事物带来的新奇感，作家没有一味地礼赞，同样，面对时光飞逝带来的暌违感，作家也没有一味地悲伤。

在《我的母亲我的家》一文中，作家以情思藐藐、难尽衷肠的切肤之痛，活画出忍辱负重的伟大母亲形象。题材平常，素材普通，但母亲灵魂的高洁，却让人感同身受，心灵接受洗礼。还有《贵人》《同事》《朋友》中的众多故交旧友，那些沉淀于时光的面影，一路走来的相携相助，无不令人感慨唏嘘。这就是周老的乡愁，更多的是亲情和友情。当然，这种“情”不是灵机一动写出来的，而是作家长期感恩生活，涵泳情感，积累熔铸而成，自然流露到笔端的。这是真心热爱生活的人，对生活一往情深，才会有的爱之真谛。

周老对生活的真诚投入态度，决定了他的作品，绝无为赋新诗强说愁的矫情。从这些丰富、蕴藉、深沉的文字中，我们定能找到自己所需要的温暖和力量。

多次聆听周老的教诲，他信奉艺术的最高境界是真实、自然、无技巧。集子里的文章很好地诠释了这一点。叙述质朴，明白如话，没有让人炫目的华丽辞藻，朴素中蕴含智慧，庄严中透着风趣，像谈心，娓娓道来，总有股让人暖心的亲切感、清新风。虽以简练叙述为主，但兴之所至，也会在适当铺排中收放自如，显得参差多态。如：有的奔放热烈，如汩汩波涛，有的艳丽多姿，如灿灿山花，有的沉静幽思，如淙淙山泉。还有，表情达意，卒章显志，从不生拉硬拽，而是水到渠成；也不故弄玄虚，故作深奥，让人坠入云里雾里，而是将想法点到为止，给读者留下思考的空间。

总的来说，《城市与梦》是对现实生活的观照，无论是写物明理，还是记人铭恩，都让我们看到前辈文艺工作者的价值取向与人生态度。可能在动笔前，就有了写成系列的设想，故存在题材较为狭窄、视野不够宽广的问题。但这显然无需苛求，《城市与梦》只是作家众多“梦字号”书系的一种，已出版的不算，还将有他类题材等待作家去梦笔生花。

文学固然是创造的事业，说到底，有时就像是一个人在造梦。周老的梦，从某种意义上说，就是他心灵的思想。被文学附魔久矣，热情，善学，而又精力充沛，这样的人不仅乐于造梦，而且每个梦都会十分精彩，因为他是用思想在翻动着新的生活画卷。

2017年3月

她的青春不迷茫

——随笔集《一蓑烟雨任平生》读后

在朋友的转交下，我得到了谢芳琪新近出版的随笔集《一蓑烟雨任平生》。谢芳琪是谁？以前从未读过她的作品，带着几分好奇，我读完了集子中的全部文章。我感觉，我闯进了一个青年人的思想领地。在这块适合反复耕种的自留地上，生长的不再是我辈青春时的植被，也不似作者同龄人喜欢摆弄的花草。

最初的印象，就是这本随笔集内容上的广博丰盛，光题材就涉及个人雅好、同窗情谊、生活记趣、旅游发现、艺术品评、学艺感悟等方面。凡经心入眼的，皆可为文，仅此一点，初写者可做到的就极为罕见。更为难得的是，篇篇都是干货，实打实地累积起来，虽不甚耀眼，但绝对如山般的可靠，“好像”“大概”“差不多”这些字眼，一些成熟写手瞒天过海的小伎俩，对于认真细致的谢芳琪来说，压根就没有使用的机会。原来，我尚未谋面的这个85后，是个不容小觑的实诚人，肚里委实有货呵。事实上，文本的丰实，仅是生活的丰富是远远不够的，还需要知识与心灵的丰厚，观察与体验的丰赡。

想必谢芳琪是一个善于学习、乐于实践、敏于思考的年轻人。文章的内涵再次佐证了我的判断。硕士毕业不久的她，取得了心理咨询师的执业资格，然而，她的很多真知灼见却源于个人的实践体验。如在《乡村生活欢乐多》中，她在农田里发现一枚橘黄色的茄子，亲戚告诉她这种茄子并不是异类，只是老了而已。她很受启发，悟出“没有看到不代表不存在”的道理。同时让她大发感慨的是：“置身大自然，方知其鬼斧神工的鲜明色调，是怎样的变幻莫测，那是致力于绘画艺术的人，必须融入的宝库”。这样的感悟源自亲身体验，从实践层面上升到意识层面，令人信服。在游览柬埔寨后，文章写道“柬埔寨，一个值得深入探索的国家，当繁华褪尽，唯剩文明的永恒”。这样的见识超凡脱俗，是平常中的深刻，有文化的光芒，有思想的火焰，却不显山不露水地潜伏在字里行间。类似的个人观点，几乎每篇都有。

也许有人会认为，随着教育水平的水涨船高，当代青年人谁不是这样有知有识？于此我不抬杠，但像谢芳琪这样有自知之明的年轻人，恐怕百不及一。文章中，她多次点明自己存在的不足。譬如，性格内向、不善社交、老气横秋等。这种不隐瞒、不避讳、不给自己脸上贴金，毫无保留的实事求是，持有一份与年龄不相称的理性与豁达，真是太难得了。想到她从事的心理咨询和绘画职业，也就释然了。从事心理咨询的人，有着极强的反观自照本领，而从事艺术的人，必须恪守本色，追求真理，这是通往艺术至高境界的基石。这又使我联想到她，为什么把致敬青春的这部随笔集，取名《一蓑烟雨任平生》了。或许也无风雨也无晴的坚韧与无畏、淡定与旷达，正是她追求的人生状态，文章中暴露自己的缺点又有何妨？都说年轻人喜欢炫美遮丑，我等俗人，对此反其道而行之的做法，唯有尊重。

作为职业画师和心理咨询师的余事，写作可以说是谢芳琪艺多不压身的一种追求。

就文学性而言，她的文本具有包容性和开放性，语言自然清新，规范准确，不挖空心思，不炫技卖弄，说事析理，通透坦荡。这些恰恰是很多专业作家欠缺的。不过，若以高标准来衡量，这些随笔整体上还欠那么一点艺术的火候。表达过于平铺直叙，凝练、含蓄、意在言外的文章美学就难以兼顾；表达过于不动声色，灵气、韵味、直抵人心的散文特质就难以升华。好在，艺术的门类是相通的，既然能够在学中国画年余即办画展，引来一片惊叹，又有很高的艺术感悟力和鉴赏力，又何愁不会在写作上，洞穿那层隔膜，快步跃升呢？

青春是美好的，也是一言难尽的。独特的谢芳琪，以这些沉甸甸的文字，很好地反映了一个真实的自己，真实的生活，真实的想法，乃至留下了一个真实的青春。或者说，这是作者用文字精心绘就的一幅表里俱澄澈的青春自画像，在不断前行的人生路上，立此存照。

谁的青春不迷茫？在我看来，谢芳琪至少是一个。从不耽于幻想的她，有一种低调的自醒，冷静的自信，理性与智性深蕴其内。希望即将步入而立之年的谢芳琪，将仰望星空与脚踏实地结合起来，在通往艺术的神圣殿堂中，将青春时代积攒的生命活力，交付给她想要的一蓑烟雨，万丈豪情。

2017年11月

心有煦阳自暖人

——我读《你若有心，尘世温暖》

《你若有心，尘世温暖》，子薇如是命名自己的这本散文集，我认为是恰切的。作为一名灵魂的歌者，这些悠扬的音符，是漫流的心语，把当下的察思，连同一幕幕往事，如梦如幻地打开。那消逝的岁月，半世的情愫，无尽的感怀，像一缕抚照的煦阳，让我们身受感同，不知不觉，周身有了温暖。

一路走来的子薇，逐梦多多，潜修默默。作品这面多棱镜，照见了她青春萌动、直面未来的志气，亦折射她过尽千帆、彻悟人生的包容；有看似孤身奋斗的弱小，更有毫不妥协的强大。在被“设了局”的前行路上，她从未停下越坎爬坡的步履，已渐至高蹈大气的阔朗境地。若问何以至此，答案亦在其文中。追根溯源，那是母亲“别忘了本”的告诫，更是父亲高不可仰的感化。

不经意间，人到中年。蓦然回首，早已物是人非。家园，乡愁，对于敏锐的作家来说，此时述诸文字是必然的。这样的篇章，是书中翘楚，最为至情至性。对远去的乡村故地，作无力尽其心的追怀，亦对现居城市家园，投上深情一瞥。子薇的这两个家园，时空睽隔，差异甚殊，她的与众不同在于，并没有扬远而抑近，厚彼而薄此。喧嚣的都市，在有心人眼里，亦不缺珍珠般的光华。当那些隐没在或即将隐没在岁月深处闪烁着碎金光泽的点点滴滴，有了作家心灵的投射，自会涌起清欢的人间至味，温暖的情感力量。

在《那些让人珍视的美好》中，子薇说：“美好的物事景人，我相信，每一个正常人的第一反应，必定是胸怀喜爱、呵护之心”；文末又说：“人生的每一份经历都是上苍的馈赠，都足以让我们铭记感激，或长或短的余生”。是啊，对亲人珍爱，对美景珍视，对时光珍惜，对于感性的人，自不待言，而对个人经历的铭记感激，足见作家感恩之心的成色。或许，这是一个人的天性使然，是虔修者面对万事万物的态度。于文中，子薇毫不隐瞒一路跋涉的不易，她将往事与记忆重建，凭借文字的力量抵抗中年的倦怠，她珍视这种以文学为内核的精神生活。

当然，集子中的文章，并不都是醇酽的情感抒发，毕竟，子薇是一个腹有诗书、敏于思考的人。《凝眉之际》辑中诸篇，于通俗的话语之外，多有一径思辨在生发，四两拨千斤地将道理点明，灼照出生活的睿智。这是阅历、见识达到一定层面的作家才会有的文学襟怀，超越了现实的边界，厚重了敏感的心灵，丰沛了人生的含量。

不知道是文学选择了子薇，还是子薇选择了文学。也许，一切都是无法选择的宿命吧。在文学的幻境中，她找到了投入终身的感觉，她是认真的，全力以赴的，也是小有成就的。想当年，在不大的江城，她的作品横空出世，仿若一树独占三秋的新桂，清新可人。那时她的散文，就既有细腻的一面，也有大气的一面，将两者很好地结合，是女性作家少见的风貌。这些作品，营造了一个温情的世俗生活，一个理想的精神世界。从中我们可以看到，时代生活的面影，还有作家以文字汲取温暖和力量的写作态度。

《你若有心，尘世温暖》承继了这些优秀的品质，并在很多方面有所拓展。在人生感悟方面，子薇没有停止思考，在语言探索方面，更没有停止创造，她尝试着，追求一种游刃有余的从容之境。她在自构的语言世界里，激活感悟，又在自发的感悟里，祭出修辞的高妙，这种文学自带精神的搅动，弥漫在字里行间，既能容物亦不染尘，既能自暖也能暖人。

就写作技法而言，集子中的文章，都有方正的骨架，丰满的血肉，切入的角度，叙述的分寸感，恰到好处，起承转合，也颇合理巧妙，语言娴熟精雅，表达到位，通篇难见瑕疵。但是，在我看来，问题恰恰出在这些优点的综合之上。这些全部的优点，一旦集成按部就班的整体，文章便少了些摄人的气场，思想便少了些决绝的锋芒，叙述上就多了些纯熟老道的匠气。还有，一些无意外的路数，是老读者们可以预料的似曾相识，文章一旦缺乏让人咀嚼的“陌生感”，就会带来审美上的不满足。驾轻就熟，四平八稳，不是优秀作家应有的状态。既然如此，何不更张扬、更锐利、更痛快一点呢？就像一个技艺高超的拳击手，如果没有给人致命一击的重拳，自是一憾。

对于写作日久的作家，读者对其作品的苛求，总是水涨船高的。这是好事，会激励作家正视存在的问题，不断地加以改良。这是艺术生长的地方。

子薇出版过多部长篇小说，《你若有心，尘世温暖》是她多年为文的小结。她已站在一个新的平台上，只要她愿意再涅槃一次，砥砺独异的艺术个性，写出更见风骨的作品，为时不会太远。

2017年10月

自在安宁草木心

——我读朱晓云散文集《路过诗经》

据说这本《路过诗经》源于作者朱晓云与儿子打赌立下的“军令状”：一年内完成书稿，否则家法行事。那时，她的散文集《低眉听风》刚刚出版，信心爆棚自不待言，但天生与草木果蔬相近相通的心性，无疑添加了底气。那是骨子里的东西，朱晓云文字生涯的必然兴会，逃都逃不了。

认识朱晓云很多年了。那时我们之间最可靠的话题自然是文学这个共同的爱好。感觉文字上早熟的她，只把写作当作自娱的方式，并没有要搞出名堂的野心。后来她工作调动，我们很少见面，也就断了交流。作为经常想起的文友，她给我的印象还停留在真诚中有一丝狡黠的抿嘴浅笑上。想想，这么多年过去了，我已不再为赋新诗强说愁，而她是否亦有了新的文字情怀？恰好，这本《路过诗经》给了我明确的答案。

《路过诗经》是朱晓云的散文新著，汇集的56篇散文，多数以《诗经》中提到的草木果蔬为题材，一物一篇，篇篇走心入味。“撸一把时光转身向后穿行”，朱晓云没有一点轻慢的姿态。她回望如流的缤纷岁月，用心细捡与这些植物的相知相遇，感恩它们带来的人世清欢、芳香甜蜜，不觉忘情其中。这是揭橥作者真性情与生活状态的一本书，童心，情趣，才智，识见，灵性，一个都不少。很难想象，在中年逼仄的天空下，在生活被切割得十分细碎的都市里，朱晓云修炼得如此安宁自在，内心丰盈。

书中的这些植物，无论是生长在水岸草坡，还是田中果园，依然是《诗经》里的模样，容颜没改，姿态没变，气味没走，依然春荣秋萎，花开蒂落，依然野火烧不尽，春风吹又生。不同的是，它们遇到了两千多年后的一位都市女子。这个女子有一颗感恩草木的心灵，有一双审视美好的眼睛，还有一技高妙的文字造诣。相会一笑，都是人间美意；流波一转，皆为草木风情。于是，在诗意栖居的江南，生命中注定的那些美好，一一闪现于晨曦微茫的来路。

这些美文触发点都很轻，像微风细雨，如歌的行板，慢慢洇染开来，就有了人间烟火的缭绕，还有生活常识的充盈，独独没有岁月飞逝的怨艾。即使偶有无名的惆怅袭来，很快就转化为草木无言、岂改初心的淡定。这是钟情大自然、热爱生活的人，才会有的草木观：审视每一株植物，就是审视每一个微小的灵魂，最终也是审视自己。这颗坚守的初心如此通达，使得这些一路相伴而来的生灵，愈加鲜活可爱起来，这是被知遇者的生命勃发，灵性高蹈。草木果蔬皆着我之色彩，这里应作如是观。若把散文视为生命的栖息地、灵魂的家园，那么《路过诗经》就是这样的诗意文本。它滤尽了所有的虚情假意，完全以作者的亲历，从生活的经验和生命的体验出发，把个人的精神气质弥漫在满是江南气息的草木果蔬之中，谱一曲自在安宁、单纯快乐的田园牧歌。这是古老东方的审美情趣与智慧，也是朱晓云“把内心的土翻腾出来”，培育成的文字版的葱茏草木。

在写作上，我以为朱晓云永远是一株寂寞的红蓼，不是大红大紫的牡丹。她的散文少有宏大题材，更不喜欢抬出好为人师的大道理，不贪大显摆，不装蒜忽悠，只是尽可能地把内心敞开来，意思表达好，能否给读者带来一点共鸣、一剂清凉、一丝慰藉，那就各随其便了。她写散文多年，工匠之艺越发精湛，就《路过诗经》来说，每篇文章几乎都做到了：布局谋篇严谨规范，遣词造句新颖爽利，描摹状态准确清晰，表情达意浓淡适中。这是一种心平气和的文字，有大自在，亦接近生活的底色。如苛求不足，表达的力度不够勉强可算，以及由此产生的轻巧冲淡之貌，或许是年轻读者不喜欢的地方。但我相信，有了一定阅历的人读这些文章，会舒心熨帖的，甚至像嚼橄榄，回味无穷。

我是雅爱这些文章的。因为在我看来，每一株植物都幻化成一个与之灵犀相通的女子身影了。所有女子的美好品质，从古至今都一样，内敛，含蓄，从不张扬，就像这些草木果蔬。

2015 年 11 月

弹唱无尽的岁月恋歌

——评罗光成作品集《少年之水》

一

罗光成先生所著《少年之水》是一部厚重之书。收入集子的122篇散文、随笔、散文诗、杂感、评论、游记等，是他30年文章类创作成果的小结。如果说，人生是一场自编自导的个人演唱秀，那么对于像光成这样的为文者来说，所写的每一篇文章就是唱罢的一首曲目，《少年之水》正好可视为他前半生深情演出的完美谢幕。

光成是个激情四射的人。凡与之有过接触者无不感到，他像一团火焰，片刻不熄地燃烧着，永远迸发着生命的活力；他又像一股旋风，为了基层的文艺事业，常常四处奔波鼓劲，留下他热情、虔诚的努力。读过光成作品的人可能还会有这样的感觉，原来他又是一个才情学养充沛、艺术感觉敏锐、内心丰盈坦荡的人。这并不奇怪，一个砥砺奋进的人，拥有的品质都是由内而外的优秀。

走过文学处境从高台跌落边缘的漫长时光，光成对缪斯的皈依从未有过丝毫动摇，数十年来勤奋不辍地创作，如达摩面壁参禅般的定力，成果自是相当可观。这对于一名忙于日常工作的基层公务人员来说，尤其不易。光成在文学创作上有过全面的探索，诗歌、散文、小说、评论等他都尝试过，都有不错的驾驭和创造能力。但我认为，到目前为止他写得最多最好，最能体现他的脾性和风格的还是散文。

就这部个人集大成的《少年之水》来看，光成的散文业已形成自己的风格。他的文章题材广泛，多元多貌，涉及年少往事、成长梦想、青春情怀、故乡风物、手足情深、大爱亲情、家居琐事、生活感悟、工作经历、人物剪影、文艺评论、游记等，不一而足，广纳万有。总的来说，尽管所写多属于平淡的事情，所议多是平常的话题，但被他悉心体悟和咀嚼后，以文字的形式反刍出来，就散发出一种特别的味道，颇具一种动人的情致。这些体现了鲜明生活质感和岁月痕迹的作品，能让人感知在时光中一路走来的作家，拥有怎样的心路历程。这是一个真正俯身于大地、混合了土味、感恩着生活的写作人，才会有的深长的爱、澎湃的情、浩荡的气。换言之，光成的创作，属于那种把自己的生命投入进去，在灵魂深处闹革命的心性表达，是他真情、才识、思考、担当的综合外显，每一篇作品的后面，都跳荡着一颗澄明通透的心。

作为散文家，心灵的深度和对于事物认知的维度，左右其艺术视野的深邃与广阔，进而决定了作品的高度。光成自小立下的文学志向，有意识地广学博览、细察万物、体验生活，使他一直在通向文学光明正大的道路上肩宽步阔，文学经世致用的理想，早就渗透在他的骨血中、精神里。成为一方文艺的擎旗手后，他更是以昂扬的气概，为岁月写真画像，为生活吟咏放歌，为时代赴汤蹈火，给人们温润心灵的精神享受和不惮前行的正义力量。

二

光成的文学之路在迈出第一步时，就有着训练有素的姿态。集子中多篇写于20世纪80年代的作品，若不是标明了写作年份，还真看不出有多少青涩和稚嫩。那时他20出头，意气风发，无所多虑，尽抒性灵，所写文章已老道地褪尽了作文腔、学生调，俨然一个站在高处、视野开阔且目光深沉的人，才会有的人事观察、人情体悟及思想锻造。这些充溢着生命最初灵感的文字，真力弥满，元气淋漓，似乎在昭示着一种气度和风范，奠定了一个未来文章大家不可或缺的最初格调。

漫说无凭，举例为证。《故乡的土场》是光成早年创作的一篇抒情散文，也是至今看来依然灵气十足的一篇美文。文中写道：

故乡的土场，高高突出在一小块一小块拼合而成的田野中间。

流火的七月，太阳忙乎得大汗淋漓。田野一片欣喜的躁动。知了们在原野很响亮地演示夏天。父辈们扛着褐色的禾桶，走向梦中希望的金黄。硕大的稻把有力地掼向禾桶，“嗵——嗵——嗵——嗵——”收获的韵律娓娓飘向土场。土场上，父辈们奔忙不歇，挑来一担担浸透汗珠的“水籽”，祖父们用竹耙梳去“水籽”的杂质，然后极薄地摊开交给太阳评价。祖父们还将稻子收拾成美丽的波浪，波浪很悠闲地在土场上变换着姿势。黄昏时分，祖父们弓着酱色的脊梁，将维系页枷的麻绳勒进羸弱的肩头。母亲们双手紧紧按住页枷，将满场的波浪堆成金黄的小山。

之所以文抄公似的大段抄录，乃是不忍心破坏一幅画的完整面貌。事实上，也只是截取，因为这样的文字通篇皆是。这段话里，有色彩和声音，也有自然现象和人为气息，有静态的风景，更有流动的画面。不仅是风景画，也是风俗画和生活画。特别是人们劳作的流程与细节，被全景式摄入长镜头，完整地播放出来，就具有了劳动的仪式感和原汁原味地生活况味，让阅读者看到其中蕴藏的天地与人的对应，生活与劳动的关系。同时也会感到，字里行间流露的，既有劳动人民美好快乐的一面，也有他们劳苦艰辛的一面，既有作家对往昔田园生活的缅怀，更有他对父老乡亲生存不易的慨叹。这些自现场情境中发酵出的感受，源于作家长期生活其中点滴积累的大爱真情，无疑是最为直观、生动和准确的，似清晨荷叶上滚动的露珠，有高情远致的美，如果不是自小耳濡目染，断不可借助想象力来虚构的。所以，这些从心底流淌出的文字，非有着深厚的生活体验而不可得。品读这样的文字，是一种美的享受，也是一次灵魂的洗礼，让人不知不觉就会有身心欲与土地和劳动人民紧紧贴近的冲动。从创作手法上看，拟人、通感、比喻、排比等多种修辞手法的巧妙运用，还有遣词造句的浓墨重彩，目的无非都是让读者的感官功能彻底地解放，从而调动起全部的意识与想象，敏感起每一根欣赏美的神经，与作者同喜同忧、同弦共振。通篇来看，《故乡的土场》还折射出时代的变迁，勾起了作者心中美好往事不再重来的淡淡愁绪。这样的完全源于生活，且不只停留在生活层面上的世间观照和人文情怀，对于一个初写者来说，委实令人刮目，体现了作家高贵的灵魂，高尚的品质，高超的技艺，高拔的审美。

在我看来，《故乡风物》是一组类似于散文诗的抒情小品文。这些短章，非诗非文，亦诗亦文，因了行文中的大片留白和鲜明形象，含蓄隽永而又充满诗意。水碓、旱桥、藤缠树、姑嫂石，这些乡下寻常或并不寻常的景物，都是珍藏在作家心中遗忘不了的美好记忆。作家无来由地想了解它们，发自内心地赞颂它们，且带了探秘的手段，即借助神奇的传说和大胆的想象，与它们平等交流，掏心掏肺，以求心心相印。这些原本并不起眼的小景物，渐渐幻化出生命体的意识，也渐渐有了人性化的品格与情感，仿佛在凌晨旷野中刚刚抵达，通体闪现出灵性的光芒。呼唤客观物象之诚恳，体味客观物象之融洽，是在展示作家作为主体应有姿态的同时，也预示着物我一体、主客双会的最终达成。通神明之德，灵万物之情，这是古老东方的审美智慧，也有佛家、道家的哲学情怀。也许是少年的心灵，最能感受大自然之美之奇之妙，才使得大自然将丰富的精神滋养、巨大的思想启迪功能，毫不保留地和盘托出，进而激发起主体形而上的精神力量。用起于新奇、收于宽慰概括这些文章的风格，大抵是不错的。

同样是早年的作品，光成在《感应生活》这组散文诗中，注入了更多融情于理的哲思意味，尽管各篇风格上多有不同。在截取现实生活或生命中的某个片段、某个感念或某个景物，融进个人对生活和人间美好的向往，对客观物象价值采取的判断，作家表现出积极的思想风暴和个性解放的姿态，目的是对人的生存价值的深刻思索，也是对自我人生观的重新估量。写到女性的几篇，有深入的观察，有真情的流露，有独到的见解，在漂移不定的画面中时而穿插感论，使胸意在情景交融中更好地抒发。这些感恩生活馈赠，质朴、灵动的文字，是乡间明丽的清风，从遥远的野地吹来，有暗香扑鼻，有至情满怀。从平凡中挖掘不平凡，以澄明之心写入世之事，怀而未尽吐，含而不全宣，使人过目难忘的同时，留下无尽的想象与思考。我相信，无论时光流逝多久，人世的记忆遗忘再多，只要重温《感应生活》中的这些文章，拾起旧时光，就不是一件太难的事。且这样的回味，大抵如开封的陈年佳酿，香气馥溢，也似地道的乡村牧歌，清音悦耳。

尤其值得指出的是，举例的上述两组散文诗，与书中其他各篇相比，语言也别具特色：长短句错落有致，抑扬顿挫，充满了节奏感，文字简练隽永，无一字多余，却又处处机警。稍加品读，就能感觉到语言奔驰的欲望受到了有意的羁绊和压制，然而这种处理，却在文本内部积聚起新奇的张力。这种张力是华丽的朴素，绵密的简约，疏放的内敛，热情的冷峻，融空灵倩巧与深沉蕴藉为一体，有着独立、独有的精绝和意味。

三

光成看重的这篇打了头条且做了书名的《少年之水》，的确是一篇文质俱佳的灵魂之作。这篇作于2004年的回忆性散文，从已过不惑之年的作家内心流淌出来，折射出更加成熟与睿智的岁月光芒。作家一次次深情回望，将少年心目中的“水”这个明亮的意象，一帧帧地回放、聚焦，像一面多棱镜，全方位照见了一个农村娃的心智成长，从懵懂蒙昧到清朗顿悟。

文章开篇就不同凡响。在用“我的梦，常常充盈少年之水”这句简短有力的概述句破题后，紧接着运用通感手法，将自己充盈少年之水的梦境，转化为亘古洪荒的青藏高原上，破空而来穿彻而去的高亢的韩红天路之歌。如此奇特的想象，大胆夸张，神圣庄严，表达了少年之水在作家心目中天高地迥般的地位。

文章主体部分，几乎用了全部的篇幅回忆“少年之水”，即自己少时与戴汇河的种种亲密接触，由此生发的联想，包括与水有关的父母们的故事。从冬春一直到夏秋，无数细小的记忆碎片，化作了跳动的形象闪耀而来，呈现出一种繁花似锦的绵长与丰密，给人以山阴道上应接不暇之感。

少年之水就是这样让作家充满了无限怅恋！在看似平静的文字里汹涌着大海般的激情。

在冬天，少年之水是无惧困难的水："冬天的少年之水坚厚的冰上，我们依旧嬉戏如常，欢欣如常。即使在耳朵被第一百次拧过，依然阻挡不了我们第一百零一次对少年之水的贪恋。"可以看出，那时的光成是不怕虎的初生牛犊，越是严酷的环境越是愿意接受考验。到了春天，少年之水是耽于梦想的水："春雷惊乍乍的，在河的上空新鲜而嘹亮，让人产生精神的无由悸动心灵的莫名渴望；春雨喜滋滋的，在河的上空无章地飘或疯疯地洒，让人的心思潮漉漉地在一帘幽梦中发芽。"其实，这样的梦想之于少年只是一些朦朦胧胧的感觉，说不清道不明，更多的是父母们现实中的榜样，才使得少年的梦想插上了翅膀。在夏天，少年之水是肌肤相亲的水："我们呼朋引伴，比知了还要聒噪地奔向少年之水，猿一般跳过布满卵石而每一枚卵石此刻都是一颗小火球的阔阔的河滩，裤衩还在一只脚脖上挂着，人已扑通一声浸向水里去。"这时的少年心随水动，在狂放不羁中享受着更大的野趣和挑战，毫无疑问这里有最初的英雄崇拜，不然怎会让少年如此心驰神往？到了秋天，少年之水是放飞梦想的水："我们用心折叠一只又一只纸船，将理想挂在桅杆，将彩梦放进船舱，然后交与少年之水，目送少年之水承载着少年的心思，从少年时光的港口起航，去探寻梦中的大海，去问鼎未来的太阳。"秋天是成熟的季节，也是收获的季节，平静下去的少年之水，终于显现它的本质面貌，像哲人一样给少年以启迪，以思考，以奋发向上的精神力量。好在经过历练的少年，已懂得拥抱这样的馈赠了。

这篇设题新颖、情感真挚、寓意遥深的抒情散文，在结构的安排、画面的组接以及叙述与议论相结合方面多显匠心，可谓巧妙赋型，水到渠成；作家鼓起饱满的情感，张开灵感的翅膀，在五彩斑斓的语言中行进，如秋日的戴汇河水，静水深流，微波不兴，而关键处又能回波簇浪，像点水的篙，拨流的桨，时不时在读者心里荡起情感的涟漪与思考的波澜。

《怀想一座山》堪称《少年之水》姊妹篇。文中的这座山叫戴公山，是光成的“少年之山”“图腾之山”，与少年之水一样，怎能不令他怀想？在作家绘声绘色的陈述中，神奇的戴公山比任何人为的天气预报都要准，是无比崇敬它的乡民们从事农业生产的定海神针。这正好说明，大自然是心灵和生命的对应体，人的生命及其认知，在某种程度上也是自然的产物。同时也说明，戴公山所具有的神奇之处。但是，如果仅有这些是不够的，戴公山毕竟是光成的少年之山。文章过半时果然有了由外而内、由他而我的转换。显然有些急迫，一上来就是这样的一句：“戴公山的秋天，是属于我的秋天，是牵引我的目光激发我的灵性养成我的内涵调教我的品质的秋天。”与戴汇河一样，又是在成熟睿智的秋天，戴公山给了开始懂得欣赏的少年无与伦比的大美，从此心有灵犀，一发而不可收，按照作者的话说，就是“童年的心思被戴公山艺术的界面玄妙的空灵填充和抒写了。”小学三年级时的拉练，作家终于有机会与戴公山有了第一次亲密接触，没想到竟给小小少年一个不大不小的挫折，不过这种漏光炒米的戏谑方式，最终不仅因少年的努力而消解，且得到了另辟蹊径的意外收获。由此可见，戴公山磨砺少年心智成长的意味是有力而宽厚的，所以对少年来说当是刻骨铭心的。十七岁那年，光成第一次登上戴公山巅，极目天舒，激情高咏，无比畅快。如此感觉的到来，喻示着戴公山已完成对少年的引领，使他有足够的勇气去开辟人生新的战场。通揽全篇就会发现，作家以足够的铺垫最后营造出心中的大气象，不仅仅是给人一种悠然心会、妙处难与君说的气概，更在于表达一种孕育少年成长的不凡气质或精神。

在光成的情感深处，故乡的山水，好像一个魅力顶级的磁力场，吸进、点化、集中了所有自然中有生命的微粒和美质，是他心灵意绪或是生命实体的显形，也使他的散文有一种内在精神流动的因子。这种一个人的精神在一方土地上茁壮成长的昂扬之气，是一篇好作品的核心旋律，化为文字的骨血，就能升华为恒久的魅力。这，或许就是被我们称为写作原乡与个人才华相结合的东西吧。

岁月无声山色里，人间有味水声中。一山一水，作家脐血滴落的地方，成了霸气的中心地理坐标，更是成了光成的精神原乡。通过这两篇抒情散文，我们感到，故乡的山水是怎样塑造了一个兼有水仁山智的优秀儿子。

四

在这部《少年之水》中，收录了多篇借事明理的短文。因其有鲜明文学色彩的注入，已不同于一般意义上的论说文，姑且称之为议论性散文。触发作家心生感慨的都是生活中的凡人小事甚或一言一念，具体多从事例生发，进而产生思想火花的碰撞，最后明示一理。在写法上，综合运用类比、解析、演绎、归纳等多种文学手法，达到了从平常中提炼真知灼见的写作目的。这些文章虽侧重于叙事说理，但总是流露出一种情怀或兴致，具有艺术化的感染力，与那些枯燥的论说文拉开了距离。

《倾诉》就是这样一篇典型的议论性散文。文章通过作家亲历的两件事，旨在阐明，作为身处困境中的倾诉人的倾诉对象，善于倾听、乐于倾听、维护倾听是何其重要。文章从“倾诉”的司空见惯说起，通过一个反问句又直指懂得倾诉内涵的难得一见。接下来是独立成段的诗一般的排比句，喻示倾诉所具有的本质属性。多样的文学手法，彰显行文的摇曳多姿，更体现在文章主体部分：如两件具体事情的叙述上，形象的截取、动作的描绘、心理活动的捕捉，都力求精细入微，形神毕肖。这种细节上的精雕细刻，推动着情境的生成，让人如临其境地感觉到作者情愫的灵动、思想的迸发，不知不觉就有了感同身受的心灵震撼。一粒沙里看世界，半瓣花上说人情。这种从情中悟理，在理中染情的叙述，使得说服力、感染力丝毫没有蹈空之感。作家最终裸呈的是对人世的一种认识与态度，而此又与他的人生阅历和人格修养息息相关。述有其实，论达其意，光成有感而发写下的这些文字，从某种意义上说，也是文化人的一种倾诉方式，读者作为倾听者不一知半解地读懂文章，就是对他的最大尊重。

《门面》通过讲述一件颇具意味的小故事，阐明了一个寓意极为深刻的道理：风水轮流转，得意莫忘形。这是城镇化过程中，经常能遇到的事情。老丁、老王是老邻居，在因老丁家“近水楼台”撑起一爿小门面后，两家在经济上逐渐有了悬殊，也逐渐改变了睦邻友好的局面，后来城镇规划拆迁，使得他们可为门面的有利局面瞬间互易，原本弱势的老王变成优势的一方。老丁找老王辟块桌子大小的门面给他使用，老王以其人之道还治其人之身，将当初他求老丁被拒的方式，毫不留情地还给了老丁。文章让人感到，在金钱至上的社会，情义是多么的不可靠，同时也告诫人们人心是不可辱的。这篇文章，拈出日常生活中真实发生的事情，于人们不太关注处，呈现一个引人思索的社会现象，真是不想不知道，一想吓一跳。作家深知单纯的说理与谈心是很难打动人心的，因此叙事上融入了幽默戏谑的元素，使读者在不禁莞尔中加深体会，也增添了雅俗共赏的亲和力。文中没有一句政治说教，也没有任何生硬的概念，一叙到底，最后杀人于无形。

时代的潮流汹涌澎湃，滚滚向前，作家身处其中，就不能不以个人的在场感，与时俱进地感受时代变化带来的新实践、新体验。光成的敏锐在于，对新生事物不是一味叫好，而是辨别其中的高下优劣，负责任地述诸文字，以期启人心智。《逃离游戏》通过讲述电脑游戏给自己带来的危害，这件看似毫不起眼的小事，以小见大，以微见著，进而推己及人，挖掘出其中的普世价值。文章写出了一名珍惜光阴的文化人，从自悟、自醒、自明到自立、自强的心理历程，可以说是一剂清醒药，也是一纸宣战书。作品真诚地直面现实，直面人生，不仅仅是就事论事，而是有一种宏大的视野和哲学的思考，深挖蕴含其中的深邃哲理，内涵博大丰厚，充满了时代精神。

《茶杯》这类文章写来并不容易，小文章切入大题目，小杂感通向大世界。文章不同于一般议论文侧重于运用概念、判断进行逻辑论证，文学性和情感性较弱，而是叙议结合，妙曼灵慧，举重若轻，把至关沉重的人生命题，以轻松笔墨出之。我想，没有阅历超常、识力过人的素养是不会成功的。所谓轻松笔墨，无非是一种率性品格，这正好与议论性散文终归要以“理趣”取胜相谐调。善于从生活中提炼出卓特的识见，源于作家在对客观事物不断考察思索中，将人生体味予以深化和升华。多感，善辩，杂感因素的泛化，表明光成不只是一个敏于直觉的感觉型作家，更是一个富于理性的思想型作家。这篇议论性散文读后，能让人感受得到自然、宇宙，生活、人生等的一般规律与普遍意义，价值绝对不可低估。

《朋友》通篇在诠释“朋友就是背后不说你坏话的人”这句直白的话。作家三十年的为人处事阅历，无数的事例证明这是一句颠扑不破的真理。作家的思考是以人为本的，是以日常生活为中心的，探讨的是人生经验、人生态度、人生哲理。他不喜欢也不屑于作形而上的玄思，或者神秘主义的遐想。这也说明，光成是一个平平凡凡的本色之人，具有的智慧是生活的智慧。文章落笔从容，运思洒脱，感自己之感，言自己之言，且立意新，论证有力。那些游离的细节和光芒的思绪，让人思考、咀嚼不尽，再次表明，最简单朴素的道理也是最深刻睿智的道理。

此外，书中还有《打开春天的大门》《献给新年的歌》《关于文学的些许记忆》等随感式作品多篇，在写法上虚多于实，更突出思绪的流动和情感的抒发。它们共同特点是为文者藉抒情以明志，所以有自责自怨、自策自励的性情流露。这是有情怀有担当的光成，从不放弃人生追求的心声。

五

江山留胜迹，我辈复登临。文化人对自然山水总是亲近的，光成当然也不例外，书中篇数不少的游记散文就是明证。

《有个地方叫乌霞》如题所示，写的是作者家乡的乌霞山景点。虽是结伴而行的一次普通游览，却没有按套路依次记下目之所见的景观和行程中发生的一些事情。当然，好的游记都不是没有个人体验的导游解说词。文章以抒情短诗开篇，或许如此方能体现作家对此地的深爱。接下来，客观概述乌霞的外在特征，语气平静，毫无夸大，甚至略带贬抑。这说明作家的深情很快就潜伏下来了。事实上，这种迂曲婉转的笔法，奠定了全篇客观、从容的基调。这是参悟造化之机必需的笔调，好让游览中生发的情思预留潜滋暗长的空间。换言之，带动读者感受和浸浴于作者情感的波涛不能太过汹涌，要领会蕴藏在山川美景背后更加厚重的东西，需要读者心灵的融入与升华。作家文火慢煮的功夫的确了得，尽管思接千载，穿越古今，但行文始终有股清正之气缥缈于山水之间，使人愈觉石罅生风，草木有灵。文章切换频繁，几经旁逸、断续、穿插、补加，不仅写出了乌霞清秀的自然美，更写出了乌霞厚重的人文美，二者成为有机的整体而倍增神韵。文章的结尾依然是一首短诗，且添加了清晰可闻的旋律。悦耳、悠扬、唯美，仿若一种挥不去、扯不断的情思，慢慢延宕开来。这是文化的风景、精神的家园，这是充盈于心灵空间沧海月明、蓝田日暖的人生快意，这是光成对家乡热爱之情的完美释放，就像喷薄而出的朝阳一样温润通透，妙不可言。还有，文章中不时闪烁着真知灼见，如射的占丰，作者认为科学的解释固然必要，然广而告之的后果会使古朴浪漫的赏玩情绪大打折扣。敢于表达如此见解令人钦佩。语言也值得称道：作家通篇都在精细地挑选着各类词汇，精准巧妙地用活它们，使节奏愈加有力铿锵，获得了鲜明、挺括、潇洒的艺术效果。

《沙漠飞翔》《黄河母亲》等六篇游记，是光成2012年底走了一趟大西北的成果。这是一组浪漫与激情相互碰撞的文字，具有胜于一般游记的艺术表现力，不仅外观瑰奇，而且内里深博，好像要把读者带入一个虚幻而又谐美的境界，忘却世间的风尘与庸俗，一洗情欲中的贪婪和亵污。作家善于抓住瞬间的灵光闪现，展开具有细部特征的情感与审美暗示，把心灵的某一个方面凝固下来，再生发出去。因此，没有定格为一景一物的静态描写，而是随着即时的思绪流动，写自己刹那间的神思和体验。字里行间，充溢着对大自然的热爱，对生命的礼赞，对厚重历史的深情回望，对英雄人物的大胆臧否。读来令人心潮逐浪，遐想联翩，就像打开了异域空间那样获益多多。由此观之，这组游记的艺术特点在于，作家在俊赏自然景观的同时，十分巧妙地发掘出景观所包含的文化内涵。正是这种有机延展，让读者超越了对一般化的自然景观了解，得到相关历史文化知识的意外回馈，不仅提高了审美层次，更是得到深厚历史经验的启发。这，正是这组游记的深层价值所在。通过这样的文字，我们可以看到，作家的心灵是一个阔大的世界，它拥有自然界中的一切，是一个极其丰富而又常动不息的小宇宙，而他心灵深处最隐秘的生命体验和心理积淀，是构成“小宇宙”一切活动的原动力。

《延安的星》是光成游记作品中并不显眼的一篇。严格说来，它是一篇访问记，也是一篇随感录。巍巍宝塔山，潺潺延河水，这是革命圣地延安。然而，促使光成心灵神往的却是人民领袖毛泽东。瞻仰圣迹，睹物思人，波澜壮阔的延安革命岁月，在作者心头激起的感情狂澜，久久不能平息，对伟大领袖毛泽东的赞颂与崇敬更是心灵深处爆发的火山。可以看出，普通如光成者，心中的伟人之魂竟可以如此充盈天地、泽润万物。正如作者在另一篇文章中说的那样：“毛泽东是中国人民、中华民族空前绝后最伟大的领袖。毛泽东的伟大，不仅值得所有政治家一辈子的学习，作为社会上的每一人，也都能从毛泽东身上学到对自己有用的东西。”我想，这种崇敬是由内而外、彻头彻尾、无以复加的。整个作品走笔泼墨，尽情渲染，兼有时空的交错、情景的交融、主客观的契合、过去与未来的衔接，反复跳荡和奔突在历史闪回与现实插叙之间，洋溢着深沉而热烈、委婉而悠扬的主旋律，具有引人遐思、激人奋发的魅力。这些灌注了景仰的文字，带给人们思考与感悟可能不尽相同，但是强烈的共鸣是一致的，那就是坚定我们共同的信仰，去努力实现中华民族的伟大复兴！文章大开大合，气势磅礴，有天风朗朗的大气，有雄视八方的豪迈。

六

长文《房门后的父亲》，作为这部作品集的压轴之作，当之无愧。在我看来，这篇亲情散文的孕育成形，是光成人生阅历累积与思父情感发酵的结果，是其写作上长期艰苦跋涉，上天突然降临的福分。

“有情”是散文的本质要求，发乎情乃散文创作的前提，也是引导读者把文章读下去的魅力因素。亲情散文更是如此。都说父爱如山，个中体会可能人皆不同。其实，在光成的早年成长过程中，最难懂的人就是父亲；长大后，越来越理解的人也是父亲。正是基于这样的一个幡然醒悟，促使光成写下这篇怀念父亲的文字。这篇文章饱蘸炽烈情感，有着百分百诚意和敏锐的艺术感觉，通过连缀起父亲为人处事多侧面个性化的事例，回放悠广时空中那些难忘的生活场景，发掘、体悟、琢磨、玩味其中独特的用意，准确地再现那些打动迷醉过自己的细节成分，并将这些感觉精准地传达给读者，为人们艺术化地再现了一个勤劳善良、忍辱负重，不闪缩、不苟且、重仁义、有眼光的父亲形象，同时也最大化地抒发了自己对父亲的无限感恩与怀念。“缀文者情动而辞发，观文者披文以入情”。文章虽从父亲重病写起，作家却压抑了强烈的伤痛，平心静气地写出了刻骨铭心的厚重父爱，情真意切，感人肺腑，就像作家内心的风暴与潮汐，尽管外在风平浪静，却能带动读者内心的波涛一道翻滚。这是广袤的时间旷野，容纳下的一种久蓄的深恸；这是深厚的人间亲情，谱写的一曲动人的骊歌。

从艺术角度看，《房门后的父亲》是一篇出奇制胜的妙文，有着多方面的创新和创造。

房门后那一面字符密码的无意发现，似一束电光，照亮了光成理解父亲的渠道。往事清晰如昨，无数个细小而确切的闪回，都在印证儿子的直观认定。随着有关父亲的秘密逐一破解，那面反复出现的字符，就渐成为一个鲜明的意象，映照出熠熠生辉的伟大父亲的形象。这样的有境界的书写，最大化地返回文学，返回审美，比常规的罗列几件事情来写人，不知要高明多少。好的作家都是不愿意循着旧套路重复、复制自己，他们总是在创造，而每一次创作都是对自己的一次超越，当然，也都要经历一次蝉蜕式的痛苦。毫无疑问，光成是一个善于创造的作家，这篇文章除字符意象的灼照外，还有繁复形式与和巨大容量的结合，表现手法与复杂情感的结合，精准文字与细腻描写的结合，都具新意，堪称完美。

我们知道，散文的叙述多为线性方式，尤其是传统抒情短文，很难在“螺蛳壳里”玩出山重水复的花样。光成的这篇散文之所以篇幅长、体量大，在很大程度上是寻求文体突破的结果。为了多视角、全方位、由表及里地揭示与呈现，能使对父亲别有一番滋味在心头的情感最大化地抒发出来，文章没有平铺直叙、一线贯穿，而是采用现代小说的艺术形式，将发生在父亲身上的事情分割铰断开来，插入一些生活场景中的动人情节，以个人视角的重新发现，带动认识与感受的不断深化，在打通所有认知上的关隘后，这些看似不相干的故事片段自然会元气丰沛地缀连成一体。譬如：通过数个片段小事的串起，才最终揭示出父亲劳动应得与真实收入之间存有巨大差距，而这个儿子眼里的惊人秘密源于母亲的无意戳穿，乐观向上的父亲从未提起。这样的文字不但令人信服，且会使人肃然而起敬意。或许是生活有它内在的逻辑，太过庞杂的记忆需要精心梳理研判，或许是文似看山不喜平，好文章应含而不露、引而不发，于是才有了讲清楚一件事如此颇费周折的方式。事实上，从认知角度看，人的灵思慧悟多源于生活中的那些细微与敏感，需要从生活细节中捕捉、提炼、升华，某种深层次的道理也不是一次就可以洞悉，需要生活的不断教诲。这篇文章如此写法，造就了情感奇突的深入和对灵魂的触及。如果对这样的文字打眼而过，必将错过它的深刻内涵和特别寓意。

光成对于父亲的情感是深厚而又复杂的。为了体现这种一言难尽的感觉，文章在技术层面上也下足了功夫。譬如，在母亲让他辍学放牛弥补家庭亏空这件事上，父亲有着截然不同的观点。在对比叙述双亲的各自态度方面，文章运用了伏笔、延宕、暗示、断续、收放等技术形式，既交错混杂，又缝接得十分紧凑自然。文章想要表达的是，父母都没有错，只是时间证明父亲是对的。在这样的对比照应中，并未因交叉而紊乱，也没因铺陈而繁琐，却更好地呈现了散文写作在不平衡中求平衡的张力美，达到了繁复诡谲、跌宕迂曲的效果，显示了作家结构、经营、布设的苦心和功力。还有，通过插入一段回忆静夜等父亲回家由担忧到惊喜的心理变化，说明儿时的自己对父亲非常尊崇，有着强烈的恋父情结。乍看这段似乎逸出了行文范畴，显得有些蛇足，不过倒也显露了某种错落、丰富、多声部的外在效果。其实，此法大有深意，这是一种心理情节的推进，说明是在父子心心相印中，才打开了父亲生活的褶皱，发现了那些蜿蜒的纹理。这些都为散文创作试验了新的技法。

真人真事，真情实感，真知灼见，是散文的生机和魅力所在，也造就了这篇散文恒久感人的力量。摈雕琢、去藻饰，没有华丽的辞藻，也没有外在起伏的情绪，甚至没有眼泪，文章却蕴含着深沉的悲思、无限的怀念。之所以会有这样神奇的效果，除了上述因素外，写得准确，写得具体，写得细腻亦加分不少。如对父亲的塑造多采用白描的手法，从语言、神态、动作几个方面共同活画镂刻，厚重与轻盈、激烈与平和、绚烂与孤寂，同时恰到好处地出现在文字里，令读者如见其人、如闻其声，如经其事、如解其人。在情节的多层次铺展中，也是越写越细，愈写愈深，形成的流动情感层层叠加，环环相扣，越来越浓酽。还有，文章始终贯穿着一种敞开胸怀、坦诚相见的放松感，这种气质让思想和情怀和着血泪，更有力地渗入人心的至深至微至柔处。换言之，是作家让人获得了对其父这一形象本质的认识，是作家传递出了那份应有的动人，读者只是感同身受而已。回过头来看，父亲的离世对于作者，的确有山颓梁坏、风泣月悲之感，如果按照光成以往的套路，免不了情绪激烈，而这一篇却圆熟、平易、老道。不得不说这是光成散文写作的一次飞跃。

光成在写作上有灵悟，这种小聪明来自天生的直感。而这篇《房门后的父亲》将亲情散文提高到了一个全新的艺术高度，并不是依仗小聪明，而是匠心独运、大巧若拙的结果。光成相信，从生活这口深井中用心酿取人间最美的烈酒，是足可醉人的。《房门后的父亲》是光成之幸，更是读者之幸。在写作上若没有这篇奇文，光成多少有些浪费了自己的才华。

七

从光成写于40岁那年的《关于文学的些许记忆》这篇文章，可以了解到光成的文学情结，萌生于幼年父母所讲故事的感悟，经少时兄长的点拨启蒙，再经小有成功后前辈的鼓励，到激荡起风帆虔诚地奉为终生的信仰追求，这一路走来无数的艰辛付出，有喜悦有怅惘，这颗钟爱文学的心未曾改变，从小小少年到华发渐生。在当今越发物化的世界里，一个有文学天赋的人，依然保持年少时青灯有味的那份梦想，是何等快意与骄傲的一件事。更何况光成没有愧对自己的天分和努力，他的散文渐成高远散淡的气象，真诚的底色，坦荡的胸怀，细密的心思，开朗的格局，舒放的气韵，灵变的手法，是他散文个性化的标签。一个古道热肠的赤子，一颗雅爱万物的美好心灵，就在他的作品里。这些源于心而成于脑的文字，饱含着深情与智慧，闪烁着人性的光泽，体现了个人感情、思想、修养等各个时期的不同层面，留下了深刻的时代烙印，散发着独特的人格魅力。

任何文学作品都是靠语言来构建的。语言不只是文章的外衣，更是一种能足以引起读者心弦颤动的情绪。这部作品集里没有敷衍、轻浮和轻慢的文字，每篇文章都基本做到了，使有心的读者心甘情愿和它的作者结成坚固的情感同盟。这是一个好作家应有的功力，也是好作家所要达到的境界。我相信从正式创作的那天起，光成就有了锤炼语言的意识，从别具一格的文章标题就可以看出，那是在极力挣脱浮泛的大众化语言束缚，找寻属于自己鲜明辨识度的句子。他早期的作品就已扫除陈言，至情至性，一串串生机勃勃的文字，畅快淋漓地写景状物叙事抒情，虽略欠整饬，却已显自己清新悦人的腔调。有了一些社会经验后，他写议论性散文，语言多了一种杀人于无形的味道，字里行间饱含着风趣与慧思，行文绝少黏滞，充盈着满满的正能量。这是他“狮子搏兔，亦用全力”的结果。人到中年后，经验更丰富，人情更练达，但是人世间最珍贵的东西开始失落，作家注定要成为拾荒者。随着语言的自觉和语言方式的成熟，光成这个时期的散文愈加注重生活味道的提炼和人生价值的阐释，愈加讲究语言的含蓄蕴藉和语言之外的东西，使他的散文更加地耐读。光成的散文总是与流行的散文语言不同，这是他不为文造情、滥用意象，不追逐时尚、盲目跟风的必然结果。当然，这绝不是作家心态封闭的表现，恰恰相反，光成尤其善于学习一切文章的新意，包括语言的表达。可以看出，他的作品都不是援笔立成的，留有苦心经营文字的痕迹。他似乎一直在探寻与时代特征隐秘关联的语言方式，且收获不菲。

除了语言，光成的散文更具一种内在的魅力。这种魅力源自他对父老乡亲，对家乡山川湖沼、花鸟虫鱼、一草一木发自内心的深沉的爱。这种爱充盈在他的胸中，只要有一个触发点，就会化为不得不述之于文的激情。这种文学创作的内心渴求与冲动，连作家自己都不免惊奇。即使是生活中的艰辛和尴尬，曾经遭遇过的挫折与痛苦，被时光打磨过滤，再被作家加以审美化的观照后，也会隐约沁出一缕甘甜的味道，让人感到生活的美好。还有，光成有很好的底层生活的经验，包括基层领导经验，这是一般作家欠缺的。对生活的直接体验也赋予其作品一种原汁原味的真诚力量。总而言之，光成有很高的人生站位，也是一个对生活怀着深爱、懂得欣赏生活中的美和趣味的人。他的文章录制一路走来的生命足音，铺排积厚流光的生活愿景，尽显他未受玷污的处子纯情与宏观放达的处世态度。因此，释放出的生命意绪摇人心旌，弥漫出的人生况味使人感慨。这样的内在魅力，需要我们赏读文本时细细体味。

在这个众声喧哗的时代，葆有一种内在的定力谈何容易，但真正的精神创造和文学建树，却又必须依仗这种定力。对于如今的光成来说，文学之路尚余半程，有着更为辉煌的明天，时间、精力、条件都不再是怠笔的理由。相信，光成还是那个小小少年，征服岁月的梦想，还将延续。不忘初心，继续前行吧。

2017年6月

汇涌众溪成大波

——读芜湖作家散文集《家园·梦想》

《家园·梦想》——芜湖作家散文集，是新时期以来芜湖市作家协会编写的第三本会员散文作品集，距第二本散文集出版发行已经过去了十多年。这十年，是芜湖文苑老将厚积发力、新锐异军突起，乱花渐欲迷人眼的十年；这十年，是芜湖文苑小说、诗歌、戏剧及网络文学竞相繁荣，具有优势的散文创作更上台阶的十年；这十年，伴随无为作家群的融入，芜湖作家在省级以上报刊发表的散文作品数量远超以往任何时期，一些作家成为全省有影响的散文家，在全国亦有知名度，部分作品脍炙人口，流传较广。芜湖市作家协会组织编写的这本《家园·梦想》，旨在对新时期芜湖散文创作总体成就作一次回望和检阅，给强劲的散文创作添柴加薪，同时也是基于好东西就要与众分享的考虑。

《家园·梦想》汇集了市域55位作家自选的76篇散文作品，尽管总篇幅超30万字，实际上只是市级以上会员散文发表总量的冰山一角。很多成绩突出的散文作家，因未能及时报送，他们的作品未能参选，不能不说是遗珠之憾。好在，尝脔可知鼎，窥斑亦见豹，更好在，入选集子的作品，题材广泛，风格多样，品相上乘，它们似无数条面目各异、水量充足的溪流，汇涌在一起，足以呈现当下芜湖散文的壮丽波涛。

有皖江明珠之美誉的芜湖，人文荟萃，风土清嘉。这本以家园和梦想为核心意象的散文集，充分展示了这种浓郁的地域文化特色。每一篇文章就是一个视窗，我们从中可以窥见，芜湖的作家勤勉而深情地生活在这片土地上，总是以个人在场感，敏锐地感受着生活的滋润和时代的巨变，孜孜以求地，把对过往的追忆和对未来的梦想，妙绘成可见可感的艺术画卷。这种从细微处深入个人灵魂的艺术样式，是奔梦路上的精神佐餐，也是浓得化不开的人间情怀，肯定会引起广大读者的共鸣。

晨岚夕照，月院雨窗，在这片散文风景里，有一种情景交融、沧桑怀旧的气象。书中的很多文章，如《大江汤汤》《小格里上空的飞鸟》《我家住在江之尾》《迁居时代》《群居生活》《荻花飞处是故乡》等，描写的是江南的山川草木、故土风情，作家对大自然的讴歌，对家园的热爱，流露在字里行间。“家园”与“乡愁”，人人皆有，如果正面强说很难使人信服，这些散文多是通过对一些场景的细致描摹、悉心体味，以物我相融之境，赋予长久积淀的情感以翻飞的意绪，巧妙传递出来，就有了一种直抵人心的力量。这些文字给了心灵上升的空间，所以为文者发现了人生的别样风景。掩卷合目，他们的面影，就会跳荡在氤氲的江南城乡风情画里。《河流之上》《黄梅天》《根》《月光照彻松树林》《少年之水》《书天》等，有的是对个人成长的叙述，有的是对一段特殊经历的缅怀，它们都是从生活的砂砾里炼出的真金，带着作者滚烫的体温和时有起伏的呼吸，逶迤着而来，读来有如诗意江南的含蓄蕴藉，不可名状的情深意长，是离人心最近的脉动。从平凡中看出非凡，从点滴中映射广袤，芜湖作家对文学的这种敏锐与把握，一方面得益于他们长期浸润文学所形成的慧悟，另一方面也是江南灵秀的山水、厚重的地域文化使然。

生死歌哭，亲情无价，在这片散文风景里，有一种回肠荡气、感人至深的情愫。《拉住弟弟冰冷的手》《落玉如琤》《一个农民的浪漫史》《父亲的三月三》《善爱到灵魂》《奶奶的油灯》等，观照的都是人人绕不过去的亲情。这些字字带泪、句句含情的好文章：有些演绎了生离死别的大恸，情感爆发一览无余；有些表达了对逝去亲人的追怀，无尽思恋沉潜深厚。亲情散文的高下，取决于是否能准确拿捏那种互为依偎的情感，是否把持住了那一份执着而又脆弱的心意。芜湖作家的这些作品，多以朴实无华的语言，摒弃了矫情、僵化的伪抒情模式，通过打捞记忆中的残片，在人们习焉不察的地方加倍描写，有着专注的深邃、透彻的颤栗，同时还颇具庄重的质感。他们如此哽咽的深情，冲击激荡着读者的心扉，牢牢牵引着读者，一道享受亲情的滋养和灵魂的抚慰。《一个诗人的消失》《农民的胸襟》等，将关注的目光，投向那些萍水相逢的窘境里人们的可亲可敬，在如剥笋壳、娓娓道来的叙述中，感喟感佩于社会变迁中，那些极为珍贵的人间真、善、美。读这些充满大爱和温暖的文字，不啻是开启心智和净化灵魂的高端精神享受。

羚羊挂角，无迹可寻，在这片散文风景里，有一种取法乎上、力臻高格的审美。就文体的特质而言，散文的审美功能是主要的，远远大于审智。这本散文集中的作品，尤其是出自部分女性作家之手的散文，是不折不扣的美文。按年龄排序，吴金兰、桂严、唐玉霞、张诗群、王玉洁、许冬林等，堪称70后芜湖女作家的优秀代表。她们带着对生活的细致观察，用心放大着自己的感受和直觉，用“美”的眼光去体悟生活本身，并用温婉细腻的文字相匹配地表达出来。她们经营文字，精编细织，带有一股子工匠对手艺的神圣，除了精耍散文的十八般武艺，还善于吸收诗歌、小说的表现技法，如今已不同程度地走向成熟。她们的作品有的落尽铅华、风致自见，有的精致唯美、清新空灵，有的文采别致、秀润瑰丽，有的玲珑剔透、自然浑成，在起承转合之间，总有那么一股诗意江南的韵致和神采。她们的成就是整体性的，对诗意文本的追求是共同的审美取向；她们又是个性化的，许多人形成了自己的风格。近几年，女作家们当仁不让地扛起了芜湖散文走出去的大旗，像一排排火山口，此起彼伏地竞相喷发。本书所选男作家的作品，相对的优势，可能是部分饱学之士，着意在题材的文化拓展上做出了一些尝试。

就这本散文集来看，当下芜湖散文总体上还没摆脱线性写作，精致、唯美、倩巧有余，博大、深刻、智性不足。正如主编李莉莉所说：“特别是在思想的深度和精神的厚度上仍需探索。”这就需要芜湖的作家们，继续深入火热的生活，潜心探索艺术的规律，将生活馈赠包孕起的深邃思索，转化成更为精美厚重的作品，不辜负这个文化自信、梦想驰骋的美好时代。

2017年5月

以记忆唤醒失落的生态文明

——从《故乡失落的鸟》获奖说起

最近，我市知名作家谈正衡的散文集《故乡失落的鸟》，荣获首届呀诺达生态文学奖提名奖。喜讯传来，出乎周遭文友们的意料，毕竟在波澜不兴的芜湖文坛，获奖绝对不是常有的事，好像只有谈正衡能给人一个惊喜。在我看来，这次获奖是作家长期辛勤耕耘，以现实的在场感、清醒的责任感和历史的使命感，致力于故乡风土写作的一次公正而略显迟到的回报，当在情理之中。

《故乡失落的鸟》是谈正衡已出版的江南风味系列散文集的一种，事实上也是最为独特的一种。收录书中的36篇散文，分别写了36种飞鸟，如喜鹊、八哥、黄鹂、翠鸟等，对于很多人来说并不常见，但均是作者故乡往昔生活中的常客。这些可爱的小家伙，精灵古怪，各个不同，都有自己的品性、趣味乃至绝活，若不是作家的细致描绘，很少会有人如此深入地了解它们。更为难能可贵的是，作家写到自然环境恶化给生存家园带来重创，导致这些鸟类远去和消失时，笔调伤感，深切的忧思尽在不言中。掩卷似乎可以听到作家“让鸟儿们自由飞翔，给它们一片蓝天”的声声呐喊。

花鸟虫鱼，飞禽走兽，是与人类共生共存的生命体。然而，在创作上对这些题材的关注度，作家普遍不及画家。谈正衡从小生活在乡间，对自然万物极为敏感，对它们似乎有着无师自通的领悟力。所以在谈正衡的笔下，它们都是鲜活灵动、有情有义的天使。如书中写道：“牛背鹭也会歇在一棵孤立的树上，有人走近，不惊，也不怪。细雨纷纷的清明天气里，视野中，景物朦胧，心里也朦胧，唯有那一点一点的白，显得分外挑眼。到了傍晚，西天染红，是它们回归时分，回归某一片林子里的枝头……你看到它们双腿朝后一撑，扇开两翅，就飞了起来。”看，多么像一轴蕴藉了生活诗意、氤氲了神秘气息的江南田园画卷。“韵味悠长的江南水乡，暗合着一种生命的熨帖与平实”。我想，从作家本人的这句话切入，来品读《故乡失落的鸟》大抵是不会错的。

所以，如果仅仅将《故乡失落的鸟》作为美文或科普文章来读，那就太肤浅了。在谈正衡的内心深处，故乡不只是他生命的来源，更是游子安放灵魂的唯一处所。远离故乡多年，他依然深情回望那些给自己带来生命喜悦的生灵，借此体悟自然与人生、人类与社会，于有限的生命中感受万物的生生不息和宇宙的永恒。这样的情怀，是有中国传统文化根底的。大家知道，两千多年前的一个黄昏，先哲庄周从化蝶一梦中恍然大悟：庄周可以是蝴蝶，蝴蝶也可以是庄周，从而告诉我们这个世界的真机：“天地与我并立，而万物与我为一。”庄子的这一思想，逐渐化生为农耕文明下精英知识分子普遍具有的自然精神理念。如今，随着城市化呼啸而来，越来越多的人与大自然疏远，像谈正衡这样还没有失落自然精神领地的文化人越来越少，不得不令人反思。

事实上，在不可阻挡的城市化、工业化大潮下，乡土社会和乡土文明中的那些美好并不是注定都要失去的。非城即乡，非乡即城，是一元化思维、单线思维在作怪，好像要实现现代化、构建现代中国，就一定要将过去的乡土文明全部扔掉，把那种非常悠远、非常具有自然属性的东西抛掷掉。恰恰相反，随着文明的发展，那些来自大自然的音籁和田园的生机，是人类一代代传承最不可或缺的精神母体。

鸟是大自然生态的一面镜子。《故乡失落的鸟》的价值就在于，提醒并告诫人们，重新审视人与动物、人与自然、人与社会的关系，要将人类活动对自然、环境和生物的影响减到最低限度，在城市化业已导致的颠覆中再来一次颠覆，从人类中心主义走向生物中心主义，重新构建我们的绿色家园和精神生态。我想，这是作家的殷殷期盼，更是每个读者所期待的。

原乡这种永恒意象，是超越具体故乡的。在当下，更是超越时代的。基于此，我相信《故乡失落的鸟》会成为这个巨变时代芜湖文学的经典之作。

2016年1月

这些映射心灵的文字

——试评许冬林的散文特色

得到许冬林惠赠的《植草香里素心人》《菊花禅》有些时日了。是抱着写点感想去拜读的。很享受地品完这两本散文集，却迟迟没敢动笔，唯有无端的唏嘘。说实话，她的文章超出了我的赏评能力，担心一张口，就会不着边际，冒犯了这些精灵似的文字。

这些草木花卉的牵牵绊绊，这些衣食居游的缠缠绕绕，都是光阴里的故事，俗世里的生活，被人写滥了的文章题材，幸遇许冬林真挚情感的濡染、灵妙之笔的点润，好似隔着三生三世的十里桃花，别具一种朦胧雅致的美感。她以独创的话语，写出了俗世的桃源之境，绽蕊飞花，生香入梦，满是搅动人心的洪荒之味，难怪会有那么多年轻的和并不年轻的“许粉”了。

平中见奇往往是高手的标配，写作上也大抵如是。这两本书中看似随意而为的文章标题，甫一入眼，我等俗人真的无法预知会有怎样的内容，只管读下去，除了惊喜，还有惊讶。五官打通了，任督二脉打通了，心灵一点点地被照亮被滋养，渐渐地，好像有一股气从头顶窜出，原始的灵性也破天荒地复苏了。这些文章多是情绪的流动，在时光的河流里生成，弥漫，幻化，走远，渐消，带着丰沛的古意和丰饶的意象，串起了迂回的文脉。吊诡的是，这些文章大多没有传统意义上的主题。为什么要有主题呢？想想也是：《诗经》有明确的主题吗？唐诗宋词还有明清小品有明确的主题吗？若有，恐怕多是后人的附会。为什么不可以将所要表达的意绪，蕴藏于物事之中，通过形象塑造，让生成的意象照见各自的灵魂呢？或许，散文的这种近乎失传的秘境，只向极少数慧者拉开了门径。

我相信，许冬林的文字是走心的，她弃绝熙熙攘攘的坦道，另辟孤孤单单的蹊径，是在有意续接一个古老的传统，属文的传统。独特的先天气质禀赋与后天成长际遇，使她注定不会沾染批量贩文者的匠气，更不会赶时髦似的人云亦云。她对生命充满了珍恋，对生活充满了善意，对文字充满了虔诚。这是文章之幸，也是喜欢她的读者之幸。

许冬林的文章好在哪里，我百思不解，直到看了她的《绍兴四叠》中，重点推介的天下第一行书《兰亭集序》，我才仿佛突然发现了解药。就艺术而言，王羲之的这幅字虽是兴之所至，却是集众美为一大美的：秀而不华，旷而不野，不荏不厉，且素且妍，肥柔瘦硬似乎都与之不搭界，可也都未曾忽视地融入每个字中了。这，也许就是所谓“中和之美”是至美的道理吧。在我眼里，许冬林的文章也是这样，集众多美学风格为一身，是反差巨大的相互对立、牵制，却依然和谐共存着的混合体，于是就有了复杂绵密的美感。纯而不简，繁而不冗，静而不寂，动而不喧，是疏淡中的浓郁，是素朴中的雅致，是清凉中的温热，是伧俗中的安逸，是寂寞中的趣闹，是杂色中的纯粹，是外露中的珍藏，是平常中的惊艳，是闲愁中的励起，是虚幻中的真实……如此风格杂糅、审美混搭、曼妙无比的行文，再配上小切口的观照视角、深入灵魂的散点透析，呈现的自然是溢出文字之外的瑰丽面目。这样的文章，你还有什么可挑剔的呢？

不过，艺术的标准往往抽象难言，也是见仁见智的。为了鉴赏许冬林的美文，不烦做一些具体的文本分析。

她的文章有细致地观察。许冬林关注底层生活的意趣，具有心明眼亮的日常经验积累，更有超强的生活场景还原能力。在《童年小镇》中，作者记忆里的小镇，好似一个隐秘的世界，具有时间停滞了的人间烟火气息，通过几组画面的蒙太奇组合，给人以身临其境的幻觉，是我看到的文字中，最为真实生动也最具梦幻色彩的小镇。

她的文章有敏锐的感觉。许冬林以细腻幽微之心，感应着天地万物。在《月明之夜》中她写道：“月明之夜，最有一种远意。做什么事，都觉得自己是在好远的地方做的，弃绝了千丈红尘。”又说：“温柔清凉的水啊，好像露水濡湿的丝绸，缠绕脚踝和脚趾。”看看，多么不可思议，把人人心中似有若无的感觉，转化为具体可感可触的形象化表达，竟如立镜般地精准而迅捷。

她的文章有奇诡的想象。试看《月明之夜》中的一句话：“月色下行车，驰行在一个琉璃水晶的世界里，好像已经不在这个星球上，好像已经飘进了宇宙最后的一处留白里。”“飘进了宇宙最后的一处留白里”这个比喻多好，简直是神来之笔，惊天地泣鬼神，好似天才的国画家，渗合了天人合一思想的泼墨大写意，极具视觉冲击力和情感震撼力，不让人五体投地，也难。

她的文章是真情的流溢。好的艺术就是最大化感动人的方式，而感人心者莫过于真情。许冬林深谙此道，她的作品，无一不是熔铸了情感的真实自我，尽管艺术性地有所保留和节制。有了真情投入，即使有时用了高冷薄凉的眼光，貌似不食人间烟火，也始终不让作品偏离关怀人文、悲悯世事、感悟生活、追求完美的文学核心特质。换言之，她的作品是至情后的至真，是至真后的至性，是至性后的至境，所以才有了直抵人心的力量。

她的文章是善意的表达。许冬林的散文，明显地受到中国古代“向内求善”美学思想的浸润，她把对于人生、生活的感悟，凝结于自己的内心深处，推己及人，不断丰富其中所包容的意蕴，传达着她对芸芸众生的感恩感喟。事实上，人活在世上，都是需要爱和善意的。这些熔铸了作者生命痛感的文字，是留给人间的一抹暖意。正如她本人所说：“我的文字，它从深深浅浅的地底下捧出的果实，盛着爱和慈悲，慰尘世间薄凉悲苦的心。”

她的文章是美妙的化身。美是文学的精髓，散文更是需要美，不美的散文读起来倒人胃口。许冬林的散文，总能在寻常物事中看出一些动人的美来。不仅语言上精妙幽微、暗藏玄机，洒脱随意、以梦为马，更是笼罩着美的意境，既朦胧又清亮，一切都不明说，一切都在形象中会意。她的散文，总有一道氤氲的风景，是品相清新，格调高雅，意境澄澈，由外而内通透的美。

她的文章是趣味的升华。许冬林的散文取材平凡琐屑，看似波澜不兴的行文，突见变相的夸张或着意的渲染，冷不丁就拈来一些有趣的佐料，使读者不禁会心一笑，顿觉有风行水上的快意。更难得的是，“夸张”而不失其巧，幽默而不毁其境。这些脱胎于民间的“俗野之趣”，多含着忆旧的温煦，透露出某种别样的人生滋味，绝不是端着淑女的架子，就可以轻易得来。说明作家对生活有睿智的思考，能够发现出人意料的演绎，也标志着其个人富有高雅的气质与情趣。

文学的问题归根到底是语言的问题，写出不一样的作品，必定有迥异于他人的文字。许冬林散文的巨大成功，很大程度上得益于她的文字。

这是一种出入古今，食古而化，化后能妙的文字，犹如月光下的水晶、薄雾中的冰凌，闪耀着并不刺目的泠泠光芒，含蓄着，蕴藉着，可瞬间激活人们的审美情愫。正如作者笔下的栀子花，总是以一种温婉清芬的姿态，将一种小格局的生活撑得格外有情调，又超凡脱俗，接近于仙风道骨般的飘逸。

这是一种有韵调的文字，一半来自天赋，一半来自锤炼。每个字眼的推敲，每句话节奏的张弛，每张画面的展现，每层意境的打开，作者都极具慧心。这些被精心调匀的文字，让读者充分体会到语调的谐和之美，语言的音韵之美，以及在此基础上形成的意境之美。许冬林的文字，好就好在灵气十足，而又没有韵律过强，显出不应有的雕琢痕迹。

文似看山不喜平，这也是许冬林的风格。她的文章，从来不是一路到底，而是有断有续，文势迂回，更容易叫人随着语言的流动起伏而一唱三叹，九曲回肠。还有，语言上化繁为简，力求与中国古典文学精神相通，这样使得她的文章往往意象更纯粹、意境更悠远，也延展了多维阐释的可能性。

好的散文家都是修辞高手，这方面许冬林尤为突出。除了缀玉串珠般的别致比喻，也善用拟物、移情、叠字、翻新、象征等修辞手法，变单薄的文字为立体的意象，廓显意境深邃的画面，达成她“拈花一笑”的气韵与空灵。譬如，“晓月的淡光，粉似的，敷在薄蓝的远天上，仿佛一碰，就会被风吹落吹远的样子。”这样的修辞句，完成了对景物的精确把握以及意境富有情趣化的营构，让人久久地依恋和回味。又如，“日子繁茂，内心有一角，秋风萧萧。我知道，远方的月下，远方的山里，有桂子，静静，静静地，零落。”多种修辞手法，还有斩钉截铁的短句，营造的画面感，像一个影像长镜头，焦点越聚越微小，直至倏然幻灭，给人的感觉是像有尽而意无穷。这些在我们看来非常困难的事，或许许冬林是无需多加苦心，便可妙手得之的，就像琴弦上跳动的珠圆玉润的音符，只要她一挥手就行了。

话说回来，其实根本就不存在绝对完美的文学作品。许冬林的文章亦有其不足。如部分篇目看上去有相似性，比喻的叠用有时显得多余，更为重要的是，题材不够宽泛，收入集子的几篇游记写得不够灵气。

许冬林俨然一个卓异的存在。如今她在文学事业上小有成就，但还算不上“穿红挂绿”，她需要向更高的目标攀进。宇宙浩瀚无垠，人生山高水长，每个人却只能独自前行。好在她有一份专注，也有一份淡然，更有发自内心的热爱。

2017年4月

烛照俗世的焰火

——浅谈唐玉霞的散文创作

文友送我两本企业杂志，碰巧读到了唐玉霞的两篇专栏文章。果然印证了我的判断：唐玉霞散文随笔世俗化的倾向，不会止于《回味：美食思故乡》的，她会在更为广深的俗世里开疆拓土，播种收获。

作为成名颇久的江城散文妙手，唐玉霞早年的散文堪称“才女散文”的代表。温婉的情调，细腻的心思，感性的表达，高超的技法，这些哪样都不容易做到的，她都做到了，做得不偏不倚不激不沸。若不是一贯低调，她会有更大的被她不屑一顾的文名。

最早，是《回味：美食思故乡》让我们看到唐玉霞将视角对准底层生活的有意转型。那是人近中年陡增的思乡愁绪，使得作家怀想起年少故乡那些卑微琐碎的日子，借反刍口腹之蜜来重新回味失落的人间真情。回旋在日常的烟火气息里，文风也被熏得似在雅俗之间了。有了这些积累和铺垫，当然，更多的是考虑大众化悦读的需要，就不难理解这本房企杂志上这样一种“俗”字了得的专栏文章，会出自斯文优雅的唐玉霞之手了。

就拿《媒婆就靠一张嘴》这篇写人的文章来说，以缪奶这张镶了四颗金牙的媒婆巧嘴为文眼，因人系事，因事绘人，随着小镇谈婚论嫁的风俗如一帧帧画页徐徐展开之时，一个尽心尽责而又精明能干的媒婆形象以及相关各色小人物活灵活现地立了起来，呼之欲出。《女人不狠，男人乱滚》不仅见人见事，还演绎了一个世俗的道理，那就是题中之义：“女人不狠，男人乱滚。”世俗生活里得出的道理，往往更令人信服，读者在掩卷后，很少不感慨一番的。这两篇文章一样，不是开门见山张口见喉，而是开篇有意设置了几段看似毫不相干的"桥段"，一方面拓展了文章的外延和深度，另一方面也是为了达到某种戏谑或是反讽的效果，共同锻造了高于娱乐的知性和审美。文似看山不喜平，必须有参差的形态，这是惯于撒豆成兵的作者所擅长的。

丝毫未减的文学性，使得这样的文章与一般的应景时文或是故事会明显不同，也很难将其归为哪个类别。既有散文的真情实感，随笔的随意轻松，也有杂文的一针见血入木三分，还有小说的意蕴丰富雅俗共赏。作者的高明在于，将成熟的理性思考以诙谐刻薄的笔调出之，处处心机而又无拘无束，浑然天成。更为难得的是，字里行间氤氲着饱满的生活气息，一种无来由的灰色幽默感，不可言说的沧桑怀旧感，纤毫毕现地勾画出底层社会的众生相，绘影绘神，见情见性，展示出小人物的智慧与无奈。与《回味：美食思故乡》相较，具有更为悲悯的人文情怀，更为细致的普通人生活状态的观照。"冷眼"世事，精于"画魂"，从这个维度评判，唐玉霞无疑是本土女作家中离张爱玲最近的。

将笔触抵达底层社会普通人群的暗角，写人记事，剪裁成文，并不是一件容易的事情。人情世故能否把握的精准是成败的关键，差之毫厘谬以千里，需要有心为文者对人的本质有深刻理解和洞察，容不得半点主观臆断。唐玉霞秉承一贯的真诚，她总是慧眼独具，将看似隐秘与善变的人性，深入浅出感同身受地表现出来，轻而易举地给我们还原了一个世俗化生活的真相，在对人性的复杂予以深刻挖掘的同时，也对卑微生活中挣扎的小人物寄予深厚的同情。这，既源于她对故乡的人和事太心知肚明，太洞若观火，也源于她有一颗爱心、一颗善心。对于作家来说，爱与善就是一生的功课。

还有，不得不说的语言。江淮方言和粗俗俚语被她调度得风生水起，准、狠、闹、谑，熟极而流，泼皮得很。在看似信手拈来的轻松随意中，形式和内容被调谐成互为因借互为增色的一体。加上各种修辞手法的巧妙运用，生动雅致，富有韵味。俗到极致即为雅，信然。可以说，这些文字是芜湖文坛的新收获。

在我看来，唐玉霞是游离于“江南五妖”之外的另一“妖”。就江城散文界而言，她是站在不太显眼高处的独行客。对人性警觉敏感对文字游刃有余，自然会使她别出机杼地开辟新的文路。在探索前行中，相信她还会就细细捡拾起的故乡那些人和事，给予焰火般绚丽的观照。我们拭目以待。

2015年5月

第三辑

一本有价值的民俗书

——简评《芜湖民俗》

胡志恒先生的《芜湖民俗》，在我看来是一本有价值的民俗书。

民俗，具有天然的地域性，它沉淀于社会底层，繁呈于历史天空，文化内涵极为丰富。以前，有关芜湖民俗的文字，或录于方志，所占篇幅有限，实难尽述；或散见于报刊，一鳞半爪，难窥全貌。随着社会的发展，生活节奏的加快，这些曾经的民间文化积累，离当代人渐行渐远。因此需要一个概括性的文本，加以全面系统呈现，以便当代人认知、理解，乃至扬弃。芜湖市党史和地方志办公室组织编写的这本《芜湖民俗》，目的就是为了挖掘、整理芜湖的这份文化遗产，让这块土地上的人们，一起走近民俗，亲和传统，领略古老风俗的魅力，壮大芜湖人文化自信、文化赓续的力量，同时也为外地人了解芜湖的民间文化传统，打开一扇窗户。

执笔者胡志恒先生，对芜湖民俗情有独钟、素有研究。但如此全面系统地架构，他自感挑战不小，颇费了一番心思。他认为，芜湖民俗作为芜湖文化的重要组成部分，其形成、发展与演变，与芜湖特定的文化生态环境密不可分。纵览历史，芜湖地域文化实际上是诸多地域文化，不断交锋、撞击、融合的结果，因此，在阐述不同历史阶段某一具体民俗事象时，可能会由于时空因素而不被认同。鉴于此，胡志恒大胆采用以民俗志为主、民俗研究为辅，两相结合的写法，书中呈现的，不仅仅是芜湖的民俗文化，更有生成这些民俗文化的母体——芜湖地方文化。

在我看来，《芜湖民俗》至少有以下几方面值得称道。

其一，尽量拓展民俗文化的外延，重视历史传承中的文化演变对民俗的深刻影响。将“芜湖、芜湖人与芜湖民俗”列为首章，从芜湖的地理环境和历史风貌、多元文化润泽下的芜湖人，这个深远时空说起，阐明孕育多元独特的芜湖民俗文化的温床，是如何史悠源长，是怎样的杂糅兼蓄。在此宏大视野观照下，使得接下来诸章，在分述芜湖生活习俗、生产与商贸习俗、人生礼仪习俗、岁时节日习俗、民间信仰、民间游艺、芜湖的口头语言习俗等主体内容时，就有了历史的纵深和演变的依据。最后专章论述社会转型期中芜湖民俗的嬗变、传承及文化价值，旨在说明，民俗的嬗变是社会转型的必然，传统民俗虽衰落于社会巨变中，但其核心和主干部分会保存、延续下来，成为内涵丰富的文化遗产，对传承、构筑地域文脉，价值不可估量。这样的导源承流，扬波激浪，让我们看到的芜湖民俗，是一条从远古奔来的文化长河，容故纳新，变化不息，这条长河上的片片风景，古朴灵动，意味深长。

其二，在广泛搜集资料的基础上，细分民俗事象并勾勒其一脉相承的趋势走向。大家知道，民俗种类繁多，同类民俗既有主干又有支脉，如何梳理明晰，考验着编者的智慧。可以看出，本书在资料搜集上下足了功夫。同一类习俗中，条目力求细化，概念力求精准，事象力求具体，且在察证时抓住关键线索，不避远就近，不折衷是非，不囿于成说，体现了一种真正的治学精神。面对新时期悄然变化的风俗，既概述人所共识，也点明编者个人独到的观察。如指出，盛大的龙舟竞渡新中国成立后很少举行，但此俗近年来在各县大有回潮之势；中秋节的很多习俗今已不存，但还保留了食月饼、赠月饼的风尚，不过农民挑售自制月饼销路不佳，商场、蛋糕店的精致月饼颇受青睐；还有对芜湖新方言“炸弹”与“诈蛋”的辨析，解铃系铃，令人信服。正所谓：由全面裁成条理，于寻常洞见非常，以具细幻化大象。

其三，用简练形象的文学语言，呈现民俗最具民间底层烟火气息的优雅存在。较为典型的是在商贸习俗一节中，对新中国成立前芜湖市井营生风貌的细致描绘。所述无论是敲梆摇铃叫卖吃食者、师传手艺服务万家者，还是手工玩具吸引儿童者、说唱杂耍技艺谋生者，都抓住了他们的行业特点，细辨他们的行头和叫卖声，写法上以白描为主，辅以方言俗语、江湖隐语的连缀，简直到了活画他们角色的程度。此外，在介绍某些民俗时，配有相关精美短文，这些充满感性的语言，将活动或仪式过程，活灵活现地展现，不仅激发了读者阅读兴趣，更扫描出这些民俗的整体感和神秘色彩。语言的高妙，还体现在论述上。“它是芜湖乡土史志的活资料、地方文化的符号、地域性格的窗口和文化发展再创辉煌的基石”，这是本书对雅俗交并、兼蓄包容的芜湖民俗文化价值的定性，虽属于学术性的开拓，如此精炼的语言，也使我们产生一种醍醐灌顶、原来如此的感叹，从而愈发感到民俗文化的宝贵，加深对民间生活本质的理解与热爱。

总汇，细梳，思辨，升华。贯穿着历史精神和文化意识的《芜湖民俗》，写出了芜湖民俗的腾挪通变、情趣品位，可欣赏玩味，更可以存史教化。随着时间的推移，它的价值会越来越高。

2018年8月

在调查与细勘中集成

——读石琼《最后的芜湖古城》

石琼先生经过深入实地调查和遍查文献资料，写出了《最后的芜湖古城》一书，可喜当贺。我以为，这部书既是芜湖古城相关知识的一次全面汇编，也为进入操作层面的古城改造，量体裁衣，梳妆打扮，提供了依据，价值不容小觑。

芜湖古城是时光的手指历经千年轻捻慢塑出来的实物，我们这座城市的记忆没有全部化为纸上的烟云，多仗于此。芜湖古城是怎样的存在，其价值几何，多数芜湖人不甚明了。的确，过去这方面的宣传处于庙堂之上的多，零打碎敲的报道也不少，但全面系统讲清楚的知识普及难得一见。石琼这部专著面世，算是填补了这个空白。

石琼是记者出身的文化人，生于古城长于古城的他，不仅耳濡目染于芜湖老城区的文化民俗，更有职业的敏锐与担当。他知道古城强大的生命力在哪里，市民对古城应该秉持怎样的态度，古城需要更好地走向未来。苍天不负苦心人。通过现场踏勘、采访、记录，再经大量史料的爬梳剔抉，石琼绘就的这张古城历史文化图谱，姿态端庄，面目清晰，灯火可亲地照亮了古城的前世今生，引领着我们感受千年地域文化的吐纳与演进。

在我看来，此书在手，即使无意清空了曾经的相关知识存储，也不足惜。因为《最后的芜湖古城》至少具有以下诸多特点。

其一，内容全面，形式新颖。本书倾尽作者十年心血，在这漫长的写作过程中，随时有新的研究发现添加进来，也不是一味地做加法，在编辑出版的过程中，又几经精简，选配230余幅图片，形成图文并茂的特色。尽管尚不具备专业学术研究高度的贯通能力，但作者强烈的责任感和使命感弥补了这一不足。不敢说一书揽尽古城古今，但既独立又关联的20个编目划分，特别是将“现场”“质疑”“故事”“小吃”“方言”等纳入独立篇章，大大丰富了古城的内涵和外延。再从形式上看，文史结合、宏微兼备，融纪实文学与史志编纂为一体。具体说，不是简单地摘录、拼凑或堆砌资料，而是打乱素材重新界定，较好地避免了内容叙述上的主次不分、概念含混，同时也增强了文章的可读性。还有，将数位重量级专家请进“关注”中交锋，不乏启示、警示之语，也算是对古城改造少留遗憾的善意提醒。

其二，手法高明，写法创新。本书的第一篇章，作者发挥新闻记者的专长，带着不急于成稿的随意，走访古城内的老住户，忠实记录下他们的生活状态和所思所盼。这种谈心、交朋友式的慢采访，有些延续了数年，精准地抓拍到了当下古城内人们的精神面貌。逼真的现场感，充盈了作品的血肉，因为纪实的风格，与全书的编述体并无违和感。还有，囊括古城的时空演变，将志书惯用的“大事记”纳入编中，从远古人类活动，到古城改造最新进展，140余条有关古城的大事，被条分缕析、提纲挈领地表述清楚。这是一种独到的眼光，更是一种细致的功夫，被作者梳理得像纹枰上的黑白棋子，明明白白地摆列着。

其三，资料翔实，科学严谨。全书有着广泛资料来源：既有文献档案、统计资料和图书报刊，也有社会风俗、遗闻轶事、民间故事、谚语民谣，也有个人理论文章、回忆录，甚至还有个人博客里的随笔。面对这些鲜活的资料，作者甄别、取舍颇费功夫，既注意事物之间的联系，更注重反映事物的发展变化，上溯“来龙”，中承转折，最后为“去脉”作好交代，绝不蒙混过关。如果对古城中存在的某个具体问题的确拿捏不准，就纳入“质疑”，专家的观点，市民的传言，多个版本悉数罗列出来，将是非曲直交由读者评判，同时也点出自己倾向性的看法。总之，在观点的阐述上，多条理而少大言，不预设，不妄断，体现了作者的深入思考和科学严谨的态度。

其四，注重实物，语言准确。书中弥漫的古城文化气息，很多源于有目共睹的实证，包括文化遗址、遗迹、碑刻、地图、书画等。一旦采用大量实物照片，将这些散点实物缀连起来，就像注足空气不停跳动的皮球，给人以饱满鼓胀的味道。从这些实物形象中，读者可以更好地想象历史真实面貌，达到了一张照片胜过上千文字的效果。因为注重普及化、大众化，力求客观性、实用性，本书的语言朴实，少修饰，寓评议于记述之中。即使是写现场调查和民俗民风的软文，也没有过分渲染情感，而是通过全面、细致、准确地客观叙述，运用事实本身的力量去感染和打动读者。可谓，既不文气冲天引经据典，又不油嘴滑舌调侃故事。

《最后的芜湖古城》以包容历史与岁月的厚重告诉我们，历经数代积累和涵养的芜湖古城文化是笃实的，它是我们这座城市直观的文化根脉，奠定了我们应有的文化自信。这样的文脉绝对不能割断，需要当代青春飞扬的生命延续。鉴于此，古城改造这条涅槃升华之路，是文化立市的必然，也是芜湖人对自身的期许。

2017 年 11 月

地方历史文化的生动呈现

——读《千年古镇襄安》

襄安是无为首镇，知名度很高。在读《千年古镇襄安》前，我对此一无所知。俟读后，不但信服，还很震撼，私下认为，襄安就是放在全国名镇谱系中，也毫无愧色。

《千年古镇襄安》一书，是无为县襄安镇人民政府组织编写，作家戴启文先生执笔。全书分为“历史钩沉”“商业史话”“地域文化”“胜境名村”“家族传奇”“抗日烽火”六卷。就文本而言，记考相融、虚实相映，分类全面、内容翔实，且有难得的自信姿态与开放胸襟。在我看来，旨在挖掘整理襄安镇历史文化的这本书，通过辨析，很好地理清了襄安的历史发展脉络；通过事例，很好地提炼出了襄安的人文精神；通过采访，很好地救存了襄安的一些史料。这是从历史演进、社会变迁、文化赓续、精神锻造上，全方位立体地在把襄安的根留住。

一般来说，作为科学、严谨的学术性读本，全面、客观、准确是其灵魂。对此，《千年古镇襄安》严格遵守，并未僭越。然其不亚于文学作品的可读性，呈现出有别于史志的别样风貌，尤其是乡土性、民间性、日常性、风俗性、传奇性等异质元素的注入，给人以扑面而来的亲切感和喜悦感，是读同类书体会不到的。

文本达到这样的阅读效果，我认为得益于以下三个因素。

首先，襄安的家底殷实，值得写的东西很多。襄安是安徽境内为数不多的秦汉古县，隋唐时期，无为作为一个镇都归襄安县管辖，直到宋代，襄安才反过来成为无为县的一个乡镇，延续至今。作为南北相争的重要军事重镇，襄安自古交通便利，在和平时期，四面八方的人流，愿意在这方富饶的土地上汇居下来，在取得农业、手工业发达的基础上，也催生了商业的兴盛，这一点，从晚清到近现代尤为明显。久远的未曾中断的历史，又使得襄安地域文化色彩较为浓厚，白鹤观是商周文化遗址，在其周边出土的文物有数百件，占据着无为县馆藏文物的半壁江山。襄安的文化不仅体现在文物上，还体现在古典诗歌中、方言里，也体现在民间对教育的重视、对正义和善良的维护上。尽管“襄安八大景”多已面目全非，但它彰显的地方历史文化气度，无可替代。顽强生存下来的襄安古地名、古村落，同样承载着地域的基因和密码。就连襄安传统家族文化也不可小觑，关键时刻，它能构建社会伦理、凝聚民众精神。

其次，编写者广泛占有材料，在模糊地带攻坚克难。事实上，在编写前，有关襄安的资料很少，不突破常规绝难找到。戴启文委托上海的朋友帮忙搜集资料，自己分赴合肥、芜湖等地查阅历史文献，又到巢湖、庐江等地搜集志书，像大海捞针一样，所获十分有限。好在东方不亮西方亮，襄安的有关史料，却鬼使神差地于典籍和谱牒中斩获颇丰。书中以记叙文的笔调，记录了一桩趣事。那就是在寻找台湾“开山之祖”陈稜家谱时，意外发现了一批清代典籍，成为研究清代皖江学术史、教育史、印刷史的重要文物，填补了无为地域教育书籍的空白。令人感佩的是，戴启文对口述资料的不遗余力。为了写好本书，他当面请教或电话采访超过千人，用掉了11本笔记本，得到许多帮助，也碰壁无数。其所访问者大多上了年纪，能从他们口中得到丰富的第一手材料，可谓抢救性保护，功莫大焉。

再次，执笔者驾驭力强，既举轻若重又举重若轻。戴启文是地方文史专家，也是作家，写这样的一本书，恰似好钢用在刀刃上。举轻若重这里指理性的分析，辨证的色彩。如在“襄安”地名释义一节中，作者广开渠道，罗列各种说法，在详细分析归纳后，给出自己的看法，既明确己说，也尊重他说。在作者看来，尽管襄安只是一镇之地，但也不能脱离史志体的规范约束，对于一些现成的不靠谱说法，要敢于辨别其真伪，同时拿出更令人信服的结论，以免谬种流传。就这样，在记述历史事件和历史人物时，戴启文依靠互为补充验证的翔实资料，总会有新的启悟和认知，在锱铢考量、谨慎结论中，形成新的内在逻辑关系，达到以理服人的效果，从而将碎片化的襄安历史和文化，尽最大可能地完整呈现。举重若轻则是感性的表达，丰饶的趣味。我们知道，这类图书容易写得拘谨、枯燥，不堪卒读。显然，戴启文对此弊端是有所考虑的。在写作过程中，他大胆吸纳文学的艺术表现手法，尽可能地触摸细节，讲好故事，摹形绘影，表情达意，避免陷入寻章摘句的枯燥。同时将历史语言、政治语言、社会语言，与文学语言、地域方言融为一体，既有史志体例的严谨，又有文学作品的飘逸，还有传奇故事的鲜活。这种兼收并蓄、杂烩一炉的记述形式，可谓是学、理、才、识、趣、味兼具，读来劲爽，令人击节赞叹。

打破既有观念，驰骋于历史天空，再现逝去的影像，重获荣耀与动力，成就了这本史学价值、文化品位俱佳的地情书。名镇襄安，以这样的面貌复活历史文化，把根留住，真的很好。

2019年1月

在自成体系中自圆其说

——读丁以华《红楼梦探秘》

在潜研《红楼梦》的第十个年头，丁以华先生拿出了自己的阶段性成果，这就是上海古籍出版社推出的《红楼梦探秘》。书于出版前，部分文章曾在其博客陆续公开，即得到众多《红楼梦》爱好者的拥捧，一些红学研究专家、教授亦刮目相看，以不同方式给予鼓励。

《红楼梦探秘》全书三大版块共计35章，近30万字，作为个人独立研究成果，体量不可谓不丰。“弱水三千，只取一瓢饮”，十年来，丁以华在大观园迷宫中穿行，迷而忘返，乐而忘忧。多少个晨昏厮守，与那些有血有肉的人物作灵魂上的深入交流。终于某一天，似乎得到了某种神秘的暗示，就像武陵渔人，发现了别有洞天的桃花源。于是，在他眼里，一切都豁然开朗、眉目清晰起来，不再是混沌的“太虚幻境”。

我们知道，《红楼梦》传世版本繁多，因研究切入点的不同与赏析角度的差异，历来分为考证派、索隐派、评点派等派别。丁以华着迷于溯源穷流之初，压根没有受到这些派别的影响，他只相信曹雪芹会把写作的惊天背景编成了“密码”，寄存在原著里，唯有书读百遍，才能其义自见。在反复咀嚼、琢磨、串联、融会、贯通中，心细如发的他，感觉小说中煞费苦心的人物命名与情节设计，正如前人研究指出的那样，确实很多很妙，也很隐秘。这些掺杂着著述者个人最初喜怒哀乐的生发点，有所暗示甚至有所特指是肯定的，关键看能否提出笼罩全书的核心观点，合理其说。既然小说开篇明确已把“真事隐去”“假语存焉”，所以，丁以华确信，只有跳出前人研究的窠臼，根据自己的思路“大胆假设”，并“小心求证”，才可能有新的发现。

丁以华的求证，就是这样建立在细究小说原文的基础之上。谐音、还有方言的谐音，拆字、组字、还有拆字加谐音，那些关键的字词句，绝不轻易放过；在愈是语焉不详、看似无解的地方，愈是不懈地勘探深掘、聚焦透视、抽丝剥茧、蔓引株求，乃至串点成线、由此及彼、以小见大、一叶知秋。功夫不负有心人，渐渐地，在那些隐写的空白里，终于显现了一些与史实相符的影像，如同一宗宗迷局，开始有了几分庐山真面目。

很快，丁以华有了关于研究的心得，认为“考证重要人物的原型，是揭秘《红楼梦》的唯一通道”。他底气十足地指出，贾宝玉的原型是曹頫，而不是很多红学权威认为的曹雪芹本人，彻底否定《红楼梦》乃“自传说”的主流观点。这个逆天想法，就是源自拆字加谐音。当然，仅有这样的“文字游戏”远远不够。丁以华有此朦胧想法后，一方面在文本中继续找佐证，另一方面，结合曹家兴衰，特别是根据零星史料记载，加以综合分析研判，果然收获甚多，得到更多有力佐证。在坚定贾宝玉的原型就是曹頫后，其他重要人物的原型，如顺藤摸瓜，就一抓一个准，一连一大串了。所以说，贾宝玉原型的确定，具有一举定乾坤的意味，不仅成就了这部《红楼梦探秘》，也奠定了丁以华红学研究理论体系的根基。

所有的文本研究，都离不开丰厚的知识储备。在论证《红楼梦》是在隐说曹家近百年荣辱史的时候，作者拿薛宝琴的十首怀古诗说事，认为这十首诗是系统完整的叙事，潜藏着曹家由痴忠而遗恨的泣血历程，同时也对雍正皇帝给予有力鞭挞，而薛宝琴就是曹雪芹叙述家世、书愤言志的代言人。这个观点被分析得头头是道，丝丝入扣，合情合理。不过，看似寻常最奇崛，成如容易却艰辛。这是丁以华耗费数年，遍查有关历史知识与文化知识，尤其是康雍两朝的史料，揣摩诗歌寓意，结合曹雪芹创作技巧，反复考量后得出的。作者深知，历史与小说同样只负责演示，而“探秘”必须有丰满的内涵和外延，才能自圆其说，自成体系。这种立足文本，尊重历史，以据立论，合乎逻辑的综合分析推理，无疑增强了观点的可信度与说服力。

在我看来，《红楼梦探秘》没有拾人牙慧，更不靠奇谈怪论吸引眼球，道出了人之所未道。尽管是一介“草根”，丁以华却开辟了自己的红学研究路径。书中的一些观点引起广泛关注，甚至在网上发酵，并不奇怪。我不敢说这些观点都正确，但既然谓之“探秘”，就不排除冒险、越界、偏差的可能。也许，这本书的特殊意义正在于此，即以一种投石问路的精神在抛砖引玉吧。

值得点赞的是，《红楼梦探秘》在表述上，不疾不徐，张弛有度，在深奥处说浅易，于紧要处道家常，很有一些著述大家的风范。不过，缺憾之处亦显豁：可能是时间仓促之故，在集文成书时，没有恰当梳理、剪裁、整合，有些内容在不同的文章中多次提及，给人以重复累赘之感。

丁以华是来自民间的“研红”巧手，在红学这片广袤土地上，还将细作深耕不辍，他要将自己的疑问悉数解除，让这部享誉世界的名著，流溢出更多的弦外之音。这绝不是痴人说梦。

2018年4月

大国工匠精神的真实写照

——读长篇纪实文学《锻红尘——储金霞铁画人生》

在长达300余年的芜湖铁画史上，享有中国工艺美术大师等殊荣的储金霞，是极其重要的一位。这不仅在于她的女性身份，更在于她承前启后把铁画艺术发扬光大，让越来越多的人感受这个“中华一绝”独特魅力，同时，也展现了她作为一名大国工匠的熠熠风采。

在芜湖市第一部地方实体法《芜湖铁画保护和发展条例》颁布实施一周年之际，由芜湖市文学艺术界联合会组编，作家王永祥执笔的《锻红尘——储金霞铁画人生》带着墨香，与读者见面了。这部价值独特的长篇纪实文学作品，充分发挥了文体优势，全方位再现了铁画传人储金霞的成长经历与不懈追求，诠释了一种至高无上的艺术境界——大国工匠精神。

这是一部砥砺精神、彰显艺魂的作品，也是一部葆有痛感、弥漫真情的作品。储金霞的艺术世界和情感世界，作为叙事的两条主线，在其铁画人生的旅程中频繁交替，一以贯之。

拉开作品序幕的是老一辈铁画艺人储炎庆，正是由于他的坚守，才有了人民大会堂铁画《迎客松》的傲然屹立。储金霞作为他的女儿，离不开父亲的言传身教。储炎庆不把手艺当作赚钱养家的工具，而是敬畏职业，执着艺术，不断追求铁画技艺的精进与完美，深深感染着储金霞。在后来的人生道路上，储金霞无论经历怎样的挫折和磨难，都勇敢地直面，顽强地走出，达到一种宠辱不惊、超凡脱俗的境界。这不仅说明艺术的传承有其必要条件，更说明储金霞性格的形成乃至艺术理想信念的确立，与铁“百炼化为绕指柔”一样，是符合事理的精神锻造。可以说，是储氏父女共同构建了铁画艺术一脉相承的精神走廊。

当初，储炎庆与同事兼挚友姚宣祥指腹为婚，其目的也含有强强联手，聚力挽救铁画冶锻技艺后继乏人的窘状。后来两位老友看似地位上有了变化，姚宣祥有意疏远储炎庆。而储炎庆一言九鼎，兑现承诺，将储金霞嫁给了姚宣祥的儿子姚士鑫。储炎庆朴实而真挚的底层道德情怀，一方面完成了历史赋予的使命，另一方面也成就了一段美好姻缘。储金霞与姚士鑫组建小家庭后，储金霞锻铁，姚士鑫制锤，一个主内，一个主外，半个世纪的风风雨雨，一路走来，恩爱如初，令人羡慕。这样的“贤内助”，也是储金霞事业成功的重要因素。

如同达·芬奇画蛋，储金霞的从艺之路起步于砸煤块。这个看似单调的动作，却练就了她扎实的铁画童子功。这也使储金霞在亲近铁画艺术之初，就有了锻冶自己品格的良好开端。很显然，她从中越来越收获无限的乐趣和热情，如同升腾而起的炉火，辉映着生命的火红。忍耐和坚强，品格与修养的一种外化，显然关乎储金霞艺术生命的旺盛。在才显名扬的时候，没有好高骛远，在遭遇困难和挫折的时候，更没有妄自菲薄，储金霞坚信铁画的价值所在，不惜化身为熔铁的火炉。她一生都在学习、积累、总结、提高，所有的付出，都在致力于更好地传承推广这项独特的传统技艺，她把工匠精神发扬到了一个新的高度，铁画有其独有的艺术符号，绝非偶然。

作品在对储金霞艺术人生的细腻刻画中，不忘从生活中挖掘人物内心的艺术伦理，不忘人类情感中最为纯真的爱情。同时，也没有避名者讳，把储金霞写成高大全式的人物，而是一个有着七情六欲，甚至有着执拗性格的普通人。不过，作品更多地展示了这个看似瘦小的女人，不断锤炼自己思想品格的惊人力量，从容独立的态度，以及身上蕴含的理想主义色彩。于是具有坚定的主心骨，大气、率性、精明、严谨的储金霞的形象呼之欲出。思想与形象一经碰撞，就会闪耀出智与美的火花。

总的来说，该书思想性、哲理性、可读性都很强，极具正能量，且不乏史料价值、文化价值、社会价值。考究的设计，精美的装帧，也与追求高品位、力推精品意识相一致。

当然，同任何面世的作品都难做到尽美尽善一样，该书亦有遗憾，主要表现在：艺术手法不够多样，部分情节显得不够紧凑，加上章节之间篇幅长短较悬殊，也造成整体形式上的罅隙。这是再版时应该考虑的。

把铁的形制冶锻演绎为艺术，是芜湖人民的一大发明。自铁画锻制技艺被列为国家首批非物质文化遗产，这张铁打的芜湖文化名片更加闪亮，但也面临着一些问题。对此，储金霞有着清醒的认识，她深感责任重大，虽年逾古稀，依然为开启铁画艺术新征程在奋斗。

铁画是芜湖特有的艺术产品，芜湖人无不荣耀于它的锤声清亮、金花闪耀。只要我们一如既往爱之如宝、付出真心，更加关注、关心、支持储金霞们的事业发展，这项古老的艺术，定将如明月之永辉。

2018年2月

随时忧乐以诗鸣

——读张双柱《半随本事半随缘》

张双柱先生的新著《半随本事半随缘》是芜湖文苑的一朵奇葩。

这部仅14万字的诗文集，依据于本埠两家民间文学摄影网站上首发时间的不同，分为“淬剑集”和“半亩集”两部分，又互倒着装了帧，分不出孰在前孰在后。此一奇也。书中不仅收录了古典诗词、诗评、诗话、楹联、散文、随笔、新诗、杂论等，甚至还录有歌曲、参评笔记和修改别人诗作的解析等。此二奇也。但，通览全书，我方知绝非只是这外在的两奇了。

因与双柱先生结缘于古典诗词已久，恕我偏见，书中呈现的众多体裁，诗词作品无疑是其中的翘楚。“算定以诗鸣”（《本事十律之一》），不难揣测，双柱先生对此早就成竹在胸了。

这里有诗人强悍的生命搏动，有浓郁的烟火气息，有与时俱进的时代感，有清水出芙蓉的新鲜韵味，总之，一言以蔽，作者是以丰厚的古典意蕴在写当代的俗世、自己的本心。此就是我对这部书中诗词作品的初步感受。“抚琴煮酒由他论，入古翻新不自囚”，这是《诗赠姚和平先生以谢墨宝》中的句子，不难看出，“旧瓶装新酒”正是双柱先生的一贯追求。诗人扎实的旧学功底，即使是面对电脑屏幕“在线被逼的和诗”，也大多能做到无意于工而工，且常有“神来之笔”，让我等同好无不击节赞叹。“村宁无犬吠，林静有仙邀”（《查济》）、“提笔呼招心底事，诚邀星月共推敲”（《学诗杂咏》）、“起云催棹唱，落卷伴鸿飞”（《会场得句》），这样的律句，形象而又灵异，囊括动静，超越时空，没有一颗诗心是吟不来的。

这恰恰符合当代著名诗人袁第锐对诗“虽有奇想，却可理解；虽可理解，又绝非现实；虽非现实，但入得诗来，意境绝佳”的至高评价。

基于这样的基本感受，我以为这部书中的诗与其他文体相较，更能彰显作者的品格和情怀，而取名《半随本事半随缘》是定有其深意的，读者诸君可不要误读。正如双柱先生在自序中所言，“抛出这个集子，并非要证明自己是个诗人什么的，也不是要在这即将退居二线的人生路口给自己竖个里程碑什么的，而是为了一个情结。一个久久纠结着又难以开解的情结。”作者由此引发作诗乃言志即言我（本事）与言情（缘）的一种结合，大体是一半对一半。明了此，我们方能深入诗词韵语的内核，惊讶于诗人言必由衷下怎样的一个情字了得了。

首先是友情。双柱先生生性豪义，朋友遍天下。他尤喜聚拢一帮诗友文友，倾情解囊设宴，共襄雅集盛举。其间，诗酒唱和自是重要的一环。于是，江西的熊盛元、段晓华来了，合肥的陆世全、汪奇圣、潘乐乐、陈庆庆也来了。“愁对漫天雨，喜有一帆风。缔交江左江右，长调贺云龙。醉热狂歌击节，醒亮倾杯切谢，大句竞横空。高会在和府，疑似上瑶宫。……”（《水调歌头 · 芜湖席上江西熊盛元先生作感怀词和以致谢》）。这样的古典情怀，在人人痛恨的人情浇薄、物欲横流的世俗生活中，不知尚有凡几。

其次是亲情。“缘生缘灭夙缘中，数尽常因怀若空。今岁相逢元夜梦，潮音一曲泪千重。”（《元夜梦亡姐》）。“霓虹满目不关情，侧耳聆听夜浪声。此刻鸣儿该过渡，江中颠簸可心惊。”（《国庆前夜车经南浦大桥有念》）。“滴漏敲心雨打窗，声声凄苦念亲娘。西呼但恨黄泉隔，东祭还悲黑夜长。母在江南匆驾鹤，儿从淮北急奔丧。如今每忆当年别，一片哀思泪两行。”（《念母亲》）。这样的饱含深情的诗句，每每让我不忍卒读。真可谓“无情未必真豪杰，有情方为大丈夫”。是的，对于情感丰富的诗人来说，生离死别会比常人有更深的体验，于是，遣泪成诗，凝情于韵，就有了更为震撼人心的艺术感染力。

还有，就是优秀诗人所具备的大爱之情。“谓人不是人，胡为着衣冠？谓人还是人，胡为禽兽般？”这是《哭小悦悦》中对冷漠人心的血泪控诉。

在《真韵唱下岗中》，作者用环环相扣的六首七律，简单的白描手法，淋漓尽致地描绘了下岗工人的艰难，昏官的虚伪自私，底层群体惺惺相惜的情谊。汶川大地震后，作者更是诗兴勃发，新旧诗左右开弓仍意犹未尽，难以释怀。这些诗，与人民同心，与时代同步，弘扬人世大爱，是诗人所倡导的最有思想的文字，最有灵性的文字，总能迸发于大爱，激发于大悯，启发于大真。

当然，这部书也有许多不足之处，如“杂货”太多，淹没了浓缩的精品。又因多是临屏“由着性子写”的缘故，书中的一些杂评至少在语言上尚欠精炼和精准。这，或许正是网络文学的特征和魅力之一吧。

2012年3月

乐评风雅种斯文

——读蒋华《轻风花满檐——中国古典诗文札记》

读蒋华先生的《轻风花满檐——中国古典诗文札记》，除了吃惊，还是吃惊。一介“草根”，利用业余时间奉献的古典诗文研读成果，诗意葱茏，哲思闪烁，风骨峭拔，开创了札记体裁别样的文风，足令许多专门业此者汗颜。

《轻风花满檐——中国古典诗文札记》是蒋华发表的上千篇作品中遴选出来的精华，实现了他藏书于心、更好地还书于世的理想。全书凡67篇，分为诗人札记、诗词札记、名著札记、文化札记、读书札记五辑，每辑都以一句七言古诗为题，达成了全书表里相谐的美感。毕竟多为读书笔记的类型，本书谓之札记，并无不妥。但在我看来，这些独立成篇的文章，多可以当文艺评论来鉴，亦可作美文来赏。之所以会有如此效果，我想，当是作者腹笥宏富、论证透彻、文笔高妙之故。

书中几乎所有评论性文章，都把诗文作者置于历史发展的时空背景中，从点到面，由文及人，纵贯古今，构建了一列列立体多维的历史文化走廊。撑起这些走廊的是密集的知识点、悠长的知识链、扩散的知识面。写出这样的文章，没有广博的知识，没有丰赡的学问，是不可想象的。可见，蒋华读书多是毫无疑问的。藉“读书札记”诸篇不仅可以看出，读书是蒋华日常生活中“深入骨髓的事”，也可知道他的文章多是深度生产出来的“难产儿”，尽管立志向最勤勉的古人看齐，他的很多文章却耗时多年，“比哪吒的孕期还长”。每撰一篇文章，他都尽可能广泛占有相关材料，特别是权威性材料。蒋华信奉“材料不全不动笔”。我们知道以刀砍木，光有锐利的刀锋是砍不深的，必须有厚实的刀背。若把刀锋喻为蒋华敏捷的才思，那刀背就是他的丰富知识储备。当然，在材料运用上，作者没有简单地罗列、堆砌，而是谨慎地加以甄别、筛选，巧妙地加以组合、提炼，去伪存真，去芜存菁，确保文章的论述具有令人信服的根基。所以这些文章，无论篇幅长短，都有果实满缀的外表，亦有超凡脱俗的质感。

这些文章不逐奇，不要酷，赏评兼备，情理交融，既据实表达，又天马行空，极具跳脱感和纵深感。看来捉笔为文，泛泛而谈，拾人牙慧，不是蒋华的风格。作者明白，既然是札记，就不能不立足诗文，找到作品隐含的深意。因此，深入文本的细部，也深入人物隐秘的内心，因诗系人，因文系事，完成一个自证系统、逻辑体系，乃至一个自洽的世界，是这些作品的不二选择。具体到操作层面：一方面，结合诗文作者的人生经历、彼时心境，对其创作背景与内在情感，展开细致入微的分析；另一方面，不脱离古典的文化语境，在立体变幻的时空中，将只言片语引发的话题，通过大量的史料，放飞无限的遐想，辅之以历史学、社会学、心理学、文艺学的不同视角，找到诗文作者自况的身影，看清他们生命的容颜，还有与常识相悖的人性之美，发现被他人忽略的风采。蒋华直面心灵和直觉，不让他人的观点淹没自己的心声，每作一文，都有新见；对已成定论尤其是无法结论的，只要研有新证，就勇于提出弦张另改、琵琶独抱的论断。在古往今来的人事叠影中，打通了一道道云遮雾罩的隐脉，将边缘拓成了辽阔。诗人出身的蒋华，似乎总是与古代诗文大家心有灵犀。他善于营造一种特别的情境，展示文化人执拗的人性情调，还有他们丰富厚重的人生含量；同时不忘启迪读者，向这些高贵的灵魂致敬。

札记类文章，很容易面目可憎、枯燥乏味，拒人以千里之外。所以这类文章的语言，看似不重要，其实更重要。《轻风花满檐——中国古典诗文札记》的语言，就像凤凰台上的诗酒剑，三行读罢，让人有一种欲罢不能的快感。还是因为作者是诗人的缘故，这些文字被注入了蕴藉的诗意、情趣，使得兴味和意味叠加，生趣与理趣搅拌；这些文字也被注入了优美的节奏、旋律，像古典诗词一样，具有行云流水般的飘逸劲爽。蒋华还善于从文言中汲取营养，遣词造句华而不奢，艳而不妖，精炼老道，简繁得当，具有体面、精准、节制的品相，恰到好处的分寸感。在修辞方面，精妙的比喻、拟人、夸张等，比比皆是，琳琅满目。偶尔用上的一句现代流行语，幽上一默，堪称灵光一现的闪耀，绝无同类文章的呆板和生硬。总之，《轻风花满檐——中国古典诗文札记》具有浓得化不开的文学魅力，值得细细咀嚼玩味。这部书语言的另一特色，就是文章中有大量的诗句、丽句、警句的引用。由于耳熟能详，在作者写作时自觉不自觉地就喷涌出来，滋润行文。这些引用，或起兴于篇首，或收梢于句尾，或嵌入在句中，或空格分行全引，或文内部分摘引，功能各异，效果凸显。引用无处不在，增强了文章的说服力，厚重了作品的文化含量，也扩大了读者的知识视野。这些都是札记文章所必须具备的，且无卖弄学问之嫌。当然，亦有少数地方引用过多，削弱了主观表达的效果。

我们知道，做学问如登地狱门，九死方能求一生。搞研究，兴趣、才华、勤奋，三者缺一不可。没有老师的教诲，没有同道的切磋，蒋华高超的眼力，敏锐的悟性，犀利的评析，完全靠的是自行摸索，自开灵窍。他的成功，断然离不开他的苦读、精研及深思。蒋华淡泊名利，远离热闹，一头扎进纯美的文艺世界，一去三十年，没有抱怨，没有戾气，从不孤愤，也不忧郁。他逆向走到时代的后面，与古代文人作心灵上的交流，至性、至情、至理、至慧，一心构建古典的人文情怀。他尊崇自己内心的声音，用诗人体验人情物态的眼光和同情，用中国式的审美与格调，对真善美作锲而不舍的追求和昭示。古典诗文是中国传统文化的精华，也是我们心灵领地上最容易抛荒的一部分。蒋华以自己对古代经典的洞见、敏识，将内心滋养成松间明月、石上流泉，也让有心的读者，在刹那间遇见那些人世的美好。

《轻风花满檐——中国古典诗文札记》是蒋华多年来，焚油继晷、兀兀穷年深入研究的最好回报。

2018年11月

告诉你一个不寻常的弋江

——《话说弋江》读后

潮起弋江，源远流长，科扬文蔚，现代新城。弋江，这片古老的土地，充满了山川与人文的灵秀，洋溢着创新与发展的激情。为了让关注和支持弋江发展的朋友们，更为直观地了解和感受悠远而厚重的弋江，《话说弋江》（安徽师范大学出版社2014年10月出版）一书应运而生。在我看来，这是在恰当的时间、恰当的地点，弋江区有关部门所做的一件恰当的事情。

《话说弋江》选材精当，图文并茂，编纂者跨越了今古的鸿沟，以“话说”的方式，用通俗、简练的语言，散点透视的手法，讲述了弋江的历史人文、自然山川、风景名胜，为我们生动传神地描绘了一个古老的弋江、人文的弋江、魅力的弋江。彰显文化特色，将弋江勾勒成为一个活生生的，有着悠久血脉的所在，是这本小册子的最大特点。甚至可以说，这种历史断简中铭刻着的地方文化书写，构成了弋江最为清晰的来路。

弋江前身马塘，它的地域隶属，历来改变于芜湖地域隶属的改变。1949年4月芜湖解放后，在青弋江南岸设立了河南区人民政府。1980年6月，撤销原有建制，设立马塘区人民政府。2006年2月，随着芜湖县原火龙岗镇划归，又因青弋江在区境注入长江，马塘区因此更名弋江区。弋江区历史悠久，文化底蕴深厚，是芜湖文化版图上的重要板块。境内小荆山一带，五千年前就有人类活动的踪迹。南宋，文天祥、杨万里等文化名人都在古镇澛港留下了瑰丽诗篇。清末，青弋江两岸商贸业发达，有“甲于江左，百物翔集”“市声若潮，至夜不休”的美誉。这里，不仅有“白马洞天”“盆塘塔影”“荆山寒壁”等芜湖老八景，还有道台衙、中江书院、塔塘神墩等遗址；不仅是芜湖米市的发祥地，还留下了众多的非物质文化遗产。这些在书中一一被起底，无矫无饰，天然质朴，仿佛从清凉的生活中走来，面目逐渐清晰、高大。这些穿越历史的遗产，承载地方文化的记忆，打通了古今的隧道，是弋江人在传承中探索、在发展中创新的宝贵精神财富。

《话说弋江》全书共分为六章，即“扬子江畔话弋江”“弋江山水”“古色弋江”“史海钩沉”“弋江传说”及“今日弋江”。弋江区西面濒临长江，南面是长江支流漳河，而青弋江作为长江下游最大的支流，从东、北两个方位合围弋江区的土地，弋江区就像四水环绕的一块明珠镶嵌在扬子江畔。这是弋江因水而活的独特地貌，也是弋江得以自古舟楫便利、货畅其流、贸易繁荣，是历史上徽商云集的重镇，也是芜湖米市的策源地的重要原因。“古色弋江”“史海钩沉”两章中，弋江历史上存在过的古镇、古渡、古街、名人故居，以及道台衙、禹王宫、中江书院等行政、文化设施，被一一罗列介绍，彰显弋江区的人文底蕴和历史厚度。“弋江传说”是从弋江区大量传说中精选的数条，寄寓着民众对各类历史人物或历史事件的评价，是他们历史观点、历史情感的重要载体。民间传说虽不可当真，但能够使民众由眼前的现实追寻到遥远的过去，使人们由自然美联想到社会美，从而增强人们对生活的热爱和理解。“今日弋江”作为单独一章是十分必要的。21世纪以来，弋江区以昂扬的姿态，开启大规模新型工业化、城市化路径，一跃成为芜湖市最具发展活力的后起之秀。古今对比，在熔旧铸新中不断发展，令人振奋。在“附录”部分有四节：“弋江大事记”贯穿古今，内涵丰富；“文史流芳”中的那些历代文人咏颂弋江的古诗词及民谣，映照出历史和民俗的风情；“弋江区非物质文化遗产”部分是按照其档次和分类作介绍，简明扼要，一目了然；“弋江区文物”凝结在历史遗迹、遗物中，是古人智慧的结晶和历史进步的标志，从某个侧面反映了当时的社会政治、经济、军事、文化状况。这些优秀的文化遗存，从某种程度上说，是弋江地域上的先民们优秀生活方式的积累。值得一提的是，书中有许多珍贵的照片。照片的穿插使用，有时胜过语言的强大，更是弥补了语言的无力。对于本地居民来说，都是能够识别的景观，不加说明，也可以看出是什么地方；而对于外地人，照片则很好地起到了“树立形象”的作用。“弋江文物”部分没有留下一帧图片，不能让这些文物在时光中静止，更不能产生意蕴十足的流动，令人不甚满意。

作为本书的策划者之一，我们深知秉持开放心态、实事求是的精神，有多么重要。这些文字以最权威的版本为依据，不哗众取宠，不轻信盲从。因为历史真相往往会被掩埋，而被掩埋和遮蔽的真实原因，不全是后来人们的主观而为，还因为在当时就没有认真弄清楚。尽管有些盛行的说法流布至今，影响甚远，但在缺乏新证的前提下，显得比瞎子摸象还可悲，比关公战秦琼还可笑，所以坚决予以舍弃。编撰者虽多不是专业人员，但他们善于学习思考，能将看似不相干的东西集合起来，融会贯通。当然，这样一本小册子不可能满足读者的全部需求，浅尝辄止、深耕不足的缺陷显而易见。这也为我们编撰更好的版本提供了经验。

千百年来，勤劳智慧的先人，在这片热土上创造了绚丽多彩、独具特色的文化，为今天的弋江增添了无限的风华与魅力。文化是历史画卷的点睛，更是经济社会发展的重要依托。文化内涵的注入，让古老而年轻的弋江区更有内涵，更有颜值和品质，也为外界了解我们打开了一扇窗口。如同所有的绚烂，只有走得足够近，才能感受震撼一样，一切的意义，只有离得足够远，才能看得真切。《话说弋江》的出版发行，对于弘扬弋江文化，助力经济社会发展，提升对外知名度和美誉度，都具有十分重要的现实意义。

成就属于过去，未来有待于我们的创造。展示历史，也是为了当下发展。作为一个弋江人，我深深地感到，今日弋江，政通民和，人文荟萃，产城融合，比翼齐飞。三十万弋江儿女，承载着光荣与梦想，阔步前行在建设安徽省最具核心竞争力的现代化新城区的康庄大道上。

2015年4月

良好的开端

——祝贺首部《弋江年鉴》出版

盛世修鉴，鉴往开来。经过全体编纂人员的共同努力，《弋江年鉴》（2011）创始卷已经正式出版了。这是继《马塘区志》（2005）后，弋江区经济文化建设中的又一件大事，是弋江区社会主义精神文明建设在文化领域里的一项新成果。翻阅这部装帧设计非常大气的年鉴，我感到全体编纂者的辛勤付出是值得点赞的。毕竟，白手起家，从无到有，且起点不低，这个良好的开端，预示着弋江区的年鉴编纂工作步入正常化轨道，可喜可贺！

何谓年鉴？我百度了一下。古人说得既很简练又很模糊："年鉴者，吾人身观而亲知之最近史料也。"不过，时代在发展，今天的专家更趋向于这样的定义："年鉴是全面、系统、准确地记述上年度事物运动、发展状况，汇集一年内的重要时事、文献和统计资料，按年度连续出版的工具书。年鉴是一种特殊体例的著述，是地方志的一个重要组成部分。"由此可知，年鉴博采众长，集辞典、手册、年表、图录、书目、索引、文摘、表谱、统计资料、指南、便览于一身，具有资料权威、反映及时、连续出版、功能齐全的特点，属于信息密集型工具书，具有资政、资商、资业等服务现实的功能。事实上，我国的年鉴编纂已有六百多年的历史，成书于14世纪中叶的《宋史·艺文志》中，就有《年鉴》一卷，可惜已经失传。

2006年，我国各地陆续开始了地方年鉴的编纂工作。因此说，弋江区年鉴编纂工作并不算晚。《弋江年鉴》（2011）作为弋江区有史以来编纂的首部年鉴，且是有五年跨度的综合年鉴，更体现出一种积极的创新姿态。

我们知道，弋江区历史悠久，文化底蕴深厚，但中华人民共和国成立前弋江区并非一个独立的行政区域，且地界屡有变更。2006年初，芜湖市行政区划调整，原马塘区更名为弋江区。原马塘区的自然社会史特别是新时期经济社会发展状况，已被编修成《马塘区志》（2005），而《弋江年鉴》（2011）主要记载2006年区划调整后至2010年这五年间全区政治、经济、文化、社会等方面的发展和变化，之所以用五年跨度编纂一部综合年鉴。笔者认为，这是结合区情实际作出的选择。因为区域毕竟不同于市域，也不同于县域，年鉴既要内容翔实，更不能拣到篮子都是菜。五年来的事情都在眼前，对于编纂者来说，不必像该区的第一部志书《马塘区志》那样，循着时间的河流去回溯，只需把近五年来弋江区的大事要事、重点工作，零散的变为系统的、孤立的变为关联的、粗浅的变为精深的、感性的变为理性的即可。当然，既然谓之年鉴，收录资料还是以2010年为主，对2006年区划调整后的重要资料只是予以适当追溯。

《弋江年鉴》（2011）编纂形式采用分类编辑法，按照类目、分目、条目的结构编排，以条目作为资料记载的基本单位，各条目内容相对独立。全书共设27个类目，除了特载、大事记、区情概览、人物、荣誉榜、统计资料、附录七个类目不内设条目外，其余20个类目共收录928个条目。这种紧扣文体要求，严格遵守条目式的记述体，还体现在写作手法上，没有过多地考虑布局谋篇、开头结尾，也没有纠结于段落层次上的衔接、整体上的起承转合，而是按照各类不同事物的发展顺序，开门见山，据事直叙，用具体事实说话，摒弃议论，寓观点于记述之中。尤其是在总纂的时候，对各单位报送、出自不同人手的一些兑水的表述，毫不留情地进行了大量删改，使文风总体上趋于一致，语言尽量做到简练而不失精准，质朴而不失可读性。

2006年至2010年，正是弋江区实施“十一五”规划时期，全区广大干群深入贯彻落实科学发展观，围绕“3215”的“十一五”发展目标，大力实施城市化、工业强区、项目拉动三大战略，有力地推动了经济增长和社会进步，综合经济实力和城市竞争力明显增强。这五年，是弋江区历史上发展最好的时期之一，是城乡面貌显著改变的五年，是人民群众得到实惠最多的五年。经过“十一五”期间的发展，弋江区经济社会全面转型、加速发展，跃上了新台阶，步入了快车道，为“十二五”瞄准更高标准、实现率先崛起奠定了坚实的基础。正是因为《弋江年鉴》（2011）囊括了“十一五”时期弋江区方方面面的大事要事，全面、准确、公正、客观地记录了这一奋斗进程，不仅可为各级领导决策提供参考，为各行各业提供有价值信息，还可为社会各界人士了解弋江、认识弋江提供基本资料，为续编区志提供珍贵史料，价值是多方面的。

2011年是“十二五”规划的开局之年，全区人民正满怀激情，以自主创新为先导，以高新技术产业和现代服务业为支撑，以保障和改善民生为出发点和落脚点，重点实施“创新驱动、产业升级、城市转型、和谐富民”四大战略，努力把弋江区打造成安徽省最具核心竞争力的现代化新城区。笔者坚信，在芜湖市委、市政府的坚强领导下，弋江人民一定能谱写出无愧于时代的新篇章，创造出更加灿烂辉煌的明天！

2012年3月

以此留下披荆斩棘者的印迹

——报告文学集《开拓者的脚印》编后

谋事在人，成事更在人。21世纪之初，芜湖高新技术产业开发区（以下简称“高新区”）设立。经过十多年的艰苦创业，芜湖高新区在芜湖市委、市政府和弋江区委、区政府的正确领导下，在高新区管委会的直接服务和社会各界的大力支持和关爱下，通过入区企业的不懈努力迅速成长壮大，发展之好、进步之快令人瞩目。2010年9月26日，是值得所有弋江人自豪的日子——芜湖高新区被国务院正式批准为国家级高新技术产业开发区。

十年磨剑终成锋，一朝出鞘风云动！近年来，芜湖高新区以申报国家级高新区为契机，秉承“发展高科技、实现产业化”宗旨，大力挑商选资，营造创新创业环境，不断提升以企业为主体的区域创新能力，努力打造以奇瑞为龙头的汽车产业，经济总量迅速上升，产业结构不断优化，成为推动弋江区经济快速增长、带动全市经济结构调整和经济发展方式转变的强大引擎。

高新区的主体是企业。这些企业无论是来自本市还是省外，都有一个共同特点：艰难创业、勇于开拓、锐意创新、热情回馈社会；企业高层主管更是目标远大、意志坚定、精于管理、有鲜明的社会责任感。这些企业当中，有些已形成全体员工一致的价值取向、理想信念和道德境界，在不断追求和完善中，诠释着当代民营企业的崭新风貌和时代精神。高新区之所以有今天这样的成就，不仅在于坚持解放思想，消除妨碍经济发展的思想障碍和体制障碍，倾心尽力做好服务，努力营造亲商、富商、安商的良好环境，更在于入区企业敢为人先的改革精神、攻坚克难的拼搏精神、干事创业的实干精神、造福社会的奉献精神。这些无疑是值得宣传歌颂、大书特书的。基于这样的认识，芜湖市文联及作家协会与弋江区委宣传部、高新区管委会一拍即合，决定联手推出反映高新区企业风貌和精神的系列报告文学作品集，于是经过近一年的采、写、编、校，这第一部《开拓者的脚印》出版发行了，算是有了一个良好的开端。

作为参与了本书策划、组织及编写的当事人，我想借此机会说几句。

《开拓者的脚印》集中展示了芜湖高新区16家企业的发展成果、发展经验，特别是“掌门人”勇于开拓创新、搏击市场的先进事迹。同时，本书也是我市十多位知名作家、资深编辑记者，满怀激情深入生活、集中创作歌颂我市优秀民企的一次有益尝试。创作者被企业创业精神所感染，克服了交通和对接上的困难，细致采访，精心构思，斐然成篇。著名作家李幼谦摇着轮椅，十余次深入企业体验生活，在较短时间里完成了两篇作品。她这种精益求精的精神，带动了其他创作者丝毫不敢懈怠。他们中很多人都是本市颇有名气的作家，文学创作成果不可谓不丰硕，但采写报告文学还是第一次，他们在接到任务后，并未推托，而是抛开手头的创作，深入采访构思，精心打磨作品，十分出色地完成了任务。

还有，本书采编出版得到了市委宣传部领导的关注和勉励。在采编过程中，高新区管委会为创作者采风、联系采访者提供了诸多便利和帮助。弋江区工商联积极发挥职能作用，为确定方案、增补入选企业、召开座谈会，特别是筹集出版费用不辞劳苦。在出版过程中，安徽师范大学出版社总编汪鹏生先生亲自审定书稿，给予热情帮助和指导，童睿先生尽心尽力、一丝不苟地编校，张双柱等先生对装帧设计提出了宝贵建议，芜湖日报记者陈立希毫不犹豫地拿出他拍摄的珍贵照片。

大家知道，报告文学这种体裁，从来没有缺席过对历史巨变下时代精神的表达；也从来没有缺席过对人民群众追求美好生活中喜怒哀乐的抒写。奋斗者需要创作者的发现，人们才能很好地理解奋斗者的精神。这是报告文学的优长，也是报告文学的使命。

在我看来，《开拓者的脚印》是一部质量上乘的报告文学集，纪实性、及时性、文学性、可读性、示范性兼备。创作者们以平行的切入视角，大处着眼，小处落墨，共情于他们笔下的人物，尤其是在人物的塑造上尊重个性、注重细节，以典型事例活化出的人物心路历程、百折不挠的斗志，作品告诉人们：这些创业者之所以成功，是因为经受住了凤凰涅槃、浴火重生的考验，才步入康庄大道，开辟出一番新气象。

王祚宏的《“开”进世界的中集瑞江》站位很高，恢弘大气，气势磅礴，具有不可辩驳的力量，充分体现了作者驾驭报告文学这种体裁的才能。李幼谦的《强盛之力》笔力活泛幽默，叙事游刃有余，平常的故事总是在不经意间掀起波澜，引人入胜。范君问的《昂首阔步再铸辉煌》重点描写当下，也能勾连起过往，并水到渠成地指向未来，在语言风格和艺术形式上均有独到的造诣。米文鸿的《一个守望者的执着梦想》结构严整，叙事利落，语言流畅，呈现的是诚实态度与朴实风格，通篇没有旁逸斜出的赘笔，令人一气读完，余香满口。孙凤山的《康伟之光》引入了小说的创作技法，很好地塑造出主人公既埋头苦干、务实低调，又踌躇满怀、志在高远的鲜明形象。《爱德机械　体现芜湖城市精神的范本》是董金义的作品，为人为文向来真诚的他，这篇报告文学同样排斥那种虚假的没有诚意的写作，这种立足客观实际的写法，与那些贴标签的写法拉开了距离。张诗群的《锻造三联锻造品质》语言清新，层次分明，作者并没有过分依仗自己的文学特长，而是尽量让语言风格与作品相匹配，显得自然奔放，摇曳多姿。韩步华的《信念和时势造就的强者》采访深入，内容充实，通篇没有空话，貌似平易而最不容易操作，体现了作者善于逻辑概括的功力。唐玉霞的《我们的故事充满阳光》绵密的笔触，使表达更为细腻，特别是赋予事件充满魔力和魅力的细节，有几分现实说几分话，不人为拔高硬塑，读来可信可感，令人敬佩。擅长报告文学创作的何更生，具有铺陈故事的从容和机趣，从主人公看似寻常而又与众不同的精神状态中，让人们领略了创业者的价值取向与人生追求。可以说，16篇作品折射出时代潮头的16朵浪花，汇集起不绝于耳的壮阔涛声。我相信，这部厚重的纪实报告文学作品，所蕴含的地方经济发展理念与智慧，将让更多的朋友了解高新区为什么会成为创业高地，知晓高新区目前已经取得的辉煌业绩，也将让更多的朋友感叹营造出热土的那份艰辛，学习借鉴创造出辉煌业绩背后各位“掌门人”鲜为人知的聪明才智与奋斗精神。

九万里风鹏正举。在全市上下科学谋划“十二五”，迅速掀起创业富民热潮的关键时刻，高新区正抓住升级的重要契机，认真贯彻落实国务院批复精神，按照国家高新区“四位一体”的新定位和“二次创业”战略的要求，努力将高新区打造成为我国民族品牌汽车工业的创新与产业中心、合芜蚌自主创新体制机制改革的先导区、皖江城市带承接高技术产业转移的示范区、安徽创新创业资源和高端人才的集聚区、芜湖城市科教和高新技术产业功能的承载区。此时此刻，我仿佛看到，“开拓者的脚印”在越来越密集、越来越清晰地向前延伸着。或许不需要十年，就会有更多的顶天立地式大企业、大集团在这方创新创业的热土上崛起，为弋江区乃至全市经济社会科学发展提供不竭的动力。

2010年12月

千年芳华的诗词佐证

——读《弋江历代诗词》

弋江区作为芜湖固有的畛域，历史悠久，人文炳蔚。早在四五千年以前，小荆山一带就有人类活动的踪迹；境内澛港元代设有馆驿，到明代澛港发展成为芜湖首镇，清道光年间的米市一度超过芜湖城。弋江区还是芜湖古八景中白马洞天、盆塘塔影、荆山寒壁所在地。勤劳智慧的先民，在这块沃土上接力耕耘，收获物质财富，锻造精神文化。

翻开历史文化典籍，钟灵毓秀的弋江，美丽的自然人文景观和淳朴的社会生活图景，自古以来，吸引了无数诗人墨客、政商名流，纷至沓来，或慕名览胜，或交朋访友，或为官任职，或途经此地。他们流连于这方山水间，吟咏唱和自然不可少，历经千年积累了宏富的诗词作品。这些作品如一粒粒珍珠，散发着古老弋江的千年芳华。

弋江区有关部门将这些散落在典籍中的诗词作品，进行了较为全面的搜集整理，辑录自隋代以来148位作者的247首诗词，拟出版《弋江历代诗词》一书。近日，笔者拿到本书的电子稿，畅快地一气读完。作为一名土生土长的弋江人，我感到有话要说。这是一本迟到的书，也是一本及时的书，更是一本有特色的书。说它迟到，是因为这样的宝藏早该挖掘了。说它及时，是因为本书作为市辖区的首部历代诗词汇编，体现了弋江区历史文化研究的深度和广度，对立足文化兴区的新时代弋江，无疑增添了新的底气。说它有特色，是因为全书的编排，按照朝代更迭和作者出生先后排列，井然有序；作者尽可能作简介，名气大者多介绍，不详者亦注明；对于写作背景、运用的典故及生僻的地名、人名等添加注释，要言不烦，堪称点睛，非常适合普通读者阅读、赏析需要。在我看来，诗词作品能够反映一定的社会生活真实，研究一个地方的古诗词，往往可以解读此地的历史、风物和民情。《弋江历代诗词》当然也不例外，它是弋江地域千年演变的真实写照和形象展示，不仅填补了弋江文化史梳理的一项空白，而且对于提升群众的传统文化素养，增强弋江文化软实力，无疑具有重要意义。

大家知道，新中国成立前弋江区并非一个独立的行政区域，且疆界时有变更，但境内的一些延续至今的古地名，起到了很好的参照作用，据此，歌咏弋江的诗词可追溯到了隋代孔德绍的《登白马山护明寺》。之后，放眼弋江区域，赞美山川名胜，讴歌历史人物，题咏物华天宝，反映民生疾苦，抒发乡思情结的诗词作品，历朝历代都有，且呈不断增多之势。只要你静下心来翻一翻《弋江历代诗词》，就可以看到，苏东坡、范成大、杨万里、文天祥、解缙、顾贞观、袁枚、洪亮吉、张之洞等文化名流，都在弋江留下了诗作。他们的作品题材广泛，风格多样："茅檐聊寄寓，俯仰亦自足"，这是苏东坡的高歌吟唱，体现了这位顶尖文豪参悟人生、安贫乐道的人间情怀；"千古燕山恨，西风卷怒潮"，这是文天祥的咏史怀古，把这位民族英雄不能力挽狂澜而兵败漕港的沉痛心情，表达得淋漓尽致；"怒雷奔白马，急景乱残红"，这是洪亮吉的豪放抒情，诗人眼中如此惊艳的自然景观，是通过大胆的比喻、工稳的对仗描述出来的；"凫雁江湖老不材，百年世事不胜哀"，这是面对江河日下、气息奄奄的大清帝国，深感无力回天的晚清重臣张之洞的感慨喟叹。尽管这些作品，多不是这些文豪、诗人的代表作，但我相信，有心的读者会从中读出历史，读出社会，读到真情，得到精神的享受和升华。

需要指出的是，可能是因为编写时间仓促，此书在内容上还存在一些不足。譬如：有些作品地域界定过于笼统，是否与弋江区相关，缺乏令人信服的明证；可能是资料的缺乏，近现代诗词的选录较少，有厚古薄今之感。这些瑕疵为今后修订再版留下了空间。

内容博大精深，风格绚丽多彩，意境典雅高古，韵律优美和谐。正是因为具有这样的特质，中华诗词被誉为中国传统文化的瑰宝。在大力推动文化大繁荣大发展的今天，《弋江历代诗词》可谓适逢其时。因此笔者建议，弋江区有关部门组织文化专家，遵照习近平总书记关于传统文化创造性转化和创新性发展的重要指示精神，围绕让这些古诗词“活起来”的要求，再作一些有益的探索，使弋江历代诗词真正成为弋江区弥足珍贵的精神财富和文化自信的力量源泉。

2019年7月

纪胜可传唱　影像即笙竽

——读大型摄影图册《影像芜湖》

照片是定格的历史。相较于文字，照片给予阅赏者更多的自由想象权，不同文化背景的人有不同的观感，深者会产生广泛联想，浅者也不会无所识。

看惯了文字写就的芜湖史志，这册《影像芜湖》是我所期待的。果然，翻了几页，即有一种邂逅般的怦然心动。

芜湖是历史文化名城，也是活力澎湃的创新之城。19世纪末20世纪初，为古老中国新旧冲撞、英才辈出、风云诡谲、异彩缤纷的转折期。芜湖占得开埠之先机，于当时的各个前沿领域，多有抢眼的表现。在“照相”堪称稀罕的年代，芜湖就留下了诸多影像，既有社会民生风貌，也有标志性景观建筑，既有重大历史事件的某个场景，也有风云人物小照。这些留影，记录并佐证了芜湖的不同凡响。

编写这册《影像芜湖》并非易事。照片的搜集遴选倒在其次，使编写者颇费斟酌的是篇目编排。几易其稿后最终确定，全书分上下两卷，上卷为纪实篇，以年代划段，依次为清末民初时期、民主革命时期、抗日战争时期、解放战争时期、社会主义建设过渡时期、全面探索建设社会主义道路时期，从1876年芜湖开埠直至1976年“文化大革命”结束，整整跨越百年。所选照片，尽量凸显不同时期的代表性社会、民生风貌，体现举世奔竞、抢滩逐鹿的新疆场。下卷为专题篇，分设遗址遗珍、鸠兹古韵、徽商遗痕、古建老宅、市井乡情、城市记忆、百年老店、非遗传承等章节，不受年代限制，旨在延展历史阐述，突出地域特色。上下两卷互为补充，多种视角交织，形成立体多维的丰富内涵。

一张照片，就是一面直观、形象的载体，一扇打开的感官之窗。解码一张照片，就是还原一个故事；读懂一组照片，就是复活一段历史。瞧！影像里的百年芜湖，原来是这个样子。

1876年“芜湖开埠”通商后，成为“西风渐进”的一个载体，体现于此的，是书中这个时期的众多“洋照片”。无论是那些在芜湖“工作”过的西方人，还是兴建于彼时芜湖的西洋建筑，都极具代表性和典型性。不过，我最感兴趣的一张图片却是明信片，这张1908年由菲律宾寄往美国的明信片，上半段幅赫然印有芜湖中江塔的倩影。那时，彩色摄影技术刚发明，芜湖的标志性景观即以这样的宣传方式漂洋过海，委实令我辈惊艳和自豪。

在民主革命时期，大批仁人志士云集芜湖。他们或传播新思想新文化，或发展民族工商业，或致力于教育，或投身于革命，成为时代先觉者。在那个理想主义时代，他们初心如炬，卓绝奋斗，舍身赴难，书写了风雨如晦、艰难困苦中的风雅颂，是我们这座城市历史画卷上殷红的钤印。仿佛他们一开口说话，就会有更为纯正的乡音。如果追踪了解了这些人的身世，再反观这些照片，就会有一种雕塑般的立体感。这些载入史册的人物殊难想到，他们留下的这些被理想主义光芒晕染的肖像，就像时空坐标上的一个个星辰，照亮了我们进入历史的某个路口，借此我们可以浮槎岁月天河，穿越时光隧道，走进那个时代的真实。其中一张照片，格外引我注目，那是1927年3月10日，程潜、林伯渠率领的北伐军到达芜湖，芜湖各界在太古码头举行的欢迎大会盛况。照片上，清晰的长江，被热情高涨的人群挤到了远方。

关注社会民生，也是《影像芜湖》所倚重的。记录1931年芜湖大洪水的一组照片，信息量颇为丰富。狭窄的街道水深莫测，只能行船了，于是市民自救搭起了便桥，若有所惑地走过去。可是，洪水迟迟不退，好在国民政府的特派专员将芜湖灾情上报了中央，请求予以急赈。这时，来自国外的飞机也加入救灾行列。痛定思痛，就在这年冬季，芜湖组织了大规模的修堤大会战。

在社会主义过渡时期，影像的喜庆味明显浓郁，人民当家作主的时代气息扑面而来。这个时期的照片主角多为普通人，他们为来之不易的新生活，报以最大的真诚与激情，那种生机勃勃的投入感由内而外，以至于逸出了画面。在“推广第一套广播体操”这张照片上，一群动作不算标准的中年妇女飞翔的姿态，折射出昂扬向上的时代风貌。在打动我的瞬间，也让轻飘飘的旧时光沉甸甸。

下卷作为分门别类的专题，充分展示了芜湖的文化脉络与文化特色。有意思的是，越是时间跨度大的，呈现的越是新近的彩照。没办法，伟大的墨子并没有把他的“小孔成像”转变为实践应用。不过，为数不多的黑白老照片，依然价值不菲。如：1925年芜湖县城长虹门和新中国成立前芜湖文庙、城隍庙等处的原始照，为当下的芜湖古城规划建设，尤其是为它们自身凤凰涅槃、浴火重生，提供了最真实的模样。

大美不美，非画胜画。早期的照片谈不上高技巧，更不可能用软件修图，也因此最为本真，无须验明正身。这些历史机缘之中出现的场景和面影，注入了时代灵魂，穿越了悠远时空，在光阴中静止，在意识中流动，给我们提供了一条幽深的回看历史的角度。恰如一面多棱镜，无穷无尽地敞开，映照出我们这座城市的沧海桑田，天然地赋予历史一个宏大的景深。

当然，尽管编写者将这些浓缩时间、重叠空间，淡化背景、稀释事件的照片，做了时序上的连缀，但依然是零散跳跃、非逻辑性的。这是照片的局限所在。所以，我们不能过分夸大照片的作用，它应是文献资料的有益补充。

囿于经验不足，《影像芜湖》也留有遗憾。我认为过于追求图文并茂，使图片的整体排列偏于局促，重要的照片未能凸显视觉冲击力，而少数品相不高的照片也混迹其中。正因为有瑕疵，寄希望更多的人看到《影像芜湖》后，奉献出依然藏于密室的珍贵照片，以添彩于再版。

“纪胜可传唱，影像即笙竽”。作为芜湖人，《影像芜湖》定可激发出大家对这个城市的挚爱，为匹配这座城市的高度，付出智慧和汗水。

2020年1月

滚石上山　逆流成势

——2019年芜湖小说创作综述

2019年，芜湖小说创作平稳中有惊喜。新老作者在互帮互竞氛围中，苦练内功，多方探索，顽强突破，展示了新的创作实力，蓄积了足可期待的创作后劲。

中短篇小说在文学期刊发表稳中有升。李为民延续高产势头，全年有《较量》《约定》《女儿你在哪儿》《神秘配方》等中篇、《琐事》《氯硝西泮》等短篇发表在省级以上刊物。张尘舞的中篇《余霞尚满天》《葬身之地》《一念之差》，分别发表于《北京文学》《钟山》《小说月报原创版》。何世平亦有《我的同学王小川》《玻璃幕墙》《心事》等中短篇小说发表。子薇的短篇《近邻》《紫荷》分别发《辽河》《椰城》，刘晓燕的《换房》刊于《阳光》。秦超除《龙凤呈祥》发表在《四川文学》，其《没有亲人的葬礼》与黄在玉《回乡记》、徐跃文《邻居》都刊发于《作家天地》。吴云峰的中篇《路》发《清明》增刊，汤明余亦有短篇在《辽河》发表。在精短小说方面：罗光成的《亿年之约》发《小说选刊》，朱幸福的《口头禅》获第二届全国廉政小小说大赛三等奖。周蕖有十余篇小小说刊发于《小说月刊》《香港文学》等刊物，其《阳台的秘密》获首届"骏马杯"全国小小说大赛二等奖，《请你给我打电话》入选英译本《新编中国小小说选集》。鲍山宏、吴屏、汤庆华等也有多篇小小说发表或入集。年末从成都传来好消息，蒋诗经凭借短篇《刀泪》，在温瑞安武侠文学奖中一举夺魁。向各级期刊尤其是大刊名刊发起冲击，是芜湖小说走出地域封闭，在全省抢站C位的标志。潮头激进的几位，业已形成各自鲜明的创作风格。

李为民，堪称以常写变的高手。他的小说取材现实，尽管是零度情感叙述，却能通过一径深入，打开现实褶皱，在情节多变、节奏舒展中完成疏离、错位、断裂，达到消解小说寓意指向单一的窠臼，让读者感知生活之下的暗流涌动。张尘舞的小说以立意见长，撒豆成兵的语言提升了文本的表现力，情节节制，少有凌厉，却丝毫不影响在不动声色中隐含爆发力。周蕖小小说取材琐细新奇，反转出人意料，体现一针扎透的功力，是观照世道人心的切片。秦超试手小说时间不长，在结构创意和表现手法上多有尝试，令人刮目。从芜湖走出的李凤群，强调写小说同理心比同情心更重要，在其《大野》荣获2018年度人民文学长篇小说奖后，对文学愈加敬畏。她的小说来自故乡和记忆里似有若无的日常，却以绵密飘忽的文字引发心灵世界巨大波澜，一如大地深处的呼吸。

小说出版势头未减。2019年是新中国成立70周年，个人出版作品不乏献礼之意。2019年本埠出版的长篇有谈正衡《芙蓉女儿》、吴兰波《追寻》、赵拴拴《总在相爱时颠沛流离》、谈怡中《茨山庵》、袁影红《只有香如故》、章健《天长地久》，以及徐慧莉的长篇儿童小说《陌上花开，逆风飞翔》等。长篇小说因其容纳社会生活广阔丰富，描绘现实历史纵深辽远，且人物众多、结构复杂、驾驭难度大，成为小说中的“重型武器”。上述长篇在文学含量、艺术水准、表达技巧等方面仍有差距，但作为业余作者，已属不易。何世平的小说集《去城市》由广西师范大学出版社出版，同样是年度芜湖文坛重要收获。

谈正衡历时两年推出《芙蓉女儿》，作家铆足劲为故乡浩大绵长的精神立传。小说沿袭中国古典长篇惯用的时空结构、日常叙事、抒情风格，形象化地推出一群清纯而又决绝的女性形象，与大历史无处不在的压迫感，构成了饱满的张力关系。当下很多小说因知识（常识）匮乏如同“空壳”，而《芙蓉女儿》广博配套的知识体系，藻丽华美的秾艳表达，似文化盛宴，语言狂欢，不惟增强可读性，更有地方史志价值。

老作家吴兰波的《追寻》，是一部现实主义长篇小说，讲述了舒雯雯和韩云云这两位出身背景迥异、受教育程度不同的女性，在机缘巧合的相遇后，各自克服困难，勇于打破成规，携手共励共助，一起成长成才的故事。小说看似平淡，却写出了人性的美好，是一部立意高、正能量足的作品。

赵拴拴入选2019年央视电影频道优创计划的《总在相爱时颠沛流离》，让人眼前一亮。这部爱情题材小说，在主旨立意、人物选择、结构设计、表现手法等方面有创新，很好地满足了人们对同类题材的求新求异心理。赵拴拴的小说语言，有冷幽默底色，且弹力十足，传递出的畅爽感觉，让人无法抗拒。

谈怡中《茨山庵》属历史题材，小说深入挖掘地方史料，采取艺术虚构手法，编织头绪纷繁的故事情节，深探人物的内心活动，具有写苦难历史不滞重、赞英雄人物不虚浮的特色。小说的重要线索之一，是写抗美援朝英雄李家发的成长经历，典型环境造就特殊人物，赋予小说红色文化价值。

诗人袁影红出版了长篇《只有香如故》。小说采用家族叙事，写出了从湖北落户南陵的几代窑匠矢志奋斗的梅花窑事业，从几点星火到炉火纯青的曲折历程。这也是一部言情之作，生动描绘了男欢女爱的情感纠葛，以及因此而来的命运抗争。映射的“梅香”意象，是草根顽强生命力量的礼赞，也是窑艺工匠精神的颂扬。

《去城市》是何世平的第二部小说集，收录的中短篇小说，都是发表过的成熟作品。小说内容以改革开放新时期发生在城乡之间的凡人琐事为主，聚焦生活变迁，勘探人心迷乱。何世平的小说属于具有民间叙事趣味的底层写作，显然，随着认识和技艺的提高，他自觉追求多样化叙事，努力拓展反映生活、表现人性的广度和深度。

2019年，创作小说多年的胡旭东、董金义、韩步华、沈光金、白中玉等人也在寻求突破，尤其是白中玉，勤奋有加，积稿丰厚，就欠临门一脚了。

此外，芜湖还隐匿着一群“级别”不低的网络小说写手。他们抓住网络小说平民化、快捷化、自由化的特质，尽情挥洒自己善于编织情节、铺陈故事、制造悬念、吸引眼球的才能。对他们来说，制造爽点与身心疲惫永远并驾齐驱。

文学是高尚而艰难的事业。对跋涉于途的人来说，难免会在守与弃的对立撕扯中，踯躅不前。的确，文学期刊发稿的不易，有时简直到了忍无可忍的地步，屡试屡败，屡败屡试，其中的甘苦和意志，局外人殊难体味。埋首小说创作的人，是值得尊敬的，他们在某个孤独的角落，点灯熬油，孜孜矻矻，承担着唤醒公共记忆的任务。芜湖的绝大多数小说创作者们，不惟此职责所在，亦是个性使然，才没有放弃心中缪斯，一年又一年，竭力写出他们的理想，写出他们对人生的追问。

可喜的是，市作协在首届中短篇小说大赛基础上，2019年将修改后的作品结集编印，同时举办了《安徽文学》芜湖看稿会，为坚守纯文学的作者充电打气，营造互砺互淬的创作氛围。

年已尽，曲未终，人自然不会懈怠。芜湖的小说创作者们，正在经过急流险滩，走向他们想要的潮平岸阔。

近年小说创作的异军突起，正在改变芜湖文学的格局。

2019年12月

风递潮来 云烘月上

——2018年芜湖诗歌创作扫描

芜湖，2500多年历史的江南文化名城，自古就是南来北往的诗人驻足吟咏的一块宝地。新文化运动以来，芜湖走出了田间、刘湛秋等著名诗人。当今芜湖诗坛，风劲帆满，人展其才，正在酝酿成为一个有地区影响的诗歌群体。2018年，芜湖诗坛热闹不减，便捷的网络传媒，各种与诗有关的活动，更是助推了诗歌的繁荣景象。

关键词：发表与出版

传统纸媒发表，依然是诗歌创作质量的重要参数。2018年，诗歌传统纸质名刊《诗刊》《星星》《诗歌月刊》《诗潮》《中国诗界》等上，都有芜湖诗人的作品。据不完全统计，芜湖诗人全年在省级以上报刊发表诗作的诗人就有近20人，达160余首；在市级报刊、微信平台及各大诗歌网站，发表诗作更是逾千首；还有多人的诗歌被选入各种选本，获得各种奖项。事实上，这些发表在纸媒的作品相对成熟，无论是题材取向、表现手法，还是美学形态、语言风格，都呈现出新时期以来芜湖诗歌罕有的丰富。

《在地平线上燃烧》是乡土诗人陈荣来2018年出版的诗集。陈荣来是个诗歌活跃分子，他的诗作地毯式轰炸在各种诗刊和网络平台上，上升势头迅猛。这部诗集取材广泛，语意清新，表达了诗人对灵魂归属的渴望，是新乡土诗歌创作的有益探索。团结出版社推出的汪明松诗集《梧桐花谷之恋》，满怀诗人对家乡的深情与挚爱，对土地的沉迷与热恋，对自然的倾听与领悟，对爱情的赞美与向往。江双乐《经典药方》收录的作品，情感真挚，诗味浓郁，崇扬美德，彰显情怀，写法上朴实自然，化技巧于无形，独具个人面目。

2018年古典诗词创作也是可圈可点。周正环主编《安徽当代先贤诗词选》，质量较高，具有一定的文献价值。周正环参加第十五届天籁杯中华诗词大赛，荣获特等奖。张双柱为友人珍品藏石配词百阕，广请名家书写，拟出版《百石百词百书》，可谓珠联璧合。原写现代诗的张应中，凭借古典诗词找到了新的精神泅渡之桨帆，今年亦有多首诗词发表在省级以上刊物上。

关键词：活动与采风

2018年，是芜湖诗坛各种诗歌活动频繁的一年。

2015年7月，由诗人卢丽娟（风儿）牵头创设的“芜湖诗院”，为芜湖诗群的崛起增添了强劲动力。2018年，诗院承担论坛、雅集、朗诵会、分享会、发布会近十场，特别是5月份创办的《风》诗刊，编辑阵容强大，正在成为省内又一个有影响的诗歌阵地。卢丽娟代表芜湖诗院全年参加省内外诗歌活动十余场，其本人的诗歌创作成绩亦不俗。

2018年，中国芜湖第三届金秋诗会成功举办。该诗会影响力越来越大，得到全国各地诗人的积极响应，诗人张远琴主编的《诗人天下》微信平台，及时推介入选作品，效果良好。张远琴潜心诗歌创作多年，作品题材多样，2018年，她本人还受邀参加了“百名诗人访延安”等活动。

参加各类诗歌赛事或评奖，多是自发的个人行为。过去的一年，芜湖诗人获奖档次较高、获奖次数较多的诗人有孙风山、周起、张远琴、陈荣来、黄平、沈章宝等人。

诗歌采风，是丰富创作素材、活跃创作氛围的有效形式。诗人陆宗文在主持基层文联工作后，将诗歌采风活动搞得风生水起。他和陈东吉等人合创的歌曲《茶韵古镇——峨桥之歌》，在2018年“唱响中国”第三届全国原创歌曲大赛中，分获作词、作曲、演唱三项金奖。据说，这首歌的歌词也是两位诗人的采风成果。

关键词：部分诗人的2018

天生诗人气质的徐春芳，心境淡泊，远离喧嚣。他将古典与现代杂糅，展示诗歌的中西合璧。2018年他发表的组诗《乡愁》，意象密集，想象瑰奇，赋予诗歌灵动的触须，直抵人的灵魂，深化了乡愁的内涵。徐春芳的诗有中正和谐之美，受到很多人喜爱。

成名较早的梁震，诗歌不再是他写作的全部。2018年7月，《诗歌月刊》"先锋时刻"重磅推出"梁震的诗"。他的诗看似朴实，却极具细腻敏感的表现力，虽未停止过先锋探索，但没有江湖气，倒有一种内敛的气质。梁震还没有触摸他诗歌才华的上线。

2018年是黄平（黑泥）的丰收年，除他的《晚秋的晚》发表在《诗刊》外，还收获了多个奖项。黄平的诗很有想象力，常有惊人的妙喻，他善于将语言抽离出惯常的路径，以新奇的富有动感的意象，制造感染力，诠释语言的活力和创造力。

多才多艺的老诗人马忠（莱马），有自己独到的艺术眼光。他的诗从抒情转向叙事，反修辞，反趣味，反深奥，用浅显语勾勒日常，避免了虚弱的感伤和俗气的滥情。转投歌词创作后，保留了他早年诗歌意境空灵、画面唯美的风格，2018年收获颇丰。

坚持诗歌创作40年的陈东吉，作品以抒情见长，语调铿锵。本年热衷采风创作的即兴之作，多能借景抒情，融情于景，并将那些有生命灵性的景物，与己融为一体，升华诗人旷达超脱的胸襟，总是充溢着一股正气，高扬着一种崇高，寄托着一种情愫。

诗思敏捷的姚明，2018年的作品多是在采风时吟出来的。他善于在词语的碰撞、分离及撮合中，形成错落珍珠与闪烁鳞片的拼盘，进而构建起奇妙而含混的语境，读来爽快。他似乎有点石成金的本事，尽管事物琐屑轻微，经他点染，就有一种风韵。

因阅读视野和篇幅所限，一些取得过较大成就的诗人，如北魏、吴泊宁、曹德华、左湜、崔后明、张军、如是、丑石、渔樵、滕文荣等，还有旅居外地、名头较响的张岩松、白鸦、孤城、李商雨等，不再赘述，见谅。

关键词：女性诗歌创作

芜湖有一众女诗人，她们的2018年同样精彩。张远琴、卢丽娟、胡爱青、水明月、王亚鸿、康小飘、端琼、郑新华等人，是其中比较活跃的几位。谢玉荣、马春等是写作古典诗词的代表。她们大多人到中年，却并没有像卢梭所说的那样，女人一结婚，就失去了艺术天赋。她们执着于诗歌创作多年，将诗歌作为表达情感、寄托人生的重要形式。她们大多有生活的情趣，亦有审视生活的勇气，格局精微，情感细腻，以自己的诗歌才艺，抚慰心灵的琴弦，写出了人生的袅袅余韵。她们以女性的经验和体验，把生活的俗化为艺术的雅，真诚呼唤人性深处的光亮与温暖。她们的诗，或清丽，或飘逸，或含蓄，或温婉，或明快，或刚劲，是芜湖诗歌的重要组成部分。

不可否认，芜湖的诗歌整体上还存在立意不新、境界不高等问题。部分诗人过于小我、学养不足，缺少对现实的观照和发声。人才储备方面，90后诗人崭露头角的还不多。此外，针对本土诗人的作品评论、推介，除杨四平教授外，参与者很少。芜湖作为地域性诗歌重镇，还须有更大作为。

新的一年已经到来，寄望芜湖诗人朝开阔处看，往深邃处想，突破惯性，挑战难度，迈向更高层次。

2018年12月

一峰跋涉诗山的野骆驼

——陈东吉精短诗歌印象

于诗歌，陈东吉先生古今皆擅，风格趋同：思清而绪密，格高而调雄。然其最看重、最用心力的，还是现代诗。

陈东吉浸淫现代诗既久，创作的诗歌作品虽算不上高产，但也可观。“看准了写”“有了感觉才写”，体现了他对诗歌一贯的敬畏。多年前，其诗歌集《在大地上》出版不久即告售罄，创造了非著名诗人诗歌集再版的奇迹。检视陈东吉全部诗作，可以看出他对短诗创作情有独钟。现代白话短诗，就像古典诗歌中的绝句，想写出盎然的诗味往往更不易。陈东吉的短诗作品，是在考虑普通读者阅读趣味的同时，也彰显了诗人不凡的艺术功力。显然，这些精粹而质优的短章，颇受20世纪中叶政治抒情诗的沾溉，有崇正、明朗、昂扬之美。

“不学诗，无以言”。可以想象，生在新中国、长在红旗下的热血男儿，跨进革命理想高于天的军营，会怀抱怎样的信念，扣好人生的第一粒扣子。那正是贺敬之、郭小川、李瑛、闻捷等军旅诗人为时代放声歌唱的年代，对于已展露诗才的陈东吉，引发的顶天立地共鸣，是不言而喻的。其时，他的多数涂鸦之作，已被很受器重地“发表”在黑板报上。“我肩头钢枪斜跨，手中缰绳倒提，像一峰跋涉在沙海的野骆驼”，这是诗人当年战斗生活的真实写照。从此，“野骆驼”就成了诗人的化身。西部军事要地，环境的险恶可想而知。但是，“我从此学会了站立的姿势，完成了，一棵树的成长过程”。革命战士无畏无惧的担当，已昭然入目。这些诗，致力于意志与理想的表达，声调铿锵，意境壮阔，总是激荡着英雄主义豪情。

退伍回乡近三十年，时空转换，乾坤挪移，从边疆大漠，到烟雨江南，陈东吉的诗，出现了题材上的变化。江南的山川草木，田园风光，甚至个人的环球漫旅，皆入诗中。若问为何，一句话，生活状态使然。随着时间推移，这类题材的吟唱，逐渐占据陈东吉短诗中的绝对多数。

这些诗，短小而不局促，精致而不简单，在缚束中自由，在节制中爆发，具有体量小而容量大的特点。诗人令每一首诗，都潜入生活的褶皱，令每个句子都落入心田的滚烫，无拘无碍，收放自如，可谓灵光一现，浑然调成，纯粹地表达着自我精神世界，凸显自由独立的品格，让人感佩。这些诗，似明眸善睐的秋水，不带一丝矫饰，明快、清爽、机智、老道，有时也不乏绵柔的伤感、细腻的含蓄，体现了纯真、宽容、博爱的精神内涵。这对于一手伸向生活一手伸向传统的诗人来说，诗艺的淬炼成型，并未脱离早年铸就的根基，如果说略有变奏，就像书法中的标楷，变成了行楷。从激越的冲锋号，转为悠扬的长笛，他的嗓音还是那样，具有金属质感，刺破青天锷未残。

漫长的学习积累，诗人完成了他的艺术精进。技艺上，诗人更注重汲取古典诗词特质，将主观情绪与客观景物和谐相融，营造出美妙的意境。《山水三山》《桃花源墅》《板石岭》诸篇中，诗人借景抒情，融情于景，那些具有生命灵性的景物，与诗人融为一体，升华诗人旷达飘逸的襟怀。对于读者来说，体味这类诗最好的办法，就是抓住诗中溢出的画面和氛围，感受彼时、彼地、彼景中人的情感世界。这是诗人在日常生活中，找到的精神之光，让它照亮世界，温暖人心。

陈东吉认为，炼字锻句是诗人的礼貌。他的诗句，从不聱牙艰涩，总是用语浅白，清新华丽，贴近大众化的审美。由于熟擅古韵，诗中巧妙穿插仿古诗句，如“月映峨溪练”“百丈见鳞游”等，竟无不谐之感，反而更具浓郁的中国韵致。品读这些诗，就像品味清香习习的中国茶，回甘不尽。

陈东吉的诗，秉承中国古典诗歌可以吟唱的传统，且共振于时代的脉搏，有完美的韵律、稳定的节拍。这种新的发声方式，读来节奏和谐流畅，自带轻微的弹跳，非常适合中气充足的人朗诵。译成英文后，也不改这一属性，有人用英文朗诵他的《费式与缪克》，气场依然强大。这是一股内在之气，正大光明，坦荡宽厚，是陈东吉诗歌丰盈底气之所在，也是不竭创造力、旺盛生命力之所在。

话说回来，任何风格的作品都有其软肋。陈东吉的短诗作品，同样存在深度不够、抒情过度的缺憾。何况现代诗的创作已进入多元化时代，各种新尝试、新探索、新突破层出不穷，而很多诗人陶醉于这样的戛戛独造中，目中无人。既然容许别人赶时髦、喜新厌旧、自以为是，那也应该容许有人恪守传统，将一种诗歌风格传承下来。这是我力挺陈东吉诗歌的理由。

陈东吉机智、幽默，喜聚谈，兴味到时，爽朗风趣之言笑，声振屋瓦。听者难逃其感染，无不解颐。向以“野骆驼”自居，骨子里对诗歌的热爱，注定此生跋涉于诗山，不会停歇。

2018年9月

诗意人生的收获

——读陆宗文诗集《田野之歌》

陆宗文首部诗集取名《田野之歌》，肯定有所考量。依我理解：一是生活的广阔田野，是他放声高歌的倚靠；二是在肥沃的田野里，他更能收获曼妙的诗歌。由此可见，勤恳、质朴、情真的农民本色，是陆宗文诗歌不变的情怀。

一片真心，一片血诚，一片大义。读了书中几首亲情、友情、乡情四溢的诗作后，我有了这样的感受。平白如话的词句，连缀起来，就有了一种魔力，生成的一股情感涡流，总能把人没头没脸地席卷。诗是情感发酵的产物，写诗，就是写诗的人，将自己的情感文字化，从这个意义上说，情感决定诗歌的成色。基于此，我认为陆宗文的这些分行文字，绝对是诗歌。因为他是至情至性的人，对诗歌有着浸润于骨髓的酷爱；他写诗，总是先捅自己一刀，让情感流出血来，再和文字较劲。或者说，他不为诗而诗，只为真而情、诚而情、义而情。回到这本诗集上来，可以看出，诗人披肝沥胆掏出心底话，有时难免伤感，父亲的渔网、弟弟的瓦刀、故乡的炊烟、朋友的身影……生活中的生离死别，于诗人是怎样的情何以堪？但，伤感过后终究是幸福的：一种内在的生命表达，已化作了字砖，为故乡、为亲友相呴以湿、相濡以沫的情义树碑。

三山区是陆宗文工作的地方，也是他以诗歌为引擎，将文艺搅得风生水起的地方。每到油菜花黄时，作为一个旅游地，三山被很文艺地爆炒，每每溢出文艺圈。这是一位宣传工作者的撒手锏，更是一位愿以赤子之心深入生活的诗人，对现实满怀责任，报以极大热情，且又格外锐利和高效。

三山的大地，他用勤快的双脚丈量，三山的山水，他用深情的眼光抚摸。三山的一草一木，都装在了他的胸中，故有《我是一只三山鸟》《写在三山的大地上》《三山，一幅美轮美奂的山水画》等反复吟唱。这些诗歌，意绪饱满而不繁，抒情到位而不过，高扬着激情澎湃的心灵律动，混合着人与自然的浪漫和谐。这些诗，打开三山三维画卷，触摸到了大地的灵气和底气，鲜明着温暖蓬勃的形象，厚重着价值指引的力量。

这本集子里，也收录了不少感时应势的礼赞之作，外在样貌上十分接近政治抒情诗。每当重大纪念节日和重要活动，热爱新生活、拥抱新时代的陆宗文，难抑奔放不羁的讴歌冲动。他的这类诗，也是缘情而起，有感而发，比那些言不由衷、有意粉饰的赞美诗，多了责任和担当，彰显忠诚与道义。这些尤其适合朗诵的诗歌，顶天立地，山高水长，风格豪迈，音韵铿锵，充满亲切感、号召性、磅礴力。有意思的是，诗人对抗洪英雄王能珍情有独钟，接连写下三首英雄赞歌，角度各异，崇敬之情一首比一首表达到位，仿佛每个词句都洋溢着动人心襟、感人肺腑的情义。王能珍与陆宗文没有交集，他对王能珍的了解，来自看戏、听报告、媒体宣传。英雄的大爱，英雄的壮举，诗人真的被深深感动。如果说惺惺相惜还有原因，那就是他们长得委实有点像哦。

总体上说，陆宗文的诗歌恰如其人，是外向型的，不给人距离感，既热情似火，又自由如风，既心无芥蒂，又口吐莲花，不吝于将爱、希望及力量拔节生长。可能有人认为，这些诗有些老套，罪魁祸首是抒情味重，加之言辞浅，内蕴弱，便不足观。在我看来，诗歌的一项重要功能是抒情，不管如何花样翻新，诗歌的抒情不是多余，只是滥情才会成灾。当然，《田野之歌》离优秀仍有差距，更多地体现在：遣词造句的出新、统一意境的营造、深层意蕴的开掘等技术层面上。

可能意识到自己的诗歌不够时髦，近年来，陆宗文有了新尝试。《我们接你一起回家》《陶辛荷韵》《红舞》等作品，就是通过词语的险配、修辞的组合、形象的叠幻，形成更为简练的形式、更为顿挫的韵调、更为主观的意境，凸显出陌生化的艺术效果，诗味诗意都有了明显提升。

一个正经八百的人，是写不好诗的。嘴与脚都闲不住的陆宗文，一贯高调，但不倨傲，有意风趣，也不落轻佻。《田野之歌》是他数十年爱诗写诗的重要收获。然而，这本书出版发行后，他反倒不自信了。我试着写了以上鼓劲的话，看他这个瘪了的皮球，能否弹跳起来。

2019年10月

民间语境　人文情怀

——从《味蕾的乡愁》论谈正衡乡土创作

“一招鲜，吃遍天”用来形容作家谈正衡当下的状态，大抵是恰当的。这里的“吃遍天”，是指他一系列的畅销书，那么，这“一招鲜”又是什么呢？读完最新的这本《味蕾的乡愁》，我终于有了看法。

一

谈正衡先生浸淫文学久矣。像他这样视文学为生命，不离不弃终日厮守四十多年，直到很多人与这个雅好挥手告别的年纪，他却意外爆红，放眼整个安徽文坛，亦不多见。能否称其为文学界“谈正衡现象”，还有待专家定夺。

早年，谈正衡的写作起步于乡野阡陌，那是读过普希金《致大海》的少年，歌之咏之犹嫌不足，在小小鱼童、鸭倌、艄公“工作”的间隙，他技痒难搔，心慕手追，开始了自己的诗歌涂鸦。尽管作品稚嫩，也没有发表的奢望，却承载着少年谈正衡最绮丽的人生初梦，若意外得到有文化的师长一句无来由的夸赞，那种狂喜不亚于现在的人中了头彩。

成了恢复高考后的首届大学生，是谈正衡人生标志性事件，他念的是中文系，经过系统的理论学习，特别是中外名作的着意熏陶，他的创作有了质的飞跃。散文、小说，诗歌全面开花，旧体诗词联赋均有试手，甚至改写民歌唱词、民间故事等杂活，亦不在话下。1980年代是谈正衡业余创作的第一个丰收期，他精力好，钻劲大，功夫深，以多面手的姿态，毫不愧色地挺进当时堪称神圣的文坛。想写什么就试着写什么，写什么还就像什么，不管何种文体，他都能抓住本质特征，以强烈的抒情风格，浓郁的人文气息，异质性审美取向，色泽鲜明、骨力劲健的语言，与底层的众多同道们，逐渐拉开了距离。

1990年代第一春，谈正衡结束了十年的教书生涯，辗转县市宣传文化部门及新闻单位。那个年代，这属于组织上看重的文艺人才，半主动半被动地向上流动。谈正衡最终在市级报社站稳了脚跟，年富力强的他业务上大显身手，因经营晚报副刊的思维同构，主要创作短小的散文、随笔、评论等，沉甸甸的《静夜凉风》《热写冷识集》等就是这一时期的成果。但是，直到知天命之年，写作也没有给谈正衡带来任何像样的名声。

正所谓蓄之愈久，发之必速。果然，从2011年开始，一系列的偶然机缘，外省的出版社抛来橄榄枝，他写美食题材的《梅酒香螺嘬嘬菜》很快新鲜出炉。尽管有众多名家和非名家的同类作品，还是出人意料的一炮打响，且为全网层面的热炒热销。平静的生活已无法守住，那是来自国内多个出版社的约稿催稿。守诺的谈正衡只好自我加压，宵衣旰食拼命追赶，短短的几年时间，他手挥目送，接连推出了《清粥草头咂咂鱼》《说戏讲茶唱门歌》《故乡失落的鸟》《故乡花事》《二十八城记》《回味：童谣思故乡》《节气的呢喃与喊叫》等作品集，宛如连珠炮，炮炮不虚，轰隆隆地划过天空，余响不绝。

二

考量谈正衡的文学来路，就会发现他天生就是搞文学的料，很难想象，这个感情和经历都丰富的人，会逃逸于文学强大的吸附力。更为独特的是，他又不是那种四体不勤五谷不分、两耳不闻窗外事的清高文人。恰恰相反，童年失去父母羽翼庇护的艰难生活，磨砺了他的生存斗志，在广阔的田园上，在世俗的烟火里，让他学会了以天地为参照，以生活为源泉，并在实践中最大化地释放天性，细悟自然的妙趣，深究生活的诀窍，练就了非凡的审视人间万物的眼光。

的确，童年的经历会直接左右一个作家的创作倾向。在全面系统的内外兼修后，迈步中年的谈正衡捧出了散文集《长河流月》、中篇小说集《白狐》、诗歌集《五月之岸》等。这些作品已基本褪去青涩，除了对美感的孜孜以求外，还体现出迥异于他人的个性化色彩，或激情奔放，或俊逸清和，或忧郁多情，或清纯明丽。这是沿袭中国传统文脉，具有诸多意味潜藏的文字，能让人明显感受到，作家发自内心地趋近一切美好与良善之物，并以青春畅达之笔展示生生不息的生命情趣，甚至还有朦朦胧胧的天人合一的哲思妙悟。彼时的谈正衡，一边虚心学习一边埋头创作，仅知识层面上的丰富驳杂，创作手法上的前沿探索，语言风格上的嘎嘎独造，也足令当今率尔为文者汗颜。

一个自发成长的年轻作者，能写到这种份上，是很多舞文弄墨的人一生都难以抵达的境界，也算是没有辜负上天的一份美意吧。但我想，在写作上谈正衡可能也有过自我怀疑，甚至欲移情别恋的时候，好在他中文学的毒太深，已无金盆洗手的可能了。

三

细览谈正衡这几年的系列畅销书，我们就会发现，他的文学书写版图依然没有离开江南这方神奇的土地。这是一片承载着淳朴生活和纯净心灵的精神疆域，只是隔了时空回望过去，那些已经或接近消逝的自然风物、生活仪轨、凡人异情、人间美意，被宏大书写所遗漏的东西，似乎越来越凸显非凡的价值。

善于开辟一方喧嚣外的无垢之境，谈正衡这种强大的内心感知力和文本创造力，真是令人叹服。若再深究，可以看出这些江南风物、乡野民俗，不仅形象化地逼真生动，还散发出源自乡土深处的古老神韵、人文气场与精神力量。甚至可以说，这些地域文化气息浓郁的系列作品，业已形成整体上的审美场，构建起个人精神上的理想国。所以我认为，这样的书写，是故乡书写，更是文化书写和精神书写。

完成这样系列化走势、体系化构建的多部作品集，除了天时地利等因素，也彰显了谈正衡顶天立地的雄心和壮志。

如果拿这些畅销书与他早年作品相较，整体质量上实在看不出有了多大提升，或者说有了前所未有的新秘籍。所有文学层面的东西大体相仿，与生俱来的特质宿命般的几乎一脉相承，只是略有变奏。那是阅历的加持，情感的倒涌，使得文章中原生态气息的弥漫和野性生命力的张扬，有了更为珍贵的特写镜头般的画面感，以致江南文化肌体上的那些根须显得更为惊艳神奇。

所以说，这些作品为什么不大可能在他更为年轻的时候写出，想来是有道理的。一个人什么时候写什么作品、什么时候写出最好，能写出什么程度的作品，多是有规律有定数的。

不过，对文学作品的评价，向来没有多少规律可循，却有个时过境迁回头再看的定律。即随着时间的流逝，大多数作品会速朽，只有少数作品会被反复提起，历久弥新，还有极少数原本不起眼的作品，会像出土文物一样被重新发现。不敢说，谈正衡的早期作品都是出土文物，但在我看来至少没有速朽。因为从本质上说，他的新著基本上是旧作的延续，演绎的却是两种截然不同的使命。

四

21世纪以来，是中国社会生活日益世俗化的加速转型期。特别是近几年，在城市化的滚滚浪潮中，更多从乡村走出来的人滋生了家园何处的乡愁；在节奏乱、变换快、喧嚣大的当今社会里，人心浮躁，生活疲滞，使得更多的人渴望内心的宁静与丰饶；文化知识的进一步普及化，加之科技全方位提升生产力，也使更多衣食无忧的人，有了追求闲情雅致的时间。如此社会与人心的变化，必然带动文学审美的变化。至少有一部分人，对那些浮光掠影描写现实表面伪崇高、假深刻的情感，已在心理上有了抵触，对那些煽情的搞怪、无厘头的穿越，还有西方式的深奥、晦涩，产生了审美的疲劳。文学欣赏上的“情感不应期”和心灵上抚慰的需要，反而给了本于性情具有独异审美特质的随笔、散文，留下了足够的弹跳空间。

谈正衡不是那种虚扛着社会责任满怀时代紧迫感的作家，也不是没心没肺不负责任的作家。在他开始搞创作的年代，是冠冕堂皇的“大词”、高大上写作盛行的年代，他有一种孤行气质和恬淡性情，摈弃二元对立的思维，尤其鄙夷以文学的名义篡改、粉饰生活。后来文学界又有一股盲目追逐西方文学潮流的写作，谈正衡对其也是敬而远之。让文学秉持艺术的本质，决定了他的作品看上去缺少主流价值观的渗透，难以在当时产生轰动也就不足为奇了。他有一种迟钝的敏锐、糊涂的清醒，知道自己的写作长处在哪里，没必要将方钉子插在圆孔里。特别是在20世纪80年代，他只愿意“抱着复活的竖琴，弹出嘹亮的颤音”。

机会总是留给有准备者，优秀的作家从来都是善于积蓄能量，做生活的有心人。在报社主持副刊的日子里，谈正衡有意识地沉潜下来，继续阅读了大量自己感兴趣的杂书。他被同事们称为“活字典”，遇到知识上的盲点，请教谈老师，基本上是可以得到满意答案的。阅书无数的谈正衡，渐渐地对很多生活中原本一知半解的学问，在书本知识的启发下，有了融会贯通的自觉。

谈正衡似乎不存在书到用时方恨少，这也是年过半百的他可以游刃有余于乡土传统情味复活的最大资本。这样的复活不是浅层次、泛泛而谈的，而是有深度内蕴的。在中国散文传统里，包含着特殊的人文传统、文化性情与艺术趣味，谈正衡与生俱来的气质、禀赋、才具，决定了他与这些传统有着深层次的契合，而这种契合构成了一种精神性的高蹈与引领，恰恰可以很好地诠释时下以文化守成为本质的现代性乡愁。这不是消极的怀旧，而是回归诗意生活，构建健康个性和精神家园的姿态。

所有的准备好像都是为了这天的到来。《梅酒香螺嘬嘬菜》是他唱响江南的第一歌，竟如此动听，惹人喜爱。当面壁者转过身来，这样的文字已经有了熠熠的光芒，它们以不可阻挡之势破壁而出，一飞冲天。当无数人的掌声与喝彩纷至沓来，对谈正衡来说，既有写作上的回报，更有心灵上的快慰。

五

谈正衡有较完整的底层经历，他的创作灵感多源自生活源于乡土，特色在于民间性、地域性、知识性、新颖性、独异性。如果说他早年作品是浪漫理想化的致青春，“走出去”以来的作品则明显多了反哺意味，是独抱情怀的致民间。这一点，《味蕾的乡愁》体现得尤为充分。

《味蕾的乡愁》是写美食系列的散文集。全书分为珍馐、野味、时鲜、乡气、食间、酒风六个板块。总体上说，这些写民间美食的文字，没有停留在让人垂涎三尺的幼稚层面，而是通过由口而心的感受，将凡俗的生活品咂出芳菲氤氲的诗意，沿袭了他的江南系列书系风物承载文化、文化提升风物的写作取径。

谈正衡是有意把这些文章按照文化散文来看待的，知识感、丰饶感、沧桑感、现场感，文化散文的元素一个都不少。是的，作为文化人，俗世生活中那些绵密的质地，有了文化的灌注才是最为真实的灵魂写照。同时在他看来，饮食当是生活最为本质的外显，所以写美食，须经过人间烟火的熏撩，才能穿透岁月表象呈现生活的纹理；须洞悉那些细小的罅隙和转折，才能破译生活的密码；须咂摸出一些人间真味，才能展示生活的情趣。这些作品无不昭示，口腹之享不仅是俗世生活中最单纯的餍足，还是每一位爱生活、有品位的人，都可以从中获取一份文化的滋养。赋予美食的文化内涵，并通过这样的文化内涵展示一份情怀，这，或许就是文学所追求的无用之用吧。

品读这些美文，我感到光有生活的积累是远远不够的，作家对生活的独特认知、独到发现、独异感受同样重要。如果文章没有“独一味”的散发，就会淹没在泯然“众味”的异口同声中。试想，当很多人同在一口锅里瞎搅和一气时，即使锅的容量足够大，想必味道也好不到哪里去。谈正衡聪明地避开了这样的大锅灶，他用自己的小锅灶，烹煮出让人感觉不一样的味道。

在写作上，作家没有摆开架势，斤凿于文章特有的规范，而是一任心手信马由缰。这是感性经验的巧妙表达，正与侧、显与隐、实与虚、古与今的对比处理到位后，任兴奋的味蕾尽情延伸细腻触角，任不同的风味随意并置比较、杂汇一桌，纵有千般感慨万种风情，也是以轻松畅达笔调出之，岂不快哉！又善用白描，对隐秘味道的勾勒还原，往往做到了直处能曲、疏处能密，把瞬间的感受精准地攫取住，说到点子上，妙在关键处，寥寥数语，活色生香。恰似巧妇完成最后一道工序脱手而出的糕点，开目可见、嗅鼻可闻、伸手可摸、张口可嚼，纵是小甜点乖模样，也是好味道真享受。就是这样的清浅而含蓄，普通而新鲜，粗放而精致，烘托出俗雅兼备的格调和韵致。能够将幽微细腻不以花哨或水分示人，才是内心真有的淡定与高明。这是生活的底料，遇到谈正衡这把不激不厉的文火，轻蒸慢炖出来的精神美食，格外的有滋有味，非那些拾人牙慧的残羹冷炙可比。

透过这股灵性与随意，谈正衡笔下的民间饮食智慧，完成了从生活境界到人文境界的递升。在定框取景的叙述中，在逼真刻画的细节里，追寻至味的琐屑，皆有了委婉的情致；在口福铭心的感恩中，在真情系人的怀想里，放大俗食的生动，亦隐含人文的深意。谈正衡以民间美食的名义，试图要把读者带入一种旷达的境界，透出一派风乎舞雩咏而归的君子之风。原来，中国人的情感、友谊、快乐，乃至文化基因，就渗透在这一啜一饮之间。

谈正衡写活了民间的俗味，给人的感觉，这些就是俗世中的大雅之事。其实，将民间俗趣与文人雅趣统一起来，并不是容易的事情。“生命的节奏固定了一种形态，而流水的节奏又是如此的平和、安宁……我几乎是怀着一种对大自然虔诚的心情，将那条身披许多道彩虹绶带的小鱼放回水流中。”这是《小麻条的春天》中的一句话，或许能够帮助我们窥探作家写这些文章时的一种心态。看，有没有雪夜访戴的意思。或许这就是灵魂在高处的人文情怀吧。有了这种情怀，文章中注定会有更加意味深长的东西。

由此可见，写作一门永远不只是经验、技术，创作者的学问、审美、人格修养、思想境界，有时更为重要。

六

如前所述，谈正衡之所以形成了自己独具人文情怀的写作风格，与其经历，更与其独特的审美爱好与精神追求密切相关。他是个不折不扣的野狐禅。他好像不是我们这个时代的人，却又在这个时代里真心生活，用心体会这个时代的隐秘之处。他学养深厚，淹通古今，知悉中外，因为勤于实践、善于思考的缘故，所有的知识在他心目中都是鲜活的，随用随取。他尤其善于从传统文化中汲取精神力量，将个人的生活经验和生命体验放在历史长河中去审视，古典、善意、泛爱、乐天、浪漫、多趣的特质因此彰显，最终形成他享受人生而不沉湎，看透人生而不消极，灵魂永远在高处的人文情怀。

物以稀为贵，有了现在写作人很少具备的人文情怀这一招，谈正衡江南才子的形象越发显现，文章的特色越发鲜明，追求精神光亮、高蹈个人理想，追求有滋有味的人生、张扬生命的大欢喜，也就顺理成章了。

刚及耳顺之年的谈正衡情怀不老，尚未吐尽腹笥，风头正劲的他会继续向故乡深处走去。那个高蹈风情饱含意蕴的背影，肯定会在下一个路口突然转身。

2017年10月

登攀书山的向导

——浅说选家及其作用

所谓“选家”，就是指选编各类文化典籍的专业工作者。

在文化领域里，选家是自古就有的。我国第一部诗歌总集《诗经》就是选家的杰作，可惜编选者已无从考证。以后历代选家辈出，如南朝的《昭明文选》、唐朝的《艺文类聚》、宋朝的《太平御览》、明朝的《永乐大典》、清朝的《四库全书》，以及大家比较熟悉的《唐诗三百首》《古文观止》等普及读物，大致都是出自各个朝代优秀的选家之手。这些著名的典籍，成了传承中华文化的优秀载体，于中华文明的贡献功莫大焉。可以说，正是由于选家的一份劳动，才得以保全一些有可能失佚的珍贵资料，才得以让后来人更好地学习、继承、发展前人优秀的思想文化成果。

人类社会发展到了当今的信息时代，人们认识世界改造世界的科技、思想、文化成果日新月异，反映时代思潮的文学作品层出不穷；尤其是网络的共享，海量的文献和信息让人乱花渐欲迷人眼。一个人的生命和精力都是非常有限的，他不可能，当然也不必要学习、研究、了解、欣赏所有的科学文化知识。况且在各行各业分工愈加细密、愈加尖端的当代，对于绝大多数人，只要在学有专攻的基础上，对其他学科有一些常识性的了解就可以了。这样一来，选家的作用就更显突出、更为重要了。

如今的选家，最好是研究某一学科的学者、专家，不仅要有较高的学术水准和鉴赏能力，而且能对本学科的发展作出权威的总结和判断。除此，需要的是在大量阅读后的仔细遴选，在眼力、功力相当时，优秀选家还要以自己的毅力、吃苦精神取胜。若能不以个人好恶，从不知名的书刊、边缘作者中选文，就更显选家的功力了。钱钟书先生选宋诗，“得尽量翻看宋诗的总集、别集以至于类书、笔记、方志等等”，不知付出了多少时间和精力。因此，责任和担当，视野和魄力，造就了钱钟书先生一流选家的地位。

囿于本人的知识水平，下面仅就文学普及与发展，谈谈选家的作用和功劳。文学是一定社会生活在人们头脑中的反映，它集中表现某一阶段的社会思潮和真实生活。由于当下我们所处的是纷繁巨变的信息时代，决定了眼下的文学作品浩如烟海。对于普通读者来说，如何选择精华欣赏，选家早已有所考虑、有所准备了。他们从卷帙浩繁的文学作品中，剪芜芟繁，萃取出一本本具有代表性的时代精品来。对广大读者来说，无千淘万漉误入歧途之苦，有坐享其成直取幽径之乐，更起到了窥斑知豹、尝脔知鼎的功效。不过，文学作品的特异性和无法消除的个人偏好，决定了一个文本就是一个独特的世界。正如鲁迅先生所说，当一个选家，并不是一件简单的事，选本所显示的，往往并非作者的特色，倒是选者的眼光。这里举《唐诗三百首》为例。毫无疑问，每个人心目中最好的三百首唐诗，决不会与蘅塘退士孙洙的完全相同。但谁也不能否定孙洙选本两百多年来独树一帜的卓越贡献。《唐诗三百首》的特色就是孙洙的独特眼光，尽管这眼光并不被百分之百的人百分之百的接受。舒婷就曾说过，未选张若虚的《春江花月夜》是《唐诗三百首》的最大遗憾。可以肯定地说，越是好的选本，它的影响就越大、受众就越多。文学选本如此，文学选刊亦如此。这就不难理解，当下诸如《小说月报》《中篇小说选刊》《散文选刊》等现时文学选刊，为什么相对于文学杂志拥有更多的读者了。

正是因为选集受读者拥趸，有良好的市场，如今的文学出版物中，各类选集占了多数。当然，今天能被选家看中推荐出版、风行一时的，明天也有可能被“枪毙”。因为随着岁月的迁移，原本产生过积极作用或引起轰动效应的作品，已完成了它的历史使命，不再有多少新的社会价值，或者已被更加出色的作品所代替。但亦有过去未被重视、从未进入选集，现在又被选家看中的作品。优秀选家的责任就是放大衡量眼光，不断地扬弃。我个人认为：人类社会科学文化就是在不断地选择、淘汰、提高、再选择、再淘汰、再提高，如此循环往复永无休止地向前发展的。这其中我们得感谢选家的一份功劳。

2015年11月修改

期待本土乡愁文学的深度表达

——读李莉莉《乡愁，本土文学创作的富矿》有感

稍有文学修为的人都知道，台湾著名作家余光中先生于20世纪中叶创作的那首脍炙人口的《乡愁》，激起了远离大陆故土的一代人思乡爱国的情感共鸣，成了翻飞在台湾海峡上空的一只永不疲惫的青鸟。这不能不令人赞叹文学功能的强大。

从现实角度考量，文学是时代的晴雨表和风向标。历史上中国文学的乡愁书写从来不曾缺位。早在我国诗歌的源头《诗经》里，就有作品成功运用乡愁来激励士兵，唤起他们保家卫国的情怀。古典诗词中关于怀乡恋故的名篇更是不胜枚举。可以说，乡愁是中国传统文学经久不衰的母题之一，只是创作群体会随着变迁的时代各有不同而已。如果没有离乡背井的文人也写乡愁，大多难脱“为赋新诗强说愁”的嫌疑了。

不过，随着中国经济社会的深层次变革，城镇化进程的加速，如今的乡愁不再是天涯游子的专利，它已悄然潜入各类普通人的心中。进城的农民、跳出农门的学子面对“离别三日、满目皆非”的故土，一不小心成了乡愁一族，甚至根在城市的人，由于城市改造的弃旧逐新，那份难以割舍的老城情结，也会时常敲击着他们的心扉。凡此种种承载了故乡烟云、青葱往事，杂糅了淡淡甜蜜、微微苦涩、脉脉怀想、隐隐焦虑的复杂情感涟漪，俨然是当代人的普遍体验了。与之相对应，在社会大潮裹挟下呈方兴未艾之势的乡愁文学，操觚者之众、覆盖面之广前所未有，也就不足为怪了。

在我看来，当下的乡愁文学热尽管乱花迷眼，持续升温，但总体水准尚未超越20世纪中叶发生在海峡彼岸的那股乡愁文学潮，至少我还没有读

到像《乡愁》那样主旨深刻的标志性作品。总的感觉是，审美（也有审丑）大于教化，感伤大于反思，留恋大于启发，回味大于激励，多是借助文学寄托个人的思乡愁绪，慨叹传统乡风民俗的凋零，以此来抚慰感同身受的读者，缺少赋予乡愁更深的精神文化内涵和更广的时代外延。没错，时代变化太快，人们会茫然失措，摇曳的心灵需要安抚，乡愁文学的抚慰功能必不可少。不过，仅有这些是远远不够的。不要忘了乡愁是一种积极的怀旧，它的内核更是一种积极向上的精神文化力量。文学创作的精英书写本身就有提升文学精神向度的使命，在乡愁这一题材上，不注重挖掘蕴含其中的精神文化力量，让人们窥见光明看到希望，是说不过去的。

芜湖是一方文学蕴藉的土地，在乡愁文学这个谱系上，骨干作家大多持有荆山之玉，握有灵蛇之珠。正是基于此，年初市作协积极倡导挖掘本土乡愁文学的富矿。今年第1期《芜湖文艺》开辟了“记住乡愁”专栏，刊发了几篇富有地域特色的乡愁作品，迈出了本土乡愁文学的铿锵步伐。就我的阅读体会而言，仍觉得有深度表达不足之憾。诚如市作协主席李莉莉在开栏语所言：乡愁文学要从更深层面实现对中华传统文化的传承和中国精神的弘扬。我想，这既是要求也是标杆，更是我市文学爱好者的努力方向。

只有取法乎上，才能臻于高格。芜湖本土乡愁文学的深度表达，需要作家们既根植于故土，又作用于时代，在主题深化上完成对现有乡愁文学题材的超越。具体说，通过秉笔为文者对诸多逝去场景的回忆，精细还原市域范围的隐形文化脉络和深层文化肌理，既不溢美也不迷恋，以其本相的客观展示，在当下与过去之间建立起一种精神的链接，用文学的情感和形象来激活一方地域文化的活力，用地域文化的精神维度来凝聚传承文明、探寻光明的共识，重树我们的理想信仰和时代意志。总之，要将那些真诚的文字，深邃的思想，高拔的精神，幻化成我们建设美好家园的不竭动力和开创幸福未来的正能量。

这样的深度表达，不应也是文学工作者的理想信仰吗？我们期待着。

2015年5月

从一枝独秀到蔚然深秀

——浅论芜湖女子文学的流变

芜湖有着2500多年的建制史，自古以来就是人文荟萃的渊薮。李白、杜牧、苏轼、陆游、张孝祥、汤显祖、吴敬梓等，都为这片山水留下了绚烂的诗篇。“云开看树色，江静听潮声”，飞扬的文采气质了这方秀丽山水，为这颗皖江明珠留下了绵长的人文余韵，生成和孕育了极富地域特色的文脉传统。由此可见，若要给一座文化底蕴深厚的城市，找到最为可靠的灵魂依附，文学这种极具情感和美感乃至精神的表达方式，往往是决定性的。

如果说中国现代文学发轫于“五四”新文化运动，那么，作为安徽新文化运动中心的芜湖功莫大焉：陈独秀、胡适、张恨水、蒋光慈等新文化运动干将，都是从这里扬帆起航，成就了一番惊天伟业。还有从芜湖乡梓走上革命文学道路的阿英、王莹，高标准奠定了芜湖现代文学丰碑坚实的底座。若探究芜湖现代女子文学的渊源，王莹无疑是绕不过去的第一杆界标。

王莹1913年出生于芜湖。自幼饱经磨难的她，少年时代就加入中国共产党，积极从事左翼文艺运动，后来茁壮成长为现代著名话剧、电影艺术表演家和女作家。文艺天分极高的王莹，除演技出众外，还文采了得，身后留下了长篇小说《宝姑》《两种美国人》及大量精短文学作品。

《宝姑》是王莹的一部近似自传体长篇小说，作家以细腻而温婉的笔调，生动讲述了女主人公及其祖母、母亲一家三代女人各自不同命运的故事，真实生动地勾画出了一个失去母爱和亲人的小童养媳受尽苦难而不屈抗争，最终逃出牢笼的坚毅形象。《宝姑》极具时代特色和地域风情的文学表达，得到了茅盾、夏衍、施蛰存等文学大家的高度评价。书中详尽描绘了民国时期芜湖的风土人情，显得尤为珍贵。

2012年1月由海豚出版社出版的《衣羽》，是王莹创作的精短文学作品选集，涵盖散文、抒情小品、电影评论、访问游记、报告文学等体裁。尽管不是全璧，但这些作品文笔细腻，感情真挚，字里行间充满着诗情画意，使读者身临其境，深受感染，显示了作者高雅的趣味和良好的素养。今天重新审视这些作品，我们依然可以强烈地感受到一位伟大女性对生活的美好憧憬和对人生的不懈追求。

王莹堪称芜湖现代女子文学的“老祖母”，她举起了芜湖现代女子文学的第一面大旗，然而遗憾的是，家乡文学“娘子军”的跟进已是党的十一届三中全会后，随着新时期文学的爆响，才以不可阻挡之势，于20世纪90年代形成了新时期芜湖三种文学现象之一的“芜湖女子文学现象”，尽管在此之前短暂出现过撑起“南陵文学现象”半边天的“三张”。这一时期，芜湖众多女作家走上文坛，逐步崭露头角，广受瞩目，代表性女作家有李幼谦、司旌霞、龙其霞、冯慧莲、鲁安娜、徐蓝清、程万平、李莉莉等，其中前六位被冠以芜湖文苑的“六朵金花”。

最为年长的李幼谦大姐，是张海迪式的残疾人作家。她自强不息，矢志攀登文学高峰，如今依然保持了旺盛的创作力，是芜湖网络文学的公认盟主和精神领袖。李幼谦的创作体裁多样，若论量大质高，当属小说和散文。从已出版的多部长篇小说来看，李幼谦的小说以历史题材为主，大多以因果律为事理逻辑，娴熟推进英雄叙事的曲折情节，彰显出历史写作的独立意义，并以其精彩耐读征服读者，总基调上的大开大合，彰显出巴蜀风和豪侠气。李幼谦的散文创作成果亦丰，《拉住弟弟冰冷的手》是笑对人生、踏歌而行的她为数不多的泣血之作，让人看到作家的另一面。

司旌霞的文学创作起步较早，而立之年她就出版了个人散文集《芳苑漫步》，随后陆续有作品在省内外获奖，并又结集出版了两本作品集。她的创作以散文、童话为主，构思精巧别致、文字清新端庄，具有纯净而悠远的风貌。司旌霞营造了一个晶莹剔透的世界，她总是用内心的诗意，轻抚生活的沉重。

龙其霞的散文，多是深入地方文化的方言书写，具有烟火气和市井味。她总是能够敏锐地捕捉现实生活中的闪光点和触发点，赋予生活新的情趣和道理，所以并不脱离时代与时尚。她的文字率性调侃，毫不矫揉造作，多是随手拾来，涉笔成趣，具有亲切、自然、坦荡、畅快、温厚的品质。

冯慧莲，这位奉“宁静致远，淡泊明志”为人生圭臬的女作家，在博览群书时以碎思录的形式，对众多历史文艺人物作出新的评价，这些弥足珍贵的真理颗粒，给读者崭新的启示和强烈的震撼。把写作视为慰藉心灵的一剂良药，使其始终葆有一颗纯真的心，她散文作品的每一个文字都发自内心。

鲁安娜功底扎实，学识丰厚，从发表的100多万字中短篇小说、散文、报告文学、文艺评论来看，她的作品善于把感性与知性揉成一体，在时空变幻中纵横驰骋，跌宕生姿，具有丰富的时代内涵和深沉的历史沧桑感。她的文艺评论直抒己见、颇为犀利，是个人独到的审视和评判。

徐蓝清著有历史言情小说《书情剑泪》《荆楚绮丽男》等。这些小说有真实的历史背景，与时下流行的架空、玄幻、穿越类的历史言情小说完全不同。她的小说跳出了旧式言情小说的窠臼，采取历史故事新编的形式，大胆融会新时期小说的叙事技巧，情节引人遐思，更符合当代读者的口味。

程万平，长期生活在小县城的芜湖女作家，是1990年代繁昌文苑的“五朵金花”之一。她的文章看上去平白如话，却形象生动，富有情趣，有时也捎带讽刺，强化了幽默的深意。程万平对生活的领悟是智慧的，这种智慧外化为幽默俏皮的语言风格，恰好符合她单纯明澈、率真洒脱的个性。

李莉莉要比上述几位小很多，早年写诗的她，出版的首部作品却是散文集《缤纷岁月》。李莉莉的散文朴实无华，似与人促膝深谈，娓娓道来，将一个女人的心灵成长尽遣笔端，表现了一种圣洁的清醒。她还著有长篇小说《因为爱，所以痛》，这是一部对女性充满悲悯意识的当代爱情警世录，小说主题有着呼唤珍惜家庭、珍爱亲人，恪守坚贞专一爱情等正能量。

作家是时代脉动的晴雨表，无可避免地要同所处时代的生活发生碰撞。

随着新世纪更加多元开放的时代新变，加之报纸副刊扩容的推波助澜，以及网络文学的异军突起，芜湖的文学新人大量涌现出来，其中的女性作者尤为突出。她们有才情，学识高、见识面广，很多人一出手便不同凡响。这里只能举其荦荦大端，约而言之。

若以她们的年龄大致数下来，至少有以下女作家是进入了我的阅读视野：王毅萍、朱晓云、子薇、桂严、唐玉霞、张诗群、王玉洁、许冬林、杨蓉、张尘舞、王玲、张梅、郑芳芳、王静等。她们是当前芜湖众多女作家的优秀代表，多有着较高的语言天赋，对文字精编细织，似工匠对于手艺一样的神圣。她们带着对生活的细致观察，用心放大着自己的感受和直觉，用“美”的眼光去体悟生活本身，并用温婉细腻的文字相匹配地表达出来。近几年，她们当仁不让地扛起了芜湖文学走出去的大旗，像一排排火山口，此起彼伏地竞相喷发。下面以小说特别是她们皆擅长的散文为例，分而述之。当然，本人并没有阅读完她们的全部作品，这样的评点就像盲人摸象，往往只是抓住了一点，难免以偏概全、挂一漏万（前面的评点亦同），敬请各位专家特别是作家本人谅解。

王毅萍是“江南五妖”中的老大。这个小女人的文章有一种大家风范，自由舒展、坦荡辽阔，尤其是那些写美食的文字，往往有出人意料的金句，像高妙厨师与众不同的佐料，顿使全篇活色生香，是雅俗共赏的美文典范，与她的老大身份极为吻合。作为媒体人，王毅萍长期编导电视台大型文化访谈节目，参与编写多部专题片和情景剧，事业上成果累累。此外，她还主持一个区的作协事务，热情尽心，乐此不疲。

朱晓云是一位不太引人注目的才女。她写散文多年，风格初显：布局谋篇中规中矩、严谨规范，遣词造句不拉杂、不黏糊，爽利干净，表述准确，篇篇堪为初写者的范文。她的散文完全是从个人的生活经验和生命体验出发，把人的精神气质弥漫在文章中，散发着淡而有味的草木馨香。

子薇左手写小说，右手写散文。她的小说创作紧扣时代、融于生活，贴身大地、情关众生，是体悟生活本质、吃透生活底蕴的凡眼观照。她的散文形式多样，情真意切，尤其是一些感时托物、寄情抒怀的短章，如中国画那样的写意造境，在开合有度中摇曳多姿，在浑然天成中英气逼人。

桂严小说创作的成就已超散文。以长篇小说《金盏花》为例，可以看出她的叙事风格，尽显女性的委婉细腻、悄然声色，恰似静水深流，波澜不惊，但草蛇灰线、伏脉千里后的变化反转又是惊人的；表现手法灵活巧妙，情节推进环环相扣，人物形象呼之欲出。其散文亦多尝试，有新创，可观。

唐玉霞最得心应手的体裁是散文。她的文章视角独特，具有异质性审美特色，行文吊诡，拿轻捏重，翻转切换，水到渠成，绵密透彻。她的情感内敛，甚至是疏离的，但却像平静的湖面上投下一片石子泛起的涟漪，会在一轮轮地波动冲击下，使感官无论怎样钝化的读者，终可得到慰藉心灵的回报。

张诗群的文学之路起步于散文。她的文章具有纯正的品相，往往在绘影绘形中融入深情，在诗情画意中打捞缤纷靓丽的岁月。她不断挑战散文写作的难度，开掘心灵深处的那些细微感动，已渐入佳境。她转向小说写作的时间不长，经过短期痛苦地探索后，很快就打开了它的玄妙之门。

王玉洁加入写作行列的时间并不长，缘于当年那场全民创作《芜湖赋》。她不仅有扎实的古典文学功底，亦似有古代文人的那种天地情怀。她的文章裁剪得当，流转自如，毫无堆垛累赘之感，时不时还穿越古今、纵横中外，使浓郁的文化气息、个人感悟弥漫其间，显得超凡脱俗，使人过目难忘。

许冬林的心思细腻幽微，感觉敏锐精准，捕捉形象的能力极其出色。她的散文集真、善、美、趣为一体，洁净纯粹，虚幻迷离，有着深邃空灵的意境。她的文字熔铸了自己的生命痛感，是留给人间的一抹暖意。许冬林现已加大小说创作的力度，假以时日，肯定会让她的“粉丝”再次惊喜。

杨蓉是80后，文笔老道似与年龄不相称。她的文章从立意上看，善于给简单的事物赋予一个深沉的话题，以出入古今的识见左右读者的思考，往往具有社会学的意义；从文字上看，行文铿锵，极富韵律，既有奔放的豪气，也有深笃的情义，这种健笔写美文的风格，尽显雄壮飘逸的姿态。

张尘舞具有一定的小说创作天赋。从目前公开发表的作品看，都市情感、青春言情、科幻悬疑等题材她都有涉猎。每种题材均有配套的语言系统，或辛辣调侃，或干净洗练，或忧伤哀婉，或细腻唯美，她用文字支撑起小说的幻境，非常成功。偶尔为之的散文，亦流注真挚的情思，多能感人至深。

此外，王玲、张梅、郑芳芳、王静、刘晓燕、徐慧莉、赵文琴、葛彦等女作家，尽管还不太引人瞩目，但她们都是手握瑾瑜各怀绝技的，偶尔露出的古怪精灵、邪道妖神般才气，亦为她人所不及。

当然，放眼江城文学圈，张远琴、胡爱青、端琼、袁影红、谢玉荣、马春等女诗人，汤玲、卞小静等网络写手，于佳、王金飞的类型化小说写作，同是芜湖女子文学的重要组成部分，她们取得的成绩亦不可小觑。

21世纪以来的芜湖这批女作家，整体上已完成了对前辈的超越。她们各开路径，创作上的多元取向日益明显，但对文学的虔诚始终未变。更为难得的是，她们继承了前辈女作家的优良品格，从不张扬自傲，谦逊得像一株株含羞草。

纵观芜湖的女子文学，从王莹的一枝独秀到当下的群芳争艳，当是无与伦比的时代使然，包容开放的芜湖地域文化使然。希望她们继续引领江城的文学潮流，以鲜丽明亮的整体姿态，出现在更加辽阔的文学舞台上。

相信，芜湖女子文学之树长青。

2017年5月

涵今蕴古　自在天成

——孔军获奖联赏析

我市青年楹联爱好者孔军先生，近年崭露头角于联坛。在强手如林的国内征联赛场上，他获奖的频次越来越高，名气越来越大，成为一颗冉冉升起的新星，为方家所瞩目。其实，孔军频频获奖并非偶然，他的联艺已具相当高的水准。下面，试举两联，谈谈我的品读感受。

永怀博爱之情，无求功在民心，德在民心，救死扶伤原本分；
尚有不痊之症，更应勉于医道，精于医道，克艰负重破难关。

这是2011年山西省原平市第一人民医院“天使杯”全国征联大赛的二等奖作品。全联紧扣主题，写出了医院及医生的职业特点和怀瑾握瑜般的高尚情怀，使无私奉献的天使美德和精益求精的职业操守洋溢在字里行间。上下联各四个分句，前三个分句之间表达的意思有递进、有并列，最终落实到结句“救死扶伤原本分”“克艰负重破难关”上，即是作者着力表达的核心思想。更为可贵的是下联宕开一笔，毫不回避“尚有不痊之症”的现实，转此径而入，更进入一层，指出医非万能，广大医务工作者还需加倍努力破难关。以此进一步拓宽了赞美博爱主题的范围，使此联的思想境界得以升华。也使此联成为一副既有广度又有深度的作品，这比那些一味赞美“天使”、回避医学不足的对联不知要强多少倍。

从修辞手法上看，此联的成功在于用白描手法，质朴的语言娓娓道来，如诉家常，收到用熟语而不落窠臼的独特效果。加上全联脉络清晰，遣词精当，而不同层次间的转折、并列、反复、递进关系，特别是有规则重字，使全联朗朗上口，节奏感强，韵味十足，摇曳生姿，达到了形式与内容的完美统一，是具有时代气息、符合当代人审美的创新精品。

大道起终南，三千年劫火尘烟，未使楼头云遁去；
仙都朝太上，百八记晨钟暮鼓，犹招天半鹤归来。

这是2011年陕西道教圣地楼观台文化景区海内外征联二等奖的作品，写的是“钟鼓楼”。笔者认为，孔军先生和许多联坛高手不同，在写联前并没有很深的国学基础和古典诗词创作经验，这是他的不足之处。但这恰恰也是他的优点：他的联语没有强作古典的高深，没有因因相袭的套路，而是另辟蹊径，想前人所未想，发前人所未发，以新颖见长，这或许也是他成功的秘籍之一吧。在这副为楼观台钟鼓楼“定身打造”的应征联上，体现的较为明显。“大道起终南”起调高拔，势有千钧，写出了终南山道教不可置疑的母源地位和庄严感、神秘感，使“三千年劫火尘烟”这个时间跨度极大的句子承接起来并不感到突兀。上联结句“未使楼头云遁去”尤为精妙，运用象征手法，以“云”这个既具体而又缥缈的意象，拓展了读者的想像空间，亦于“大道”的高深莫测相映衬。下联切地切景，属对精妙，结句“犹招天半鹤归来”，以“鹤”喻追道人，形象鲜明，既摆脱了“三千年”“百八记”的沉重，更添了几分仙风道骨，让人浮想联翩。纵观此联，语言精炼，没有过度地堆砌辞藻，叙事铺陈，而是立意明确，虚实结合，含而不露。正所谓气脉通畅了，意思连贯了，形象有了，境界也就自然出来了。

孔军是2006年在联都网站“应对区”开始学对联的。差不多用一年多的学习磨练，一般的出句都能应对自如了，然后再到“成联区”细心揣摩几位老师的成联，并开始模仿创作，差不多又用了一年多时间的努力，从联都“秀才”一直考到第五名“进士”，直到进入“成联区”当版主后，才关注征联比赛的。先不参与，只是欣赏获奖作品，直到对获奖作品有了较深的体悟后才自己开始创作，并从偶尔获个小奖一步一步不断加快获奖频次。此外，这几年的参赛他也获得了一些经验，那就是集中精力写好一副，以质取胜。为此，他除了在网站上查资料外，有时还到图书馆查资料。有时为写好一副联，花一周或更长时间也在所不惜，真是到了“语不惊人死不休”的地步。

通览孔军获奖联，我发现他的联长短皆宜，风格多样，什么样的题材都能应对自如，远没有形成自己的风格。这也说明要想成为联坛大家，他还有很长的一段路要走。好在他年纪轻、决心大，假以时日，他必将为当代联坛作出自己的贡献。让我们拭目以待。

2011年12月

拳拳达意　楚楚生新

——再析孔军征联获奖作品

记得多年前，我曾写过一篇孔军获奖联赏析的小文，选择了两副他当年获得征联大赛二等奖的作品为例。自那以后，因打拼事业，中间有几年，孔军无充裕的时间参加征联比赛，只能忙里偷闲，偶尔为之，稍显沉寂。但这几年，事业有所起色的孔军，强势归来。尽管也是有选择性地参加征联比赛，但获奖频次之高，尤其是荣获等级奖的比例之大，已今非昔比。下面，再次挑选其两副荣获一等奖的参赛作品，谈谈我的欣赏体会。

旧隐几曾湮，我佛有灵，僧去庐由青壁护；

明灯终不灭，高峰在上，云深客仗老松扶。

这副对联是2018年初揭晓的山西仙堂山征联获奖作品，名列一等奖第二名。仙堂山位于山西省襄垣县境内的太行山西麓，东晋高僧法显曾隐居于此。这次征联目的很明显，即着力弘扬法显精神，打造一个拥有佛教文化的名山胜境。大家知道，年近古稀的高僧法显，为了西行求法，“渡流沙、越葱岭”，“涉重洋、泛渺海”，历时14年，游历大小30余国，终得大乘佛法，比我们更为熟知的唐玄奘西行取经还要早230年，是中国“西行求法第一人”，对中国佛教文化的传播产生了极其深远的影响，法显的这种坚强信念和顽强毅力，不仅是一个精神符号，更被鲁迅先生誉为“中国的脊梁”。

既然是应征联，就应该在抒发个人感受的同时，充分考虑主办方的征联主旨，深度挖掘既定主题的内涵，提炼升华其积极意义。深谙此道的孔军，没有少费题外功夫，写出了这副脍炙人口的佳联。

这副对联单比三个分句，是常见的547模式，读起来音韵铿锵、节奏感强，而厚重的佛教文化色彩，又为联语平添了几分苍古与神秘，是外在气势与内在精神的完美统一。读之令人祛除尘虑，进入一种超凡脱俗的境界。

具体看，上联用一反问句破题，阐明对高僧法显的认识和评价，重点指出法显旧隐之地千秋不湮，原来是得佛法有灵之故，就连法显留下的僧庐，也因其强大的人格精神而“青壁护”。下联第一分句“明灯终不灭”既是对上联遐思的总结，也是引出新话题的大意提挈。对联的好坏，上下联的衔接是很重要的一环，过于紧密则气塞，过于“断舍离”则气脱。这副对联衔接自然而又有意宕开，完成了由古及今、由虚到实、由想象到眼前的转化。“明灯”指佛法，也暗指法显的人格光辉，“高峰在上”，一语双关，寓指法显人格化的一种具象，“老松扶”，拟人手法，是法显“明灯”加持的外在体现。这副对联虚实结合，将高深莫测的佛理教义，几经传递，分别定格在一“护”一“扶”上，增加了动感和趣味，强化了主题，洵为引人注目的联眼。在对仗上，不刻意追求工对，但又无不工之感，且自然灵动，如不期然打开的秘境，给人以强烈的陌生化阅读感受。

当然，本联亦有不足。其一，下联结句气势稍弱，意思未能延展升华，缺少余味；其二，上下联结尾“护”“扶”二字韵同，在诵读上略显别扭。

可以看出，孔军制联极擅融古化今，别开新面。下面的这副对联，有异曲同工之妙。

勋名崛晚清，生扬武烈，卒谥文忠，一代能臣堪柱石；

廉正扶天下，立德修身，推贤进善，千秋美范勖儿孙。

这是广东楹联学会、广州市骆秉章研究会举办的晚清名臣四川总督骆秉章生祠“光禄大夫家庙”重建征联大赛一等奖作品。本次大赛设特等奖1名，一等奖2名，孔军这副对联荣获一等奖第1名。

骆秉章是晚清朝廷重要大员，官至一品，与曾国藩、左宗棠、李鸿章等并称“晚清八大名臣”。他大器晚成，为官清正廉明，心怀大爱大义，举贤荐才，爱民如子。他生逢乱世，一生的荣辱升降，都与镇压太平军息息相关，是一个有争议的历史人物。这副对联客观评价了忠心为国、文武兼备，廉洁奉公、知人善任的骆秉章。

上联起句省去了一切背景交待，似破空而来，接下来两句，是对骆秉章跨越生死两端的评述，也为结句“一代能臣堪柱石”作了必要的铺垫，上联语语概括，内涵丰富，回避了立功建业的具体内容，给骆秉章一个恰切的历史定位。下联笔锋一转，由骆氏的“业”到其“品”，实现了从广度、厚度到精度、深度的掘进，旨在突出骆秉章清正廉明、举贤荐才的为官形象，也是一个历史人物现实意义之所在。

这副对联，遣词对仗很见功力和巧思。在炼字锻句上，作者把每个字的作用发挥到极致，如铁之铸，如金之振，不可移易。在对仗上，“勋名”与“廉正”、“晚清”与“天下”，因词语结构稍有不同，只能算宽对。笔者认为，工对并不总是优于宽对，得视具体表达的内容。特别是中间两个分句，分别在上下联中完成了自对。显然，作为单比20字、仅有四个分句的对联，自对并不是非要考虑的一种手法。但孔军此联果断用了自对，我想，绝不是偶然的。因为孔军喜欢将成熟的联语陌生化，尤爱化酣畅为顿挫，变平滑为波澜。这副对联如果没有中间的自对，字句纯熟不说，音调也极为顺畅，极易流于音节上的平庸。这种有意变奏，遣词造句时就应该考虑，也算制联的一个技巧。

没有十全十美的佳联。本联缺憾在于，少了激活全联、凝神聚气的联眼，还有，为了坐实人物的评价，笔笔不虚，余味显得不足。

能在强手如林的全国征联比赛中脱颖而出，实属难得。况且，这两副对联写的一僧一官，都是古人，没有一点国学、史学功底很难驾驭。孔军的努力得到了回报，祝贺他。

2018年8月

心随国梦　劲鼓云帆

——芜湖征联大赛获奖佳作选析

芜湖市自1986年举办首届新春联大赛以来，已连续举办30多届，成为弘扬优秀传统文化、艺术再现时代巨变、营造节日欢乐氛围的新民俗，被文化部评定的全国知名品牌大型群众活动。我想，征联的成功举办，既体现在群众广泛参与上，也体现在征集到的令人过目难忘的精品力作上。

春苏湖上三千柳；

政理人间十万丝。

——芜湖　方竚

这副1986年首届新春联大赛一等奖作品，不仅寓意深刻、闪烁着时代精神，也是一副有修辞、有形象、有象征，切时、切地的佳作。事实上，若把此联放在当时的历史大背景下审视，当有更深一层的意义，是一副典型的以小见大的好作品。20世纪80年代中期，正是我们国家改革开放初期，把工作重点转移到经济建设上来，党中央、国务院带领全国各族人民改革弊端，勇往直前，全国人民意气风发、发奋图强的时代，联语形象化地说明了这一点，很容易让人产生由地域到国家的联想，就像无所不在的“春风”。“三千”“十万”数字的使用，弥补了短联在气势上的不足。尽管语言平白，却音调铿锵，蕴含丰富，是春联以意取胜的成功范例。

依稀梦里，山与水互谐，赭岭松青，镜湖柳翠；
宛在画中，谁共我同赏，一江帆影，万户春光。
——北京　刘敏

这是2007年芜湖市第22届新春联大赛二等奖作品。对于春联来说，这是一副不折不扣的长联，一共有四个分句，单比就有17字。上下联三、四分句，采用的是长联常用而春联极少使用的自对形式。在技法上，对仗衔接，工巧互现，文采斐然，情韵俱浓，且条理清晰，逻辑性强。这副春联的景物选择很有针对性，都是芜湖市代表性春色，况且，有了“山与水互谐”“谁共我同赏”的融入，使得单纯的写景套路，有了人的主观色彩，是推陈出新、化景为情的亮点，特别是以“万户春光”结尾，使得人与自然相谐又上升到整个地域，春节喜庆的境界豁然全出。

独览梅花亲白雪；
共听流水唱阳春。
——芜湖　吴忠为

2012年芜湖市第27届新春联大赛在确定一等奖作品时，众评委都感到勉为其难。芜湖造船厂84岁吴忠为老先生的作品，大家虽一致称好，但因其意境过于清冷，与春节不谐，所以降为二等奖作品，这样一等奖作品只能空缺。联中“白雪”与“阳春”，显然一为冬一为春，喻冬去春来的季节转换，辞旧迎新的春节意象被点明，接下来，作者以个人喜好的方式，形成独自“览”与大众“听”的鲜明对照，由己及人，浑然一体。这种独辟蹊径的构思，写出了纷繁热闹的春节里的另一种古典的意象，其中“梅花”和“流水”的意象，起到了形神兼备的特殊效果。再看上下两联流水成对，典雅秀逸，赏心悦目，看似信手拈来，实乃匠心构就。唯喜庆气氛不足，是本联的最大瑕疵。

岁月如歌，春之旋律春之象；

城乡似锦，我的芜湖我的家。

——湖北 郭熙凤

这副2013年芜湖市第28届新春联大赛二等奖作品，联语如歌词，好像脱口而出，未加提炼似的。其实，稍加分析，就会发现此联的春节主题尤为鲜明。助词“之”与“的”对仗使用非常工整，复沓手法的运用，更增强了艺术表现效果。岁月如歌是过往的余韵，城乡似锦是眼前的盛况，此时此刻的感慨，当然有辞旧迎新的意思在里面。不过，这副春联取胜的最大原因，还在于浓郁的大众化的抒情味，人人都可以是“我”，以此表达出人民群众热爱家乡芜湖的强烈自豪感，可谓真情涌动，大气舒展，声律和谐，流畅自然。这是一副切合地域特点、时代气息浓郁、炼字造句有新意的春联。

澍雨初临联染岁；

蓝图甫绘梦舒怀。

——河南 李进才

这是2014年芜湖市第29届新春联大赛二等奖作品，是众多来稿中并不引人注目的一副。但我认为，是一副立意高远、恰时恰情的主旋律佳联。此联在构思上思绪连贯，逻辑严密，一气呵成。上联写景，意寓其中，结合当时召开的十八大背景和“中国梦”的提出来理解，自会理解其深刻寓意。下联站在新年起点上，对未来充满信心的展望，让人感到普通人关心国家大事，在伟大时代感召下，自会有目光远大、胸襟宽广、气魄恢弘之举，同时也在气势上完成了全方位雄震上联的作用。还有四个动词的精确使用，使短联增强了节奏上的顿挫感，从而摆脱了平庸，增加了深度，令人读后怦然心动，心驰神往。

陈列山河，春开画展；

装帧岁月，福集诗抄。

——枞阳　陈自如

这副2015年芜湖市第30届新春联大赛一等奖作品，想象奇特，把拟人手法用到了极致，且境界阔大，意象瑰丽，美轮美奂，颇耐品味，十分难得。将春节的两大元素，一个“春”，一个“福”，放在祖国壮丽的时空中，不仅有了艺术化的翻新，令人赏心悦目，感同身受，而且气魄宏大地将春节特有的普天同庆的诗意表现出来，可谓高屋建瓴、大气磅礴、形象生动。需要说明的是，这副春联的拟人手法是首创，所以好，如果再套用，价值就会大打折扣。就像第一个把美女比喻成鲜花的是天才，第二个就是庸才，第三个就是蠢才了。写联和文学创作一样，要想人之所未想，发人之所未发，才有不人云亦云的价值。

2011年，弋江区举办了“清风杯”全国征联大赛。这是笔者一手操办的赛事，感谢网络的威力，来稿甚丰，令人惊喜。

欲海岂无边，渡去直通幽圄；

廉山原有路，登来便是青天。

——吉林　李俊和

这副作品列为“清风杯”全国征联大赛二等奖，是因冷僻字的存在，而与一等奖失之交臂。联语起调高拔，辞雅神丰，直抵堂奥，警示性不遮不掩，十分震撼；下联承接自然，婉转有力，结句水到渠成，无忧无惧，一如廉者之心。在技法上，上联欲擒故纵，曲笔通幽；下联笔锋陡转，天空海阔。上下联对比鲜明，简洁凝练，畅达俊朗，气韵兼备。“青天”双关语，甚妙。这副对联读来让人警醒、回味并深思。作为反腐倡廉作品，特别的庄重工稳，甚为得体，更加提升了振聋发聩的功效。（幽圄（yǔ）：书面语，即监狱。《宋书·孝武帝记》：“廷尉远迩疑谳，平决攸归，而一蹈幽圄，动逾时岁。”南朝·宋·江淹《诣建王上书》：“迹坠昭宪，身陷幽圄。”）

2012年举办的中国傻子瓜子博物馆海内外征诗征联大赛，从征集到评奖，笔者全程参与。尽管大赛时间短，却取得了超过预想的成果。

美誉广传天地外；

芳香久溢齿唇间。

——河南　陈超迁

这副对联作为傻子瓜子博物馆征联获奖作品，初看上去十分普通，似乎并没有多少艺术含量。在我看来，好的平易之作，往往更为难得。稍加分析，就会发现此联构思精巧，嵌字自然，嵌入年广久名字的“广”“久”二字，毫无生硬之感，且上下相对，天衣无缝。从联意来看，上下联均未涉及“傻子瓜子”，却紧扣这个本体，可谓不著一字，尽得风流；加之“天地外”是放，“齿唇间”是收，一放一收，一散一聚，一大一小，对比强烈而又情趣盎然，令人印象深刻。

从以上选析的获奖联可以看出，唯有切地、切时、切事，且情韵俱佳的对联，方能在数百副乃至数千副应征作品中脱颖而出，也只有立意新颖，使人耳目一新、赏心悦目的佳作，方能流传久远。

2016年9月

第四辑

反弹琵琶味无穷

——《鹧鸪天·春情》赏析

鹧鸪天　春情

日日青楼醉梦中。不知楼外已春浓。杏花未遇疏疏雨，杨柳初摇短短风。　扶画鹢，跃花骢。涌金门外小桥东。行行又入笙歌里，人在珠帘第几重？

笔者推断，这首词作于张孝祥在临安（今杭州）入仕为官五年中的后期，约为宋高宗绍兴二十八年（1158）或绍兴二十九年（1159）某个阳光明媚的春日。属于词人前期剪红刻翠、温软香艳类的仿花间派作品。全篇通过杭州春天几个典型场景的精彩抓取，连续生成动态的感官画面，电影镜头般的从一个侧面真实反映了当时官僚阶层的生活状态。

自宋高宗绍兴二十四年（1154），被高宗皇帝力排众议钦点为状元后，在不到五年的时间里，张孝祥屡屡迁升，从最初的一个八品的散官，很快就担任了中书舍人权工部侍郎兼权给事中，成为一名正四品的朝中大员。作为天才文学家的他，可谓仕途通达，春风得意，诗情高涨是很自然的事。在此期间，张孝祥常与王质、王明清、郭世模、李泳等“三五少年”诗酒酬唱，阅尽了无限风光。

词上片写的是：“我”这一段时间真是太过疯狂了，几乎是“日日青楼醉梦中”，在觥筹交错中常常是醒复醉、醉复醒，已经记不清即兴填了多少词，交给歌妓们演唱了。如此醉生梦死的生活，竟然让自己“不知楼外已春浓”了。紧接着极为出彩的三、四两句“杏花未遇疏疏雨，杨柳初摇短短风”，对仗极为工整，巧妙化用北宋释志南的名句“沾衣欲湿杏花雨，吹面不寒杨柳风”，可谓青出于蓝，妙韵天成，完成了对春色正浓、大美人间的典型描写。是啊！阳春三月，正是江南莺飞草长、杂花生树的季节，天气晴朗，柳丝拂面，走出青楼后，那将又是怎样的一番别样体验呢？作者选择了江南两个代表性春色：“杏花雨”和“杨柳风”，勾勒出了南宋都城偏安一隅的无边春景，表面上看，倒也充满了诗情画意。过片“扶画鹢，跃花骢”过渡自然，转场迅速，符合词的写作特点。下片写“我”走出青楼的一次游玩经历。是啊，没有人参与的美景毫无意义。大意是“我”呼朋邀友，首先来到美丽的西子湖畔，乘上画有鹢（音 yì）鸟的游船上，又畅游了一回无数次游玩过的西湖。弃舟登岸后，跨上那匹青白间杂的宝马，一路狂奔，一会儿就到了“涌金门外”和“小桥东”了，好不威风。没想到，这里更加热闹，顿感浑身一阵莫名的躁动，于是又系了马，不知不觉就朝着笙歌四起、鳞次栉比的茶楼酒肆走去，心里想，绝妙佳人啊，你会在遍挂珠帘的青楼哪一处房间里等“我”呢？画鹢：画有鹢鸟的游船。涌金门：为古代杭州旧市西门，西湖西侧之水上城门，今已不存，原址处现立有“古涌金门”石碑。

我们知道，古代的很多宫词和闺怨词，多不是出自宫女和怨妇之手，而是由文人模拟宫女和怨妇的口气，代为写出她们内心的孤独、寂寞和怨恨之态的。再者，彼时的张孝祥虽然送别了多年的情人李氏，但已与时氏结婚，对于爱国主战而又极重感情的他来说，肯定是一个勤政、廉政的好官员，政余时的诗酒唱酬不会少，但“日日青楼醉梦中”断然是不会有的。所以笔者揣测，这首词很可能是张孝祥代自己的某些同僚们所作。为什么要代作，原因很简单，这些同僚们是不会自我揭丑的，更缺少反省精神。张孝祥在酬唱交往中，耳闻目睹了这些官僚士大夫的荒淫奢靡的生活，似乎感到了在歌舞升平的假象中江山社稷潜在的危机，内心有着说不出的隐忧和惆怅。所以，就以词这种最流行也是自己最擅长的方式，刻画出这些人的“疯狂”与“无忌”，表明自己不同流合污、致力于北伐收复中原故土的决心，绝不会因眼前的江山如画、歌舞升平而改变。事实正是如此，由于张孝祥与同僚们的貌合神离，就在宋高宗绍兴二十九年（1159）春日，他与王明清等诸友同游西湖后，就遭到了同馆职一块修先朝实录的官员汪彻的首劾，于是被罢免了职务，被贬为江州太平兴国宫，第一次离开了南宋都城临安。这种颠倒黑白的事情，与其说是偶然的，不如说是张孝祥的性格使然。当然，作为头脑里有历史知识的现代人，即使张孝祥偶尔与同僚们一起放纵，我们也不能因此只看表面而贬低张孝祥的为人。恰恰相反，张孝祥不为人知的内心苦痛与挣扎，特别是偶尔不得已的表里反差，我们要用心去体会。

这首词虽然浅显易懂，但在写法上最大可取之处在于，替人画像，反其意而行之。起句“日日青楼醉梦中”总揽全篇，是词的主旨，首先就概括点明。然后通过一系列的场面转换，刻画出了官僚士大夫疏于公务、流连风月、醉生梦死的糜烂生活，隐含着“西湖歌舞几时休”的无声呐喊。结句“人在珠帘第几重”是心理描写，用反问的句式，达到了言有尽而意无穷的效果，写出了官僚士大夫欲壑难填、贪婪自私的丑恶心态，同时亦给读者留下了揣测的空间和无尽的遐想。

情悲情悦俱成痛

——《蓦山溪·春情》赏析

蓦山溪　春情

雄风豪雨，时节清明近。帘幕起轻寒，暖红炉，笑翻灰烬。阴藏迟日，欲验几多长，绣工慵，围棋倦，香篆频销印。　　茂林芳径，绿变红添润。桃杏意酣酣，占前头，一番花信。华堂尊酒，但作艳阳歌，禽声喜，流云尽，明日春游俊。

据已故著名皖籍词学家、安徽师范大学教授宛敏灏先生考证，这首词应该是作者早年在临安（今杭州）为官时，即宋高宗绍兴二十四年（1154）至绍兴二十九年（1159）间的作品。属于词人前期模拟李氏之心所写的一首恋情词。显然，这首词从内容到风格，张孝祥都还没有摆脱花间派的影响。

对于“少年气锐，刚正不阿；议论风采，卓然绝人”的张孝祥来说，连中三元后，到都城临安为官无疑是他人生中最为得意的一个阶段。在他信心满满，准备在政治上大展宏图，以实现收复中原故土的宏伟报复时，内心里总有一丝割舍不断、挥之不去的隐情，那就是与他私订终生、情投意合的李氏，因为官僚之间的残酷斗争和封建礼教的束缚，始终不能得到“明媒正娶”认可的苦痛。这首词写的就是春暖花开、将近清明的时节，李氏独守一隅，在百无聊赖之中期盼与自己的郎君共赴春游的复杂微妙心理。这首词，以张孝祥之手来写李氏之心，表明他对李氏的了解，更充分表达了他对李氏的一往情深和深切怜意。心心相印，也不过如此吧。

这首词上片写的是：一场“雄风豪雨”过后，眼看着就到了清明这个到户外踏青郊游的最好时节了。可是清早起床后，李氏掀起帘幕，依然感到浸人肌肤的微微寒意，这就是所谓的春寒料峭吧。而此时，她是多么渴望心上人来约会她啊，可左等右等，始终毫无消息，更加增添了内心的寒意，于是来到能够取暖的红炉边，顿时感到了这个无生命的东西能给予自己真正的暖意。不经意间，自作多情的李氏笑了，居然打翻了红炉，心想，我那狠心郎君还不如这尊不会说话的红炉，可这红炉不是我想要的呀！又过了很长一段时间，太阳依然还藏在云层里不肯出来，这与我的郎君不是一样吗？我要看看他们究竟能够隐藏多久。这次等呀等，李氏最终还是失望了，太阳和自己的心上人始终没有出现。在百无聊赖中，这时能做些什么呢？或许机械地毫无心思做的事情，只能是“绣工慵，围棋倦，香篆频销印”了。“一切景语皆情语”。作品通过雄风、豪雨、迟日等意象渲染，将李氏孤单害怕、寂寞难耐、满腹怨恨的心情，刻画到无以复加的地步。下片很有意思：恍惚间，几乎心死的李氏又有了一丝希望，大自然的美景在她眼前幻化出一片新天地。原来是她想，今天可能是天气不好使得我如此这般，明天应该是一个大晴天，到那时，郊外将是“茂林芳径”，经过豪雨洗刷的草木将更鲜绿，漫山遍野的红花将更娇润。不是吗？看！郎君和太阳一起现身了，而那桃花、杏花就在我和郎君的眼前了，以娇媚如醉的神态，给人以强烈的视觉冲击。我俩玩累了，回到亮堂气派的官邸前，共同饮酒赋诗，歌颂这美好的艳阳高照的春光。这时，鸟雀也会为我们放声吟唱，乌云也会不好意思地躲起来。就这样，我俩完成了一次美妙无比的春日相会，就像以前一样琴瑟和鸣、幸福无比。都说哀莫大于心死，但情深入骨的李氏是绝不会心死的，她在最绝望的时候看到了希望，这不正是真心爱人之间所常有的吗？

这首词的艺术构思极其深邃而富有层次。通篇都在写景，且把自己的情感全部灌注于景物形成的画面中，借景而传情，达到了情景交融、物我为一的艺术境地。不过，在写法上上下片各有分工：一是眼前实景，实而情悲；一是假想虚景，虚而情悦，反差强烈而又有机和谐地融为一体，景物与情思形成的正反对比，正是李氏盼中有愁、愁中有盼极度复杂心理的自然外化，被如此巧妙地表达出来。因为只是一时幻觉带来的心理满足，所以要把感触和思绪隐藏在具体景物背后，以体现虚幻性，这是作者的用苦良心，也是高超的艺术技巧表现。全词修饰华美，色彩明丽，节奏畅快，兴会淋漓，而又极度哀婉，使人顿生恻隐同情之心。由此可见，艺术想象只有与真情实感结合，且以最恰当的方式表现出来，才能产生强烈的艺术魅力。这首词虽是张孝祥早年的作品，亦可窥见词人后期“于豪放中见悲壮，在沉雄中露飘逸”词风之端倪，堪称张孝祥早期的代表性佳作。

古往今来，歌颂爱情的诗歌名篇可谓恒河沙数，异彩多姿：青年男女初见的钟情，幽会的欢悦，思念的缠绵，分别的苦涩，悼亡的痛切等，无一不在词人的笔下，得到惟妙惟肖、感人肺腑的艺术再现，给人以真切的感受和高尚的审美愉悦。而这首小词所表达的咫尺天涯的切肤之痛，通过强势一方男主人公之口表白出来，实在是不多见。这说明品格高洁的张孝祥，对李氏用情之深已达到了怎样的境地！这不正是“若你哭泣，湿的总是我的脸；若你悲伤，苦的总是我的心”的最好诠释吗？

情真意切动人心

——《菩萨蛮》(蘼芜白芷愁烟渚)赏析

菩萨蛮

蘼芜白芷愁烟渚。曲琼飞卷江南雨。心事怯衣单。楼高生晚寒。云鬓香雾湿。翠袖凄馀泣。春去有来时，春从沙际归。

这是一首古代诗歌中十分常见的伤春怨离的作品。从词义、词境两方面来推断，应是张孝祥感念初恋情人李氏而写的，属于词人早年写景恋情之作，风格细腻委婉，真挚感人，与五代、北宋同类风格的优秀小令作品一脉相承。但不同的是，作者切身感受之深之痛，前辈词人很少抵达到。

李氏，无疑是张孝祥生活中最为重要的女人，是他一生的情感所寄，也是他一生的情感之痛。宋徽宗建炎元年（1127）以后，为躲避金兵南下突袭，大批江淮居民逃到浙江一带避难。在这其中，同为十五六岁情窦初开少年的张孝祥和李氏相识在背井离乡、颠沛流离中。他们是那样的情投意合，并很快有了很深的感情，不久他俩就同居了，一年之后，他们的儿子张同之出生了。张孝祥的父亲张祁出于政治上不授人以柄的考虑，决定让张孝祥另娶其表妹时氏为正室，这一迫不得已的做法，得到了恪守礼教的李氏谅解。宋高宗绍兴二十六年（1156），贤淑的李氏携子同之由张孝祥护送回到了原籍桐城，过着孤儿寡母的清贫生活，夫妻二人从此没有再相见，而同之见到父亲已是11年后的事情了。张孝祥能写出这样的作品，委实是心有所动、有感而发。因为情真，所以词切，因为情深，所以感人。

起头两句“蘼芜白芷愁烟渚，曲琼飞卷江南雨”写的是苍茫天地一片黯然：那远方朦胧的滩涂上，生长着蘼芜、白芷这样的散发着愁怨的高贵植物，此时江南的天空中正下着像玉钩一样清凉圆润的春雨。这时候的作者想到了一个人，那就是自己心爱的初恋情人李氏。十年的耳鬓厮磨，如今已是天各一方，心里怎么能放得下呢？在所有的牵挂惦念中，作者最担心的是李氏是否只穿着单衣，因为在这样的雨天，晚上会很寒冷的。下片将空间一转，作者推己及人，料想此时此刻心爱的人也会在思念着他。不是吗？“云鬟香雾湿。翠袖凄馀泣”，词人分明看到了环绕在爱人头上的美丽秀发，因为长久地站在窗外而被雾气打湿了；绿色的长袖唯一的用途就是用来擦干苦涩的泪珠。最终，张孝祥相信李氏会以“春去有来时，春从沙际归”这样的一句怨言，结束这次离愁别绪之情。同样被离愁折磨的词人，听到这样一声怨言，笃定也会泪流满面，这应该是本词所能抵达的“象外之象”了。把“江南雨”喻为“曲琼飞卷”颇为新颖别致，很容易让人联想到眼泪的滂沱恣肆模样，下片的“云鬟香雾湿”“翠袖凄馀泣”更是加深了读者这一想象。

在宋代，受“文能安邦治天下”和“诗庄词媚”等观念束缚，文坛和诗坛都是“被爱情遗忘的角落”，爱情之花基本上都跑到了词苑里密集绽放。而宋代士大夫的爱情，几乎又是清一色的婚外之恋、青楼之情。究其原因，乃是封建礼教讲究门当户对，很多有情人难成眷属之故，当然，“阔”了后的男人膨胀的欲望也是不容忽视的原因。张孝祥与李氏的爱情不能算作严格意义上的婚外恋，但最终还是夭折于官场争斗、封建礼教的魔爪，这种个人的悲剧不能不说是社会的悲剧。

这首词所写的内容不过是前人作品中重复过无数次的离愁别绪，题材并不新鲜。就艺术表现力来说，却匠心独运，技巧娴熟，别具特色，给人耳目一新之感。这说明，任何形式的文学作品都贵在创新，而那些天赋异禀的人往往能完成创新。上片写作者在一个暮春向晚，词人面对“潇潇暮雨洒江天”，想念起初恋并一同生活了十年的李氏，为她的冷暖而担心；下片推己及人，写李氏对作者的思念尤甚自己，几乎就是一个“泪人”。实虚结合的手法，让联想充分到位，倍加增添感人的力量。歇拍尤见艺术功力：

作者没有说“春去有来时，人去何时归”，而是说“春去有来时，春从沙际归”，充分揭示了李氏内心不愿触痛夫君的复杂矛盾心理。这也说明，张孝祥对李氏是极为了解的，甚至比他本人还了解。总览全篇，男主人公的离愁别绪和男主人公想象的女主人公的别绪离愁，通过一系列情景交融、心物交感的意象，幻化出当事人的外貌形象及内心独语，将牵挂的担忧、思念的神态、无法言表的心理活动渐次推向读者眼前，具有历历在目、挥之不去的既视感。全词没有深奥的用典，语出自然，情深不负，远胜于大喊大叫，于平淡中见功力。

这首词的积极意义，在于引发人们同情的时候，多能引发人们的深层思考，从而牵恨不合理的社会制度以及与此关联的官场生态。诗无达诂，词更是如此。读者要充分调动想象力和组织力，才能透彻理解这样的极其隐晦不彰、极其柔婉细腻、极其情真意切、极其感人心灵的作品。

离愁别绪黯销魂

——《眼儿媚》(晓来江上荻花秋)赏析

眼儿媚

晓来江上荻花秋。做弄个离愁。半竿残日，两行珠泪，一叶扁舟。须知此去应难遇，直待醉方休。如今眼底，明朝心上，后日眉头。

这首词的作者历来有争议：《阳春白雪》署名贺铸，《古今别肠词选》署名明代文学家钟惺，《词综》署名无名氏，而《全宋词》据《于湖集词》（乾道本）认为是张孝祥的作品，著名词学家宛敏灏先生经过深入研究也执此说，看来张孝祥为词作者是有较大可信度的。这首写送别亲人时词人内心感受的作品，笔者认为，送行者就是张孝祥自己，被送行者是同居十年的李氏和他们的儿子张同之。这首词风格沉痛明快，一唱三叹，感情缠绵，极具韵味，虽然经过艺术化的语言提炼，婉其节律，秀其风神，但多少保留了民间词调的风味，堪称词人早年小令词中的翘楚。

张孝祥与李氏是一对少年情侣，十五六岁就同居生下了他们的第一个儿子张同之。这种为封建礼教所不容的风流韵事持续了十年。由于官僚权贵之间的斗争，这是一个明眼的把柄，因此二人不得不劳燕分飞。在宋高宗绍兴二十六年（1156）的夏历九月初八日，李氏携子同之，由张孝祥从今天的南京逆江而上护送回原籍桐城。这首词就是在乘舟长江上的有感而发之作。

上片起句“晓来江上荻花秋”，点明了写作的时间是早晨，写作的地点是江上，写作的季节是荻花葳蕤的秋天。接下来的三句“半竿残日，两行珠泪，一叶扁舟”，通过对一组景物的聚焦，渲染出离别时特有的凄惨景象，让人格外触目伤情。下片“须知此去应难遇，直待醉方休”，振起一笔，写的是此时此刻所想：很可能是永别了，只有一醉才能暂时解除心中的烦忧。结句“如今眼底，明朝心上，后日眉头”，在表现手法上更进一层，将离别后的愁苦具象化，使愁苦可触可感，达到了锥心刺骨、无以复加的地步。词的大意是：大清早我们就要乘船出发了，我看到江岸上到处是秋天的芦苇，一片萧瑟凄苦的模样，好像知道我现在有无比痛苦的离愁，它们故意也做出苦歪歪的样子，成心在戏弄我呀。不一会儿，那昏昏惨惨的太阳逐渐升起有半竿高了，想到此时一叶扁舟已经行驶在波涛汹涌的江面上，我就真的要与心爱之人从此永别了，不知不觉，两行清泪就挂在了脸盘上。因为我太清楚了，在这个风雨飘摇的动荡年代里，我与亲人此次相别，可能就很难再相见了。我真的太痛苦，所以不停地饮酒，只有一醉方休，才能忘掉这些痛苦。不是吗？今天，妻儿还能在我的眼前，但是到了明天，他们只会在我挂念的心里，而再过一段日子，他们就会使我愁眉不展了。

这首词摈弃了一般常用的绘声绘色的渲染，基本上是用白描手法来写景和写感，自然明快的语言，一扫同类作品的夸饰雕琢。看似直白无忌，但妙就妙在写送别时一往情深，兼顾表和里、言及今与后。“荻花”“残日”“扁舟”有限的几个物象非常具有代表性，使得情与景、主观与客观融成一片。是的，“一切景语皆情语”，这种情景交融将别离的愁绪渲染得极为充分，使词的感染力更强。还有，围绕一个“愁”字展开，上片从空间落墨，以江边送别时所见景物烘托离别的愁绪；下片从时间着笔，进一步写出别前和别时，尤其是别后可能会出现的心理活动的微妙变化。纵观全词，透过惨淡的秋景折射出的悲凉愁绪，更具撼动人心的力量，让我们感受到张孝祥与李氏之间的感情是多么深厚。需要指出的是，歇拍“如今眼底，明朝心上，后日眉头”三个分句，显然是分别化用了范仲淹的“都来此事，眉间心上，无计相回避”和李清照的“才下眉头，却上心头”等名句。但用“今、明、后”来写时间的推移，配以“宵、朝、日”三字，则有了夜晚、早晨、白天的时序变化，显示了词人化用前人成句所具有的别具新格的创新精神。在艺术效果上，三个分句紧密相连、层层递进，即所谓“一气转注、联翩而下”，产生的逸韵遗响丝丝不绝。

南北朝时的文学家江淹在《别赋》中说，“黯然销魂者，唯别而已矣”，唐代大词人白居易在名篇《琵琶行》中也说，“多情自古伤离别”。的确，生离死别是文学作品所要表现的永恒主题，对于更擅长表现人的细微心理感受的词来说，更是名篇佳作迭出，如柳永的《八声甘州》（对潇潇暮雨洒江天）、李清照的《一剪梅》（红藕香残玉簟秋）等。但细究起来，这首词与这些名作是有些区别的，甚至有过之而无不及：上述两首词都是表现离别后的相思之苦，而张孝祥这首词却是表现正在送别时的情感，给人以逼真的现场感；加之用语自然，对仗工整，所以这首词给人更多地一气舒卷、直抵肺腑的艺术震撼力。

借物喻人韵自芳

——《鹊桥仙·邢少连送末利》赏析

鹊桥仙　邢少连送末利

北窗凉透，南窗月上，浴罢满怀风露。不知何处有花来，但怪底清香无数。　　炎州珍产，吴儿未识，天与幽芳独步。冰肌玉骨岁寒时，倩间止堂中留住。

根据标题《邢少连送末利》及张孝祥履历来推断，这首词极有可能创作于宋孝宗乾道三年（1167）或次年的夏季。邢少连是张孝祥在潭州（今长沙）任上相识往来的好友，在《张孝祥诗文集》中多有提及。

史载，张孝祥在开始担任潭州知州、权荆湖南路提点刑狱公事时，“为政简易，时以威济之，湖南遂以无事”。这说明，张孝祥不仅是天才的文学家、诗词家、书法家，而且在政务管理上亦有过人之处。他是那个时代为数不多的头脑清醒、有所作为的官员。譬如，他善于将自己的仁慈和威望，化为一种人人自觉遵守的秩序，进而使一方百姓安居乐业，达到稳定一方的基本目的。此词以轻松的笔调出之，想必是与作者在事业上的成功，有着良好的心境不无关系。

题目中的“末利”，现在通常写作“茉莉”，是一种常见的灌木花卉，适合家养，花开后能发出淡淡的而又沁人心脾的幽香，大多数品种的茉莉都有漫长的花期，可由初夏一直开到晚秋。上片开头三个分句交代了写作的相关要素：时间是在作者洗过澡，家中朝南的窗户中可以看见月亮已经升起来的时候，而“北窗凉透”“满怀风露”的景况，则显示了词人此时所拥有的轻松闲适、高雅旷达的心情。在写法上，触觉、视觉、听觉叠用的表现手法，打通了五官，使读者也能全方位感受到，这是一个令人心旷神怡、美妙无比的时刻。洗完澡的晚上，通常是一天中最放松的时候，对作者来说，有明月清风相伴仍感美中不足，似乎还缺少什么。接下来一句“不知何处有花来”，在词人隐隐的期待中，自然而然地就点到所咏之物茉莉花上来——它是以扑鼻的阵阵清香的方式袭来，暗示好友送来茉莉花是出乎自己意料的。笔者揣测，也有可能是作者一时没有想起来。所以，接下来“不知何处有花来，但怪底清香无数”一句，词人突然想起来了，却在此用了障眼法，故意卖了一个关子，指出这花来得有点奇怪，带给自己的除了惊讶还有意外之喜。下阕过片三个分句“炎州珍产，吴儿未识，天与幽芳独步”，显然词人还是把着力点放在花上，进一步写出了自己的感受：这神奇美丽的花啊，属于南方炎热地区的特产，而来自东吴一带的我以前并不认识，它那幽幽的芳香真是上天赐予人间的无与伦比的尤物啊！可见，字里行间洋溢的赞叹之情，体现了作者对茉莉花的酷爱是由衷的，毫无夸饰的，更夹杂着有眼不识金镶玉式的喟叹。结句“冰肌玉骨岁寒时，倩间止堂中留住”信息量丰富，不仅告诉读者，此盆茉莉花并非自来之物，乃是友人在最寒冷的年初，茉莉花还是冰肌玉骨模样时的相赠；而且此盆茉莉花也在张孝祥心中萌生了美好愿望，那就是希望茉莉花能永远地在送花给他的人——邢少连的间止堂（邢少连家正堂名）中同样绽放。这样的结尾，使人读之一振。词人高明之处在于，没有仅仅希望茉莉花这样的美好东西永远为己所有，而是推己及人，希望能永远为送来花的朋友所拥有。喝水不忘挖井人，从一个侧面体现了张孝祥不忘报恩的高尚情操。这与我们现在常说的“赠人玫瑰，手有余香”有着异曲同工之妙。不过，细细品读就会发现，作者想要表达的绝不仅于此，这里的寓意其实有两层：一是希望我与邢少连的友情天长地久，好朋友间的操守永远像茉莉花一样冰清玉洁；二是茉莉花就是我们的一面镜子，可以照出我们的人格和志向。由此观之，这首词明为写花，实则写人也。张孝祥有很多抒发友情的词作，这不是写得最好的一首，却是别具一格的一首。

综上，这首词与其说是在不遗余力地赞美茉莉花，不如说是在赞美朋友之间的高尚情谊，以此进一步表达作者心中的那种不偏安一隅，不随流从众，此生甘于奉献自己、为民造福的品格要永远坚守的情愫。扯得有些远。事实上，人的精神状态好坏一定程度上决定着理想的远大与否。这首词没用典故，也没有华丽的辞藻，语言明白如话，毫无斧凿之痕，似乎是不假思索地信手写来，又好像与好朋友促膝谈心，知心话儿从肺腑中汩汩流出。正所谓“寻常风物口头语，便是诗家绝妙词”。当然，这首乍看平淡无奇的词作，能生出隽永之味，语言只是一方面。更为重要的是有托物比兴的手法深含其中，故能于质实中现风神，浑朴中出真情，平淡中藏深意，随意中见品性。这首词让我们领略了张孝祥不仅心系江山社稷、劳苦大众，也十分看重战斗友情。总之，本词文字直爽却寓意深潜，需要我们用心去品读。

代言戏作翻新意

——《浣溪沙·次韵戏马梦山与妓作别》赏析

浣溪沙　次韵戏马梦山与妓作别

罗袜生尘洛浦东。美人春梦琐窗空。眉山蹙恨几千重。　海上蟠桃留结子，渥洼天马去追风。不须多怨主人公。

这首词作于宋孝宗乾道五年（1169）春，作者由荆州东归途中遇到大风而受阻，与宾从即兴唱和所作的三首同韵《浣溪沙》之一，另两首分别是《浣溪沙》（方船载酒下江东）和《浣溪沙》（一片西飞一片东）。是年，张孝祥请祠侍亲；三月，进显谟阁直学士致仕。张孝祥的从政才华如锥处囊中不得不显，终于得到了孝宗皇帝的认可。在这次东归家乡芜湖的途中，虽屡遭风阻，但词人的心情是愉快的，竟然与宾从多有唱和。这组词虽是写与歌妓别离，但毫无离愁别绪之感，语言是轻快的，格调是高雅的，观点是鲜明的。面对被花间派和北宋前辈词人无数次咀嚼过的题材，如何才能写得不落窠臼，翻出新意，词人确实为另辟蹊径动了一番脑筋。

上片写的是一位被抛离、被伤害的单身美女的形象。“罗袜生尘”，典出曹植的《洛神赋》“陵波微步，罗袜生尘”，意思是说，洛神步履轻盈地走在平静的水面上，荡起细细的涟漪，就像走在路面上腾起细细的尘埃一样。洛浦东：洛水之滨的东岸。洛浦就是传说中洛神宓妃生活的地方。宓妃原是伏羲氏的女儿，因迷恋洛河两岸美丽景色而降临人间，来到洛河岸边。这样表述的目的，是想告诉读者，这位女子的美貌足以与洛神相媲美。接下来“美人春梦琐窗空”，进一步告诉读者，这位美人曾经历过一场男欢女爱的像春梦一样短暂甜蜜的生活，由于被男友无情抛弃，如今只能独守在绘有连环形花纹的空窗之下了。“眉山蹙恨几千重”，是具体描写美人的神态：蹙起的眉头似乎凝聚了太多太深的仇恨，就像被几千重大山压着。为什么这么夸张，原因有两点：由爱到弃对于女人的打击是很大的，由此产生的恨也是深入骨髓、无边无际的，这是张孝祥对女人的了解而作出的判断，此其一；其二是词有格律，需要押韵，为了满足这些要求且读起来与整首词相谐调，必须有遣词造句上的考虑，如果用“十几重”不合律，用“几多重”不浏亮，“几千重”最为适宜。当然，这与以词害意不同。词的下片陡然一转，用一句对仗工整的比喻句“海上蟠桃留结子，渥洼天马去追风”，比喻女子想得到永恒的爱情是绝对不可能的，就像希望用东海之上神仙享用的仙桃来结子，用渥洼产的神马去追风一样，绝不可能实现。这样的比喻大胆新颖，极具想象力。渥洼：水名，在今甘肃省安西县境，传说产神马的地方。结句“不须多怨主人公”，是本词的主旨，前面所有的铺垫都是为了说出这个观点。作者认为，美女被心爱的人抛弃有时是没办法的事情。的确，在古代男权社会里，女人的地位低下，她们的感情常常遭到伤害，只要不是男方恶意的侮辱和损害，就要承受这样的伤害，不要自己与自己过不去，过多地怨恨男主人公。作者点明此意，表面上是带有“歧视”的眼光，实际上是一种劝解和宽慰，让她们减轻被抛离之痛，体现了词人对女性一贯的同情态度。张孝祥虽有较为深广的社会生活和世态人情的体验，但他也不能脱离他所处的时代，这是没办法的事。作为现代人，只要我们用心体会词人的用意，就会对陷入不幸之中被侮辱、被损害的女性有了更多同情，更加憎恨不合理的社会制度及与此有关的世态人情。

在中国古代的文学作品里，以弱势女子幽怨为表现内容的绝大多数作品都是出自男性作家之手，这样的一个“传统”，与女性不被教育所眷顾、没有文化知识大有关系。这类作品不能笼而统之地当作“代言体”来看待，不排除其中有部分，是诗歌比兴手法在运用上的扩展，是文人自身不被重用、失意蹭蹬的曲折反映，是他们的一种精神投射。如辛弃疾名作《摸鱼儿》：“长门事，准拟佳期又误。娥眉曾有人妒。千金纵买相如赋，脉脉此情谁诉”。就是借美人失宠来表现英雄失路、不为世用反遭排挤的怨恨，堪为这类作品的代表作。联系张孝祥的生平遭际可知，此词又何尝不是借他人酒杯浇自己心中之块垒呢？不过从这首词的写作年月上看，是在张孝祥得到进显谟阁直学士致仕的调令后，词人屡被皇帝为首的主和派伤害，终于又有了转机，“不须多怨主人公”是否有“一切只是暂时的，是金子总会闪光的”更深寓意，还有待专家确证。当然，我们在欣赏的时候，不可句句坐实……那样未免会失之牵强。所以，我们既不能停留在文字表面，又不要随意附会，这是我们解析古代诗词时应予重视的一个问题。

高情岂逐落花空

——《浣溪沙·梦山未释然，再作》赏析

浣溪沙　梦山未释然，再作

一片西飞一片东。高情已逐落花空。旧欢休问几时重。　　结习正如刀舔蜜，扫除须著絮因风。请君持此问庞公。

这首词与前一首《浣溪沙》（罗袜生尘洛浦东）作于同时，所以题为再作，均系戏马梦山与妓作别词。从题目“梦山未释然，再作”来看，作者写了一首《浣溪沙》（罗袜生尘洛浦东）后，笔者揣测，可能是用典太多，这位名叫梦山的女子没有完全领会，张孝祥自然看出了端倪，于是又作了这首《浣溪沙》相赠。显然，这首词要浅白易懂很多。

起头“一片西飞一片东”“高情已逐落花空”，将男女之间曾经如胶似漆的感情比喻成像两片落花一样飘落，远远地分离。显然，为了符合格律需要，这里两个分句用了倒装，即先说现象后说原因。紧接着“旧欢休问几时重”，说明这样的分离是很难再旧爱重欢了。“休问”带有彻底否定的意思，确实打击人，然而这是社会现实。在词人看来，没有必要遮遮掩掩，对抱有幻想的人隐瞒也是不道德的。下片“结习正如刀舔蜜，扫除须著絮因风”，宕开一笔，指出男人这种积久难改的狎妓习惯，就像在锋利的刀刃上舔舐蜜糖一样，是极不负责任的危险行为，要想彻底戒除，必须像狂风吹絮一样果断决绝。“刀舔蜜”，是极为形象的比喻，非常肯定地指出狎妓是一种不良行为。作者把矛头对向了那些刀刃舔蜜的男人，确为公允的评判。但作者也有局限，不能对产生这些男人的社会制度进行鞭挞。“扫除须

著絮因风”是倒装句，正常的语序是“扫除著絮须因风”。正如本词起句，古典诗词由于格律上的需要，常有倒装句，这里倒装的原因是为了对仗，读者要善于辨别选择倒装的原因。结句“请君持此问庞公”很有意思，用调侃的语调告诉梦山这位女子，如果你还不能理解，就拿着我的这首词去问庞公。庞公：又名庞德公，东汉著名隐士，长年隐居在襄阳。作者本不想用典，最后还是用了一个浅显的典故，于是有了调侃的味道。用诙谐的笔调将一个沉重话题在引入发笑中结束，不至于使局面尴尬下去，这里词人可谓用心良苦，对相赠对象宽慰之意不言而喻。

这是一首即兴的别妓言情之作，词人不假思索地吟出，充满了理解、怜悯、安慰的情感色彩，体现了张孝祥对妓女命运的一贯同情。语言未加雕饰，十分质朴、通俗、明快、真诚，全凭信手拈来，却又极其工稳流畅，还带有浓郁的民歌风味。在我们保留的传统价值观里，对描写妓女爱情的优秀诗歌往往会给予无情的批判和排斥，张孝祥这一组《浣溪沙》同样会被冠以“狎妓之词”的恶名。这种类型的诗词作品层出不穷，当然有其深厚的社会生活基础。问题是，为什么在那个时代，像张孝祥这样志在恢复中原故土的民族义士，大多沉醉于温柔乡而未能免俗呢？我想，知人必须论世，除诗庄词媚的文体特点和词填好了需要歌妓演唱来完成一部作品的传播外，我们还应当与词人所处的社会背景联系起来加以分析。在中国封建社会里，婚姻在很大程度上要受到封建礼教和世俗观念的束缚。当时的社会，上自皇帝，下到庶民，他们的婚姻多无爱情可言，即使有，也是先有婚姻后有爱情。所以，在封建社会里，真正的爱情往往在婚姻之外。那时，所谓的“良家妇女”都被当作传宗接代的生育机器而存在，许多人一辈子都不知道什么是爱情，而妓女，特别是那些有一技之长的歌妓，却在与风流才子、多情公子的交往中才真切体验到了爱情的滋味。所以许多色艺俱佳的妓女都倾慕文人骚客的才情，心甘情愿甚至飞蛾投火般的把风流多情的他们作为爱慕的对象。在中国古代，特别是两宋，文人狎妓，不仅不为道德舆论所谴责，反而为中上层社会所欣赏。“名士风流”成为一种时尚。在这样的社会背景下，一些名臣大儒、文人学士，在诗酒流连、浅斟低唱间，与自己所欣赏、爱慕的才艺俱佳的风尘女子产生难分难舍的好感，便是必然的结果了。

话说回来，从词意上看，这个叫梦山的妓女未必就是张孝祥狎玩的对象。张孝祥有无此癖好，也无从考证。因此，我们不能根据几首小词而对张孝祥的人品产生怀疑。其实，只要我们通读作者的诗文就会发现，张孝祥对于包括妓女在内的社会底层广大民众，历来怀有极其深厚的悲悯同情之心。

豪放沉雄更壮悲

——《念奴娇》(星沙初下)赏析

念奴娇

星沙初下，望重湖远水，长云漠漠。一叶扁舟谁念我，今日天涯飘泊。平楚南来，大江东去，处处风波恶。吴中何地，满怀俱是离索？

常记送我行时，绿波亭上，泣透青罗薄。樯燕低飞人去后，依旧湘城帘幕。不尽山川，无穷烟浪，辜负秦楼约。渔歌声断，为君双泪倾落。

这首词作于宋孝宗乾道二年（1166），张孝祥在广西桂林任上，因遭小人谗言而落职，不久放归故里。是年夏月，词人顺湘江路过星沙（今湖南长沙），面对远方烟波浩淼的洞庭湖时写下的著名词篇。

宋孝宗乾道元年（1165），张孝祥奉命担任静江府（今广西桂林）知州。据《宋史》本传记载他“治有声绩，复以言者罢”。由于再次受到利益集团的攻讦而被革职，这对于胸怀雄略远志，一心要打败金人，收复中原故土的张孝祥来说，心中的愤恨不平可想而知。而此时最大的内疚在于愧对家乡的父老乡亲，愧对临别送行自己的亲朋好友，强烈的感情来自原点。这首词写于旅途，触景更易生情，表达的就是这样一种复杂情感。

上片开端“星沙初下，望重湖远水，长云漠漠”，交代了写作这首词的地点和环境。星沙：长沙的别称之一，一直沿用至20世纪90年代，在此基础上，现在又演变为“星城”之说。一个“重”，一个“远”，一个“长”，是词人的主观感受，表达了此时无比沉重的心情。唐宋之际，朝廷官员受到罢黜，多远逐于今天的湖南南部及两广一带，长沙地处南北水路交通要道，为南来北往官员的必经之地。这时候的张孝祥虽不为迁客，万里投荒，但陡转直下的人生遭际是与迁客一样的不堪。接下来的“一叶扁舟”意象，在张孝祥的词中多次出现，可以说是他宦海漂泊的“物象”。“平楚南来，大江东去”，进一步阐述了漂泊的范围如此广大。为什么会这样漂泊呢？接下来的“处处风波恶”给予了一针见血的诠释。上片结句“吴中何地，满怀俱是离索?”，用一个反问句加重了词的悲壮、苍凉的成分，在音节上给人一唱三叹之感。下片随着思绪的调整着眼于回忆，蒙太奇手法的采用，瞬间抓取泣透的薄青罗、低飞的樯燕、湘城的帘幕等场景，呈现来时家乡父老送行的画面，是怎样的记忆犹新、挥之不去，给作品增加了极其感人的抒情力量。秦楼，又称凤楼，凤台。相传春秋时有个名叫萧史的，善于吹箫，像极了凤鸣的声音，秦穆公非常喜欢他，将自己的女儿弄玉嫁给了他，并建造了一个凤台给他们居住，有天晚上，萧史吹箫引来了凤凰，夫妇两人乘凤而去，不知所终。这里借用这个典故，寄希望自己和妻子像鸾凤和鸣一样不离不弃，百年好合，白头偕老。从歇拍“渔歌声断，为君双泪倾落”可以看出，这首词的曲调不是按部就班、没有变奏的，也不是卒章显志，有意安排一个昂扬的翘尾巴，而是在不停地蓄积直达定点后，陡然有了高潮，将满腔愤懑和极度悲凉推向了断崖，又戛然而止，产生弦断音不绝的震撼效果，这种撕裂感和震撼感，给读者去回味的艺术空间也就更深广了。这首词通篇都在写景记物中寄慨遥深，所描绘的既是客观的物象，又是主观的心象，像电影镜头在观者面前一一转换，随着景换物移，词的境界也一层层开拓深化，词的感情一步步趋于沉挚而悲壮。

全词大意是：刚刚离开短暂逗留的星沙，我就看到了远方浩淼无尽的湖水和漫天厚重的铅云了。这时候，有谁知道我会在孤苦伶仃的一艘小船上，漂泊于天地之间呢？这几年，我南来北往，四处为官，不说是倍加小心，但也没干过违背天地良心的事，没想到处处都有险恶的风波在等着我。我要回家，而家乡到底在什么地方啊？我已分不清东西南北，我的心已全被这分离的绳索紧紧束缚住了。我总是回忆起一年前，故乡的亲朋好友在绿波亭送别我时的情景，很多人的衣服都被泪水浸湿了。我现在就像在樯橹之间飞走的燕子，经常会撩起湘城人家的屋帘，怅望着故乡的方向。可是现在，我的眼前有数不尽的山水阻隔，已不能像以前那样如期去赴我们在秦楼的约会，与家乡的父老乡亲同欢了。想着，想着，天色暗了下来，渔民的歌声亦已停歇，我的眼泪不知不觉又大把大把地滚落下来。

这首词时空转换很大，从眼前回到过去，又从过去回到眼前，所看所想汇成一片，通篇交织着作者世路崎岖、只身漂泊、报国无门、愧对亲人的愤恨感喟与悲哀惆怅。我们仿佛看到在烟波浩淼的湖面上，词人一腔忠愤，满腹羞愧，于暮色四合时眼泪滂沱的悲凉场面。字里行间，律动的是一颗为国为民，屡遭打击而矢志不渝的高尚的心。这首词容量极为丰富，必须结合词人的身世际遇与时代背景来品读，带着一种对言辞敏锐的感受和联想，才能咀嚼出其中蕴藏的词人的人生理想和境界修养。

这首词在写法上很有特色。作者自抒悲愤、羞愧、自责之情，通过“天涯漂泊”“风波恶”“辜负”等一系列的暗示，化景物为情思，统统流露出来。全词结构严谨，逻辑严密，环环相扣，似层波叠浪，涌向高潮，词人深沉的爱民爱国情怀、顾影自怜形象跃然纸上。在艺术表现力方面，情与景融为一片，于凄凉之中，蕴含悲壮之情，而透密的意象，足以摇荡人心。尤其是于乡情亲情之中，仍寄托胸中之志，而不轻易点出，更显沉郁顿挫，老道遒劲。宋词之由婉约到豪放，是渐进的发展过程，张孝祥乃是这个转变过程中承先启后的重要人物。这一点，从这首词中可以略窥这样的过渡与转变。

爽健如流新一格

——《鹧鸪天·淮西为老人寿》赏析

鹧鸪天　淮西为老人寿

昼得游嬉夜得眠。农桑欲遍楚山川。问看百姓知公否，余子纷纷定不然。

思主眷，酌民言。与民称寿拜公前。只将心与天通处，合住人间五百年。

这首词作于宋高宗绍兴三十年（1160）初夏，在是年六月张孝祥赴抚州担任知州之前，当时他的父亲张祁尚在淮南转运判官任上，张孝祥前往庐州（今合肥市）为父亲祝寿时写下这首词。淮西，泛指现在的安徽省江淮地区。

作者的父亲张祁，字晋彦，号总得居士，也是一名具有正义感、主战抗金的朝廷命官。曾经因为仗义得罪了主和派，而被秦桧罗织下狱，秦桧死后，他才获免。后累迁直秘阁、淮南转运判官等要职。无论在何处为官，张孝祥处处替南宋的江山社稷着想，积极主张抗金，恢复中原故土，一心一意为百姓造福，在地方为官时给老百姓做了很多好事，也是顺理成章的事。因为有其父必有其子。宋高宗绍兴三十年（1160），就在淮南转运判官任上的张祁，通过一些秘密渠道了解到金人将要南侵，就多次向朝廷反映，而有人却以“张皇生事论”罢免了他（就在此次庆贺生日后不久）。果然不出张祁所料，第二年，敌人开始了大举入侵。

这是一首风格健爽、充满诚意的祝寿词，祝寿的对象是作者父亲张祁。

上片开端两句“昼得游嬉夜得眠，农桑欲遍楚山川”，说的是当地的老百姓真幸福啊，白天能够娱乐得好，晚上能够睡得好；农田里的桑树几乎就要覆盖了整个楚地管辖区域。作者没有直接写他父亲为官的政绩，而是从老百姓安居乐业的角度，侧面展现自己父亲了不起的政绩。这样的政绩在古代社会尤其是兵荒马乱的年代，应是一项不可多得的成就。接下来两句“问看百姓知公否，余子纷纷定不然”，将叙事角度一转，告诉读者，就是这样的一位父母官，他的多数同事却认为，辖区的许多老百姓都不认识这个父母官。这也是从侧面体现了张祁为官十分低调、不事张扬的特性。过片两个分句“思主眷，酌民言”很重要，是全篇的“眼”，意思既承接上片，也是作者的客观评价，道出了父亲为官的宗旨和理念：一切为当朝皇帝着想，积极而合理地采纳老百姓合理的建议和意见。别小看这点，封建社会绝大多数官员做不到。接下来“与民称寿拜公前”，说作者只是众多前来拜寿民众中的一员。这表明，像词人父亲这样忠心耿耿对朝廷和殚精竭虑为民众的地方好官员，自发前来祝寿的老百姓很多，正所谓“群众的眼睛是雪亮的”。这与大多数老百姓不认识这位父母官并不矛盾。中国老百姓有个特点，他们不关心是谁在管理他们，只要管理得好他们就拥护就爱戴。歇拍“只将心与天通处，合住人间五百年”，意思是只要父亲将这颗无私的心与天地相谐相通，就能够在老百姓的心中活到五百年。此句运用拟人、象征等手法，表达了作者心目中官爱民、民爱官的治政理想和作为儿子对父亲的美好祝愿。“心与天通”，意思是秉承大道既自主又和谐的一种理想状态。“住”通“驻”：驻守的意思。可见，即使张孝祥对父亲是欣赏和崇拜的，也不忘顺带提出个人的建议。然而，我们知道，就是这样一位好官员好父亲，就在作者填词真心祝愿后不久被罢了官，这不能不说是那个时代的悲剧。

这首词是张孝祥为父亲张祁祝寿而写，在艺术表现手法上有两个特点：一方面具有祝寿词文字浅白流畅，字音响亮，节奏感强，便于吟唱便于明了的特点；另一方面是能独辟蹊径，不落窠臼，如并没有使用一些祝寿诗词常用的套话，而是通过老百姓的生活、生产状况，老百姓的言行、自己的美好祝愿等侧面描写，表现了张祁为官的政绩，出语得体，潇洒出尘，别具一格，同时满怀敬意和期望。话说回来，这首祝寿词和绝大多数祝寿诗词类同，文学价值并不高，却展现出张孝祥词作善于驾驭各种题材内容、善于创新的锐利风格。陈彦行在《于湖先生雅词序》中言："读之泠然洒然，真非烟火食人辞语"。这首词结句格调雄健、高唱入云，把祝愿与期待推向了顶点，似有千钧之力，可作如是观。作者还有几首为父祝寿的词作，如《水调歌头》（隆中三顾客），《雨中花慢》（一舸凌风）等，都各具特色，读者可参照阅读。

别语谆谆壮行色

——《鹧鸪天·送陈倅正字摄峡州》赏析

鹧鸪天　送陈倅正字摄峡州

人物风流册府仙。谁教落魄到穷边。独班未引甘泉伏，三峡先寻上水船。

斟楚酒，扣湘弦。竹枝歌里意凄然。明时合下清猿泪，闲日须题采凤笺。

这首词约作于宋孝宗乾道四年（1168），是年中秋八月，张孝祥与前任方滋完成了荆州知州的交接后，正式管理荆州政务。峡州：北周改拓州置，原名硖州，北宋元丰年间改为此名，位于长江三峡口，治所在夷陵，辖今天的宜昌等地，为南宋荆州所管辖的九州之一。这首词写的就是作者张孝祥送辖区新官陈倅（音 cuì）赴任峡州时所作。陈倅：张孝祥同时代的一位进士官员，此人有思想有个性，擅长诗文，与陆九渊、洪咨夔、刘宰、谢逸、廖行之等人交往，多有诗酒唱和。倅：是副职的意思，代指这位陈姓官员，或许这位官员就叫陈倅。正字：古代官名，北齐始置于秘书省，以后隋、唐、宋沿置，与校书郎同掌校雠典籍，订正讹误。摄：代君主管理的意思。

词的上片，劈头就是一句对陈倅概括性的高度评价："人物风流册府仙"，是说陈倅为人风流倜傥，乃当今文坛翰苑神仙般的重量级人物。紧接一句"谁教落魄到穷边"，在语气上却是一转，意思是这样的人才谁想到会落魄到峡州这样贫穷、偏僻的地方做官呢？作者意料不到的语气饱含了惋惜之意，在意思上形成“正”和“反”的鲜明对比。“独班未引甘泉伏，三峡先寻上水船”两句，采用流水对，且对仗工整，“未”和“先”在意思上也是“无”和“有”的鲜明对比。如果说上片大体写的是一个官员落魄赴任的孤独形象，那么下片所写完全是词人的瑰丽想象。过片“斟楚酒，扣湘弦”过渡自然，未加停顿，表现的是一种欢快的场面；紧跟一句“竹枝歌里意凄然”，作者想象陈倅的神态又与过片所述饮酒放歌的场面，形成了“欢快”与“凄然”的强烈对比。湘弦，即湘瑟，相传为湘妃所弹的一种弦乐，亦泛指瑟一类的弦乐器。竹枝歌，又名竹枝词，为唐教坊曲名，唐贞元中，著名诗人刘禹锡在沅、湘时，发现这一带民间歌曲十分动听，但较为鄙陋，于是依据文人骚客的上古九歌加以改进，作竹枝新调九章，教邻居中半大的孩子歌唱，后逐渐衍化为乐府新民歌。结句“明时合下清猿泪，闲日须题采凤笺”，说的是你在清醒的时候，要同情老百姓的疾苦，眼泪就会与三峡岸边猿猴的泪一道流下来，但在清闲的时候，你必须要发挥个人专长，写一些有价值的诗文于采凤笺上。这是张孝祥规劝陈倅，希望他不要消沉，而是要振作起来，有所作为，造福一方百姓。在意思上，这里既有赴任艰辛创业与三峡猿声相应的孤独落泪，又有未来稳定发展了一方闲题凤笺的快意，再次形成情感色彩的强烈对比。这种规劝，比那些言不由衷说点勉励的话要暖心得多，价值不可谓不高。

这是一首“留别赠言，以壮行色”的送遣词。与类似词作的不同之处在于：这首词的调子是积极的，阳光的，没有太多怨恨和伤感，从起初的不解、惋惜，到既然去就应该干好及事在人为的启发，都是在鼓励被送行者陈倅勇敢地到偏僻、贫穷的地方为官，以充分展示自己的才华。而词人矛盾心理的最终克服，正是他历来倡导的直面现实、越挫越奋的人生态度，也是张孝祥本人少年得志，而后无缘无故地屡遭贬谪，却能始终意志立场坚定、造福百姓的原因之所在。张孝祥以此勉励陈倅，实为感同身受，推己及人，现身说法，目的当然希望陈倅也能像自己一样，不甘消沉、进取有为，奋力跨越人生的低谷。相信，陈倅也会接受这样的规劝，因为张孝祥就是一面镜子。

这首词在写法上很有特点：上下两片是事实层面和想象层面“实”与“虚”的对比。整首词每两句之间在意思上也都形成“正”与“反”的对比关系，使得这首词委婉深沉而又不失昂扬激励的调子，读起来跌宕起伏，犹如行云追月、流水击石，既山重水复而又柳暗花明，给《鹧鸪天》词牌特有的畅达与灵动，又注入了新的特质，是张孝祥十八首《鹧鸪天》中较为别致的一首。同时，在提升作品表现力方面亦有独到之处：强烈的对比手法反复运用，目的是让一片真心诚意蕴藏在不易察觉的送别话语里——因为作者知道送别对象有文人的傲骨，但又不愿意看到一个有才华的人就此消沉，所说的话必须直击人心，才能真正打动人，达到激励的目的。从这首词中我们可以看出，张孝祥对人才惺惺相惜的高尚品格，总能在社会生活中发光发热。

潇洒出尘气遏云

——《定风波》(铃索声干夜未央)赏析

定风波

铃索声干夜未央。起寻花影步回廊。莫道岭南冬更暖。君看。梅花如雪月如霜。　　见说墙西歌吹好，玉人扶坐劝飞觞。老子婆婆成独冷。谁省。自挑寒灺自添香。

这首词是宋孝宗乾道元年（1165）的冬天，张孝祥在今广西桂林任广南西路经略安抚使时的作品。词中的“岭南”完全可以说明这一点。

张孝祥自宋高宗绍兴二十九年（1159）被罢官以后，一直在宦海浮沉，几落几起，但以诗词文赋抒发自己矢志抗金的远大志向的情趣，同样没有停歇过。自从最大的政敌汤思退在隆兴二年（1164）末被罢免忧悸而死后，张孝祥重新得到朝廷的重用。正值人生壮年的词人，不远千里来到岭南再次担任地方父母官，除在繁忙的公务之余，与张维、朱元顺、刘子思等诗友交游唱和外，他把主要精力放在了对所管辖区域的治理上。正史记载张孝祥“治有声绩”，指的就是在此期间。这首词所体现的正是词人胸怀远大志向，严于律己，不同流合污的高尚情操。

上片首句“铃索声干夜未央”交代了所写时间是深夜，接着“起寻花影步回廊”交代了所写地点是自家院子里。紧接下来“莫道岭南冬更暖，君看，梅花如雪月如霜”三个分句，写的是岭南冬天特有的夜色，很温暖也很美，看上去“如雪月”“如霜”，可谓不是北方，胜似北方。“看”有平仄两读，显然这里读平声。过片“见说墙西歌吹好，玉人扶坐劝飞觞”是场景转换，写出了作者步行到户外的现场所闻，还夹杂了一点想象，这里的“墙西”或许是天涯咫尺吧，不是严格意义上的实指。结句“自挑寒灺（音xiè）自添香”，写出了作者独自一个人的晚上，挑灯夜读的情景，既出人意料而又顺理成章。这首词看起来写得漫不经心，其实，活画出了词人胸怀大志、严格自律、不同流合污的底色，是他与同僚们完全不同的从政观的真实写照，而拿同僚们的夜宴寻欢作为对比，愈发衬托出词人处境之孤独，为实现远大志向而砥砺意志的决心之坚定。

词的大意是：夜已经很深了，铃索的声响早已停歇，我从案头站起来，想到了屋外的花影，于是信步来到曲折环绕的走廊上。这时，面对眼前的“梅雪月霜”，词人尽情抒怀：“不是说五岭以南的南方冬天会更加暖和吗？然而我说错了，你们看，这里的梅花白得就像是刚下的雪，这里的月色好像覆盖了一层清霜。你们看到这些了吧，不知你们是否也听到了与我一墙之隔的西边，传来的笙箫管笛的悠扬声呢？哈哈，没错，那是达官贵人们在夜宴呢，还有美丽的佳人簇拥着，正在劝他们不停地举起酒杯呢。你们看到了吧，那人可不是我哦。我现在独自一人在回廊上徘徊走动，像是在跳单人舞，冷清、孤单自不必说。你们知道了吧，谁是这里最清醒的人了。对了，我不能荒废这样的美好时光啊，马上我还要回到屋里，继续干我的事情，因为没有人陪伴我，只能自己去淘灯火的灰烬，自己去增添新的香火了。”铃索：系铃的绳索，用于夜间的一种警报设备。岭南：是指中国南方五岭之南的地区，相当于现在广东、广西、海南全境，以及湖南、江西等省的南部地区。因桂林属于岭南地区，所以这么说。歌吹：其中的歌是指社戏中唱戏的声音,而吹则是给唱戏进行伴奏的乐器声，准确地说，应该是唢呐或者笙箫、笛子的声音。玉人：多用于称美丽的女子，唐代著名诗人杜牧有“二十四桥明月夜，玉人何处教吹箫”的诗句。老子：男性对自己的傲称。寒灺：寒夜里的烧残的烛灰。

张孝祥治政有方，深得民心，看来绝非偶然。我们知道，在其心中深藏着一个愈挫愈坚的信念。即使是在这个温暖美好的夜晚挑灯夜读的间隙，目睹耳闻及联想之下，汹涌的激情也会难以自抑地喷发出来。这样的诗言志，仿佛整个世界都被主人公豪气干云的气场所震慑，而他一个人的不懈跋涉更显庄严。

这首词运用了所见、所想与所感相交替推进的写法，几层意思层层相续、逐渐深化，而又水到渠成，直至最后回到孤灯前，全词的意指也就不言自明、豁然开朗了。因为有美景的映照，更有想象的飞动，这首词活化了一个人的仙风道骨、凌然出尘之姿，我们仿佛如临其境、如见其人。张孝祥的词向以风格豪放且深婉沉郁著称，如他的多数长调作品。这首小令却清丽浅易，不见着力雕饰的痕迹，而是以简练之言绘写复杂感情的律动，达到了静水深流、风致嫣然的艺术效果，即使到了现在，人们读来仍然无古今之隔，照样口舌生香。

梦入潇湘未尽言

——《丑奴儿》(十分济楚邦之媛)

丑奴儿

十分济楚邦之媛，此日追游。雨霁云收。梦入潇湘不那愁。　主人白玉堂中老，曾侍凝旒。满酌琼舟。即上虚皇香案头。

这首词确切写作年月似不可考。从“梦入潇湘”一句判断，可能作于宋孝宗乾道三年（1167）三月之后，作者主政潭州（今长沙）期间。这首小令属于作者为数不多的流连风月、遣兴娱宾的作品。在中国古代的封建社会，无论是政治上有为的官僚士大夫，还是文学上有所建树的文人，多不能免俗，偶尔也写一些这样的作品。这是当时的社会风气使然。尽管这首词是为他人代作的可能性很大，这恰恰也是词人本性的自然流露。与张孝祥同时代同为著名爱国词人的辛弃疾亦有这样的作品，对此我们应该有个正确的认识，大可不必为尊者讳。

本词调寄《丑奴儿》。《丑奴儿》：双调，上、下片各4句3平韵，44字，又名《采桑子》《丑奴儿令》《罗敷媚》《罗敷艳歌》等，唐代教坊曲有《采桑》，是兼有歌舞的大曲，《采桑子》是《采桑》当中的一部分，子是曲子的简称。

上片写一位有着倾国倾城、国色天香的美女，因被男主人公爱慕，而被追逐着嬉戏，直到牵手后两情相悦，男主人那个美呀感觉就像到了另外一个世界，而堪比乐不思蜀的“梦入潇湘”，使得所有的愁绪对他都已无可奈何。“邦之媛”典出《诗经·鄘风》：“展如之人兮，邦之媛兮”。意为倾国倾城、国色天香之美貌的女子。潇湘：始用于汉代。最早见于《山海经·中山径》的，是关于湘水的记载："帝之二女居之，是常游于江渊。澧沅之风，交潇湘之渊"。到唐代中期，"潇湘"不仅仅指湘水，而是被文化人衍化为地域（今湖南一带）名称。不那（音 nuò）：意思是无可奈何的样子。"不那"一词，在张孝祥的词中多有使用，如"梦想云溪不那愁""不那朝来风雨"等，堪称口语入词的典例。下片写男主人的不凡经历。"白玉堂中老"，从眼前的"老态"着笔，回忆过去的显赫地位：曾经皇帝身边的红人，在斟满琼浆玉露的龙舟上大口大口地饮酒，那样的生活，感觉神灵就在他的眼前。白玉堂：可能是被代写之人家的堂号名泛称，暗指富贵人家。凝旒（音 níng líu），本意为冕旒静止不动，引申形容帝王态度肃穆专注，这里代指帝王。虚皇，道教的一个神名，即高上虚皇道君，出自南朝梁陶弘景《真灵位业图》。

当然，这样的作品很多时候都是要交给歌妓来演唱的，更多地诉诸听觉，所以在遣词造句上理所当然没用典故、不玩深奥。不过，这种平白如话般的唱词，虽在语言的韵味上显得不够婉转蕴藉，但这种直陈其事、直抒其情的表现手法，还是让我们看到了一位坦荡君子骨子里怜香惜玉的情怀。诚然，如果作者想要表达的仅限于此，这首词就不大可能会流传下来。从下片的词意来看，只要我们展开合理想象，联系张孝祥在政治上始终不得志，经常遭受议和派的排挤和打击，自己坚贞不渝主张抗击金兵、收复中原故土的理想，难以实现的愁苦，此词可能寄寓着他志存高远，不甘平庸老死于温柔富贵乡，而又欲言未言的政治主张和理想抱负。这首词不过是借他人酒杯浇自己块垒而已。以上所言，只是笔者个人的一管之见，绝不意味着是唯一正确的解读。国外有"一千个读者就有一千个哈姆雷特"之说，古人诗论亦有"作者之心何必然，读者之心何必不然"的认识。这说明文学作品的赋能显值，往往是作者和读者共同完成的。因此，这首词有没有作者的寄托，寄托了什么，读者诸君可以联系张孝祥的人生背景，结合自己的阅读体会，做出见仁见智、自圆其说的阐释，亦无不可。

需要再次强调的是，在中国古代封建社会里，知识分子对美貌歌妓和姬妾成群的追逐和喜好是普遍的社会现象，所谓“风流才子”是社会制度的局限所致。话说回来，“红粉佳人”或“红颜弱女”对有权有势、有才有财的官宦，很多时候也是真心爱慕的。人性如此，岂能扼杀。所以，对张孝祥这样的爱国词人，我们不能用今天的道德标准去苛求于他。

意象纷呈愈寂寥

——《菩萨蛮·夜坐清心阁》赏析

菩萨蛮　夜坐清心阁

暗潮清涨蒲塘晚。断云不隔东归眼。堂上晚风凉。藕花开处香。夜航人不渡。白鹭双飞去。待得月华生。携筇独自行。

这首词确切写作年月已不可考，根据词意大致可知，是在张孝祥某次离任回归的路上触景生情而吟哦出的作品。笔者依据"藕花开处香"，特别是全词表现出的人生况味，进一步推断本词可能作于宋孝宗乾道二年（1166）夏历六七月间，张孝祥在广西桂林任上落职放归的途中。

张孝祥一生仕途坎坷，宦海漂泊，除状元及第初仕都城临安的那五年一路迁升外，其余年份都在不停地转任、劾罢、赋闲之中，经常被迫同所爱的人离别，过着一种颠沛流离、飘忽不定的游宦生活。当时转职赴任，尤其是落职离任多是单独前行，加上内心常有的愤懑和焦灼，旅途的孤寂凄凉可想而知。

这首词的大意是：我独自一人坐在清心阁上，看到晚来清澈的潮水已经使蒲塘的水位明显地上涨了。虽然有一层一层不连续的云在通往我家乡路的前方，但遮挡不了我眺望家乡的眼睛。这时我来到晚风习习、略显凉意的阁堂上，居然可以闻到附近藕花盛开的塘边飘来的清香。夜晚的航船一般是不开行的，只有那成双成对的白鹭偶尔在我眼前飞走，它们的归宿在哪里呢？是不是像我一样，也要尽快找到归宿？所以，我得继续赶路，等到月亮的光辉再清亮一些，我会拄着拐杖，弃舟登岸，独自一人往前走啊。这首词宛如一组清晰的影视镜头，将夏夜途中的景观，在观众面前一一转换呈现。读这首词，总让我联想到唐代温庭筠的羁旅名诗《商山早行》，两者相似之处颇多，字里行间都蕴蓄着游子在外的孤寂之情和浓浓的思乡之意。上片两层意思，两个分句一层。起首两句“蒲塘晚”和“东归眼”两个关键词，交代了写作的时间、地点和写作的背景。接下来“堂上晚风凉，藕花开处香”两句，具体交代了写作此词时所处的具体环境，是眼前的近景，根据题目，我们知道作者正在晚风习习、充溢着藕花清香的清心阁上小憩。下片也是两层意思，两个分句一层。过片“夜航人不渡，白鹭双飞去”宕开一笔，又把视线推向了远景，作者联想到暗潮清涨的河（湖）面上，虽然夜航船已经停止了，但那成双成对的白鹭还在向远方飞去。如此场景，让我们感到作者满腔郁结而又无法排遣的思乡之情随着闪烁不定的眼神，跃然纸上。结句又是一转，说明现在只是小憩片刻，等到月亮升起的时候，我还要拄着拐杖独自一人去赶路呢。事实上，就是这一句，使得词人怀乡之情更加强烈地显现出来。携筇（音xié qióng）：拄着拐杖。这也说明，作者所走的道路既很漫长也不平坦，不得不借助于拐杖。

这首词继承了古典诗歌的优良传统，具有很高的艺术性。全篇通过清心阁周围的“暗潮”“蒲塘”“断云”“晚风”“藕花”“白鹭”“月华”等意象，把夏日夜晚特有的景色，细腻而又精致地描绘出来。首先，选用“暗潮”“蒲塘”“断云”等给人添堵的特殊性景物，既显示客观的物象，又契合主观的心象，给回家的路笼罩了一层低沉、暗淡的色彩。不过，随着“藕花”“白鹭”“月华”这些具有闲情逸致景物的到来，在相互映照、相互交错、相互生发中，使得全词的色彩不至于一味地暗淡。虽有无限惆怅形成的灰暗底色，由于作者与生俱来的潇洒情怀，全词依然能给人一种境界开朗、萧然物外的鲜明印象。这首词又多平实之笔，不脱离口头词特有的浅白直率、简洁简练的特点。由于所选词牌较为短小，回旋余地有限，所以对景物的描摹萃取，无论是远是近，均以实景取胜，不以渲染为工，如“断云不隔东归眼”一句，就把旅途晚景的时空感包罗殆尽。歇拍“待得月华生，携筇独自行”两句，看似轻松随意，却统摄全篇，表达了作者归心似箭的急迫心情。

由于仕途上再次失意，作者平静外表下种种人生感慨，通过景物的外化而自然流露，给有心的读者留下的想象空间显然更大了。“一切景语皆情语”，这是人人皆知的。但是，如何以景结情，以景寓情，使得通篇空灵，饱含无尽之意，就不是所有词人都能够做到的。还有，这首词只字未提孤寂和乡愁，可无一字不指向孤寂和乡愁，这种含蕴之笔，读者须悉心体会。

喻人以物臻高境

——《浣溪沙·瑞香》赏析

浣溪沙　瑞香

腊后春前别一般。梅花枯淡水仙寒。翠云裘著紫霞冠。　　仙品只今推第一，清香元不是人间。为君更试小龙团。

这首词的具体写作年月已很难考证。据宛敏灏先生《张孝祥词笺校》中所注，联系到作者下一首《浣溪沙》（宝蜡烧香夜影红）饯别郑宪一词中，也提及了瑞香及其别名“锦熏笼”，据此推断两首《浣溪沙》很有可能作于同时，即宋孝宗乾道三年（1167），是张孝祥在潭州（今长沙）任上时作品。这首咏物词咏的是瑞香。瑞香是一种灌木花卉，为我国古代传统名花之一。

这首小令开端写的是节令：“腊后春前”是一年中最冷的季节，所以作者说“别一般”，也是为所咏对象埋下了一个非同寻常的伏笔。这个“别一般”当然也体现在大自然的花卉生长上，所以“梅花枯淡水仙寒”紧承上句。在作者的眼里，这个季节虽有梅花、水仙等花开放，但梅花显得干枯而平淡，水仙尚好，但总是透出一股寒气，不能让人完全满意。那么，什么花才能配得上这个“别一般”的季节呢？作者进一步加设了悬念。在这样的铺垫递进和同类对比之下，词人终于“隆重推出”了他心目中的“别一般”：瑞香。“翠云裘著紫霞冠”，意思是瑞香看上去就像穿着一片翠云、戴着一顶紫色霞光的皇冠。这里用了极其浓墨重彩的绘形手法，描写了瑞香的外形的雍容华贵之美。其实瑞香是没有花冠的，这里词人采用了比喻、拟人、通感等手法，写出了自己对瑞香的个性化认知感觉，或者说，这是作者的幻觉，也无不可。下片开端“仙品只今推第一，清香元不是人间”，将描写转向议论，直接抒发词人的感受，旨在表明自己的看法。这种铺垫渲染都很到位的议论，绝不是让人怀疑的空泛议论。词中把瑞香称作“仙品”，绝对算得上当今第一的名花，给出的理由是，瑞香的那种清香最初应该不是人间所有，它只能来自天上仙境。根据《浣溪沙》格律，下片头两句多是要对仗的，本词所对虽不甚工整，体现在“第一”对“人间”上，但属于“流水对”，与我们熟知的杜甫名句“此曲只应天上有，人间哪得几回闻”有异曲同工之妙。结句“为君更试小龙团”，点明作者写作这首词或写瑞香的目的之所在，那就是“为了我心目中高雅圣洁的为民谋福的君子仁人，我要在此倚声填写一阕瑞香词了”。“小龙团”原是一种特色茶品牌，这里代指瑞香或瑞香的一种。也许有读者会问，这里的“君”是不是同期写作的《浣溪沙》（宝蜡烧香夜影红）中提到的郑宪呢？我想，是不是已无关紧要，这个“君”肯定是作者心目中的仁人君子，包括词人自己。

这是一首咏物小令。全词逻辑严密，递进自然，如层层剥笋，一气呵成。上片用白描手法，集中刻画了瑞香的风姿和众花不同的独特品性；下片用议论手法，进一步给瑞香以极高的评价，从而观照出了清雅高洁、风姿独特的文人形象；同时采用了象征手法，寄托了作者偕同仁人君子造福人间、服务民众的高尚理想。这首咏物词对所咏瑞香不惜用最美的比喻图状绘貌，不仅形似而且神似。显然，作者的真正用意不仅于此，他要以物喻人。那么这首词是怎样做到形神统一，乃至“词中有物，物中有人，情寄于物，物因情见”的呢？我想，不仅是因为所写之物浸润了词人的情思，还在于作者高超的写作技巧。首先，这首词做到了粘脱自如、离合有度。粘，即把笔墨集中于写物上；脱，即离开所写之物而言它，基于此，既没有粘得太死，也没有脱得太开，而是在离的时候立足于合，更好地写合，同时也没有离题万里，信马由缰，言不及义。如以梅花和水仙做引子，再写瑞香，目的是为了衬托瑞香的不一般。还有，合的时候也没有和盘托出，一览无余，全无蕴蓄，使得表面上看好像是在描写具体的物象，但仔细品味后，才发觉作者运用了象征手法，以物来喻自己的志向与抱负。事实上，如果结句没有一个“君”字，谁能读出其深意？这恰恰是藏之越深，其味越永。其次，是“不著一字，尽得风流”。宋代的沈义父说：“咏物词，最忌说出题字”（《乐府指迷》）。此词通篇未出现“瑞香”二字，却用对比、比喻、拟人等手法，描绘了瑞香的形态、气质及香气，将瑞香写得风姿绰约，无与伦比。结句用“小龙团”代指瑞香可谓煞费苦心。这时才委婉地告诉读者，瑞香是物，也是“人”，是作者心目中的“圣人”。这种以物喻人、托物言志，表达词人内在的情感的写法，是咏物词的至高境界，给人留下了非常广阔的想象余地，体现了词人高超的艺术表现力。

清代李重华《贞一斋诗说》云：“咏物诗有两法：一是将自身放顿在里面；一是将自身站立在旁边”。也就是说，咏物诗的写法大致有两种类型：一类是无所寄托的单纯咏物，如齐梁时状形写貌的咏物诗；一类是有所寄托的体物寓意的咏物诗，如屈原首开典范的《橘颂》那样的咏物诗。显然，张孝祥这首词属于后者。

质朴浑成意味长

——《鹧鸪天·刘共甫席上》赏析

鹧鸪天　刘共甫席上

忆昔追游翰墨场。武夷仙伯较文章。琅函奏号银台省，毡笔书名御苑墙。

经十载，过三湘。横楣丽锦照传觞。醉余吐出胸中墨，只欠彭宣到后堂。

宋孝宗乾道二年（1166），张孝祥在广西桂林静江府的任上被罢免，夏历七月间，取道湖南回芜湖，在途经长沙时，拜会了自己的老师及老朋友刘珙。当时刘珙在潭州（今长沙）担任知州兼任荆湖南路安抚使。刘珙设宴极为热情地招待了张孝祥。词人百感交集，即兴填词，这是在宴席上写下的诸多作品中的一首。此词在《张孝祥文集》和《百家词》中均没有题目，在《于湖先生长短句》中题为“饯刘共甫”。据宛敏灏先生考证：此词的写作背景，是张孝祥放归途经长沙，刘共甫设宴招待张孝祥，与次年张孝祥继刘共甫主政潭州，新主人张孝祥频繁举行饯别刘共甫的宴会是两回事，这时主客已互换，所以原题为“饯刘共甫”似有误，故笔者将题改为“刘共甫席上”。刘珙，字共父（恭父、共甫），福建崇安（今武夷山市）人，为宋代累世簪缨的刘氏家族代表性人物，登宋高宗绍兴十二年（1142）进士，为人刚正，一生志在恢复中原，临终犹“以未能为国报雪仇耻为恨”。

这是一首侑觞佐欢、畅忆师生友情的作品。宋高宗绍兴二十四年

(1154)，张孝祥考取状元时，就出自刘珙门下。经过十余年宦海漂泊，如今又一次被罢免路过自己老师做官的地方，得到盛情款待自然是百感交集。上片起首两句“忆昔追游翰墨场，武夷仙伯较文章”，写作者回忆十年前，与老师及其他一帮文友“追游翰墨场”“较文章”的欢乐时光。武夷仙伯：指的就是老师刘珙。场（音 cháng）,属多音字，因为押韵的关系，这里读第二声。古典诗词中类似的字，如“看”“思”“听”等，都要根据具体情况读出正确的声调。接下来两句“琅函奏号银台省，毡笔书名御苑墙”，是极为工稳的流水对，指出时间和空间的巨大变化，具体描述当时他们意气风发的状况。琅函：书匣的美称。银台省：即银台司，官署名，宋时有银台司，掌管天下奏状案牍，因司署设在银台门内，故名。毡笔：宋代用兽毛压成的像粗毯子似的东西制作成的书写工具。过片两个分句“经十载，过三湘”，节奏明快无停顿，跨越转换自然。“横楣丽锦照传觞”将回忆又拉回到现实，说明如此锦上添花似的欢宴场面，完全是水到而渠成，逻辑严密，显示出构思的精巧。三湘：指今天的湖南一带。横楣：门窗上端的横木。词中接着写道，如今和老师畅饮的场面与当年何其相似，我们怎能不像当年那样一吐胸中的块垒呢？于是作诗填词，这是文人交欢的最高境界啊！但是，毕竟物是人非，已经缺少了像彭宣这样有才气的老师在后堂了。如此于才气上“示弱”在张孝祥的词作中实为罕见。歇拍二句“醉余吐出胸中墨，只欠彭宣到后堂”，虽以轻松之笔出之，但却是点睛之笔，道出了人生无常，友谊弥足珍贵的不尽感慨。彭宣：西汉人，字子佩，号玉徵，行君一，师从张禹。他深通易经，学识渊博，很有名气。这里代指那帮师友。

若深刻理解这首词流露出的韶华不再的“悲观”情绪，有必要来理一理张孝祥的心路历程。有人将张孝祥短暂而丰富的一生，划分为“用功、议政、复国、思归、辞归”五个阶段。乾道元年至二年（1165—1166），正是他人生大河由激越流入低缓的“思归”时期，左次三番被弹劾罢官，加之屈辱妥协的“隆兴和议”签订，这样的处境这样的时势，张孝祥不可能不心灰意冷。总体上看，这个时期张孝祥创作了不少佳作，风格雄健而苍凉，这首词比较特别，这种老友面前的“哀叹”，也属人之常情，我们应作如是观。

这首词在写法上有独到的地方：回忆晚事，切中肯綮，寥寥数语即涵盖无余。上下片今昔对比而又过渡自然。结句一转，在层层铺垫的最高点骤然而止，给人留下弦断音不绝的无尽回味。全词的结束不是在叙述的高潮上，而是归结在一个小小的遗憾上，从而将那种对人生的复杂意绪推向了更深的境界。我想，作为老师的刘共甫会被这首词深深打动。

因为这首词是即席之作，所以使用了通俗易懂、通俗畅快的语言，反而一扫同类词作矫揉造作、言不由衷、夸大其词的习气。因为无比地真诚、极度地放松，所以能创造出一种质朴晓畅、气韵浑成的艺术风格。